Annegret Held
Das elfte Gesicht

Weitere Titel der Autorin:
Das Verkehrte und das Richtige
Armut ist ein brennend Hemd
Eine Räuberballade
Apollonia
Die letzten Dinge

Annegret Held

DAS ELFTE GESICHT

eichborn

NACHHALTIG PRODUZIERT

Die Bastei Lübbe AG verfolgt eine nachhaltige Buchproduktion. Wir verwenden Papiere aus nachhaltiger Forstwirtschaft und verzichten darauf, Bücher einzeln in Folie zu verpacken. Wir stellen unsere Bücher in Deutschland und Europa (EU) her und arbeiten mit den Druckereien kontinuierlich an einer positiven Ökobilanz.

FSC www.fsc.org MIX Papier | Fördert gute Waldnutzung FSC® C014496

Eichborn Verlag
Originalausgabe

Bei Fragen zur Produktsicherheit wenden Sie sich bitte an:
produktsicherheit@bastei-luebbe.de

Textredaktion: Doris Engelke, Frankfurt
Umschlaggestaltung: Barbara Thoben, Köln
Umschlagmotiv: © Anders Olov Forss
Satz: Dörlemann Satz, Lemförde
Gesetzt aus der Bembo
Druck und Verarbeitung: GGP Media GmbH, Pößneck
Printed in Germany
ISBN 978-3-8479-0209-6
2 4 5 3 1
Sie finden uns im Internet unter eichborn.de.

… dem verborgenen Zauber von Deutschland …

Madame Ruxandra auf der Dippemess half auch nichts.

Zwanzig Euro waren schonmal weg.

Die Wahrsagerin hatte sich an der Zukunft sattgesehen.

Josefa starrte sie an, hoffte, noch irgendwas herauszukriegen aus dieser Gestalt mit dem langen Haar und langen Armen und langen Ketten unter ihrem Sternenhimmel in der Jahrmarktsbude. Etwas Schönes, Funkelndes, Gütiges. Sie hätte mehr als zwanzig Euro ausgegeben, wenn ihr die Madame Ruxandra nur etwas vorgelogen hätte, nur ein klein wenig geflunkert, eine kleine hübsche Prophezeiung hätte aufleuchten lassen. Eine liebe, kleine Lüge, ein Lügelein.

Doch im Dunkel ihres Wohnwagens glitzerten nur die fadenziehenden Sterne, die Kristalle, die Glut des Räucherstäbchens und der angelaufene silberne Aschenbecher. Madame Ruxandra funkelte, aber sie flunkerte nicht. Diese Wahrsagerin sagte die Wahrheit.

»Du fährst viel mit dem Auto hin und her.«

Madame hatte so viele Tarotkarten, abgewetzt und schäbig, da waren schon alle Schicksale herausgelesen und jegliche Zukunft, für Josefa blieb keine mehr übrig.

»Wat haste dann, Schätzelein? Wenn ich nichts mehr sehe, heißt dat ja, et is auch kein Unglück für dich dabei. Sei doch froh!«

Josefa seufzte.

»Haste noch wat auf dem Herzen?«

Madame hatte offenbar einen schweren Arbeitstag hinter

sich, schob ihre knochigen Arme hinter den Kopf und schielte nach der Zigarettenschachtel.

»Ich … ich habe liebeslanges Lebensleid.«

»…??«

»Lebenslanges Liebesleid.«

Madame Ruxandra kniff die Augen zusammen und musterte Josefa.

»Schätzelein, wie alt bist du denn?«

»Dreiundvierzig. Ist da nicht … in Ihren Karten, wenn Sie nochmal gucken … ein Herzbube? Oder … ein Brief oder ein Ringlein oder … ein fremder Herr? Ich meine, Sie haben doch auch noch eine Zauberkugel!«

Madame lehnte sich zurück und seufzte.

»Ich kann et nun mal nicht beschwören. Weißte, ich hab auch en Schicksal; danach fragt kein Mensch.«

Ein Stern schien sich vom Polyesterhimmel zu lösen und baumelte an zwei Fäden über ihr.

Es war wohl besser, die mäßig magische Welt dieses Wohnwagens zu verlassen. Josefa stand auf und duckte sich, um sich am Ausgang nicht den Kopf zu stoßen.

»Moment, da kommt noch was, ich denke, du kriegst morgen Besuch vom Chef. Besser, du räumst dein Büro auf, sonst gibt's Ärger! Dann noch en schönen Tach! Wird schon!«, rief Madame ihr hinterher.

Josefa taumelte aus der sternengeschmückten Dunkelheit in das grelle Jahrmarktspektakel mit Autoscooter und Freefall-Tower, betrunkenen Japanern und Jungesellinnenabschiedsfeiern mit Zuckerwatte und Fläschlein mit rosarotem Erdbeerlikör.

»Wäre ich doch in die Geisterbahn gegangen«, sagte Josefa. Da wurde man auf ehrliche Weise erschreckt und nicht, wie bei der Wahrsagerin, durch ehrliche Worte betrogen.

Am nächsten Morgen war der Himmel so grau wie der Schwarm von Businessanzügen, der sich auf der schmutzigen Rolltreppe zur S-Bahn hinaufwälzte. Josefa ertrank in elfenbeinfarbenen Schlaufenblusen, hatte fremde Schlipse vor der Nase, wurde gestreift von taillenbetonten Kurzblazern und Sakkos mit schwarzen T-Shirts, geblendet von tollkühnem Glitzerprint unter Nadelstreifen.

Ist doch alles von H&M, dachte Josefa. Die H&M-Business Collection.

Beinahe wäre sie auch heute in Jeans und Turnschuhen gekommen, wie die Jungens von der IT. Aber dann waren ihr plötzlich die Worte der Wahrsagerin wieder eingefallen. Der Chef käme heute! Das konnte unmöglich sein, der Chef war auf der IFA 2019 in Berlin und wollte danach auf eine Tagung. Er sollte erst nächste Woche wieder da sein.

Trotzdem hatte sie mal lieber die Hemdbluse angezogen, die höheren Schuhe und das keksfarbene Haar in einen Dutt gewurstelt. Man wusste ja nie.

Madame Ruxandra!

Josefa musste wohl oder übel ohne ihren prophetischen Hoffnungszauber in die S-Bahn steigen, um von Frankfurt in die Bürostadt zu fahren. Die Office-Managerinnen, Team-Assistenten, Sales-Accountants, Vertriebsingenieure und ITler baumelten an den Halteschlaufen und schwangen in den Kurven kollektiv durch die Runde. Endlich hielt die Bahn vor einem hässlichen breiten Hochhaus gegenüber von einem großen Edeka-Supermarkt. Josefa stieg aus.

Das Hochhaus war einladend wie ein Parkhaus aus den Siebzigern. Vereinzelt hingen sterbende Grünpflanzen die Fassade herunter, Hundertwasser für Arme. Wie war sie nur hierhergeraten? Sie hatte doch nie vorgehabt, in einem Großraumbüro zu landen, einem Vertrieb mit Blick auf einen Edeka-Parkplatz!

Schließlich war Josefa Malerin! Sie versuchte, alte europäische Mythen in einer Symbiose mit chinesischer Tuschekunst darzustellen. Kann sein, sie hatte sich vergaloppiert. Drei Wochen lang hatte sie ihre Bilder in der Buchhandlung Mayersdorf aufhängen dürfen und eines über dem Geldautomaten der Sparkasse in der Berkersheimer Straße. Dann hatte sie eine künstlerische Flaute.

Das Arbeitsamt hörte nur, dass Josefa gut Englisch sprach und sich für chinesische Kunst interessierte. Also landete sie bei der koreanischen Firma Huiwan Leuchtmonitore.

General Assistant hieß das. Mädchen für alles. Tesa und Büroklammern bestellen, den Drucker auffüllen, Telefondienst, die Reisekosten abrechnen, der Buchhaltung zuarbeiten, bei Konferenzen eindecken, Hotels buchen, alles. Als Josefa zur Tür hereinkam, lag vor ihr ein Meer von lichtgrauen Schreibtischen, lichtgrauen Rollcontainern und lichtgrauen Stellwänden. Monitore über Monitore. Dazwischen ein wenig Blau und Orange, die Farben der Corporate Identity. Blattpflanzen.

Heute wartete im Flur die neue Lieferung Druckerpatronen, und irgendeiner hatte einen leeren Wasserkasten hingestellt, dazu leere Kartons von Amazon, zerschlissene Aktenordner, und quer über allem lag ein Schirm. Wenn nun heute der Chef käme? Unmöglich. Josefa hatte ihm das »Motel One« gebucht für fünf Arbeitstage. Trotzdem. Den Krempel konnte man ja schon mal wegschaffen. Sie ließ den Chip für die Arbeitszeiterfassung piepsen, grüßte in die Runde, fuhr den Computer hoch und begann, das Büro aufzuräumen.

»Lass doch liegen«, sagten die Kollegen. »Wir machen das später.«

Josefa ließ sich nicht beirren. Sie räumte schmutzige Kaffeetassen weg, spülte den Kram in der Teeküche und stellte alle Stühle im Konferenzraum in Reih und Glied. So. Dann setzte sie sich an die Reisekostenabrechnung.

Koreaner sind höflich. Sie lärmen nicht, wenn sie zur Tür hereinkommen. Schon gar nicht Min-Joon Choi, der Sales Director Huiwan Frankfurt. Um zehn Uhr betrat er unerwartet die Filiale, hängte seine Jacke an die Garderobe und sah sich dann ungläubig um. Mi-Suk und Sofie probierten gerade ein Ballspiel aus – Werbegeschenk von Phillips –, Günther hatte die Füße auf dem Tisch, Elfi studierte Angebote für Thailand, und Dae-Seong spielte Counterstrike auf Rang elf.

Nur Josefa saß ordentlich am Tisch, sie hatte bereits die Unterschriftenmappe vorbereitet und tackerte soeben die Belege für Kundenbewirtung an Günthers Travel Expenses.

Madame Ruxandra hatte wahr gesprochen. Sie hatte im Dunkel ihres Zauberwagens den Chef im Lichte des heutigen Morgens erblickt. Wie konnte sie das wissen? Josefa war wie vom Donner gerührt. Die Hälfte von Madames Aussagen waren unbrauchbar, aber was war mit der anderen Hälfte? War es doch möglich, in die Zukunft zu schauen? Zumindest in Bruchstücken? Woher hatte die Wahrsagerin überhaupt gewusst, dass sie in einem Büro arbeitete? Sie hätte ja ebenso gut Krankenschwester sein können oder Fleischereifachverkäuferin. Ein Faszinosum! Von den zwanzig Euro hatten sich dann vielleicht doch etwa sieben Euro gelohnt.

Sie holte sich eine Tasse Kaffee und lehnte sich genüsslich in ihrem Bürostuhl zurück.

Im Grunde war es sehr schwer für Josefa, eine General Assistant bei Huiwan zu sein. Es fehlte ihr praktisch an allem: dem Interesse an Leuchtmonitoren, der Freude an lichtgrauen Büromöbeln, der Überzeugung, im Global Business mit aller Gewalt an der unternehmerischen Weltspitze herumeiern zu müssen.

Sie hätte längst schon zum Arbeitsamt gehen und sich einen anderen Job suchen sollen. Vielleicht hätte sie längst ein neues Kunstwerk mit ihrer Tuschefeder geschaffen und in die Eisdiele hängen dürfen. Sie hätte längst allen Ketchup dieser Welt auf ihren Businessblusen verteilt oder die Leuchtmonitore aus dem Fenster geworfen, hätte sie nicht ihre Schublade gehabt.

Diese Schublade.

Sobald Josefa die Lade unter dem Schreibtisch öffnete, leuchteten ihr bunte Edelsteine und Kristalle entgegen, Rosenquarz, Jade und Lapislazuli. Außerdem lag hier ein Bildchen der Mutter Maria aus ihrer Kindheit und dort ein Döschen Duftwachs mit Vetiver, es gab schwungvoll bemalte Karten mit Sprüchen wie »Wer wagt, durch das Reich der Träume zu gehen, gelangt zur Wahrheit« von E. T. A. Hoffmann. Oder »All that we see or seem is but a dream within a dream« von Edgar Allan Poe. Ein schön geschmückter Elefantengott. Eine Tuschefeder. Ein Tagebuch. Eine Landschaft mit den Traumpfaden der Aborigines. Ein Glückskeks vom Chinesen: »Unverhofftes Glück wird dir zuteil!«

Die Schublade barg alle Geheimnisse und eine größere Farbenpracht, als das Großraumbüro sie jemals haben könnte. Sie duftete wie bei der Wahrsagerin von der Dippemess und verströmte ihren Zauber. Sie hatte die ungeheure Kraft, die Nüchternheit des Vertriebsbüros zu neutralisieren und um Josefas künstlerische Seele ein Fluidum zu bilden, einen transparenten, schützenden Kokon. Wie immer waren die Geheimnisse stärker als jegliche Realität.

Der Blumenladen lag an der Alt-Bretzenhainer-Straße, nur eine S-Bahn-Station von Huiwan entfernt, und doch verwandelte sich hier die seelenlose Bürostadt in ein uraltes Frankfurter Viertel mit hohen Backsteinhäusern und engen Gassen. Zwischen türkischem Handyshop und Schlüsselladen wuchsen plötzlich Buchsbaum, Wacholder- und Eukalyptussträucher scheinbar aus den Mauern heraus, und unter einem Fenster standen Töpfe mit Jasmin und Hortensien, Wicken und Levkojen; sie strahlten vor den dunklen Steinen in ihrer leuchtenden Pracht.

Josefa ging die drei Stufen hinauf in den Laden und sah sich erstmal um. Zwischen all den Rosen, Topfpflanzen und gebundenen Sträußen funkelte hier und da ein Kristall, eine bunte Karaffe, ein Glockenspiel. Es sah ein wenig aus wie in Josefas Schublade bei Huiwan.

»Wie kann ich Ihnen helfen?«, sagte die Blumenverkäuferin im Blumenkleid mit dicker Strickjacke; sie hatte ein Lächeln wie das Keramikengelchen auf dem Tresen.

»Ja, also ich brauche ein Gesteck für ein Firmenjubiläum, am besten in den Farben unseres Firmenlogos, also Orange, Blau und Grün.«

»Ah, okay, wie viel darf es denn kosten?«

»So um die fünfzig Euro.«

»Soll auch eine Schleife drauf?«

»Sieht das dann nicht aus wie für eine Beerdigung?«

»Nein, nein, man kann da so ein Schildchen dranmachen, sieht hübsch aus.«

Josefa zögerte. Solche Fragen musste sie immer alleine entscheiden.

»Naja, ›Für Günther. Zum 25-jährigen Jubiläum‹ oder so. Witzig wäre ja, wenn man das auf Koreanisch schreiben könnte. Also, die haben ja so Schriftzeichen …«

Josefa zückte ihr Handy und zeigte der Blumenfrau die Homepage.

»Das da heißt zum Beispiel ›Huiwan‹. Und das heißt ›Danke‹.«

»Ah«, sagte sie. »Mal probieren!«

Die Blumenhändlerin war sehr flink. Sie griff nach einem Stift und zeichnete flugs die koreanischen Buchstaben von dem Handy auf Einwickelpapier.

»Wow!«, sagte Josefa. »Perfekt! Echt gut! Ich male ja auch gerne mit Tusche!«

»Oh, was malen Sie denn so?«

»Naja, ich habe versucht, europäische Mythen zu malen, aber mit chinesischen Einflüssen!«

Josefa nahm der Blumenhändlerin den Stift aus der Hand und kritzelte eine »Europa auf dem Stier« mit auslaufenden Konturen auf das Papier.

»Toll!«, sagte die Frau. »Auf so eine Idee muss man ja erstmal kommen! Wirklich ausgefallen! Ich male ja auch gern. Sehen Sie mal, die Säulen hier habe ich selbstgemacht!«

Mitten im Raum ragten zwei Säulen bis zur Decke, an denen sich Spiralen in Weiß und Gold und grünem Muster emporrankten.

»Das ist wirklich großartig!«, sagte Josefa. »Überhaupt, der ganze Laden ist so … so zauberhaft! Warum steht da ein goldener Buddha an der Kasse?«

Die Blumenfrau kicherte, nahm den Buddha in der Schneekugel, schüttelte ihn, und sofort stoben goldene Münzen um ihn herum.

»Ja, der soll mir doch Glück bringen! Damit die Kasse klingelt!«

»Haha!«, lachte Josefa. »An sowas glaube ich auch! So magische Anziehung und so!«

Die Blumenfrau begann, orange Petunien herauszusuchen, und hielt sie neben ein paar Gerbera.

»Ja«, sagte Josefa. »Zu Günther passt das.«

Man sah der Blumenfrau an, dass sie ein halbes Leben in dem Laden verbracht hatte. Ihre Hände waren rot und nass, ihre Füße waren offenbar so viel hin- und hergewetzt, dass der Fahrtwind jedes Gramm von ihrem Leib heruntergezehrt hatte, und die glatten braunen Haare wehten hinterher. Doch ihr Lächeln trug sie wie eine Tulpe am Stiel.

»Bis heute Abend wird das leider nicht mehr fertig«, sagte sie. »Die Schleifen muss ich drucken lassen …«

»Ja, kein Problem, das Jubiläum ist erst übermorgen.«

»Ich kann das Gesteck auch bringen lassen!«

»Nein«, sagte Josefa schnell. »Ich komme gerne wieder!«

»Morgen Mittag ist es fertig!«

»Danke!«

Die Tür war umrankt von Efeu, und ein sanftes Glöckchenspiel erklang, als Josefa hinaustrat und sich im Schatten der dunklen Backsteinhäuser wiederfand. Ihre Tasche unterm Arm war klobig ausgebeult von einem blechernen Kasten. Josefa hatte die Portokasse mitgenommen, in der Hoffnung, der Schlüsseldienst neben dem Blumenladen könnte ihn öffnen. Irgendwo hatte sie die zwei Schlüsselchen hingeschmissen und fand sie nicht mehr. Sie hatte den ganzen Betrieb auf allen vieren durchsucht, sämtliche Schubladen und Papierkörbe. Weg.

Aus der Portokasse musste sie schließlich Günthers Jubiläumsblumen bezahlen und natürlich auch den neuen Schlüssel. Unter keinen Umständen sollten der Chef oder die Kollegen von dem Verlust erfahren. Josefa hatte schon öfter was verloren, und sie wollte nicht unbedingt ihren Ruf als Betriebsschussel weiterhin festigen.

Der Mann hinterm Tresen in seinem grauen Kittel, der eben einen Absatz schleifte, sah irgendwann zu ihr herüber und hob fragend die Augenbrauen.

»Guten Morgen! Kann man irgendwie diese Geldkassette aufbrechen?«

Der Mann runzelte die Stirn.

»Darf man mal fragen, woher die Kassette kommt? Ich kann doch nicht irgendeine Geldkassette aufbrechen, das kommt mir sehr verdächtig vor!«

»Nein«, sagte Josefa. »Die ist aus der Firma!«

»Umso schlimmer! Nee, sowas mache ich nicht. Ich kann Ihnen eine neue Portokasse verkaufen, aber ich breche nichts auf, und Ersatzschlüssel gibt es dafür auch nicht.«

»Ich kann keine neue Portokasse kaufen, das Geld dafür ist ja hier drin. Ich bin Teamassistentin und zuständig für …«

»Das kann jede sagen! Nee, ich mache das nicht. Grundsätzlich.«

Mürrisch drehte er sich um und beschäftigte sich wieder mit seinem Schuhabsatz.

»Okay.«

Betreten packte Josefa die Kassette wieder ein und verließ den Laden. Wie sollte sie denn nun morgen die Blumen bezahlen? Am besten, sie ging zurück ins Büro. Vielleicht konnte Günther selbst die Kassette aufbrechen, er hatte gewisse handwerkliche Fähigkeiten. Mist. Mit der Portokasse unterm Arm ging sie zum Tchibo, kaufte zum Trost einen Cappuccino und setzte sich wieder in die S-Bahn. Bis morgen musste sie eine Lösung finden.

Das grüne Veloursofa war auch nicht mehr das neueste. Die Kissen verrutschten andauernd und verknäulten sich unbequem unter Josefas Kopf, doch ihr Körper war zu träge, um eine bequemere Position zu suchen. Es war schon elf, die Weinflasche halb leer, und ihre Hand klebte noch immer am Handy. Ein endloser Strom an Reels reiste durch Josefas Gemüt, tanzende Großmütter, stürzende Katzen, wirbelnde Street-Köche, umgestylte Obdachlose … Jeden Abend machte Instagram Budenzauber in Josefas Gehirn.

Schließlich wechselte Josefa zu YouTube, um zu sehen, was in anderer Leute Leben geschah, und bloß nicht an ihr eigenes zu denken. YouTube, um ein gewisses Gefühl zu unterdrücken, das immer wieder in ihr hochkam: dass sie Zeit vertrödelte, Unordnung duldete, ihr Leben in Schräglage brachte, nein, es in vorhandener Schräglage weiter abrutschen ließ, es insgesamt verwirtschaftete und verwirkte.

Irgendwo brauchte sie Zuspruch. Überall die Influencer mit gestählten Muskeln und klarer Haut und grünem Smoothie in der Hand, schöne Menschen mit lang wehendem Haar an den Stränden von Hawaii. Sie strömten eine gewisse Überfrische aus, eine beseelte Überlegenheit, und erklärten Josefa, wie sie sich mithilfe von Manifestationstechniken, Atemübungen und täglicher Fitness ihr Traumleben erschaffen hatten. Die Influencer schrappten ungefähr achtundzwanzig Meter an Josefas Realität vorbei und verstärkten ihren Verdruss umso mehr.

»Prost!«, sagte Josefa und klickte weiter. Plötzlich erschien dazwischen ein kleines Video, das sich offenbar in die Welt der Gesunden und Schönen verirrt hatte. Eine etwas robuste Frau in mittleren Jahren saß auf einem Hocker in einem Raum, der wie eine verschönerte Garage wirkte. Leichter Fernfahrerinnen-Charme. Die Jeans etwas zu weit, der Bauch fiel drüber, die Haare lang und rötlich, hatte sie die Arme auf die Knie gestemmt, als wäre sie als Nächste dran beim Kegeln. Ein sehr angenehmer Kontrast.

Es sei sehr schwer für sie, das Video zu machen, sagte die Frau. Doch schon in ihrer Jugend habe sie geistige Wesen wahrgenommen, die sich ihr mitteilten, und seit einer Nahtoderfahrung habe das noch zugenommen. Besonders Hieronymus, eine hohe geistige Wesenheit, wünsche heute, durch sie zu sprechen.

Josefa drückte auf »Stopp« und las den Untertitel des Videos:

»Botschaften von Hieronymus von Danny Krämer. Trans-Channel, Medium.«

Danny Krämer wirkte nicht esoterisch. Mehr so wie: Ich

glaube nur, was ich sehe, und schmiere mir jetzt ein Leberwurstbrot.

Josefa drückte auf »Weiter«.

Danny räusperte sich, legte die Hände auf die Knie, atmete tief ein, schloss die Augen und wurde ganz ruhig. Offenbar geriet sie in eine tiefe Versenkung, bis sie plötzlich auffuhr und den Kopf in den Nacken warf, als hätte sie einen mittleren Stromstoß bekommen. Ihr Mund öffnete sich, und sie sprach drauflos: »Liebe Erdenbewohner, ich kehre zu euch zurück, willkommen! Ich bin ein nichtphysisches Wesen mit Namen Hieronymus und spreche durch dieses Medium zu euch.

Das Bewusstsein der Menschen entwickelt sich weiter, und noch wehrt sich in euch vieles dagegen. Ihr habt gelernt, was für euch richtig ist, und verteidigt eure Überzeugungen. Es ist jedoch unsere Aufgabe, euer Bewusstsein zu heben, damit ihr in eine höhere Schwingung kommt, die euch neue und schönere Erlebnisse beschert.«

Interessant. Josefas Bewusstsein war zugegebenermaßen nicht sonderlich erhöht. Ganze Gehirnteile waren deaktiviert. Unbequem wie das zerknäulte Kissen unter ihrem Kopf drängte sich ein Gefühl aus dem Bauch herauf, ein Gefühl, das sie vermeiden wollte, irgendwas von Zeit fürs Bett oder Hausaufgaben nicht gemacht. Das Leben versiebt. Es war so unangenehm, als hätte sie eine Art mumifizierten Käse im Leib, dessen schimmelige Ausdünstungen ihr bis in die Augen stiegen.

»It sucks to be an Erdenbewohner!«, sagte Josefa zu dem Geist Hieronymus.

Das YouTube-Medium sprach unverdrossen weiter: »Das Bewusstsein in eurer westlichen Welt hat nur eine kümmerliche Ausbildung erfahren. Ihr seid hochspezialisiert in vielerlei Hinsicht, das geistige Training ist jedoch armselig. Ihr leidet unnötig, und wir sehen das Potential, das ihr habt. Wir möchten euch unterrichten, damit ihr euch besser verwirklichen könnt, wir möchten gerne mit euch kommunizieren. Denn in Wahrheit seid ihr schöpferische, göttliche Wesen mit grenzenloser Freiheit.«

Wow! Da redete so ein Geist aus dem Universum direkt in ihr Wohnzimmer hinein. Vielleicht aber auch etwas zu viel des Guten. Vielleicht ein andermal.

Josefa klickte zurück zu den Influencern und ihren grünen Smoothies mit Himalayasalz.

Manifestieren. Sie hatte sich geschworen, ein besseres Leben zu manifestieren. Es gab tausend Anleitungen im Netz dazu: die Eigenschaften eines ersehnten Mannes aufzuschreiben und ihn bildlich vor sich zu sehen, jedes Detail, ihn zu schmecken und zu fühlen und zu sehen. Dann die Vision in eine Seifenblase hüllen und in das Universum schicken.

Man sollte jeden Tag Affirmationen für Glück und Reichtum formulieren. Sie konnte nicht weiter Zeit vertrödeln als Single, mit überzogenem Konto, in einem Büro für Leuchtmonitore.

»Ich bin erfolgreich. Ich bin ein Magnet des Glücks. Ich bin erfüllt vom Reichtum des Universums.«

Josefa legte den Kopf auf das Kissen und ließ sich einlullen von sanften Flöten, leise rauschendem Wasser, vereinzelten Klaviertönen und Glöckchen, YouTube begleitete sie in den Schlaf, und die Worte sanken geheimnisvoll in das unergründliche Unbewusste, Worte für die ewige Liebe, unendlichen Reichtum, paradiesisches Glück … und selbst die Worte von Hieronymus schwebten noch einmal vorbei am Horizont. So löste sich das unangenehme Gefühl im Magen, der alte, schwärende Käse … und Wundersames zog in ihr Gemüt. Sie schlief ein, von höheren Sphären getragen, und versank in einer weichen Wolke voller himmlischem Zauber.

Günthers Firmenjubiläum!

Josefas erster Gedanke am Morgen ließ sie senkrecht aus den Kissen fahren. Das Firmenjubiläum war wichtig! Alles musste vorbereitet sein, und es lag allein an ihr, Josefa! Stimmte alles mit dem Catering? Die verdammte Portokasse! War der Konferenzraum bereit? Konnte sie den Besuch vom Büromöbelvertreter noch verschieben?

Josefa beeilte sich im Bad, zog ihr sandfarbenes Leinenkostüm an und preschte los, mit dem Kaffee in der Hand.

Min-Joon Choi, der Sales Director Huiwan, legte Wert auf gewisse Rituale im Betrieb, wie zum Beispiel die Begrüßung eines neuen Mitarbeiters im Kreis mit einem Blumenstrauß, die Anwesenheit aller bei einer Beerdigung oder das gemeinschaftliche Aufstellen des deutschen Weihnachtsbaums.

Günthers fünfundzwanzig Jahre aber waren einmalig, ein Zeichen, dass man einen deutschen Angestellten auf diesem fremden Kontinent so lange beschäftigen konnte, ein Zeichen dass Huiwan sich in Europa etabliert hatte, ein Beweis, dass tausende und Millionen von Menschen ihre Arbeit oder Videospiele auf einem Huiwan-Leuchtmonitor anschauten – aus irgendeinem Grund waren die Koreaner ganz verrückt nach Günthers fünfundzwanzig Jahren bei der Firma.

Bibimbap, Kimchi und Reiscracker waren bestellt, der Konferenztisch war geschmückt mit der Firmentischdecke, und jeder erhielt ein neues T-Shirt mit dem Firmenlogo, dem Namen Huiwan auf Koreanisch und der Aufschrift »We are a team«.

Nun musste Josefa nur noch das Blumengesteck abholen, und die Portokasse war immer noch verriegelt und verbeult und die Schlüssel unauffindbar. Die Zeit drängte. Sollte sie sich Günther offenbaren? Er war ja sehr unangenehm berührt von dem ganzen Aufwand und hätte sich lieber gedrückt; vielleicht war er froh über diese Ablenkung und würde ihr helfen. Aber dann würde er überall Witze über sie machen, und darauf hatte sie einfach keine Lust.

Josefa packte die Portokasse und verließ die Firma, um wieder in die Alt-Bretzenhainer-Straße zu fahren. Sie musste mit der Blumenhändlerin sprechen oder notfalls den Betrag vorlegen, bis sie einen Portokassenknacker gefunden hatte.

Die Glöckchen erklangen wie ein Harfenspiel, als Josefa den Laden betrat.

»Ja, hallo!«, lächelte die Blumenhändlerin, als sei sie das Glück der Welt, das ihren Laden erhellte. Josefa hingegen schaute ihrerseits sehr unglücklich aus der Wäsche.

»Das Gesteck ist sehr schön geworden. Ist Ihnen nicht gut?«

»Ich äh … ich muss Ihnen ein Geständnis machen: Ich arbeite ja bei Huiwan und verwalte die Portokasse, und ich habe den Schlüssel verloren; jetzt kriege ich die nicht auf, und damit muss ich Sie doch bezahlen!«

Josefa holte die Kasse aus der Leinentasche und hielt sie ihr hin.

»Ich weiß nicht mehr, was ich machen soll!«

Die Blumenhändlerin kicherte. »Au wei! Haha! Ich dachte, sowas passiert nur mir!«

Sie nahm den Buddha in der Schneekugel, schüttelte ihn und ließ die Münzen herumtanzen. »Mal sehen, ob das hilft!«

Josefa musste lachen.

»Also, bis jetzt ist die Kasse noch nicht auf! Und da sind bestimmt noch vierhundert Euro drin!«

»Moment!«, rief die Blumenfrau. Sie eilte ins Hinterzimmer, das voller nasser Rosenstiele, Wassereimer und Folienreste war, und kam zurück mit einem dicken Hammer und einem Brecheisen.

»Wozu braucht man denn in einem Blumenladen ein Brecheisen? Ich bin übrigens Josefa.«

»Kristina«, sagte die Frau. »Das Ding lag noch von dem Vorbesitzer im Keller, ich nehme es manchmal, um die Hoftür aufzuhalten.«

Kristina beugte sich vor, und ein Zettel fiel ihr aus der Hosentasche.

»Hyazinthen«, las Kristina. »Wofür waren die denn nochmal? Egal.«

Sie schlug mit dem dicken Hammer auf die Kiste, und Josefa steckte das Eisen in den entstandenen Schlitz; so hämmerten sie und hebelten und begannen zu kichern. Es dauerte fast eine halbe Stunde, schließlich brach die Verankerung vom Schloss, und die Münzen sprangen aus den kleinen Plastikfächern heraus.

»Oh mein Gott!«, rief Josefa. »Oh mein Gott, ich bin so erleichtert! Vielen, vielen Dank!«

Sie hätte Kristina beinahe umarmt. Nun konnte sie von dem Geld alles bezahlen und eine neue Portokasse im Internet bestellen, das merkte keiner.

»Darf ich Sie vielleicht zu einem Kaffee einladen? Bisschen Zeit habe ich noch!«

»Ähm, gerne … Ich kann gerade aus dem Laden nicht weg, aber wenn Sie beim Tchibo einen holen, dann hätte ich hier ein Eckchen, wo man gemütlich sitzt!«

»O. k.!«

Josefa rannte los und kaufte erleichtert zwei Cappuccino und auch noch Käsetörtchen, Streuseltaler und einen Donut. Kristina schien sich sehr zu freuen, ihr Lächeln funkelte bis in die Augenwinkel, und irgendwie empfand Josefa das als sehr wohltuend.

»Ich habe hier so ein Räumchen, da gehe ich manchmal hin, wenn mir alles zu viel wird, also, es ist ein bisschen Klunker drin, lauter so Sachen, die ich nicht verkauft habe.«

Josefa staunte. Neben der Werkbank voller Rosenbündel war noch ein kleines Zimmer, vielleicht früher eine Vorratskammer oder Besenraum. Ehemals orange Wände in Wischtechnik verblichen hinter orientalisch geschnitzten Holzregalen, überall standen goldbeschlagene Schatullen, Duftlampen, Engelfiguren, und ein glitzernd bestickter Teppich mit einem blühenden Lebensbaum hing an der Wand.

»Zauberhaft!«, sagte Josefa. »So schön! Also, es sieht ein wenig aus wie bei Madame Ruxandra auf der Dippemess!«

»Oh, da war ich auch schon mal!«, kicherte Kristina. »War gar nicht schlecht!«

»Naja, also – bei mir wusste sie gar nichts! Außer dass mein Chef am nächsten Tag vorbeikommt. Da war ich schon erstaunt. Aber in der Liebe: nichts. Null! Ich dachte schon, sie ist blind, sie sieht nichts, sie hat Burnout.«

»Äh ...«, sagte Kristina, »also, wenn Sie wollen, ich habe da Lenormandkarten, so ähnlich wie Tarot. Ich könnte es mal probieren! Vielleicht sehe ich was? Ich habe sowas geerbt von meiner Oma, manchmal weiß ich einfach was, bevor es passiert!«

»Oh, wow!« Josefa war beeindruckt und wurde gleichzeitig nervös.

»Und wenn da wieder so lauter Mist kommt? Kann man vorher die schlechten Karten raustun? Hier – Tod und Teufel und all sowas?«

Kristina kicherte.

»Nee, keine Sorge, die Karten geben nur gute Hinweise darauf, wo das Leben hinführt und welchen Rat man befolgen soll. Hoffentlich kommt jetzt keine Kundschaft, irgend so eine alte Oma, die eine halbe Stunde braucht, um eine Rose zu kaufen.«

Josefa war einverstanden. Sie hatte nichts zu verlieren. Es kostete keine zwanzig Euro, die Blumenhändlerin war ihr zutiefst sympathisch, und sie fühlte sich so vollkommen wohl in dieser Zauberhöhle. Vielleicht konnte sie noch irgendwas kaufen für ihre magische Schublade. Einen kleinen Amethyst oder dieses Amulett oder die Kerze im Glas mit dem Heiligen Michael vorne drauf.

Kristina nahm die abgewetzten Karten und mischte sie gründlich, ihre schmalen Handgelenke ragten aus dicken Strickärmeln, die Hände tanzten, und in Windeseile breitete sie ein Kartendeck aus.

»Hm … was sehe ich denn da? Oh, ich sehe nicht nur einen Edelmann in der Nähe … da sind sogar … hm … drei! Du – kann ich du sagen? Also, du bist diese Herzdame hier. Von der Seite nähert sich ein feiner Herr. Er schaut zu dir hin, siehst du? Aber da, Moment, da sind Mäuse. Irgendetwas nagt an ihm. Er hat noch Zweifel, aber hier, sieh mal, da sind Blumen! Das ist ein gutes Zeichen. Also, viele Herzen in deinen Karten; könnte halt noch ein klein wenig dauern, bis einer von denen in dein Leben tritt, aber es steht in deinen Sternen!«

Augenblicklich hob sich Josefas Stimmung. Die Blumenfrau war viel besser als Madame Ruxandra! Josefa wollte nicht mal unbedingt glauben, dass sofort ein Mann um die Ecke kam, sie wollte einfach wieder Hoffnung haben. Sie war verzaubert in der Zauberhöhle.

Josefa überlegte. Am nächsten Ersten kam eine neue Mitarbeiterin aus Korea für die Produktassistenz. Dann würde sie wieder einen Blumenstrauß kaufen müssen.

Auf jeden Fall wollte sie wiederkommen.

»Danke! Tausend Dank! Au weia, ich muss gehen, ich muss ja noch nebenan eine neue Kasse kaufen! Aber das war super! Ich hole jetzt alles Firmenzeugs hier! Ich glaube, die Mutter von der Elfi stirbt bald, dann hole ich einen großen Kranz! Ach, und ich nehme die Kerze mit, die vom Michael.«

»Acht Euro. Und sie hilft wirklich. In den schlimmsten Zeiten bete ich zu Erzengel Michael, und augenblicklich bin ich beschützt und habe Kraft.«

Weder Josefa noch Kristina hatten die alte Dame in der lila Strickweste bemerkt, die mit der Geduld eines Gummibaums in der Ecke stand und hoffnungsfroh immer wieder das Wort »Hyazinthen« murmelte.

»Oh, ach, die!«, sagte Kristina. »Äh, ja.«

Josefa winkte nochmal und verzog sich. Mit einem schönen Gesteck in Grün, Blau und Orange, koreanischem Glückwunsch, geöffneter Portokasse, Erzengelkerze und neuer Hoffnung auf die Liebe verließ sie überreich beschenkt den Laden.

Günthers Jubiläum konnte beginnen!

Die großen Fenster der Schmalzfabrik leuchteten in der herbstlichen Abenddämmerung. Ein Kastanienbaum warf erste Kastanien auf das Pflaster, und drumherum mühten sich die Leute, noch ein Fahrrad und noch ein Fahrrad und einen Roller an den stählernen Baumschutzring zu schließen.

Josefa hatte es geschafft. Sie trug eine nostalgische Bluse, die alte Businesshose, die den Hüftspeck gnädig verbarg, dazu eine Wellenfrisur mit losem Dutt, denn sie wollte aussehen wie ein Stummfilmstar.

»Touché« hieß die Ausstellung der Fotokünstlerin Maria Graf, und »Touché« hatte Josefa an »Tusche« erinnert. Es war eine Aufforderung des Schicksals, sich wieder mal in künstlerische Gefilde zu begeben. Auch wenn ihr die eigene Kunst irgendwie minderwertig vorkam im Vergleich zu Maria Graf, die sich weit über die Stadt hinaus einen Ruf erworben hatte mit ihren schrägen Perspektiven, dem Lichtspiel und der Ästhetik ihrer Hochhausaufnahmen. Schwer genug, jetzt die Schwelle zu überschreiten und sich zwischen den ihrerseits wie Kunstwerke aufgetakelten Leuten zu bewegen. Auch wenn sie selbst aufgetakelt war, hielt sie doch die Takelage anderer Leute für viel kunstsinniger als ihre eigene. Allein die Lippenstifte! Allein die Filzbroschen und Filzhaarschmuck und Filzhandtaschen, die edlen Stoffe aus dem Secondhand, das gestochen scharfe Augen-Make-up mit malerischem Lidstrich. Dazwischen kunstvolle Verwahrlosung. Josefa bemühte sich, ihr Sektglas formschön in Schulterhöhe zu halten, während sie Maria Grafs Kunst studierte und aus den Augenwinkeln nach Bekannten Ausschau hielt.

Ah, da war Renée, hallo, Marisa, hallo, Steffen, hallo, Laila … Die Künstlerin selbst knabberte in der Ecke an einer Minibrezel.

»Na?«, sagte Marisa. »Schön, dich mal wieder zu sehen! Tolle Aufnahmen von Maria Graf, man weiß gar nicht, wie sie diesen Turm hier fotografiert hat. Als hätte sie sich von einem Fensterbrett abgeseilt!«

»Ja, stimmt. Das würde man ihr zutrauen.«

Josefa studierte die Schräge des Hochhauses und empfand … nichts. Keine Bewunderung, keine Freude, allenfalls Neid. Nicht, dass sie jemals sowas Langweiliges wie Hochhäuser hätte in Szene setzen wollen, aber sie neidete Maria Graf dieses natürliche Gleiten durch den Kunstbetrieb, den Anspruch auf diese Welt, dieses Zuhausesein unter Kulturredakteuren und Künstlern und Mäzenen. Niemals würde sie dazugehören. Nicht mit ihrem mangelnden künstlerischen Output, nicht mit ihrer mangelnden Hingabe, nicht … einfach überhaupt nicht. Es wurde ihr so schmerzlich bewusst, dass sie am liebsten gleich wieder gegangen wäre. Nur weil Kristina aus dem Blumenladen ihre Zeichnung auf dem Einwickelpapier so bewundert hatte, weil sie ihr so gute Tarotkarten gelegt hatte – und weil man sich um sein Weiterkommen kümmern musste, darum war sie hier!

Na, den Sekt nahm sie noch mit. Und da war auch Robbi, der selbst künstlerisch kein Stern am Himmel war, sich jedoch gut gelaunt herumtrieb von Feier zu Feier.

»Na Josefa, Dschosefina, wie schmeckt der Sekt? Am Fingerfood haben sie ja gespart!«

»Ja! Äh, habe ich noch gar nicht drauf geachtet. Der Sekt ist vom Aldi, würde ich sagen.«

»Oh mein Gott! Sekt vom Aldi? Hier?«

»Oh, die haben guten Sekt! Bei uns in der Firma zum Beispiel beim Firmenjubiläum, da ...«

Josefa verstummte. Die Welt von Huiwan schwappte immer aus ihr heraus, sie war so voll von Huiwan und so leer an glanzvollen Bildern aus Kunstzeitschriften, so wenig gefüllt mit geistreichen Artikeln aus dem Feuilleton.

Ein Mann in kariertem Hemd und Cordjeans, mit Nickelbrille und wilden schwarzen Haaren sah sie an. Immerhin. Josefa hob ihren Stummfilmdutt und wünschte, sie hätte sich noch einen dramatischen Lippenstift aufgelegt, so dramatisch wie der von Maria Graf. Sie erwiderte den Augenkontakt und sah dann verlegen weg. Sosehr sie sich einen Flirt wünschte, so schwach waren ihre Nerven, wenn es galt, einen zu beginnen. Was immer er zu ihr sagen mochte, sie würde nur antworten mit einem Schwachsinn, wie zum Beispiel »Günthers Firmenjubiläum«. Dennoch musste sie unbedingt wissen, ob der Kerl nochmal zu ihr herüberschaute – und tatsächlich: Er schaute immer noch, in einer Mischung aus Wachheit, Neugierde und mit einem Lächeln, ja, hallo! Könnte ein Intellektueller sein. Es wäre gut, wenn Josefa die innere Selbstverdammung in den Griff kriegen könnte. Robbi tänzelte schon weiter. War es nun gut, dass sie alleine hier herumstand? Wie ein Ziel? Sollte sie rasch mit jemandem plaudern? Seit sie die Schmalzfabrik betreten hatte, war sie überfordert.

Am besten betrachtete sie jetzt artig Bild um Bild, auch

wenn es noch so langweilig war, quatschte noch drei Sätze, haute dann ab und sah daheim »Queer Eye« auf Netflix mit der Wärmflasche auf dem Schoß.

Gerade als sie ihr Glas an der Bar abstellen wollte, tauchte der Mann im karierten Flanellhemd auf, und er gefiel Josefa auf der Stelle. Und wie!

»Na?«, lächelte er. »Sie wirken so ein klein wenig verloren …«

»Ich, ja, bin ich wohl irgendwie … Mir fehlt wohl ein bisschen der Background für so …«

»Aber warum? Sie wohnen hier?«

»Ja, in Frankfurt.«

»Na, dann sind Sie doch dauernd von Hochhäusern umgeben, dann sind Sie doch eine Expertin!«

»Ja, wenn man so will …« Josefa lachte und begann, sich zu entspannen. »Sie sehen so aus, als würden Sie was über die Ausstellung schreiben.«

»Ich nicht«, lächelte er, »aber …«. Er deutete vage zu einer blonden Frau mit gewaltigem Dutt, um die ein weites Kleid mit mehreren Volants herumschwang, ein Kleid, das tannenförmig nach unten hin Volant für Volant Fülle draufkloppte.

»Ah«, sagte Josefa enttäuscht. Immer kam sie zu spät.

Er neigte sich sanft zu ihr: »Ihre Frisur erinnert mich an Asta Nielsen, den Stummfilmstar.«

»Touché!«

»Ja, touché. Da darf man wohl keine Welle berühren, die sind ja fest wie aus der Kupferschmiede.«

»Naja, es ist nicht einfach, die Wellen zu legen; da muss man so Kämme quer versetzen und … also, meine Oma hat mir das noch beigebracht.«

»Chic!«

Josefa war verlegen. Er hatte so seltsame Kringel um die Pupillen, als wollte die Pupille aus einem Ei schlüpfen. Seine

Haare waren durcheinander, und man wusste nicht: War es künstlerischer Ausdruck? Oder hatte er keinen Kamm zu Hause? Warum flirtete er mit ihr, wenn die Dicke in der Ecke stand? Man durfte nicht Dicke sagen. Schlimm.

»Sie sehen aus, als wären Sie selbst eine Künstlerin, was machen Sie?«

»Nun, ich arbeite mit Tusche, aber ... das ist noch sehr experimentell.«

»Haben Sie ein Foto von einem Bild?«

Auf keinen Fall, nicht ums Verrecken würde sie ihm ein Bild zeigen von diesem dilettantischen Scheiß.

»Nein, leider nicht. Ich heiße Josefa.«

»Albert, also Albeeeert.«

»Französisch?«

»Meine Mutter hatte damals so einen Fimmel. Urlaub in der Bretagne. Jacques Brel und so.«

Die Schmalzfabrik hatte sich gefüllt, das Licht um die Bar herum wurde gedimmt, und einzelne Fotos wurden besonders angestrahlt. Sie bestellten einen Martini. Albert war so nahe, dass sie ihn förmlich riechen konnte; die Rippen unterm Hemd berührten sie fast, seine Flanellbrusttasche unter ihrem rechten Ohr, sie hätte den Ohrring hineinplumpsen lassen können. Sie hätte sich am liebsten mit dem Ohrring in seinem Flanellhemd verhakt, unabsichtlich, sie musste sich mit ihm verheddern, irgendwie, Gelächter erzeugen und Verwirrung, ein wenig Martini über sein Hemd schütten, ihm in den Arm beißen.

Er drehte sich um und hob das Glas, um irgendwo im fernen Dunkel der schreibenden Frau zuzuprosten. Josefa kam nicht klar. Die winzigen Knötchen der Flanellfäden dicht vor der Nase, das Funkeln des Martinis zwischen ihnen, die Bartstoppeln auf seinem Kinn, ein Zauber mit Ernüchterung; verwirrt von seinem Heiratsschwindlercharme rang sie um ihre emotionale Hoheit.

»Ich, äh, ich weiß nicht, ob ich bleiben kann, ich müsste langsam mal …«

»Warum?«, fragte er. »Es gab ja noch nicht mal die Eröffnungsrede!«

»Oh, ja. Ja, stimmt, aber ich lese die ja dann in der Zeitung Ihrer Frau.«

»Nein, sie ist doch nicht meine Frau, nur … gewissermaßen, ich mag sie.«

»Das ist schön.« Josefa rutschte von ihrem Barhocker herunter, um seiner hypnotischen Astralwolke zu entkommen. Nur keine Enttäuschung in ihr Leben laden, nur sich nicht wieder demütigen vor einem vergebenen Mann; sie war zu verwundbar, das hatte man ja alles schon gehabt.

»Nun, Albert, ich gehe dann mal.«

»Hm, ja, wenn Sie meinen, Asta Nielsen? Dann kann ich nur verstummen.«

Sie lächelte. War drauf und dran, ihm zart auf den Arm zu klopfen wie einem schwachen Hund, als er den Kopf schief legte und sie anschaute durch die Nickelbrille, die den seltsamen Doppelkringel um seine Iris einmal mehr umrundete.

Dann machte er Anstalten, in das Dunkel zu verschwinden. Da überkam es Josefa.

War es die Wut auf die vergangenen Beziehungen, die Fehlversuche, das lange Alleinsein … war es der Martini oder weil er sie Asta Nielsen genannt hatte, sie konnte es nicht sagen. Doch es war Wut. Sie packte ihn am Kragen und zog ihn zu sich.

Albert wurde einen Augenblick starr, sein Nacken spannte sich, dann, zögerlich, gab er ein wenig nach, sie packte ihn fester, nahezu gewaltsam, zog ihn noch näher, sie raubte ihm einen Kuss, den er halbwegs erwiderte. Es fühlte sich großartig an. Sie hatte sich genommen, was ihr gefiel. Wie ein Kerl. Sie wunderte sich einen Augenblick über die Kraft ihrer Arme. Jetzt konnte sie nach Hause gehen.

Als der Galerist zur Treppe ging und seine Laudatio begann, hörte Josefa nur noch: »Metropolenkultur … die Ästhetik und Minimalistik des urbanen Zeitalters … bla …«

In Hochstimmung winkte sie noch einmal in die Runde, und schon war sie verschwunden, auf ihren Lippen der Glanz des Martinis und der von einem gestohlenen Kuss.

Huiwan war so nüchtern wie die gestrigen Hochhausbilder, Maria Graf hätte genauso die Lochstellwände und die Akustikdecke fotografieren können für eine weitere, aufsehenerregende Vernissage mit Ansprache des Kulturreferenten und einem Fotografen der Rundschau, und jeder hätte gedacht: Oh, welche Ästhetik! Welche Klarheit der Linien! Die Einsamkeit eines Stellwandloches repräsentiert die Einsamkeit des Individuums in der urbanen Gesellschaft! Oder so.

Wie unter Zwang zog Josefa ihre Schublade auf, um sich an dem Leuchten des Lapislazuli zu erfreuen, seinen winzigen Grüftchen, dem Geheimnis, der Unendlichkeit, seinem ewigen Gefunkel. Sie las ihre Sprüche, und einer sagte: »Das größte Mysterium ist im Menschen selbst verborgen« von Elias Rubenstein. Ja, jedes Mysterium und jedes unergründliche Rätsel war schöner als eine Lochstellwand mit Kabelkanal.

Sie musste an die Zauberhöhle im Blumenladen denken, wo man saß wie in ihrer Schublade. Von Engeln umgeben und leuchtendem Krimskrams, und es war so tröstlich. Einfach tröstlich. Das Gekicher der Blumenhändlerin war wie Vogelzwitschern und machte alles viel leichter. Am liebsten wäre Josefa einfach hinausspaziert und hätte Kristina besucht und den ganzen Tag in der Kristallhöhle gesessen. Nur so.

Stattdessen musste sie den Katalog öffnen und Büromaterial bestellen.

Das machte Josefa eigentlich sehr gerne, denn Min-Joon Choi hatte ihr keinerlei Grenzen gesetzt und war ungemein großzügig in diesen kleinen Dingen. Er unterschrieb alle Rechnungen, ohne sich darum zu scheren, ob sie nun einen sechseckigen Bleistift aus dem Sale bestellte oder einen kunstvollen Drehbleistift von Faber. Es gab so wunderschöne Stifte, in allen Farben und marmoriert und mit Verzierungen wie kostbare Federhalter, so glitten sie dahin, federleicht, und schrieben geheimnisvolle Dinge wie: »Huiwan erleuchtet deine Welt!«

Wenn man sich anstrengte, konnte man überall Geheimnisse finden, selbst in diesem schnöden Katalog des Office Depot. Karteikarten in den schönsten Farben mit Linien wie in ihrem ersten Schulheft; auf diese Karteikarten konnte Josefa Wünsche aufschreiben und sie in der Schublade verstecken, ein tröstliches Wort oder eine wundersame Begegnung.

Flanellhemd und Pupillenkringel, ein geraubter Kuss, das Rauben ein Glück.

Josefa bestellte kreuz und quer, was ihr gefiel. Sie ging zum Schrank und notierte die Bestände, fragte jeden, was ihm denn noch fehle, und die Wünsche waren mal bescheiden und mal uferlos.

»Einen neuen Kugelroller, einen Locher, einen Visitenkartensammler, einen Montblanc.«

»Okay.«

»Sechs Pakete Druckerpapier, fünfmal A4 und einmal A3. Sieben neue Leitz-Ordner. Neuen Toner und ein Headset für Mi-Suk.«

Das war's. Josefa drückte auf »Bestellung absenden«.

Der Bildschirm antwortete: »Wir haben Ihren Auftrag entgegengenommen.«

Kaum hatte sie die Bestellbestätigung gesichert und gespeichert, drückte Josefa zur Belohnung auf YouTube. Alle waren auf der Vertriebskonferenz. Niemand würde sie sehen, sie musste nur hinterher den Verlauf löschen.

YouTube war ein herrlicher Gemischtwarenladen, und man konnte sich bedienen nach Herzenslust! Ihr fiel die Session mit Kristina wieder ein und wie schön die ihr die Karten gelegt hatte. Konnte sie nicht selbst so etwas lernen? Karten legen und geheimnisvolle Botschaften erhalten? Josefa gab ein: »Blick in die Zukunft«.

Schon tauchten Videos auf über berühmte Hellseher, Voraussagen durch AI, Ratschläge von indischen Gurus und Kartenleger mit vielen Halsketten, mit Engelbildern, indischen Göttern, übermäßigem Blumenschmuck und hohen Stimmchen, als habe sich deren Stimme bereits ins Jenseits verflüchtigt. Josefa wurde schon ganz schwül vom Hinsehen. Dazwischen plötzlich wieder das Fernfahrer-Medium mit seinem rustikalen Outfit, und wo andere Rosen und Räucherstäbchen hatten, stand bei ihr womöglich die Currywurst. Danny Krämer. Auch ihre Stimme war hoch vor Aufregung. Dieses Video zu machen, sich zur Schau zu stellen oder diese seltsame Performance zu machen, war offenbar nicht ihr Ding.

Fasziniert beobachtete Josefa das Medium, in das nun wieder der Geist einfuhr. Bei YouTube gab es ja wirklich alles. Dannys Schultern hoben sich ruckartig, der Kopf fiel in den Nacken, dann normalisierte sich der Körper wieder, und die Stimme begann zu sprechen: »Aah, da sind wir wieder, ihr lieben Erdenmenschen, willkommen! Wenn sich euer Herz öffnet für inspirierende Botschaften, werdet ihr euch besser fühlen mit euch selbst, besser fühlen mit eurem Leben: Wenn ihr die Vibration dieser Botschaften spürt, bekommt ihr ein Gefühl für euer wahres Selbst. Denn wir sind mit euch verbunden. Und nur wenn ihr euch wirklich richtig gut fühlt – seid ihr, wer ihr wirklich seid. Hört also auf, Dinge zu tun, die euch Schmerzen bereiten, und die größte Sünde eures westlichen Bewusstseins ist die, euch selbst nicht zu lieben. Hört auf, alles zu verurteilen in eurem Leben! Euer Leben ist exakt so, wie es sein muss, um euch zu zeigen, wer ihr seid. Wie anders solltet ihr es transformieren?«

Die Tür ging auf, und Min-Joon kam aus dem Konferenzraum.

»Could you make us another green tea?«

»Yes, of course!«

Josefa stand auf. Mist. Sie hätte dem Fernfahrer-Medium gerne noch weiter zugehört, denn auch sie wollte sich besser fühlen mit sich selbst.

Als sie den Tee gekocht und in den Konferenzraum gebracht hatte, kehrte sie zum PC zurück und wollte weiterlauschen, aber das Video war schon vorbei, und YouTube präsentierte nun einen Kartenleger.

»Hier deine persönliche Botschaft des Tages. Stelle im Geist eine Frage, und ich ziehe für dich eine Karte!«

Josefa konnte nicht widerstehen. Innerhalb einer Woche war sie orakelsüchtig geworden.

»Was ist Albert für ein Mensch?«

Der aus Wut geküsste Mann. Er könnte ein Brandloch in der Backe haben, so feurig hatte sie geknutscht. Was würde dieser dürre Kerl wohl sagen, wenn er sie hier sehen könnte mit einer Bestellung für Radiergummis, Locher und Post-it-Würfel? Wo doch seine Lebensgefährtin oder Frau nicht nur auf Vernissagen ging, sondern auch noch die richtigen Worte fand, um diese zu beschreiben? Worüber sprachen sie denn beim Abendessen? Über die Bach-Kantate in h-Moll in der Alten Oper? Oder irgend so einen Kram?

Der esoterische Mensch mit seinem roten Schal und der brennenden Kerze sah aus wie von Astro-TV und hob eine Karte aus seinem Deck auf dem violett glänzenden Tuch: ein stolzer Held in mittelalterlicher Rüstung auf einem galoppierenden Pferd, das Schwert gen Himmel gereckt.

»Der Ritter der Schwerter: Er zeugt von leidenschaftlichem Denken und Zielstrebigkeit und kommt auf dich zu!«

War das Albeeert? Ein Ritter im schimmernden Harnisch und womöglich auf Angriff gebürstet? Ach komm, da hatte sie brachial einen Kerl geknutscht und war dann fortgelaufen, wie sollte der Astro-TV-Mensch auf dem Bildschirm von dem wissen? Der legte gerade dieselben Karten für vielleicht zwanzigtausend Follower, das konnte ja nicht stimmen. Immerhin, Josefas Laune hob sich, dafür waren die albernen Karten ja allemal gut. Sie schloss YouTube und lächelte: ein Ritter der Leidenschaft und sehr zielstrebig. Die Hoffnung starb zuletzt.

Es klingelte. Josefa war es leid, die Tür zu öffnen. Alle fünf Minuten DHL, der Hausmeister, ein Fahrradkurier, Elfi, die den Schlüssel vergessen hatte, wann endlich gab es den Knopf mit dem Summer für ihren Tisch? War sie eine Rezeptionistin? Blumen gießen, Klopapier auffüllen, Backup-Tapes am Server wechseln, man brummte ihr alles und alles auf. Missmutig ging sie an die Tür und öffnete.

Es traf sie wie der Blitz.

Der Ritter der Schwerter!

Albeeert!

Diesmal im gestreiften Hemd zur selben Cordhose wie gestern. Die Haare heute vielleicht von fünf Fingern durchfahren, er lächelte wie ein weiser alter Wahrsager. Die schwarzen schalkhaften Augen umgeben von Nickelringen.

»Hallo!« Seine Stimme war wirklich kein Bass. Für einen Mann etwas hoch, aber jedes Wort war schön gesprochen, also wenigstens das »Hallo«. Josefas Antwort konnte nur rau und rumpelig daherkommen, falls ihr je wieder ein Wort über die Lippen gelangen sollte.

»Ich wollte nur wissen, ob ich mir das gestern eingebildet habe.«

Josefa war fassungslos.

»Woher weißt du denn, wo ich …«

»Naja, Recherche gehört zu meinen Spezialgebieten. Habe ja gesehen, mit wem du dich unterhalten hast …«

»Oh weia«, sagte Josefa. Mein Gott, musste sie heute die blöde, spießige Bluse tragen, und warum hatte sie Haare wie Rhabarberblätter, der Scheiß-Festiger, und dann quoll ihr über den Bund eine schöne, dickliche Rolle Fett. Bodyshaming Masterclass.

»Ich, ähm, möchtest du reinkommen und einen Kaffee trinken?«

Wem wollte sie das erklären? Hier im Büro einen – was denn? – Freund zu bedienen?

»Nein, ich bin zwar sehr für die Erkundung moderner Arbeitswelten, aber mein Fahrrad steht im Parkverbot.«

»Ah.« Sie lachte. »Nun, das ist natürlich ein Problem. War die Ausstellung denn noch schön? Wie war die Rede vom Galeristen?«

»Naja.« Er zuckte die Schultern. »Das Übliche. Ziemliches Geschwurbel zum Wohle der lieben Graf.«

»Ah, ja, Geschwurbel …«, wiederholte Josefa.

»Bist du hier gefesselt? Oder darfst du einen Augenblick vor die Türe?«

»Oh, ich, ich kann jederzeit mal ne halbe Stunde verschwinden, ich sage einfach … Also, ich habe hier einen Chip, und dann logge ich mich aus … Habe ja genug Überstunden, ich muss nur Bescheid sagen, also kurz mal fragen … oh Gott, bist du wirklich in die Bürostadt gekommen, um eine Bürotussi …«

»Eine umwerfende Bürotussi jedenfalls, hat mich gestern vom Hocker gerangelt, sozusagen; dafür verdient sie jetzt eine Eiscreme.«

»Ja, wirklich?«

»Unbedingt!«

Josefa holte ihre Handtasche, sagte Elfi Bescheid und folgte ihm. Überrumpelt.

Der Ritter der Schwerter hatte sie eingeladen in ein Eiscafé in der Alt-Bretzenhainer-Straße, nicht weit vom Blumenladen, der einzigen Straße, die einen in diesem unwirtlichen Vorort mit Frankfurt versöhnte. Wenn man sich anstrengte und den Hals verdrehte, sah man sogar zwischen zwei Häuserwänden winzig und glitzernd den Main vorüberfließen. Auf dem Metalltisch standen eine verknickte Speisekarte mit einem verblassten Kiwibecher und eine Tulpe, doch die Tulpe sollte nicht alleine bleiben. Albert überreichte ihr lächelnd ein Sträußlein Maiglöckchen.

Josefa war überrumpelt, dann verzückt, hingerissen und rettungslos verloren. Jetzt schon. Der Übermut von gestern war verschwunden, von nun an galt jeder Moment dem Erhalt und der Verlängerung dieses romantischen Augenblicks. Mein Gott, es waren Maiglöckchen und keine dunkelroten Rosen. Doch die Maiglöckchen bedeuteten tausendmal mehr. Mehr als alle blühenden Blumenmeere im Laden nebenan. Womöglich. Josefas Nase versank in den winzigen, zitternden Kelchlein und der Duft war süßer als der ihres ersten Parfüms am dreizehnten Geburtstag; er stieg ihr zu Kopf wie der erste Schluck Wein im Sommer am See. Vor Süße und Schwindel musste sie beinahe husten. Albert lächelte überzärtlich. Unangebracht überzärtlich für diesen Moment, während Josefa unangebracht überverliebt in ihr Sträußchen starrte. Die Maiglöckchenwolke hatte ihr Hirn so schlagartig vernebelt, als hätte sie Klebstoff geschnüffelt.

Entscheidungsunfähig bestellte Josefa den Kiwibecher. Albert nur einen Espresso. Die Kugeln schmolzen dahin, die Sahne verformte sich, und die Kiwi war sauer; es war nahezu unmöglich, mit dem überlangen Löffel das Eis zu bewältigen. Albert hingegen kräuselte die Lippen und machte nur einmal schlurps, und schon war die Sache erledigt.

Josefa kämpfte und kämpfte und sah nur verschwommen, dass Albert plötzlich senkrecht in die Höhe schoss, den Blick auf das Handy gerichtet, und dann kommentarlos auf die Straße rannte. Vom Gehweg aus winkte er ihr wie einem Kind, runzelte die Stirn, fuhr sich durch das störrische Haar, schwang beim Reden den Ellenbogen durch die Luft und lächelte angestrengt.

Vielleicht sprach er mit einem Steuerberater oder jemand teilte ihm mit, er habe ein uneheliches Kind aus dem letzten Spanienurlaub. Vielleicht war eine neue physikalische Erfindung so kompliziert, dass nicht mal er sie verstand. Was auch immer er verhandelte, das Gespräch musste ein Drahtseilakt sein. Er tanzte balancierend über die Straße, den Ellenbogen noch immer hochgereckt wie einen knöchernen Wimpel. Josefas Gehirn war außer Kraft gesetzt. Maiglöckchen, Kiwibecher und der verdrehte Straßentänzer Albert. Ihre Pause war ja nicht unbegrenzt.

Alberts angestrengtes Lächeln dauerte an, als er zu ihr zurückkehrte und sich niederließ wie ein Prinz.

»Nur was Dienstliches!«

»Du bist mir keine Rechenschaft schuldig«, sagte Josefa.

»Dir nicht«, meinte Albert. »Noch nicht.«

Was sollte das denn bedeuten?

»Wenn man tut, was sich im Augenblick richtig anfühlt, muss man niemals Rechenschaft ablegen«, sagte Josefa.

Albert sah sie rätselnd und zerstreut an.

»Habe ich dir wertvolle Zeit gestohlen?«

Was war denn wertvolle Zeit in einem Vertriebsbüro. Er musste offensichtlich weg. Er war ein Phantom, das sich im Augenblick schon wieder verflüchtigte. Ach, das machte nichts, sollte er doch machen, was er wollte, sie hatte ja den Maiglöckchenstrauß. Der Duft würde länger bleiben als Albert, und jedes sich schüttelnde, stumme Glöckchen verkündete ein Paradies.

Der Abschiedskuss war dünn. Die schmalen Lippen hatten wenig Drang oder besser, er hatte wenig Fahrt auf den Lippen, sie schafften nur eine flüchtige Berührung.

Josefa blieb sitzen, ihr Mund schmeckte noch ein wenig Espresso.

Dann war er verschwunden.

Ein Tropfen. Wie er sich wölbte und schillerte, wie sich ein Häutchen darüber zu spannen schien, wie über Wasser, wenn sich die Mücken daraufsetzen. Nur als Tropfen war das Schwarz so schwarz. Sobald die Feder ihn berührte, war er zerstört. Josefa blies ein wenig, und der Tropfen zitterte. Sie könnte ihn so lassen, dann malte sie einfach nichts. Dann machte sie noch einen Tropfen und noch einen Tropfen. Irgendwann gaben sie dem Hauch ihrer Lippen nach, sie platzten und liefen in Rinnsalen über das Papier. Josefa sah schwarzes Blut strömen, immer dünner und transparenter werdend, irgendwann verblasste es, wie Nebel über Schnee. Konnte die Tusche selbst entscheiden, welches Bild sie in sich trug? Konnte man ihr freien Lauf lassen, und sie suchte sich ihren Weg auf dem glatten Untergrund von ganz alleine? Der Gedanke war bezwingend. Josefa kippte ein wenig Tinte aus dem Fässchen und verteilte die Farbe mit ihrem Atem in alle Richtungen. Delta, Bäume, durchsichtige Korallen, schattenartige Wesen, verfluchte Mönche, die sich aus dem Morast erhoben, Verbrechen hinter Wurzelwerk … Das Leben war ein einziger Rorschachtest.

Es musste ein Bild in der Tusche geben, das sie noch nicht kannte. Ein Bild hinter dem Bild, eine Welt hinter der Welt. Wie die Wahrsagerin von der Dippemess etwas gesehen hatte, das sonst niemand sah, wie Kristina etwas aus den Karten las, auf das kein anderer Mensch kam. Konnte sie, Josefa, nicht auch etwas sehen, das niemand außer ihr sah?

Vielleicht war ihr Weg die Tusche. Andere lasen aus dem Kaffeesatz. Sie selbst war besessen von ihren schönen Federn. Im Augenblick, wo sich ihre Spitze trunken schwarz befüllte, begann sie, über das Reispapier zu gleiten, schnell und anmutig wie die Spuren von einem Schlittschuhtanz. Aber heute?

Papier war da. Feder war da. Tusche war da. Aber kein Bild.

Im Fenster über dem Frankfurter Innenhof klebte ein wenig Spatzendreck, verdreckter Efeu ragte vom Balkon ihres Nachbarn in den Glashimmel hinein. Schließlich fing Josefa an, zu kritzeln wie ein Kind, malte Kringel und Bögen, packte mit der anderen Hand einen Schokoriegel aus und aß ihn kritzelnderweise auf. Ihre Kindergartenhasen entstanden wieder, drei Kringel ineinander, Kopf, Bauch, Puschel. Vielleicht Farbe. Es fehlte die Farbe. Immer nur schwarz. Aber Josefa hatte keine Farbe, und ihr fiel ein, dass William Turner einmal mit Eigelb gemalt hatte. Also ging sie in ihre kleine Küche, zog den Kühlschrank auf und köpfte ein Ei. Das Eiweiß konnte man ja später noch essen, und sie ließ es in eine Tasse fließen. Den Dotter ließ sie gleich in der Eischale und tunkte die Feder hinein. Es entstand ein bräunlicher Fluss auf dem Papier, wie eine Jaucherinne, aber warum auch nicht. Neue Fäden zogen Spiralen in Schwarz oder Orange, Josefa schmierte herum und verteilte die Farbe mit den Fingern. Sie musste doch kein perfektes Bild malen, es stand kein Albert in der Tür, der kritisch ihre Sauerei betrachten würde. Keine Freunde hatten sich angekündigt. Sie konnte machen, was sie wollte. Schließlich sah sie auf dem genotzüchtigten Papier vage ein Gesicht entstehen, zerfahren von Strichen und marmoriert wie altes Geschenkpapier. Man sieht immer ein Gesicht. Das Gehirn neigt zur Autovervollständigung von diffusen Wahrnehmungen. War aber eigentlich egal. Josefa mochte dieses Gesicht so, wie es war, und malte ihm gleich ein Gewand und schmutzige Haare dazu. Einen schmutzigen Engel. Der gefiel ihr. Sie war keine intellektuelle Künstlerin mit einer herausragend anspruchsvollen Idee. Sie lag auf dem Fußboden und schuf Eidotter-Engel mit Tinte. Das machte ihr wahre Freude. Richtige, tiefe Freude.

Glücklich stand sie auf, warf das übrige Eiweiß in die Pfanne und toastete ein Brot dazu. Reichte für heute Abend. Neben ihrem Teller standen die Maiglöckchen und schienen nicht mehr so freudig zu zittern, ihre weißen Gesichtchen trübten sich, drohten sich bräunlich einzudunkeln. Josefa tippte auf dem Smartphone herum auf der Suche nach Kristinas Blumenladen. Öffnungszeiten bis 18.30 Uhr. Es war aber schon sieben Uhr! Ob man sie vielleicht ausnahmsweise privat anrufen könnte? Es war immerhin ein Notfall.

Josefa zögerte, dann tippte sie die Nummer. Tatsächlich meldete sich Kristina am anderen Ende.

»Hallo? Oh, hallo, du gehst dran, das ist ja super, hier ist Josefa von dem koreanischen Dingen. Wir hatten unlängst bei dir Kaffee getrunken und …«

»Oh, hallo, wir haben leider schon zu!«

»Ja, stimmt, und ich wollte auch keinesfalls stören, nur eine ganz kurze Frage: Wie kann man Maiglöckchen länger haltbar machen?«

»Oh je … ich weiß nicht, ob das geht. Ich hole aber morgen frische Maiglöckchen vom Großmarkt!«

»Ach nein, ich würde gerne lieber diese hier ...«

»Maiglöckchen kosten im Bund acht Euro.«

»Ja, ich will ja keine neuen, ich will diese länger haltbar machen ... Sie sind ... sie sind von Albeeert!«

»Wer ist denn Albeeert?«

»Na, der Edelmann! Du hast mir aus den Karten einen Edelmann vorausgesagt, und da ist er! Man weiß nicht, ob er jemals wiederkommt, aber die Blumen sind ein Zeichen des Himmels, dass auch bei mir nicht alles hoffnungslos ist!«

»Ja herzlichen Glückwunsch erstmal! Mir schenkt ja gar keiner Blumen, haha! Also du solltest natürlich Flüssigdünger nehmen, aber ewig halten die dann auch nicht.«

»Kann man Maiglöckchen trocknen?«

»Hm, Maiglöckchen trocknen ist doof, da werden die giftig. Ähm ... ich bin gerade auf dem Sprung ...«

Josefa seufzte. Es wurde immer wahrscheinlicher, dass die Maiglöckchen bald in der braunen Tonne landeten. Der knochige Straßentänzer Albert war davongetanzt, ein Traum, ein verblassender Traum, Josefa rieb sich die Augen.

Und wenn sie nun rasch etwas Flüssigdünger holte? Bis acht hatten die Geschäfte doch noch auf.

Auf der schönen, belebten Berkersheimer Straße war ein Geschäft neben dem anderen, ein Eiscafé, ein Optiker, ein Pakistani, ein Schmuckladen, ein Lotto-Toto-Kiosk und der Woolworth. Noch immer waren die Leute unterwegs und tummelten sich auf den eher schmalen Gehwegen der alten Einkaufsstraße. Josefa schwenkte ihren Blumendünger, den sie eben noch erworben hatte, und trödelte heimwärts.

Auf dem Weg lag auch das esoterische Old Earth mit seinem himmlischen Krimskrams im Fenster, wo Josefa schon einiges erworben hatte für ihre Schublade bei Huiwan. Meist lag das Schaufenster im Dunkel violetter Samttücher und nur erhellt von Kristallen, indischen Figuren und Büchern über Rückführungen, Astrologie und Engelsbotschaften. Heute schien darin alles erhellt, man hörte Stühlerücken und aufgeregtes Geplapper, die Tür ging auf und zu. Josefa wurde neugierig und schielte durch die Glastür. Alles war voller weißer Klappstühle, die es mal für fünf Euro bei Woolworth gegeben hatte. Offenbar war eine Veranstaltung geplant, die demnächst begann.

Eine Frau um die fünfzig mit rötlichem langem Haar setzte sich ein wenig scheu und unbeholfen vor die Leute. Sie trug eine orientalische Bluse mit übermäßig vielen Stickereien, die mit der ausgeleierten Jeans nicht ganz harmonierte. Sie kam Josefa seltsam bekannt vor. Wer war denn das nur? Da entdeckte sie ein Plakat in DIN A4 an den Mosaiksteinchen im Eingang:

»Veranstaltung mit dem Medium Danny Krämer: Botschaften von Hieronymus«.

Das Fernfahrer-Medium von YouTube! Josefa konnte es nicht fassen. Was machte die denn hier? Wohnte sie etwa in Frankfurt? Oder irgendwo in Hessen? Man musste doch glauben, dass Influencer oder sonstige Content Creator in YouTube wohnten und keine Heimat hatten. Wenn Danny Krämer aber schon mal da war, dann konnte man sie doch mal live und in Farbe …

Josefa drehte sich vorsichtig um, denn der Laden hatte für sie immer noch etwas Anrüchiges oder Verbotenes. Dann schlüpfte sie mit dem Blumendünger durch die offene Tür, warf acht Euro auf die Theke und entdeckte den letzten noch freien Stuhl im Publikum. Man hatte große Regale zur Seite geschoben, um Platz zu haben für alle. Nur ein einziges, schweres blaues Buch war groß ausgestellt, der Titel leuchtete golden: »Ein Kurs in Wundern«

Es war, als wartete das Buch auf jeden, der hereinkam. Es

schien eine gewisse Kraft zu haben und strahlte majestätisch vor sich hin. Davor saß Danny mit einer zusätzlichen Lampe, die sie in hellem Licht erscheinen ließ. Offenbar fühlte sie sich etwas unwohl und rutschte hin und her. Sie schien Freunde dabeizuhaben, die ihr ermutigend auf die Schulter klopften, ein Wasser brachten und die Lampe zurechtrückten. Links und rechts von Josefa saßen die üblichen Verdächtigen: nach Patschuli duftende Frauen mit indischen Röcken, weiten Blusen und vielen Halsketten, Männer mit hochgezwirbeltem Dutt, Cannabisduft und weiten Leinenhosen. Daneben völlig normal gekleidete Leute, zu denen auch Dannys Freunde gehörten.

Die Inhaberin von Old Earth hieß Martina. Sie hatte blonde schulterlange Haare mit Pony und schon tausende Räucherstäbchen verkauft, unzählige Klangschalen und Kristalle; sie wirkte gleichermaßen sanft und engelhaft wie durchgemergelt von den Jahren in Kräuterdüften und Sphärenklängen, tagaus und tagein. Sie schob nun ihren Stuhl zu Danny heran und sprach mit leiser Stimme.

»Wir begrüßen heute Abend Danny Krämer, die für uns die spirituelle Wesenheit Hieronymus channelt. Es war mir schon lange ein Bedürfnis, sie einzuladen, denn ich habe sie bei Freunden im Wohnzimmer gehört und war tief beeindruckt von dem, was sie zu sagen hat. Danny – wie hat das Channeln bei dir angefangen?«

»Nun …« Allmählich breitete sich ein vorsichtiges Lächeln auf Dannys Gesicht aus. »Ich bin groß geworden mit spirituellen Leuten, meine Mutter, meine Tante, alle legten Tarotkarten im Wohnzimmer oder veranstalteten Seancen … Das war also nichts Neues für mich. Ich selbst war aber immer fasziniert von dem ›Kurs in Wundern‹.«

»Ja«, sagte Martina. »Das haben wir auch hier im Laden, es ist ja ein spirituelles Standardwerk; wer es noch nicht kennt, es hat eine eigene Energie und hebt die Schwingung. Das Buch hat ganz tolle Übungen, die jeder mal machen sollte, aber viele haben ja etwas Schwierigkeiten mit dem etwas schwergängigen Text im ersten Teil.«

»Ja«, sagte Danny. »Das hat mich aber nie abgehalten. Ich habe jahrelang mit dem Buch im Café gesessen und es studiert. Das Buch hilft ja, dich von alten Sachen zu reinigen und so. Dann habe ich automatisches Schreiben gemacht: Man hält den Stift auf das Papier und lässt die Hände malen oder schreiben, erst lauter Kreise, lauter Wellen, und dann kam irgendwann das Wort ›Hieronymus‹.«

Martina nickte beständig und fragte dann: »Aber malen und schreiben ist ja noch nicht channeln. Wie ist das passiert?«

Danny hustete und sagte: »Naja, die Worte waren irgendwann da. Es ist so, als ob sich eine gute, geistige Kraft nähert. Schon als Kind habe ich Wesenheiten gespürt. Ich habe Hieronymus praktisch erlaubt, durch mich zu reden; mein Bewusstsein im Kopf tritt zurück, und Hieronymus spricht dann.«

»Ist Hieronymus ein normaler Geist? Wo kommt er her?«

»Nun, er sagt, er spricht für eine Gruppe. Die zugehörigen Wesenheiten kommen aus verschiedenen Zeiten, Räumen und Planeten. Sie sind keine Engel, aber hohe spirituelle Lehrer, die den Menschen helfen wollen.«

Martina drehte sich zum Publikum und schien froh, diesen Frageteil gut hinter sich gebracht zu haben. Sie bat nun um Aufmerksamkeit für Hieronymus, der oder die jetzt durch Danny zu uns sprechen werde.

Das große Licht wurde ausgeschaltet, und Danny allein saß im Licht.

»Ja, okay«, sagte sie. »Ich werde jetzt die Augen schließen, atme einige Male tief ein und aus, und ihr werdet merken, wenn Hieronymus durchkommt.«

Faszinierte betrachtete Josefa Dannys Hinübergleiten in einen Trancezustand, die Hände auf die Knie gelegt, den Kopf gesenkt, Schweigen. Dann, plötzlich, flog der Kopf in den Nacken, und sofort, noch in der Bewegung, erklang die Stimme:

»Es ist uns eine Freude, zu euch zu sprechen … geliebte Erdenmenschen.

Wenn ihr euer Leben betrachtet, eure Beziehungen, eure Gefühle … so liegt alles vor euch wie eine Landkarte. Da gibt es Bereiche, in denen alles gelingt, wo ihr produktiv seid und begeistert und kreativ und alles genießt … Dann gibt es andere Bereiche in eurem Leben, wo es nicht gut läuft, und das ist wie ein abgespaltener Teil eures Bewusstseins, es ist der Bereich eures Egos: Es will dieses nicht und das nicht, und jenes soll anders sein, es bevorzugt hier was und verabscheut jenes; es akzeptiert nichts, wie es ist. Ihr seid aber ganzheitliche Wesen, und es geht darum, die abgespaltenen Teile eures Bewusstseins wieder zu reintegrieren. Das geschieht durch Akzeptanz und Vergebung.«

Es war, als sprangen gewisse Glücksfunken auf die Leute über, sie saßen andächtig und verzückt auf ihren Stühlen, das seltsam spröde Medium zog die Leute in seinen Bann. Josefa war fasziniert. Es war, als sei Danny Krämer irgendwie doppelt, als schimmere ein zweites Wesen aus ihr hervor mit einer gütigen Kraft und einer lichtvollen Aura. Das Fernfahrerhafte verlor sich, Danny verweiblichte sich vor aller Augen.

Als das Medium nach zwanzig Minuten eine Pause machte, stand Josefa auf und betrachtete das dicke blaue Wunderbuch.

»Das ist ein so tolles Buch«, sagte eine Frau mit langen grauen Haaren. »Man lernt darin eine andere Wahrnehmung der Realität – und dann kommt irgendwann die Erleuchtung. Bei mir hat es noch nicht geklappt, aber ich versuche es.«

Josefa spürte eine seltsame Verbundenheit mit dieser Frau. Was für schöne Augen! Hatte sie nicht vorhin Danny das Wasser gebracht?

»Ich weiß ja, ehrlich gesagt, nichts von solchen Sachen, habe hier immer nur Kerzen gekauft oder so. Ich sollte vielleicht da mal einen Blick hineinwerfen.«

»Kennst du die Marianne Williamson aus den USA?«

»Nee«, sagte Josefa.

»Sie ist eine Autorin, sie wird im amerikanischen Wahlkampf kandidieren und bezieht sich immer auf dieses Buch. Sie meint, mit der herkömmlichen Politik kommt man nicht weiter, es braucht eine spirituelle Revolution.«

»Der Wahlkampf ist doch erst nächstes Jahr, 2020. Da fangen die jetzt schon an? Die werden doch wohl nicht den schrecklichen Trump wiederwählen!«

Die Frau zuckte bedauernd die Schultern.

»Jedenfalls wurde Marianne Williamson schon von Jimmy Kimmel in die Talkshow eingeladen und war auch bei Oprah Winfrey. Die spirituelle Bewegung wächst!«

»Woher kennt ihr denn Danny? Ich habe sie nur auf YouTube gesehen!«

»Also, ich bin Maria. Und wir kennen Danny aus dem Taunus, da war die in so einem Meditationskreis, wir haben mitgekriegt, wie sich ihr Talent entwickelt, und helfen ihr, YouTube-Videos und eine Facebookseite zu machen. Wir sind Freunde und Fans.«

Sie zeigte auf einige Leute, die sich gerade um Danny kümmerten wie Coaches in einem Boxring vor der nächsten Runde.

»Dann werde ich mal die Augen offenhalten und Danny abonnieren!«

»Besuche uns auf Facebook!«, sagte Maria und ging weiter.

Josefa konnte nicht umhin, sie musste das Buch anfassen und hoffte, es könnte irgendetwas Wunderbares auf sie überfließen, ein schönes, kleines goldenes Wunder, einfach so. Sie klappte den Deckel auf und las »Du hast ein Anrecht auf Wunder.«

Das war doch schon mal was. Josefa nahm einen Flyer und setzte sich wieder, um nicht zu verpassen, wie der Geist Hieronymus sensationell in das Medium hineinfuhr mit den Worten:

»Geliebte Erdenwesen, wir sind gekommen, um menschliches Leiden zu mildern.«

Am Morgen erwachte Josefa seltsam betäubt. Als hätte man ihr im Schlaf überall Stempel aufgedrückt, jedoch von einem goldenen Stempelkissen. Ihre Pyjamahose war verrutscht, und am rechten Oberschenkel spannte das verdrehte Hosenbein, ihr Mund fühlte sich seltsam ausgeleiert an, als hätte sie die ganze Zeit gesprochen.

Aus welchen Welten rutschte man eigentlich heraus, wenn man im Bett wieder zu sich kam? Man wurde aus den Träumen heraus wieder auf die Erde gekippt und erwachte völlig bematscht. Kaffee. Nur Kaffee!

Der gestrige Abend fiel ihr wieder ein, die vielen Weisheiten aus dem Mund des rustikalen Mediums. Die Leute um sie herum. Sehr nett, ja, eigentlich. Was hatte das Medium nochmal gesagt? Sie konnte sich nicht erinnern.

Josefa stolperte mit der vollen Kaffeetasse über ihre Schuhe im Gang und schüttete die Hälfte an die Tapete. Ach herrje! Sie versuchte, mit Klopapier und Waschlappen die Flecken herauszukriegen, und es blieb ein bräunlicher Schatten. Immerhin noch genug Kaffee, um das Gehirn aufzuwecken.

Die Maiglöckchen! Hatte Josefa überhaupt den Blumendünger darauf verteilt? Für den sich verdünnisierenden Geist Albert? Ach, Mist, vergessen. Sie suchte hektisch nach der Flasche und glaubte, die verwelkenden Maiglöckchen besser retten zu können, indem sie eine volle Kappe Dünger in die Vase kippte. Spätestens jetzt hatte sie den Blumen den Rest gegeben. Wo war der Blumenschenker wohl jetzt?

In Josefa erwachte abermals eine schwere Orakelsucht.

Was hatte Hieronymus gestern gesagt? Man wollte der Menschheit helfen. Es ging um das Bewusstsein. Interessant war ja hauptsächlich der Moment, wo der Geist in das Medium hineinfuhr. Das war doch ein herrliches Spektakel, und man kriegte Gänsehaut. Inhaltlich war es ja mehr so allgemeinweltliches Gedöns. Dabei wollte Josefa eigentlich eine klipp und klare Durchsage in Sachen Albert.

Sie brauchte mehr so ein Feld-Wald-und-Wiesen-Medium, das man fragen konnte: Wann heirate ich? Wie viele Kinder kriege ich? Wo lebt der Mann meines Lebens?

Kristina! Sie würde Kristina behelligen müssen.

Josefa versuchte, die vielen Gedanken aus ihrem Kopf zu scheuchen, atmete tief ein und aus und besann sich. Sie wurde tatsächlich etwas ruhiger und betrachtete eine Taube auf dem Fensterbrett. Dann rutschte sie von ihrem Stuhl herunter auf den Teppich, griff nach ihrer Feder und malte einen schwarzen Tropfen auf das Papier. Der Tropfen wie die Pupille in Alberts Augen, sein Auge starrte sie an.

»Albert, was hast du mir zu sagen?«

Die Zukunft war rätselhaft, und der schmutzige Engel von gestern war getrocknet und bog sich auf dem welligen Papier.

»Oder du, Dotterengel? Was hast du mir zu sagen?«

Engel wie Pupille schienen sich vom Papier zu lösen und wurden dreidimensional. Sowas passiert, wenn man zu lange etwas anstarrt. Die Pupille sagte: ›Ich blicke tief in deine Seele.‹ Der Dotterengel sagte: »Was willst du?«

»Einen Liebhaber«, sagte Josefa. »Sowas wie Albert.«

»Dann male ihn dir.«

Josefa trank den restlichen Kaffee und stand auf. Wenn alleinstehende Frauen anfingen, mit sich selbst zu reden, war es vorbei. Da redete sie mit einem Stück Papier. Vielleicht wurde sie auch langsam plemplem. Dieser ganze spirituelle Humbug. Dieses ganze Kirmeskarussell in ihrem Kopf, es war gar nicht gut, sich selber zuzuhören.

Am besten, sie ging auf den Wochenmarkt und hinterher zu Kristina. Hatte nicht Albert gesagt, er ginge nur auf den Wochenmarkt? Wie erbärmlich, dass sie daran dachte, ihn zu stalken. Aber es war ja nicht stalken, es war ja nur … reine Neugierde. Er hatte ihr keine Telefonnummer hinterlassen. Die Oma hätte gesagt: Der meint es doch nicht ehrlich, lass die Finger von dem!

Aber wie denn? Er war ja nicht mal zu greifen. Ein Hirngespinst. Josefa trat auf Alberts Pupille, und ein dicker schwarzer Fleck verschmierte ihre Socke. Egal. Was sollte sie nur anziehen? Sie hatte große Probleme, die Klamotten auszuwählen. Zog sie das schöne türkise Kleid an, so waren die Turnschuhe zu grob und machten Klumpfüße. Die Sandalen waren aber unbequem. Wenn sie die flachen Sneaker nahm, passte der orange Ton nicht zum Kleid. Kein Mensch würde sie nach den Kleidern beurteilen, ja, niemand würde sie überhaupt wahrnehmen! Jeans, T-Shirt, Turnschuhe, war doch wurscht. Aber bei diesem Wetter wollte man doch den Sommer verkünden! Dann eben eine Jeans mit Bluse. Jeden Morgen Gewissensnot, Qual, falsche Entscheidungen, Verwerfungen und neue Wäscheberge.

Sorgsam wickelte sie die verblühten Maiglöckchen in Zeitungspapier und wollte sie mitnehmen zum Blumenladen … oder eben doch in die Tonne werfen.

Kaum öffnete sie die Tür, hörte sie etwas rascheln und wäre beinah auf das knisternde helle Etwas getreten, das vor ihr lag. Ungeschickt stolperte sie ins Treppenhaus.

»What the f…?«

Wenn es das war, was sie vermutete, dann zitterte jetzt ihr Herz wie ein Maiglöckchen, wie die neuen, jungfräulichen

Maiglöckchen. Ja doch, ja! Es war ein neuer Strauß Maiglöckchen und ein Notizzettel daran:

»Heute Mainstraße 23, 19.00 Uhr? Abendessen mit frischem Gemüse vom Markt!«

Lauter helle Hoffnungsschimmer an grünen Stängelchen, Josefa hielt die frischen Maiglöckchen in der linken Hand und in der rechten die verwelkten.

Einen Moment lang konnte sie sich nicht rühren. Er war hier gewesen! Hier vor der Tür? Dieser Überraschungskünstler. Woher wusste er denn, dass sie Zeit hatte? Woher wusste er, wo sie wohnte? Es war eine Einladung und gleichzeitig eine Art Einbestellung. Es war zauberhaft, romantisch, aber auch … schräg. Josefa war verwirrt.

Nun brauchte sie erst recht ein Orakel!

Die kleine vietnamesische Aushilfe plapperte unaufhörlich, während sie Blumen aus den Eimern zerrte, Rosen die Dornen abschnitt und mit grünem Draht Zeug zusammenwickelte. Kristina war kaum zu sehen, so viele Leute drängten sich im Laden. Ab und an sah man sie umherspringen, leichtfüßig wie ein Hase.

Betreten wartete Josefa, bis sie an der Reihe war. Schlechte Zeit für eine Orakelsitzung.

Sie betrachtete die Auslagen. Wunderschöne Heidelbeerkränze, grüne Kräutersträuße und Rosentöpfchen, die Natur im Lädchen schien sich unentwegt umzutopfen und woanders hinzukriechen, nichts war noch so wie beim letzten Mal.

Als Kristina Josefa erblickte, machte sie ein Zeichen, als sollte Josefa nicht weggehen, einen Moment, ich komme gleich. Leichtfüßig sprang sie die Treppe hinauf und kam dann die Treppe gleich wieder heruntergesegelt.

»Puh, sorry, ich habe da gerade einen Kumpel, der flickt mir das Dach mit Dachpappe und so. Ich komme gleich! Maiglöckchen?«

»Nee, hat sich erledigt, was anderes, aber kein Problem, ich habe keine Eile!«

Der Samstagmorgen war die dümmste Zeit, um einen Blumenladen für eine Tarotsitzung aufzusuchen.

Aber Albert musste ergründet werden! Seine Absichten! Seine womöglich dunkle Seele!

Albert in den Karten. Man musste ihn herauslesen aus Blätterdecks, in denen sich Narren und Kaiserinnen und Hohepriester tummelten. Darin konnte man seine geheimen Wünsche finden! Hinter dem Oleander, jenseits vom Jasmin, verborgen in einer Höhle voller Kristalle, Glöckchen und geschmückter Elefanten. Ein schlafender Prinz.

Konnte sie nicht selbst in die Zukunft schauen? Das war doch nicht ungewöhnlich. Im Dorf, aus dem sie kam, hatte ja auch die alte Grete immer gewusst, wenn jemand sterben musste. Im Krieg, so erzählten sie, hatten die Leute mit einem Tischlein gerückt, um zu erfahren, wie es den Soldaten ging. Und als der alte Hinrich starb, spukte er und warf Teller vom Wandregal. Es musste etwas geben zwischen Himmel und Erde, das man erspüren konnte. Wenn es eine Welt hinter der Welt gab, so war es doch überaus spannend, sie zu ergründen. Wenn es Gedanken hinter den Gedanken gab, eine Wahrheit hinter der Wahrheit … warum sollte man sich dann nur mit dieser Welt beschäftigen, das war doch überaus dumm!

Selbst die Beatles waren nach Indien gefahren und hatten Yogis aufgesucht und LSD genommen, um ihr Bewusstsein zu erweitern, und das Ergebnis war »Lucy in the Sky with Diamonds«.

Kristina hatte eimerweise Blumensträuße verkauft, die nun in Krankenhäuser und auf Geburtstagsfeste wanderten und Liebesgeständnisse schmückten. Josefa wäre den Blumen gerne hinterhergegangen, um zu sehen, wen sie beseelten oder trösteten oder verzierten. Ihre Freundin wand und schnippelte mit nassen Händen, die Schlange vor dem Blumenladen wurde nicht kürzer, sondern länger.

»Ja dann …«, sagte Josefa, »komme ich ein andermal wieder.«

»Ich weiß einfach nicht, wann ich hier wegkomme«, sagte Kristina schließlich bedauernd. »Hattest du was Bestimmtes?«

»Nur äh … vielleicht könntest du mir eine Karte ziehen, für heute Abend? Der Albert hat mich zu sich nach Hause eingeladen, und ich bin nicht ganz sicher, wie der so drauf ist.«

»Na gut, dann hopp, zwei Minuten! Komm mit!«

Sie winkte Anh, der Aushilfe, zu: »Ich bin sofort wieder da!«

Dann wischte sie sich die Hände trocken, verschwand mit Josefa in der Zauberhöhle und hielt ihr gehetzt Tarotkarten hin.

Josefa zog hektisch die nächstbeste Karte, auf der ein seltsam nackt wirkender Mann mit himmelwärts gerichteten Augen in einem seltsamen Kreis schwebender Bälle die Hände drehte.

»Der Magier! Der kann gut reden, ein Meister der Kommunikation, und jongliert kunstvoll nach allen Seiten! Das muss er sein, der Albrecht.«

»Albeeert.«

»Albeert, o.k. Jetzt zieh noch eine, zack, zack.«

Josefa zupfte hektisch eine Karte aus dem Deck: »Prinz der Schwerter.«

»Oh«, sagte Kristina. »Also, der sitzt da auf seinem Wagen und zerschneidet die Stricke, die ihn binden; der befreit sich, musst du schauen. Der ist auch schnell wieder weg.«

»Aber vielleicht befreit der sich von seiner Alten! Kann doch sein?«

Kristina zuckte die Schultern und meinte:

»Jaja. Weiß man ja nicht. Du kannst da schon hingehen heute Abend, Gefahr sehe ich da keine: Kühner Kopf, Freigeist, aber der jongliert nach allen Seiten. Mal noch ’ne Karte!«

Josefa zog die Karte »Siebte der Kelche: Verderbnis«.

»Das ist meistens ’ne Karte für Kater oder so. Irgendwas zu viel des Guten.«

»Ah.« Das Kartenlegen hatte sie sich anders vorgestellt, irgendwie mit Zeit und Trost und glücklichen Aussichten, aber doch nicht so.

»Warte«, sagte Kristina. »Ich habe beim Kartenlegen manchmal so blitzartige Erkenntnisse. Also: Der … hm, der wird dir neue Einsichten vermitteln. Die Weise, wie er lebt, bereitet Freude, nicht nur Freude … Man muss sehenden Auges hingehen, mit vollem Bewusstsein. Du musst die Verantwortung übernehmen für diese Begegnung und das, was darin geschieht … unter Selbstbewahrung. Ja.« Sie öffnete die Augen.

»Ich weiß ja auch nicht immer, was ich da von mir gebe. Ich muss los! Schönen Tag noch!«

Josefa fühlte sich übertölpelt.

»Dann komme ich ein andermal wieder«, sagte Josefa, und Kristina winkte fröhlich.

Josefa blieb ihrem Schicksal überlassen. Sie konnte zu Albert gehen, unter Selbstbewahrung. Eigenartige Sprache. War Kristina ein Medium wie Danny Krämer? Gab es vielleicht überall in Deutschland Menschen, die ganz geheim mit der Welt des Unerklärlichen verbunden waren?

Es war ein Rätsel.

Ganz profan machte sich nun der Hunger bei ihr bemerkbar.

Sollte sie beim Pakistani nebenan einen Döner holen? Der kostete ja inzwischen sieben Euro fünfzig!

Zehn Euro hatte sie letztens für die Galerie bezahlt, dreiundzwanzig Euro beim Penny, elf Euro für die Pizza im Kollegenkreis, Friseur zweiunddreißig Euro und in der Apotheke sechzehn Euro für Ibuprofen gegen Kopfschmerzen und Melatonin. Das Geld ging immer so schnell weg. Siebzig, achtzig Euro. Und noch immer keine Ahnung, was sie heute Abend erwartete. Sie seufzte. Sollte sie wirklich für heute Abend noch eine neue Bluse kaufen oder ein hübsches Kleid? Oder wenigstens ein Parfum? War doch wahrscheinlich rausgeschmissenes Geld für diesen seltsamen Wissenschaftsmenschen.

Aber der Drang, der Drang nach einem Kleid!

Auf dem Weg in die Fußgängerzone dachte Josefa noch immer über Kristinas Worte nach. Hatte Kristina das zweite Gesicht? Oder vielleicht ein drittes oder ein fünftes? Josefa wollte selbst gerne in die Zukunft sehen, den Zauber aus höheren Welten empfangen, um ihn über die schnöde Menschheit zu streuen; der Zauber fehlte doch überall! Besonders in Deutschland. Zauber musste herbei! Sie wollte selbst Visionen haben und Botschaften hören und die Welt zu einem besseren Ort machen, voller Trost und Barmherzigkeit und Lichterglanz. Könnte sie ein zweites Gesicht vielleicht … erlernen? Oder wenigstens ein fünftes? Was ihre bisherigen Ahnungen betraf, hatte sie bis jetzt nur ein neuntes oder, sagen wir mal, ein elftes. Ja, sie hatte ein elftes Gesicht.

Auf dem Weg unter den Platanen streifte eine vertrocknete Haselblüte ihre Wange, ein Flohmarktverkäufer bot altes Geschirr mit Goldrand und eine Plastikgießkanne an, die Tauben segelten in schwerem Flug zu den Ufersteinen des Maines.

Im Fluss spiegelten sich der Himmel und einige sich immer aufs Neue verzerrende alte Häuser, Josefa sah plötzlich eine Gestalt darin schwimmen, ein Wesen, glitzernd und glänzend, mit mondförmigen Schuppen wie ein Fisch. Sie glaubte, einen aus der Tiefe auftauchenden Ritter zu erkennen, nein, einen Prinzen! Seine Rüstung schien nichts zu wiegen, sonst würde er doch untergehen! Er winkte ihr fröhlich zu und löste sich sofort wieder auf, ein Trugbild, ein nasser, lustiger Spuk. Einbildung, Josefa rieb sich das Gesicht und doch. Das war ein Zeichen! Der schwimmende Ritterprinz war nicht böse, er winkte ihr lustig, sie hatte es gesehen!

Ja, es stimmte.

Josefa hatte das elfte Gesicht.

Sechzehn Uhr. Josefa hatte Tuschefarben gekauft, um fortan buntere Bilder zu malen, ein helles, schwingendes Sommerkleid und ein Pfefferspray für ihre Handtasche. Zusammen hundertsiebenundvierzig Euro und elf Cent. Bald war ja wieder der Erste.

Zwei Stunden. Zwei Stunden, um sich einigermaßen herzurichten, baden, Haare waschen, eine Falte aus dem neuen Kleid bügeln und das Gehirn beruhigen …

Welcher Look würde Albert wohl gefallen? Oh Gott, das war schon wieder diese Gefallsucht! In welchem Look fühlte sie selbst sich denn wohl? Nein, kein Risiko, es galt, Albert anzuziehen, und im Krieg und in der Liebe waren alle Mittel erlaubt. Doch hatte er sie als Stummfilmdame gesehen und in verschwitzter Businessklamotte mit plattem Haar. Womöglich war ihm ihr Stil ganz egal.

Ihr Herz schlug bis zum Halse. Das erste Date seit anno Tobak.

Lippen schminken? Nein, dann waren sie so riesig und wie ein Kumpel damals sagte: »so wollüstig«. Seitdem hatte sie sich die Lippen nur selten angemalt, um nicht auszusehen wie eine dieser Gummipuppen von Beate Uhse. Augen-Make-up – sehr gut. Auf Düfte verzichtete sie gänzlich.

Albert wohnte im Nordend, wo die schönen alten Häuser standen. Ob er es sich als Wissenschaftler leisten konnte, in so einem Altbau zu wohnen? Aber in der Paul-Rubich-Straße waren die Häuserzeilen gemischt, hier mal ein toller Bau aus der Gründerzeit, da ein schnödes Mietshaus aus der Nachkriegszeit. Josefa zählte: 74 schönes Haus, 76 hässliche Mietkaserne, Nr. 78 … nicht schön, nicht hässlich, da wohnte er. Sieben Stockwerke, aber das Haus hatte immerhin hohe Fenster, rot umrandet, rote Sockel, einen kleinen Vorgarten; es hätte schlimmer kommen können. Kein Neubau. Und kein Altbau. Nichts für ein Foto von Maria Graf, sondern irgendwas dazwischen.

Tausend schwarze Klingelschilder mit gestanzten schmutzigweißen Namen, Aldheeri, Brostiow, Schmidt … Wo war er nur? Ah, da, ganz oben, Albert Rohrbach, das hätte auch ein steinalter Mann sein können.

Josefas Hände wurden feucht, und sie musste zweimal tief Luft holen, bevor sie den Klingelknopf drückte. Es dauerte nicht lange, und der Summer erklang, Josefa drückte auf und ging in den Flur, als von oben Alberts Stimme erklang und sie über den eckigen Spiralen des alten Treppenhauses hoch oben seinen schwarzen Haarschopf erkannte.

»Ganz oben! Komm herauf!«

Über die Stockwerke hörte sie ein ziemliches Gepolter, er kam ihr entgegen, so schnell, er fiel praktisch nach unten, immer drei Stufen auf einmal, man musste fürchten, er könnte sich die Beine brechen. Josefa hingegen ging vorsichtig Stufe für Stufe, als zöge sie eine Schleppe hinter sich her auf dem steilen Weg hinauf zu der Höhle des Löwen. Sehenden Auges. Wer hatte das gesagt? Orakel Kristina. Der Magier, der Meister der Kommunikation, der Prinz der Schwerter, der die Stricke durchschnitt. Und dann auch noch die Karte »Verderbnis«! Josefa umklammerte das Pfefferspray in der Tasche. Warum traf man sich nicht in einem Café? Naja, hatten sie ja schon.

Sie schluckte, als Albert ihr mit seiner umwerfenden Beinarbeit entgegentanzte und fröhlich die Tasche aus der Hand riss. Mitsamt dem Pfefferspray! Doch wie konnte ein so fröhlicher Mensch etwas Schlechtes im Sinn haben? Das ging doch gar nicht.

»Herein, herein!«, rief er und deutete auf eine offene Tür, hinter der als Erstes ein hoher Stapel Bücher zu sehen waren und einige wahllos hingeworfene Klamotten. Auf dem schiefen Regal stand eine Tonfigur aus Mexiko, die in roter Erdfarbe breitbeinig vor sich hin flötete. Josefa zögerte etwas, als sie über die Schwelle trat, und spürte ein unbändiges Bedürfnis, einen Knicks zu machen. Nein, schalt sie sich.

Sie konnte ihren Körper nur mühsam beherrschen und musste an sich halten.

»Tja …«, rief Albert. »Hier residiere ich, schon zwanzig Jahre! Man hat einen schönen Blick, siehst du? Die Fassaden der Gründerzeithäuser in der ganzen Straße. Da muss ich ja nicht selbst in einem wohnen.«

Er blieb stehen und musterte sie lächelnd von oben bis unten.

»Welch ein … Harmoniebolzen … Alles an dir verströmt Harmonie, wie schön …«

Sein Lächeln war so freundlich. Alles an ihm war freundlich. Die Aufregung erfasste Josefa bis ins Mark, er könnte doch … entscheidend sein, ein für ihr Leben entscheidender Mensch! Sie sah sich vorsichtig um, die Küche mit rot-weißen Steinfliesen, der alte Tisch mit unendlich vielen Kratzern, aufgeschlagene Zeitungen, hohe Stühle und eine Schale, aus der Obst und Gemüse quollen. Frankfurter Intellektuellen-Wohn-Romantik. Im Nebenzimmer sah Josefa seinen Schreibtisch mit PC und zwei Bildschirmen, Bücher und Notizen, einen magischen Würfel in Pyramidenform, eine verstaubte Gitarre.

Unvermittelt fasste Albert sie um die Taille, und obwohl es

Josefa gewesen war, die beim ersten Treffen handgreiflich geworden war, verblüffte sie die plötzliche Annäherung. Schon spürte sie seine Rippen, das Schlüsselbein an ihrer Kinnlade, ein Kuss, gewissermaßen ein dünner Kuss oder ein gepresster; seine Bewegungen waren nicht so flüssig, wie sein Bein-Treppen-Tanz es hätte vermuten lassen.

»Ich war ehrlich gesagt etwas überrascht über die Einladung, ich meine, wenn ich jetzt keine Zeit gehabt hätte oder woanders gewesen wäre, ich hätte die Einladung nicht mal gefunden, und die Maiglöckchen wären verwelkt, wir haben ja nie Handynummern ...«

»Ist es nicht schön, wenn in heutiger Zeit Dinge mal analog stattfinden? Wenn darin Überraschung und Geheimnis ist?«

»Geheimnis allerdings! Mir war schon ganz blümerant!«

»Darf ich vielleicht einen Tee kochen?«, fragte er. »Oder möchtest du einen Wein?«

Josefa erwischte sich bei der Überlegung, was ihm besser gefallen könnte: sie mit einem Weinglas oder mit einem Tee? Das musste aufhören!

»Tee!«, sagte sie.

»Das ist gut« sagte er freundlich, und Josefa kam das Wort »Sonntagsprediger« in den Kopf. Sie kannte keinen einzigen Sonntagsprediger und wusste kaum, was so einer tat.

»Ich habe hier frische Kräuter aus der Provence, die hat eine Freundin von mir gesammelt. Schmecken ein wenig intensiv, sind aber sehr gut!«

»Ja gerne, ich versuche sie mal!«

Und sie überlegte, welche Freundin das wohl sein könnte und welche Gefühle er für diese hatte.

Die Kräuter der Provence wurden mit kochendem Wasser überbrüht, französische Düfte erfüllten den Raum, und eine Arie auf Italienisch erklang im Hintergrund. Albert nahm überaus zärtlich Josefas Hände.

»Was war am Morgen dein erster Gedanke?«

Sowas Schönes hatte sie noch nie jemand gefragt. Ihr erster Gedanke heute Morgen war gewesen: Da liegt ja immer noch der verdammte Wäscheberg. Sie musste etwas Besseres, etwas Schöneres erwidern. Doch alles, was ihr einfiel, war: »Morgenstund hat Gold im Mund.« Sofort wollte sie zu Boden sinken und sterben ob der Doofheit dieses Satzes.

»Wie reizend!« Er lächelte weiterhin, als hätte sie ein Wunderwerk an gedanklicher Poesie von sich gegeben, als hätte er so etwas Besonderes noch niemals gehört.

»Morgenstund hat Gold im Mund.« Er musste dem lange nachlauschen. »Das Gold im Morgen, das ist wunderschön, aber hat der Morgen einen Mund?«

Josefa lachte.

»Naja, so ein Spruch macht einen manchmal fröhlich.«

»Da denkt man doch an Ringelnatz. Zauberhaft!«

Das war nicht zauberhaft gewesen. Das war nur doof!

Die Kräuter aus der Provence wollten wieder emportreiben in der gläsernen Kanne, und es war ein schöner Tanz im Wasser. Wenn nun unter den Kräutern eines war, das ihre Sinne vernebeln sollte, um sie zu schwächen und ihm völlig auszuliefern? Gab es ein Kraut, das wirkte wie K.-o.-Tropfen? Sie würde warten, bis Albert den ersten Schluck getrunken hatte. Kristina hatte auf jeden Fall ihre Nummer und Alberts Adresse, und das Teufel-Emoji war auch schon in die Nachricht eingefügt; sie musste im Zweifelsfall nur noch auf Senden drücken. Die Handtasche hatte sie auch wieder an sich genommen.

Albert schien es ohnehin nicht abwarten zu können, bis sich die Myrte, Verbene und Ringelblumenblütenblätter gesetzt hatten. Er küsste sie wieder, etwas hektisch vielleicht, sein Oberkiefer stieß auf ihre Lippen, Zähne schlugen aneinander, vielleicht ein Wissenschaftlerkuss. Vielleicht war ihm entgangen, dass erst die weichen Lippen sich erkunden, die Berührung empfindsamer sein sollte. Naja, das konnte sich alles noch einspielen, die Aufregung am Anfang, vielleicht hielt er das ja auch für Leidenschaft. Der erste Kuss, den sie ihm aufgedrückt hatte, war auch nicht gerade zart gewesen. Vielleicht dachte er, sie wollte das so haben.

Wenigstens hatten sich die Ringelblumenblütenblätter gesetzt, die Myrte strudelte nicht mehr, ein wenig Apfelblütenduft wehte herüber. Josefa verbrannte sich den Mund an der heißen Glastasse, ausgerechnet da, wo sie vom Küssen eine Lippenprellung hatte. Ihr Mund schwoll an und verwandelte sich in eine rote Wunde, so rot, dass er wieder wollüstig wurde, jedenfalls starrte Albert auf ihren Mund, als gäbe es sonst nichts zu sehen an ihr, nur Mund!

Albert nahm ihre Hand und küsste diese auf den Rücken.

»Haben diese schönen Hände heute schon etwas gemalt?«

»Nun, heute nicht, doch ich hatte gestern einen künstlerischen Durchbruch! Ich habe experimentiert mit Naturalien!«

»Oh, das ist interessant ... welche Naturalien? Es gibt ja viele Pflanzen, die färben, Sambucus nigra, zum Beispiel, der Schwarze Holunder, oder die Fasern aus Rubia tinctorum, Curcuma longa, die ...«

»Eidotter. Ich habe mit Eigelb gemalt.«

»Wie aufregend! Wie ist denn diese wunderbare Idee in deinen schönen Kopf gekommen?«

»Ich musste aus dem Schwarz raus, fort vom Schwarz! Und gleich ... gleich entstand etwas von großer Kraft, ein ... aus dem Dotter ... ein Ausdruckswille, aus der Farbe heraus! Und ich frage mich, ob Farbe schon ein Bild in sich trägt, ob es Bilder gibt, die aus sich heraus gemalt werden wollen!«

Albert sah sie an, als hätte sie gerade die Doppelhelix der DNA entschlüsselt.

»Wie wunderbar!«

Josefa wurde unsicher und rutschte auf dem Stuhl hin und

her. Sie musste sofort wieder zurück aus diesen verstiegenen Behauptungen; ihr Mund war ohnehin verbrüht, und jedes Wort, das über ihre Lippen kam, schmerzte.

»Und du?«, fragte sie. »Heute schon was geforscht? Geschrieben? Analysiert?«

Er lachte seltsam zärtlich, als würde sie ihm kostbare Wortperlen schenken, eine nach der anderen, einzig in ihrer Art. Sie fand das seltsam Zärtliche als Reaktion übertrieben, und es rührte sie doch. Vielleicht wirkte sie auf ihn klüger und schöner, als sie es sich vorstellen konnte. Dann zerfurchte sich sein Gesicht, er ruckelte auf dem Stuhl hin und her und fuhr sich durch sein wirres Haar. »Ich hatte da ein Gespräch mit einem Pharmazeuten von Hoechst AG … Sanofi heißt das ja heute. Ich versuche, etwas rauszukriegen über die neuesten Aktivwirkstoffe, den Forschungsstand; ob die da was rausrücken …«

Er hatte nun ein Forschungsgesicht, eines, das in ein Mikroskop hineinschaute mit einem Blick, der durch die Linse drang, bis sein Geist förmlich in die Petrischale drang, umgeben von winzigen behaarten Pünktchen, die eilig herumschwammen in unförmigen Eierblasen.

»Möchtest du darüber etwas publizieren?«

»Ach, vielleicht in gewissen Foren, ein Podcast … langweilig, aber auch spannend, spannend langweilig. Je nachdem, wer anspringt … Aber kommen wir doch zu dir.«

Er beugte sich vor und nahm ihre Hände, vielmehr die Handgelenke, und schien sie zu mustern. »Was ist denn das für eine wunderbare Abweichung, was für eine verirrte Lebenslinie? Die geht ja bis über den Ballen hinaus und will wohl zum Ellenbogen hinauf?«

»Ach«, lachte Josefa. »Ich bin mal als Kind in die Scherben gefallen, da lag im Hof meiner Großeltern ein zerbrochener Teller. Ich war wirklich noch klein.« Sie erinnerte sich an die

Schreie ihrer Mutter, mehr an die heranrennende Mutter als an das Blut oder den Schmerz.

»Hat es weh getan?«, fragte er und drückte das Handgelenk, als ob Jahrzehnte später noch einmal Blut herauslaufen könnte.

»Ich erinnere mich nicht mehr. Darf ich was fragen?«

Er nickte. »Klar!«

»Du hast eine Freundin. Weiß sie, dass du andere Frauen triffst?«

»Nun, es ist nicht verboten, andere Menschen zu treffen, oder? Wenn ein Interesse vorhanden ist, wenn etwas da ist, wenn etwas sich – ausdrücken möchte?«

Josefa kam sich spießig vor, sehr deutsch. Wollte abklopfen, wer was wann wo.

»Ich meine, weiß deine Freundin, dass du andere Menschen triffst und ihnen Blumen schenkst und ihre Hand hältst?«

Vom reinen, anbetenden Lächeln zerfurchte sich das Gesicht, dann, einen Augenblick später, entspannte es sich und wurde wieder glatt.

»Nun, wir möchten eine neue Wahrheit leben. Beide. Jede Empfindung ist doch sakrosankt, oder? Jede Wahrnehmung ist berechtigt. Ich nehme wahr, dass ich mich von dir angezogen fühle. Kann das falsch sein? Sollte man das verurteilen, beschneiden, ausmerzen? Wahr ist, dass ich mich zurzeit häufig an der Seite von Lene bewege und dass wir da was gefunden haben, was uns zu Weggefährten macht. Auch wahr ist, dass ich mich gerade sehr von dir angezogen fühle. Wollen wir zusammen kochen?«

Sie nickte. Etwas mit den Händen zu tun, würde sehr helfen, und sie konnte ihr verlegenes Gesicht über eine Schüssel senken. Flugs holte er einige Töpfe und griff geschickt in die Gemüse-Orgie in der Schale, holte Pilze raus und begann, sie zu waschen. Im Radio erklang weiterhin die italienische Oper, und Josefa bekam die Zwiebeln zum Schneiden zugeteilt. Die

Zwiebeln gaben ihr eine gewisse Sicherheit, eine vertraute Tätigkeit, sie beugte sich über das Gemüse. Die Hände waren glücklich, etwas zu tun. Josefa schnippelte und schnippelte, während ihre Augen feucht wurden und tränenblind. Ihr Kopf begann zu schmerzen, hatte sie doch heute eine Überdosis von Dämpfen und Gerüchen durch die Nase aufgenommen, die Augen durch Zwiebelduft überreizt und den Mund verbrannt und geprellt. Dazu die Arie von einer – wie Albert sagte: Elīna Garanča –, und er drehte die Lautstärke so hoch, dass ihre so schöne Stimme penetrant wurde, wie eine Stichsäge durch die Ohren ins Gehirn gelangte und so schließlich ihr gesamtes Nervensystem reizte bis zum Anschlag.

Irgendetwas sagte ihr: Sie hatte sich mit diesem Albert komplett verstiegen, und er würde über kurz oder lang all ihre Sinne ruinieren. Und küssen konnte er auch nicht so richtig.

Wie sollte sie den Abend nur überleben? Sie überlegte, nach Hause zu gehen. Doch bei der ersten Chance auf einen Mann nach ewig langer Zeit konnte sie das doch nicht bringen. Sie war völlig aus dem Training.

Es war eine gewisse Dumpfigkeit, die ihr half, bis zum Essen durchzuhalten, auch seine Fröhlichkeit, vielleicht auch die leckeren Pilze auf den Spaghetti. Elīna Garanča hatte endlich fertiggesungen, und die offenen Fenster ließen jegliche Dünste hinausfliegen Richtung Bockenheim. Josefas Kopf klärte sich.

Es war verwunderlich, wie rasch die Furchen zurückkehrten in Alberts Gesicht, wie tief sie sich hineingraben konnten. Und wohin verschwanden all die Falten, wenn sich anschließend das Gesicht wieder glättete wie das eines Sportlers, der jeden Tag mit Selleriesaft begann?

Albert beschäftigte sich gedanklich mit den Koreanern.

»Die Internationalisierung und Globalisierung … machen die direkte Kommunikation und Kooperation zwischen den

Angehörigen verschiedener Kulturen erforderlich. Interkulturelle Spannungen resultieren ja häufig aus Fehlinterpretationen einer Kultur durch eine andere.«

»Naja, die Koreaner sind sehr hierarchisch. Die kannst du nicht einfach fragen: ›Hey, Chef, kann ich morgen mal den Hund mit auf die Arbeit bringen?‹ Das kommt nicht in Frage. Oder überhaupt: Widerworte zu geben, das funktioniert nicht. Unsere Elfi sagt: ›Chef, der Hund tut doch nix, unsere Oma ist im Urlaub, ich weiß nicht, wohin mit dem, der stört doch nicht.‹ Da fällt der Min-Joon vom Glauben ab.«

»Nun«, sagte Albert, »es gibt ja Studien, die versuchen, die Konflikte in der interkulturellen Kommunikation durch ein empirisches Untersuchungsverfahren zu beschreiben, zu analysieren und Probleme herauszustellen.«

»Ja, Probleme gibt es genug! Wir haben mal einen Betriebsausflug mit Tretbooten gemacht, und unser dummer Azubi und seine Freundin setzen sich dick und breit zum Chef ins Boot, das geht doch nicht! Da darf höchstens der Vize mit hinein und dem seine Frau!«

»Ja«, sagte Albert. »Du kannst so schön erzählen. Du hast das Leben!«

Abermals griff Albert nach ihrer Hand, öffnete sie, küsste die Handinnenfläche und suchte die kleine Narbe ihrer Kindheitsverletzung. »Wie weich die Haut um diese winzige Narbe ist. Als wollte die Haut es wiedergutmachen, den Schmerz verzeihen …«

»Den Schmerz verzeihen?«

»Manchmal muss man einen Schmerz verzeihen …«

Je näher Josefa Alberts störrischem schwarzen Haar kam, umso mehr fiel ihr eine winzige Narbe auf an seiner Stirn. Sie hob die Hand und zeichnete die Narbe nach.

»Und dieser Schmerz? Wie hat er sich in die Haut geschrieben?«

Hatte sie sich gerade poetisch ausgedrückt? Fühlte sie sich bemüßigt, auch irgendwie »besonders« zu reden? Konnte man das so sagen – einen Schmerz in die Haut schreiben –, war das korrekt? Meine Güte, sie eierte schon so lange in diesem Vertriebsbüro herum, dass sie jegliche künstlerische wie sprachliche Anbindung verloren hatte, sie war rasant verdooft. Albert war eine Chance, eine wirkliche Chance.

»Motorrad.«

»Im Leben nicht. Du auf einem Motorrad, der geborene Biker?!«

»Ja. Da staunst du, oder?«

Der nächste Kuss auf ihren wunden Lippen war durchaus zarter, besser gelungen. Das könnte etwas werden. Da war ja noch Lene, fiel ihr ein. War das moralisch? Ach was, man musste sehen, wo man bleibt. Seit Jahren lag sie brach, jemand musste sie beleben, berühren, ihre Lebenswasser zum Fließen bringen. Und so geschah es. Josefa landete auf dem harten rot-weißen Steinboden in Staub, Brotkrümeln und Zwiebelschalen, der magere Leib von Albert erschien über ihr, die weißen mageren Rippenbögen, sein Gesicht, das sich nun auf eine dritte Weise veränderte, sein Nacken, der sich hinaufstreckte. Bald schon begannen die Schmerzen, Schmerzen auf dem kalten Küchenboden, die Hüfte, die Schenkel, der Kopf … Auch ein magerer Körper hatte genügend Kraft, sie derart auf die Steinfliesen zu knallen, dass es sicherlich blaue Flecken gab.

Es waren genügend Schmerzen, die Josefa verzeihen musste, die sie lächelnd verzieh, ja sogar genießen konnte … und sie tauschte sie ein für das Leben, das sie nun in sich spürte, das sie erwärmte und aufglühen ließ, nach langer, langer Zeit.

Planning for the future with technology in mind!

Die zitterige Kurve auf Folie 3 der PowerPoint-Präsentation führte nach oben. Kleine blaue Bläschen zeigten an: im Mai 24% Steigerung, im Juni nur noch 4%, im Juli wieder 7,8%.

Das war die Revenue! Der Gewinn!

Director Min-Joon Choi lehnte sich mit verschränkten Armen zurück und lauschte. Dae-Seong gab sich alle Mühe, mit dem Laserpointer die monatlichen Margen zu erläutern, hier der Aufstieg nach Einbau der grünen Leuchtdiode, hier die offensive Werbestrategie aus Seoul, hier der Boom zur WM.

Folie 4: die Auswirkung auf die Stakeholder.

Josefa schielte unter dem Tisch nach ihrem Handy; schließlich musste Albert sich doch mal melden, nach diesem großartigen Samstagabend. Aber natürlich konnte ja auch sie sich melden, wo waren wir denn? Vielleicht nur ein Herz-Emoji oder ein Reel? Was Lustiges? Oder eher poetisch tiefsinnig? Sie wollte so gerne darüber nachdenken! Aber sie musste ja hier sitzen und an jedem Firmenmeeting teilnehmen und sich bemühen, einen angemessenen Gesichtsausdruck aufrechtzuerhalten. Sie wäre vollkommen zufrieden gewesen, einfach nur einzudecken, Wasser, Gläser, Bahlsen-Kekse, Kaffee- und Teekannen, Tassen, Milch, Zucker, fertig. Dann Tür zumachen und den Posteingang bearbeiten oder andere dröge Tätigkeiten. Die Kurven auf den PowerPoint-Präsentationen interessierten sie nullkommanull.

Die Koreaner hatten kein Problem mit einem adäquaten Gesichtsausdruck: eine Art gesteigerte Wachheit auf einem Pokerface, den Stift in der Hand, um mitzuschreiben, manchmal auf einem Tablet, dem Smartphone blitzschnell was wegtippen. Die Deutschen kamen da nicht mit. Elfi stand der Mund offen, Günther gähnte und mühte sich um Haltung, Sofie schielte nach dem Handy, und Josefa fühlte ihr Gesicht ausleiern und schob die Kinnlade hin und her. Die Deutschen aßen sämtliche Kekse, die Koreaner rührten sie nicht an.

»Dein Atem, der blaue Fleck auf meinem Hüftknochen, ich lese dich auf meinem Körper …« tippte Josefa heimlich, löschte dann »Dein Atem« und ersetzte ihn durch »Dein Gemüse in meinem Leib« und löschte auch das sofort wieder. Dann konnte sie ja gleich schreiben »deine Pilze, die sich bereits in meinem Dickdarm zersetzt haben«. Kein Satz war gut genug, kein Wort besaß genügend Strahlkraft oder Poesie, um es mit diesem sprachlichen Magier und Meister aufzunehmen. Vielleicht würde sie es fertigbringen, ihm ein Bild zu schicken, denn am Sonntag hatte sie gemalt! Mit neuen Farben, mit fließender Energie, die floss wie die Körpersäfte in ihrem Leib, wenn sie zurückdachte an den Fußboden in Alberts Küche.

Dae-Seong tat, als seien ihm die Statistiken und die Targets überlebenswichtig. Dabei wusste jeder, dass er in Wirklichkeit nur an den nächsten Level von Counterstrike dachte.

Nun riss er die Augen auf und sprach überdeutlich von der Wichtigkeit jedes einzelnen Prozentes im Sales und dem rekordartigen Aufstieg von Huiwan in nur vier Jahren. Alles in allem – ein Gewinn des letzten Geschäftsjahres in Deutschland von zwei Millionen Euro!

Elfi, Günther, Mi-Suk, Sofie und Elias klatschten begeistert. Die anderen blieben ungerührt. Für alle vom Sales war es eine große Freude, ein gewaltiger Stolz! Der Gewinn war schließlich durch ihre Anstrengung erwirtschaftet – durch ihre vielen Dienstreisen, ihre Kontakte, ihren Service, die Kundenevents! Man konnte auch als Deutscher eine Karriereleiter erklimmen, man konnte als Sales Manager hier etwas werden.

Dann verstieg sich Dae-Seong und zeigte auf der letzten Folie einen Panzer, der brachial auf die Mitarbeiter zurollte.

»This is what we do with the competitors! We roll them into the ground!«

Die Koreaner lachten, den Deutschen blieb die Luft weg. Mein Gott, unsere Vergangenheit!

Dann blieb es Josefa nicht erspart, ebenfalls eine Präsentation zu machen. Sie fand ihre die überflüssigste aller Präsentationen. Mit Mühe und Not hatte sie die Folien gefüllt.

»Der neue Drucker von Toshiba druckt 5.000 Blatt aus und kann scannen, faxen, lochen und heften. Bei Problemen haben wir einen Servicevertrag mit Offenbach, die sich verpflichten, jeweils in zwanzig Minuten vor Ort zu sein.«

Nächste Folie: »Für den diesjährigen Betriebsausflug stehen folgende Optionen zur Verfügung:

Kletterpark Taunusland als Teambuilding-Maßnahme mit anschließendem Abendessen im Ebbelwoi-Biergarten.

Oder: ein Besuch im Frankfurter Zoo mit Picknick am Grillplatz vor Ort.

Oder: eine Kanufahrt auf der Lahn mit anschließendem Essen in der Burgschänke von Weilburg.«

Man stritt sich heftig. Der Zoobesuch wurde von den Koreanern sofort ausgeschlossen, da man umgeben vom Geruch tierischer Exkremente keinesfalls essen dürfe. Der Kletterpark war fraglich, denn Elfi hatte Höhenangst. Die Burgschänke von Weilburg war zu weit; wann würde man denn da heimkommen, mitten in der Nacht?

Josefa war sehr glücklich, sich nach ihrem Vortrag wieder setzen zu dürfen und diese künstlich hochgestapelte Wichtigkeit von Office-Gedöns zu beenden.

Schließlich erhob sich der freundliche Min-Joon Choi zu abschließenden Worten.

Er bedanke sich und freue sich sehr über die zwei Millionen Gewinn. Allerdings habe das Headquarter von Seoul vier Millionen erwartet. Leider habe die Aktivität pro Mitarbeiter und Kunden nicht die genügende Schlagzahl, in Korea würde man in derselben Zeit die doppelte Anzahl von Kunden betreuen. Die Philosophie der »Work-Life-Balance« und all diese modischen Vorstellungen könnten für Huiwan nicht gelten. Wenn nicht alle, wirklich alle Mitarbeiter an einem Strang ziehen, ihr Bestes geben und sich vollkommen dem Wohlergehen dieser Firma unterordnen, dann … Min-Joon Choi holte tief Luft, seine Stimme wechselte ins Tremolo, der Blick füllte sich mit Tränen; dann, so sagte er, werde Huiwan zweifellos untergehen.

Die Ergriffenheit übertrug sich auf die anderen Koreaner, sie nickten, und auch ihre Augen wurden feucht. Die Deutschen sahen aus wie mit der Bratpfanne erschlagen.

Albert schrieb eine WhatsApp-Nachricht: »Muss diese Woche nach Brüssel. Ich küsse deine Augen!«

Josefa sammelte benommen das Geschirr ein und floh aus dem Konferenzsaal.

Die anderen folgten wie geprügelte Hunde. Das war das Demotivationsmeeting des Jahres. Wunderbar gelungen. Alle hassten Meetings.

»Er zerschneidet die Stricke, die ihn binden.« Wer hatte das gesagt? Der Prinz der Schwerter saß auf seinem Wagen – nach Brüssel. Kristina hatte es gewusst. Verderbnis. Zu viel des Guten. Und ob es zu viel des Guten gewesen war – blaue Flecke, den Kopf am Stuhlbein gestoßen, Wein war auf den Bauch geflossen, Zwiebelringe hatten geklebt an ihren Schulterblättern. Sehenden Auges hatte sie in den Abend gehen sollen: unter Selbstbewahrung! Ihre Seele hatte sie bewahrt, aber ihren Körper auf dem Küchenboden herumgewälzt. Sehenden Auges war sie in den Abend gegangen und blind herausgekommen. Er hatte ihre Augen geküsst. Ich küsse deine Augen! Wer sagt sowas? Der »Bachelor in Paradise«? Hatte sie das nicht auf der Straße gehört, von einem türkischen Rapper? Küss dir selber deine Augen, ich bin dann mal in Brüssel!

Josefa war wütend. Irgendwas stimmte nicht. Kristina hatte

sie gewarnt. Vielleicht wusste Kristina noch mehr? Die Orakelsucht meldete sich wieder. Irgendjemand musste sie über das seltsame Verhalten von Albert aufklären, darüber, ob es Alternativen gab und wie man da drankam. Wie konnte sie ihre eigene Hellsicht schulen, ohne ständig im Blumenladen herumzustreunen oder auf der Dippemess aus einem Wahrsagerwagen zu stolpern?

Josefa tat, als studierte sie die neuen Tarife für die Firmenhandys, und googelte heimlich: »Wie lerne ich telepathische Fähigkeiten?«

Als Erstes kam: Remote Viewing!

»Fernwahrnehmung ist eine Bezeichnung für eine bestimmte Form des Hellsehens, eine hypothetische Art von Wahrnehmung. Ab Mitte der 1970er-Jahre wurden parapsychologische Fernwahrnehmungsexperimente von der US-Regierung gefördert und im Anschluss unter Geheimhaltung weitergeführt.« Wikipedia.

Aha! Die Amis machten es! Und auch die Russen machten das! Sie hatten ganze Einheiten zu Hellsehern ausgebildet. Wenn man seine spirituellen Fähigkeiten erweitern wollte, musste man also zum Militär gehen und lernen von Generälen und Offizieren.

Plötzlich poppte ein anderer Link auf.

»Esoterikmesse Frankfurt-Berkersheim, Saalbau, vom 15. bis 18. Mai!«

Geistiges Heilen, Reflexzonen, ayurvedische Lebensmittel, Handanalysen, Klangschalen, Astrologie, Aura-Analysen, Schamanismus, Matrix-Quantenheilung, Rückführungen, Fengshui, Geobiologie, Radiästhesie, Räucherwerk, Schamanismus, Wasseraufbereitung, Karaffen – und da: Bewusstseinserweiterung! Schulung telepathischer Fähigkeiten!

Großartig. Da musste sie hin. Eintritt zwölf Euro. Das war ja noch zu verkraften.

Aber wer würde mit ihr hingehen? Kein Mensch aus ihrer Umgebung hatte Sinn für eine solche Veranstaltung. Ihre Freunde gingen zum Museumsuferfest oder in den Apfelweingarten, sie trafen sich zum Fastenwandern oder für eine Shopping-Tour. Aber keiner von denen würde auch nur in die Nähe einer Esoterikmesse kommen wollen. Lieber gingen sie zu einem Meet-up: »Frauen besuchen ein Bordell!«

Von Huiwan wollte sie keinen mitnehmen. Elfi am Ende oder Mi-Suk. Die sah sie ja schon beim Teambuilding im Taunus. Genug gebuildet. Niemand würde mit ihr auf die Eso-Messe gehen, niemand, so war es nun mal.

Kristina wartete am Uhrentürmchen. In einem schönen Blumenkleid mit Leggings darunter und einer handgenähten Stofftasche auf den Knien.

»Wie schön, dass das geklappt hat!«, rief Josefa. »Ich habe irgendwie das Gefühl, es könnte interessant werden – und auf so eine Messe will ja nicht jeder!«

»Ja, es ist genau wie eine Tätowier-Messe, da hat ja auch nicht jeder Lust drauf.«

Sie giggelten wie zwei Vierzehnjährige auf dem Schulausflug.

»Hoffentlich sieht mich da keiner«, meinte Kristina. »Ich bin ja Geschäftsfrau.«

»Ach naja«, sagte Josefa. »In Frankfurt ist doch alles scheißegal.«

Von einer Esoterikmesse hätte man erwartet, dass sie unter bestickten Zeltdächern stattfindet oder in einem Sultanspalast. Der Saalbau Berkersheim mit seinen roten Backsteinen wirkte jedoch, als hätte man eine evangelische Sakristei an die andere gebaut. Oder wie ein verschöntes Parkhaus für Seniorengymnastik, Tanzschulabschlussball und Blutspenden. Es war nüchtern, die Stahlrohrstühle am Eingang, die blanken Tische für den Eintritt, die hohen Saaltüren; ein Rentner mit Rollator schob sich vorbei und wollte zur Leihbücherei im letzten Gang des Gebäudes.

Doch als die Tür zum großen Saal sich öffnete, erschienen sämtliche Farbtöne des Universums, leuchtendes Violett, kraftvolles Orange und hoffnungsvolles Grün, dazwischen aufsteigende Wölkchen von Räucherwerk aller Art. Es war schnell klar, dass Josefa sich ihr Yves-Saint-Laurent-Parfüm hätte sparen können. Für Düfte aller Art war gesorgt; sie drangen, sich überwölkend, durch sämtliche Ritzen des großen Saales.

»Zwölf Euro«, sagte ein Mann mit langem grauem Haar und weißem Hemd zu weißer Hose. Als Stempel erhielten Kristina und Josefa einen violetten Engel auf den Handrücken gedrückt.

Der Saalbau machte seinem Namen alle Ehre, hier schien sich jeder eine Bude gebaut zu haben, mit Engelsbildern behängte und mit Teppichen überdachte Stellwände, ein wirres Labyrinth, durch das man von Tüchern, Flötentönen und Kristallkugeln geleitet wurde, Chakrenheilung, Aurafotografie, Channelings, Heilungen, Auro-soma-Essenzen. Jeder bunt gekleidete Esoteriker verbreitete eigene, duftbeladene Schwingungen.

Keiner von ihnen hätte ein Einstellungsgespräch bei Huiwan bestanden.

»Aus der Hand lesen: zwanzig Euro! Das können wir doch mal machen!«, lachte Kristina.

»Ich weiß nicht, ich muss aufpassen mit meinem Geld ... Hier ist ja noch viel zu sehen, die Farbenpracht ... schon toll!«

Es gab einen Essensstand mit gebratenen Champignons, Falafel, Couscous mit Gemüsespießen und Kombucha-Tee.

Dann, sie glaubte es kaum, sah sie in der Ecke einen kleinen Stand, der auf einer mit violettem Samt überworfenen Staffelei ein einziges Buch präsentierte. Das blaue Buch mit goldener Schrift: »Ein Kurs in Wundern!«

Da stand Maria mit langem grauem Haar, die Freundin von Danny Krämer! Und auch die anderen waren alle da, die im Old Earth das Medium begleitet hatten. Sie waren spirituell, doch irgendwie normal, sie hatten nichts von deutschen Kiffern mit verfilzten Rastas auf dem Weg nach Marrakesch. Sie würden bei Huiwan den Eignungstest bestehen, und man würde von ihnen einen Gebrauchtwagen kaufen. Sie sprachen freundlich miteinander und scherzten.

»Sieh mal, Kristina! Ich hatte dir doch von dem Medium erzählt, im Old Earth! Das sind die Leute, die auch da waren! Hey!«

Sie winkte Maria zu, und Maria erinnerte sich sofort an sie.

»Hey, so sieht man sich wieder! Kommt doch her! Möchtet ihr eine Kombucha trinken?«

Sie bot Kristina und Josefa je ein Gläschen Saft an, trübe wie vergorener Most. Er schmeckte etwas seltsam, und Kristina meinte, Kombucha stamme von einem Teepilz.

»Teepilz?«, rief Josefa erschrocken. »Dann kriegen wir am Ende Halluzinationen?«

»Nein«, lachte Maria. »Kombucha besteht aus Tee, Zucker und Mikroorganismen. Genauer gesagt aus Bakterien- und Hefekulturen. Das produziert Vitamine und organische Säuren, ist sehr gesund, und frisch ist es auch.«

Josefa war sich nicht ganz sicher, aber Kristina genoss jeden Schluck.

»Aaah! Im Blumenladen bringt mir ja niemand sowas Besonderes.«

»Kommt Danny Krämer heute?«, fragte Josefa.

»Ja, Danny macht hier Einzelsitzungen und mediale Durchsagen für die Leute, da hinter dem Vorhang sitzt sie.«

Josefa schielte durch die Ritze der Gardine und sah den kräftigen Schenkel von Danny, eine rötliche Haarsträhne und ihre Hände sich bewegen. Leider konnte man kein Wort verstehen.

»Oh, können wir auch eine Einzelsitzung buchen??«

Maria drehte sich um.

»Georg, gibt es noch einen freien Termin?«

Georg war ein Mann Ende vierzig mit kräftiger Hautfarbe, dünnen Haaren, und er trug einen gestrickten Pullover. Er nickte den beiden zu und holte einen Plan hervor.

»Hm ... nee ... für heute ist alles ausgebucht. Ihr könnt Danny höchstens auf der ›Spirit 2019‹ besuchen, da wird sie reden, und da gibt sie auch Sitzungen. Wenn euch das nicht zu weit ist, das ist bei Köln.«

»Ach nee«, lachte Josefa.

»Wäre mir auch zu weit«, meinte Kristina.

»Das ist meine Freundin Kristina, sie ist auch spirituell begabt, sie legt Karten und hat einen heißen Draht nach oben!«

»Ach nee«, kicherte Kristina. »Ich würde mit sowas nie auf die Bühne gehen, geschweige denn auf Facebook oder YouTube, ich mache das nur so für mich.«

»Interessant«, meinte Georg. »Wir sind eine Gruppe, die sich bemüht ... Also, wir wollen uns gemeinsam spirituell weiterentwickeln, denn wir denken, das ist das Einzige, das der Menschheit hilft. Wenn wir eine große Liebesrevolution haben, sozusagen, wenn wir unser Bewusstsein heben und lernen, die Hilfe der geistigen Welt anzunehmen.«

»Ja, ich glaube auch manchmal, uns ist nicht mehr zu helfen. Wenn der Präsident der Vereinigten Staaten so ein unglaublicher Idiot ist. Trump! Dann Putin! Netanjahu!«

»Sie sind in altem Denken gefangen und leben in der Welt der Egomanie.«

»Und werden auch noch immer wiedergewählt!«

»Die Medien sind nicht unschuldig.«

»Tja …«

Josefa hatte sich lange nicht mehr mit der großen Politik beschäftigt. Diese Trostlosigkeit in den Nachrichten. Seit der wunderbare Obama weg war, konnte man sich nur gruseln und zweifeln an der Menschheit im Allgemeinen. Sie betrachtete andere Bücher, die auf dem Stand ausgebreitet waren, Begleitmaterial zu dem Wunderbuch »Gary Renard – Die Illusion des Universums«. Gloria und Kenneth Wrapnick: »Der Himmel hat kein Gegenteil«. Marianne Williamson: »Ein Jahr in Wundern«.

»Danny Krämer hätte ich ja schon gerne mal gesehen«, sagte Kristina.

Ein weiterer, jüngerer Mann mit blasser Haut und großen braunen Augen kam hinzu und meinte: »Wir haben die Facebookseite aufgebaut! Ihr könnt gerne Mitglieder werden in unserer Gruppe! Und wir arbeiten auch an der YouTube-Präsenz! Da gibt es morgen oder übermorgen ein neues Video!«

»Matteo ist unser Technik-Freak«, meinte Maria.

»Ihr könntet auch zu mir auf den Hof kommen, wenn ihr wollt. Wir studieren da gemeinsam den ›Kurs in Wundern‹«, meinte Georg.

»Du hast einen Hof?«

»Georg ist Biobauer, sein Hof ist ungefähr zwanzig Kilometer von hier. Dort treffen wir uns oder bei mir in Sachsenhausen. Du bräuchtest nur das Buch und müsstest vorher das jeweilige Kapitel studieren. Je mehr Leute daraus lernen, desto besser.«

Josefa schreckte ein wenig zurück vor diesem Wälzer, der denn doch saftige sechzig Euro kostete und offenbar gespickt war mit schwer verdaulichem philosophischem Zeugs. Sie hätte natürlich gerne mal diese Leute auf einem Bauernhof besucht. Mal eine Kuh melken. Mal einen Kräuterstrauß pflücken.

»Also, ich habe in das Buch mal reingeguckt und bin nicht klargekommen«, sagte Kristina. »Ist vielleicht nichts für mich. Wir gucken aber eure Facebookseite an, und jetzt gehen wir, glaube ich, mal weiter.«

Josefa wäre gerne noch einen Augenblick geblieben und musste sich doch verabschieden. Aber es gab ja noch so vieles zu sehen!

Josefa betrachtete eine Schamanin in langem Gewand und mit offenem Haar, die versunken um eine Frau herumtrommelte. Josefa entdeckte einen Stand mit selbst gemachtem Schmuck und sah ein Armband mit Jade, das einen vor Fremdenergien schützen sollte. Hübsch eigentlich. Wirklich hübsch. Es würde gut zu dem grünen Kleid passen, das sie beim nächsten Date mit Albert anziehen wollte. Aber würde es denn ein neues Date geben?

Sie wollte sich auch gar nicht schützen vor seinen noch immer fremden Energien, sie spürte den Wunsch, mit seinen Energien zu verschmelzen. Gab es nicht sowas wie Liebeszauber? Oder ein Liebeskraut oder ein Aphrodisiakum? Damit er schneller zu ihr zurückkehrte? Sie war auf dem großen Abstrusitätenmarkt, da gab es doch alles!

»Gibt es hier irgendwas mit Liebeszauber?«, fragte Josefa.

»Oh, das ist Magie oder so, ich weiß nicht, ob ich das machen würde«, sagte Kristina.

Da entdeckte Josefa über dem Gang eine bestickte Schärpe mit den Worten »Partnerzusammenführung, Liebeszauber, Liebesbann – Turbo-Magie mit Raja Moonlight«.

Hypnotisch angezogen folgte Josefa dem Hinweis und gelangte zu einem Stand in der Ecke zwischen zwei Gängen, wo sich bereits eine kleine Schlange gebildet hatte von Menschen, die Liebeszauber benötigten. Wie bedürftig sie alle doch waren. Keiner von ihnen vertraute offenbar seiner eigenen Anziehung, seinem Liebreiz, man musste geheimnisvolle Tricks anwenden.

»Das ist Manipulation«, sagte Kristina. »Das ist nicht gut.«

»Ich will doch nur mal gucken«, sagte Josefa. »Einfach so zum Spaß!«

Kristinas Gesicht drückte äußerste Missbilligung aus.

»Man kann einen Menschen nicht in die Liebe zwingen; entweder der liebt dich oder nicht.«

»Albert sagt, er bewegt sich an der Seite von dieser Lene und außerdem fühlt er sich von mir angezogen und dass alle Gefühle ihre Berechtigung haben.«

»Ja, aber du willst ihn doch für dich alleine und nicht noch mit lauter Gefühlen für andere.«

»Aber wenn er nur ehrlich ist? Und alle fühlen etwas für mehrere Menschen?«

Kristina blieb stehen und musterte eine indianische Perlenschmucktasche mit wunderschönem Mosaik.

»Hm … natürlich haben Menschen Gefühle für mehrere andere Menschen. Aber für eine Partnerschaft will man doch einen, der sich klar zu einem bekennt.«

Josefa zuckte die Achseln.

»Ich kenne ihn ja noch nicht richtig. Ich bin ja nur mit ihm … auf dem Küchenboden … Vielleicht ist er auch komisch, ich weiß es nicht.«

Kristina schien ernsthaft darüber nachzudenken.

»Vielleicht habt ihr auch eine karmische Verbindung. Wenn du ihn in einem anderen Leben verarscht hast, dann steht auf dem Plan, dass er dich jetzt zurückverarscht.«

»In einem anderen Leben?«

Josefa war überfordert. Sie kannte ihn ja kaum in diesem Leben, geschweige denn in einem anderen.

»Reinkarnationstherapie!« stand am nächsten Stand, und der Mann darin sah ganz normal aus, freundlich, bescheiden. Sehr klar, sehr einfach, braunes T-Shirt zu einer hellen Jeans, kurze graue Haare. Der Stand war eingerichtet mit einer Bank, einem

Tischlein, einer Pyramide, einem großen Salzkristall und einer Kaffeemaschine.

»Bei dem spüre ich gute Vibes«, sagte Kristina. »Das sollten wir unbedingt mal machen! Erfahren, was wir im früheren Leben waren! Wie sich das auswirkt auf unser heutiges Leben! Ist doch spannend!«

Die Rückführung in ein früheres Leben kostete als Messe-Special fünfundzwanzig Euro. Josefa war ganz durcheinander von all den Düften, Frisurengebilden, Farborgien und den unentwegten Gedanken an Albert. Die Vorstellung, sich einfach hinzulegen und in einen Schlaf versenken zu lassen, fand sie plötzlich sehr attraktiv.

»Irgendwas müssen wir ja mal ausprobieren«, sagte sie dann. »Frage mich, wie das gehen soll bei dem Krach hier. Lassen wir uns überraschen. Wer fängt an?«

Wenig später lag Josefa auf der Liege, bedeckt mit einem türkisen Batiktuch, und der Mann namens Thomas sagte mit seiner dunklen, liebenswürdigen Stimme: »Du wirst fortan nur noch meine Worte hören, nichts weiter … Die Geräusche der Außenwelt verschwinden, werden unwichtig, unhörbar … Du versinkst tiefer und tiefer in dich hinein …«

Josefa war offenbar sehr empfänglich für seine Stimme, augenblicklich schien der Messelärm zu verschwinden, heimlich öffnete sie noch rasch den obersten Knopf ihrer Hose, musste sich nochmal dringend am Kopf kratzen, dann verlor sie schon das Gefühl für diesen Tag, diesen Saalbau, diese Leute ringsherum; sie sank wie eine Apnoetaucherin in die schwärzliche Tiefe ihres Bewusstseins. Es war angenehm, so angenehm. Sie vergaß, wer sie war; sie vergaß, was sie wollte; sie ruhte einfach in den dunklen Wassern, lange vor ihrer Geburt …

»Du bist jetzt fünf Jahre alt …«, sagte Thomas. »Was siehst du?«

Heftige Gefühle überkamen Josefa. »Ich soll die Strumpfhose anziehen, ich will die Strumpfhose nicht anziehen! Sie kratzt!«

Deutlich sah sie ihre Mutter vor sich und die verhasste dunkelrote Strumpfhose, sie sah ihre eigenen dünnen Knie und wie sie gegen die Mutter kämpfte, nach ihr trat und den Kampf verlor. Über die ihr angetane Gewalt musste Josefa bitterlich weinen. Am Rande war sie sich noch bewusst, dass sie gerade hypnotisiert wurde, dass da Thomas saß, der sie Dinge fragte. Gleichzeitig war sie einigermaßen schockiert über die Intensität, mit der sie das Kratzen der Strumpfhose spürte, die Strumpfhose, die sie längst vergessen hatte, über das Ausmaß der kindlichen Wut, die offenbar noch immer in ihr lebte. Etwas in ihr sagte: »Ist doch nicht möglich!«

»Es ist alles wieder gut«, drang die Stimme von Thomas durch den schwarzen Nebel. »Du musst die Strumpfhose nicht anziehen, jetzt nicht ... Geh weiter zurück in deinem Leben, geh vor bis zu deiner Geburt ... noch weiter ... Vertraue ... und gehe in ein früheres Leben ... Öffnet sich da ein Bild? Was siehst du?«

Im Wachzustand hätte Josefa gezögert, sich nicht getraut, die Grenzen ihres Bewusstseins einfach so zu überspringen; sie hätte sich gewehrt. Aber jetzt brachte dieser Messe-Hokuspokus sie doch auf eine Ebene, die sie vorher nicht gekannt hatte. Sie hörte sich sagen wie aus weiter Ferne: »Ich bin im Haus, im hohen Haus, dunkel, hohe Fenster ...«

Josefa sah die Fenster mit Bleiverglasung, dahinter verschwommen weit unter ihr die Gassen, die Leute trugen Trachten aus einer anderen Zeit, einfache Leute, sie schoben Karren, schrien und pöbelten. Josefa verspürte einen Stoß ins Kreuz und stürzte nach vorne.

»Ich bin gefallen ...« Sie spürte ein Schluchzen in ihrer Kehle.

»Wie ist dein Name?«

»Hm … Em… Esme«

»Was tust du?«

»Ich bin Dienstmagd.«

»Wo?«

»In Rotterdam.«

Josefa sah Bilder aufleuchten von alten Handelshäusern, geschäftigem Treiben vor den Türen und prächtig in Samt gekleideten Kaufleuten.

Dann plötzlich war sie im Inneren eines dieser Häuser, es war dunkel, sie sah die Kaufleute hereinkommen, und sie sah die Vrouw, die Hauswirtschafterin, die schimpfend auf sie zueilte.

»Ich werde geschubst, immerzu geschubst und gescholten …« Josefa spürte die Knuffe im Rücken, hörte, wie ihr ein Tonkrug zu Boden fiel und zerbrach. »Nichts kann ich richtig machen, nichts mache ich richtig.«

Deutlich fühlte sie ihre Angst, ihre Bemühungen, ihr Bestreben, der Herrschaft zu gefallen, ihre geduckte Körperhaltung, den Versuch, sich immer noch mehr zu beeilen. Doch alles an ihr war Ungeschicklichkeit, Tölpelei, sie war schwer von Begriff.

»Nichts, nichts mache ich richtig.« Es war ein Unglück, Dienstmädchen zu sein.

Thomas beendete die Rückführung und holte Josefa wieder zurück in die Wirklichkeit des 21. Jahrhunderts, in den Saalbau mit seinen grellen Neonlichtern über dem bunten, duftenden Zirkus der spirituellen Welten.

»Für eine längere Sitzung müssten wir anderthalb Stunden einplanen, und das wären dann einhundertfünfzig Euro«, sagte Thomas. »Aber für den Messe-Spezialpreis hast du jetzt immerhin einen Einblick bekommen, welche Inkarnation dein heutiges Leben belastet und welche Auswirkungen sie hat auf deine Identität.«

Benommen setzte Josefa sich auf einen Bambushocker, während Kristina kichernd ihren Platz einnahm.

»Mal sehen, was ich war: bestimmt eine Hexe im Mittelalter oder so!«

Josefa hatte Mühe, das eben Erlebte zu verdauen. Die Not eines niederländischen Dienstmädchens, das hin- und hergeschubst wird und sich fühlt wie eine törichte Gans, das nichts recht machen kann: Dieses Gefühl erkannte sie schockartig, das Gefühl war richtig, sie konnte es sofort identifizieren, es erfüllte sie in ihrem heutigen Dasein immer wieder. Diese ewige Grundangst, sie könnte alles zerbrechen und kaputtmachen, sie könnte stürzen vor aller Augen ... Sie rechnete so sehr damit, alles falsch zu machen, dass sie sich schon dauernd selbst beschimpfte. Die Furcht hatte sich so festgesetzt, dass sie sich nichts zutraute, nicht wirklich.

Während Kristina auf der Liege unter Thomas' sanften Worten pfeilschnell in ein Leben als mittelalterliche schwedische Spinnerin tauchte, kämpfte Josefa immer noch mit dem Erlebten. Gab es frühere Leben wirklich? Oder hatte sie unter dem Eindruck von Thomas' suggestiven Worten einfach etwas für ihn produziert? Sie wusste es nicht.

Sie spürte ihre eigene Körperhaltung, seltsam geduckt, noch immer wie ein unterwürfiges Dienstmädchen, das gleich über eine Schwelle stürzt und noch einen Tritt hinterher bekommt. So wollte sie auf keinen Fall durch die Gegend laufen. Haltung. Sie würde sich um Haltung bemühen, ihre Würde, ihre Selbstachtung bewahren, den Kopf erhoben wie die Königin von Saba oder wer da eben als Königin in Frage kam.

Erstmal musste sie dieses bunte Treiben verlassen, und sie rannte mit der eben aufgewachten schwedischen Spinnerin Kristina Richtung Ausgang. Die Nüchternheit des Saalbaus, Parkhaus und Sakristei, mit seinen Betonsäulen und stoß- und abriebfesten Bodenplatten war eine Erlösung, eine Wohltat für ihre Nerven.

Zu Jacques Brel konnte man gut malen. Josefa hatte den Chansonnier auf YouTube gefunden, mit seinen Liedern aus den sechziger Jahren, als Alberts Mutter den französischen Fimmel hatte und ihm seinen Namen gab.

»Amsterdam«, »Ne me quitte pas«, »Ces Gens là«. Eine andere Zeit in Schwarzweiß. Brel im Anzug und mit Schlips. Noch nie hatte Josefa einen Sänger gesehen, aus dem die Musik so herausbrach; er zitterte, er schwitzte, die Augen rollten, eine Seelengewalt, er mochte sterben dabei.

Womöglich hatte Albert von daher sowas Verdrehtes. Wo mochte er jetzt nur sein?

Goldschimmer-Smaragdgrün. Josefa tauchte einen feinen Pinsel hinein und staunte über die wundersame neue Farbe, fürchtete bei jedem Pinselstrich, die Intensität dieses Grüns zu verlieren. Das Papier schimmerte hindurch, und bald schon ähnelte das Blatt ihren Schulkindmalereien mit den Wasserfarben, so dünn wurde die Farbe. Am liebsten hätte sie das Grün zurück in die Flasche gehext, um es zu bewahren für immer, wie ein geheimes Elixier.

Wie arabischer Liebeszauber, grüner Absinth, Hexentränke aus Alraune! Modigliani war opiumsüchtig gewesen, Kirchner Morphinist, van Gogh, Toulouse-Lautrec, Gauguin waren alle süchtig nach den Fläschlein Absinth und halluzinierten, malten im Rausch ihre Visionen. Josefa musste an das Medium denken, das den Geist Hieronymus sah oder hörte, vielleicht hatte sie vorher auch Absinth getrunken oder magische Pilze gegessen oder gekokst. Irgendwie musste man ja offen sein für so eine Wahrnehmung. Was alles geschehen konnte in dem rätselhaften Bewusstsein des Menschen.

Goldschimmer-Sturmgrau und Goldschimmer-Ozeanblau. Wie konnte man mit ihnen malen, ohne die Farben zu verschmutzen, zu verdünnen, zu versauen? Farben waren so unendlich schön. Über ihr hing der schmutzige braungelbe Engel an einem Reißbrettstift und lächelte sie an. Dieses Bild, das sie mit voller Lust aus Tusche und Dotter herausgepantscht hatte, war nicht so erhaben und kapriziös; man konnte es gut anschauen, irgendwie machte es Josefa fröhlich. Die verwaschenen Augen waren voller Botschaften.

»Wird Albert wiederkommen?«

Der Engel lächelte.

Lächelte. Wozu so ein Eidotter doch alles gut war. Wie lange hielt sich sowas überhaupt? Der Dotter würde zerbröseln, und die Botschaften in den Augen würden auch zerbröseln.

»Willst du mir etwas sagen?«

»Es wird alles gut.«

Auch wenn Josefa sich die Antworten nur einbildete, waren sie doch heilsam, und was war gegen ein tröstliches Selbstgespräch einzuwenden? Vielleicht hatte es mit Danny Krämer und Hieronymus genauso angefangen.

»Denkt Albert an mich? Warum beherrscht er nicht die simpelsten Funktionen eines Smartphones? Gefällt er mir nur in Ermangelung eines anderen?«

Zu viele Fragen für ein schlecht getrocknetes, welliges Bild an der Wand.

»Er beherrscht dein Gemüt. Dein Gemüt braucht den Traum.«

Wie? Das war schön, das musste Josefa dringend aufschreiben, sie schrieb es in Goldschimmer-Smaragdgrün. Also war Albert mehr ein Traum? Er war ein Traumtänzer in ihrer Seele, ein Straßentänzer, ein tanzender Spuk.

Aber manches konnte sich doch entwickeln! Er konnte wiederkommen! Hätte sie sich nur nicht gleich auf seinen Küchenboden geworfen. Es war, als wollte sie stets seinen Wünschen entsprechen, Tee trinken, weil sie glaubt, er will sie als Teetrinkerin, Wein trinken, weil sie glaubt, er will sie als Weintrinkerin. So gefügig sein, um einen Traum zu retten!

Gefügig!

»War ich im früheren Leben ein Dienstmädchen?«

»Ein Dienstmädchen und noch viel mehr!«

Josefa ließ den Pinsel sinken.

Es gibt berühmte Selbstgespräche in der Literatur, zum Beispiel in der »Schachnovelle«. Der inhaftierte Dr. B. spielt in seiner Einsamkeit Schach und erschafft zwei Persönlichkeiten, die gegeneinander antreten. Der Engel an der Wand war nichts anderes als ein erfundener Schachspieler. Oder ein richtiger Engel brach sich Bahn, um durch schlecht bemaltes Papier in Josefas Leben zu treten und ihr zu raten. Josefa entschied sich für die zweite Möglichkeit.

»Ich glaube auch an frühere Leben«, erzählte Josefa dem Engel. »In Indien tun sie das, und berühmte Yogis wissen davon, und Yogis können immerhin durch Feuer laufen und sich von einem Schwert durchbohren lassen. Soll ich Albert schreiben?«

»Schreibe Albert, und der Traum wird …«

Josefa hörte nichts mehr. Keine telepathische Botschaft, keine unsichtbaren Worte, die vor dem Dotterengel schwebten – wie eine Telefonstörung.

»Hallo? Was denn? Der Traum wird wahr? Oder zerstört? Oder was?«

Mit Orakeln hatte man es auch nicht leicht. So umständlich und verworren. Josefas Blick fiel auf den verblühenden Maiglöckchenstrauß, und sie begann, die Kelchlein zu zählen: »Ich schreibe ihm, ich schreibe ihm nicht, ich schreibe ihm, ich schreibe ihm nicht, ich schreibe ihm.«

Maiglöckchen hatten doch keine Ahnung. Das Papier schwieg. Und schließlich griff Josefa zum Hörer.

»Kristina. Du musst mir helfen. Soll ich Albert schreiben oder nicht? Wäre das zu aufdringlich, zu klettig?«

»Hm, du hast mit ihm geschlafen, oder?«

Kristina klang übermüdet. Eine Beerdigung und eine Hochzeit. Sie hatte Trost und Hoffnung zugleich durch ihre Hände in Sträuße und Kränze gewunden.

»Ja, ich weiß, das war etwas vorschnell. Aber sollte ich mich melden? Ich meine, kannst du dafür eine Karte legen oder mal deinen siebten Sinn befragen?«

Einen Augenblick hörte sie nichts. Josefa warf sich auf ihr Sofa, drehte sich auf den Bauch und umklammerte den Hörer. Schließlich hörte sie am anderen Ende das Mischen der Karten.

»Prinz der Schwerter. Schon wieder. Er mag es nicht, in Bindungen verstrickt zu werden, er ist ein tollkühner Freigeist, er sitzt da auf seinem Wagen. Also, ich würde dem nicht nachlaufen. Wenn du ihm schreibst, kann es sein, dass er nicht antwortet, und dann geht es dir noch schlechter.«

Josefa schluckte. Wo Kristina recht hatte, hatte sie recht. Hätte sie sich auch selbst denken können. Immer diese Ritter und Prinzen und Könige im Tarot. Wenn es eine Karte für Albert geben könnte, dann konnte es genauso gut der »Schwankende Seiltänzer« sein oder der »Fliehende Hirsch«. Der Dotterengel hatte für heute die Kommunikation eingestellt. Josefa nickte ihm nochmal zu, schraubte die Tintenfässer zu, begab sich zu den zwei Bergen von Wäsche, dem sauberen wie dem schmutzigen, und krempelte die Ärmel auf.

Nirgendwo blühten die Bäume so schön wie vor der großen Buchhandlung mit den vier Etagen im Herzen von Frankfurt. Sie wuchsen so ungestüm in ihren Pflasterkränzen, ihre rosa Blüten schon ganz verschüttet und von Fußgängern zertreten. Es waren lesende Bäume, inspiriert von Schaufenstern und buchbepackten Käufern, es wehte immer ein wenig Geist aus dem Laden in ihre Kronen hinein, und diese verstreuten ihn weiter.

Josefa trat ein, schaute sich um, und der Geruch von Papier und Kaffee erfüllte ihre Sinne, die Leute stöberten leise, um niemanden in den Leseecken zu stören, dann liefen sie magnetisch angezogen zur Spiegel-Bestsellerliste. Das Café im unteren Stock hatte einstmals den Cappuccino berühmt gemacht. Er duftete von unten hoch bis zur Geschichtsabteilung; von jedem Stockwerk aus konnte man unten die Tassen sehen, lauter braune Kaffeepunkte in einem Puppengeschirr.

Josefa trödelte umher und geriet von den Neuerscheinungen zu den Kriminalromanen, driftete in die Hessenecke, blickte hinunter ins Kinderbuch und hinauf zur Soziologie. Wo sollte sie nur anfangen zu suchen? Neben der Psychologie und Medizin gab es auch eine esoterische Ecke, und da heraus leuchtete erneut das Buch »Ein Kurs in Wundern«.

Das war doch das Lieblingsbuch von Danny Krämer! Sie hatte es schon im Old Earth gesehen und auf der Esoterikmesse! Josefa war versucht, es mitzunehmen, einfach so. Aber sechzig Euro? Ohne zu verstehen, um was es ging? Bloß weil der Titel so schön leuchtete? Wenn man lernen könnte, Wunder zu wirken, wäre das großartig. Wenn man sich die Welt betrachtete: Donald Trump. Die Klimakatastrophe. Die Flüchtlingskrise. Es gab Menschen, die Wunder wirken konnten: Charlie Goldsmith zum Beispiel, der kam auf Apple-TV. Oder Tony Robbins auf Netflix. Tony Robbins erklärte sogar, *wie* man Wunder wirken konnte. Josefa hatte plötzlich ein irrsinniges Bedürfnis, Wunder zu wirken. Die Ungerechtigkeit abzuschaffen, Wasser gerecht zu verteilen, Suchtkranke zu heilen … Es gab ein uferloses Bedürfnis nach Wundern. Aber saftige sechzig Euro. Das musste sie sich erstmal überlegen. Sie war ja wegen ganz was anderem gekommen.

An der blauen Infotheke – warum so viel schnödes Blau in diesem Buchladen? – saß ein Buchhändler im schwarzen Pullunder, und ihre Blicke trafen sich.

»Haben Sie ein Buch über Dienstmädchen?«, fragte Josefa.

»Hm«, sagte der Buchhändler. »Meinen Sie ein Buch in Richtung Dienstleistungsgewerbe?«

»Nein, ich meine von früher. Also so 1600, 1700, 1800, so die Kante rum.«

»Ah«, sagte der Buchhändler. »Dann eher eine soziologische Studie oder einen historischen Roman?«

»Ich weiß auch nicht.«

»Na, dann gehe ich mal ins Schlagwortverzeichnis.«

Geduldig tippte er die Worte »Dienstmädchen und 18. Jahrhundert« ein.

»Also, es gibt hier … eine Königlich Hannoversche Dienstbotenordnung vom 28. März 1732. Dann hätten wir ›Das außergewöhnliche Leben eines Dienstmädchens namens Petite, besser bekannt als Madame Tussauds‹, ein Roman.«

»Also, es wäre gut, wenn es ein Dienstmädchen aus Rotterdam wäre. Oder … so die Gegend.«

»Bücher über Rotterdam gibt es in der Geografie, erster Stock, ansonsten, vielleicht wollen Sie mal die Bilder von Vermeer studieren? Er hat zumindest Dienstmägde gemalt.«

»Guter Tipp!«

»Kunst und Kunstgeschichte, zweiter Stock.«

»Danke schön«, sagte Josefa und knickste. Hatte sie wirklich grade geknickst? Ihr fiel ein, dass sie tatsächlich schon oft geknickst hatte in ihrem Leben, zu den unmöglichsten Gelegenheiten. Beim Empfang ihres Abiturzeugnisses. Und ihres Führerscheines. Bei der Wahl zur Schriftführerin im Karnevalsverein. Als sie Patentante für ihren Bruder werden durfte. Als der Priester ihr sein Beileid für die verstorbene Tante Maria aussprach. Das Knicksen war in ihrem System. Kein Mensch außer ihr knickste. Wo hatte sie das bloß her? Wie peinlich. Ebenso gut wie unwillkürliches Knicksen hatte auch ihr Hintern eine gewisse Erwartung, jederzeit getreten zu werden. Als sei immer jemand hinter ihr her. Vielleicht ging sie daher immer ein wenig krumm, dem Vornüberfallen vorbeugend; bei einem Tritt musste man sich abfangen können. Keiner hatte sie je angefasst, niemand hatte ihr je weh getan. Ihre Eltern waren friedliche Leute vom Land. Woher kam also dieses Gefühl?

Josefa schleppte schwer an dem Bildband über Vermeer. Der Reiseführer über Rotterdam war nicht so schwer. Ganz leicht war das Taschenbuch »Die zahlreichen Leben einer Seele« von Brian Weiss. Sie legte sie auf den Tisch im Buchcafé, und auch der Cappuccino musste dort noch Platz finden.

Rotterdam! Die Handelshäuser! Die alten Handelshäuser am Wasser! Josefa war wie vom Blitz getroffen. Die Ziegelsteine, die spitzen Giebel! Delfshaven. Alles sprach zu ihr. Das war doch Einbildung! Amsterdam, London, Bremerhaven, überall gab es solche Häuser. Trotzdem lösten genau die Rotterdamer Häuser etwas in ihr aus, Josefas Herz klopfte. Die historischen Bilder im Reiseführer waren spärlich. Die Bilder von Vermeer waren reich und satt. Drei Farben für ein einziges Bild, das Milchmädchen mit so sehr blauer Schürze, dem Mieder in abgetragenem Gelb, der Rock so rot. Das Milchmädchen goss die Milch schon seit langer, langer Zeit in einen Krug. Josefa starrte auf die Schüssel, die Brotstücke, das Bleiglasfenster. Sie studierte das Flickwerk an der Schulter und wie drall das Mieder saß, betrachtete die Haube des Mädchens. Die Räume, die schmucklosen Wände mit Flecken und Löchern ... alles kam ihr vertraut vor. Auf anderen Bildern die gekachelten Böden, das Holz an den Decken, der Ofen, die Bänke, es war unerklärlich.

Josefa klappte die Bücher zu, froh, keinen Kaffee auf die kostbaren Bilder getropft zu haben. Sie musste nach Hause. Den dicken Schinken konnte sie nicht bezahlen. Der Rotterdam-Reiseführer war nicht ergiebig. Doch das Goldmann-Taschenbuch für zwölf Euro wanderte in ihre Tasche. Es war keine willentliche Entscheidung gewesen. Das Buch war förmlich an die Kasse gesprungen. Die Kasse klingelte nicht so schön wie Kristinas Kasse, und kein Buddha saß daneben in einer Kugel mit Goldmünzenschnee.

Dennoch: Was Josefa heute erstanden hatte, war für sie genauso geheimnisvoll, magisch und spannend wie Kristinas Schätze in deren Zauberhöhle. Sie zwang sich, beim Wechselgeld nicht zu knicksen, und verließ den Buchladen mit neuen alten Bildern in der Seele und mit einer unstillbaren Neugier auf die 224 Seiten des amerikanischen Psychiaters Brian Weiss, der unter Hypnose seine Patientin Catherine in ein früheres Leben versetzt und so geheilt hatte.

Das Telefon läutete ewig. Niemand vom Kletterwald Taunusblick ging dran, keine Ansage, kein: »Alle Mitarbeiter befinden sich im Kundengespräch.« Man konnte auch ein Kontaktformular ausfüllen, aber Josefa hatte zu viele Fragen: Gab es einen Gruppenrabatt? Wie lange dauerte der Durchlauf aller Stationen des Hochseilgartens? War man gegen etwaige Unfälle versichert? Wie weit war es zu den Parkplätzen? Gab es vor Ort eine Verköstigung oder zumindest eine Hütte, falls es regnete?

Wenn der Betriebsausflug beziehungsweise die Teambuilding-Maßnahme in die Hose ging, würde man ihr die Schuld geben. Elfi meckerte sowieso schon wegen ihrer Höhenangst. Wie konnte man da trotzdem einen Klettergarten aussuchen? Was war denn das für ein Teambuilding, wenn ein wichtiges Mitglied des Teams schon von vorneherein ausgeschlossen war? Die Koreaner waren doch so bedacht darauf, dass niemand ausgeschlossen wurde, ja, man legte größten Wert darauf, dass das Team praktisch wie ein Fischschwarm agierte, in dem alle in die gleiche Richtung schwammen und niemand, wirklich niemand, je daran dachte, auszuscheren und zurückzubleiben. Was sollte sie, Elfi, tun, wenn die anderen lustig durch die Bäume turnten und sie unten gelangweilt zurückblieb? Brote schmieren für alle? Das Teambuilding war gescheitert, bevor es überhaupt losging.

»Darum rufe ich ja jetzt an, Elfi. Vielleicht gibt es vor Ort noch andere Sachen, die man zusammen machen kann.«

»Gibt es nicht! Ich war schon mal da!«

»Aber nach Weilburg wollte doch keiner, weil es zu weit ist, und in den Zoo wollten die Koreaner nicht, weil man bei den stinkenden Tieren nicht essen kann.«

»Wir hätten ja auch auf dem Main Boot fahren können.«

»Ja, aber beim Teambuilding soll man ja bewusst interagieren. Auf einem Boot sitzt man nur rum.«

»Ist doch auch mal schön!«

Man sah Elfi an, dass sie schon viel und gerne gesessen hatte, ihr Körper hatte an jener Stelle eine schöne feste Pummeligkeit; sie bewegte sich nur zum Drucker und zurück und ging zu Hause mal mit dem Hund vor die Tür. Im Büro drehte sich nicht mal der Drehstuhl, wenn sie den lieben langen Tag Rechnungen schrieb. Die einzige Bewegung war die ihrer gesträhnten Haare, die ihr ab vierzehn Uhr aus der Haarspange rutschten und auf die roten Wangen fielen.

»Ich bin nicht der Meinung, dass ich mitfahren muss, um euch allen zuzusehen, wie ihr da herumturnt wie die Affen. Ich mache mir dann anderswo einen schönen Tag.«

Noch während Elfi auf sie einsprach, hörte Josefa ein sanftes Bling. Das Smartphone.

»Vielleicht gehen wir mal in einen Escape-Room«, meinte Josefa ratlos.

»Nein, ich habe klaustrophobische Störungen, da mache ich nicht mit.«

Bedauernd zuckte Josefa die Schultern und schielte auf ihr

Handy. Aber sie konnte die Nachricht nicht lesen, wenn Elfi noch in der Nähe war. Sie brauchte dafür Muße und Einsamkeit. Eine gewissermaßen Heilige Umgebung, die der Nachricht würdig war. Toilette war unwürdig. Aber in der Lounge gab es das schwarze Ledersofa, auf das man Min-Joon Choi nach einem Schwächeanfall gebettet hatte, ein Vorfall, den man unter keinen Umständen erwähnen durfte. Auf diesem Sofa war Josefa bereit, ebenfalls einen Schwächeanfall zu erleiden, wenn eine Nachricht von Albert sie erwartete.

Sie schloss die Tür hinter sich und konnte vor Aufregung nicht sitzen; sie war nun allein mit einem Gummibaum.

Es war Albert.

»In Brüssel sehr brüsselig! Wünsche mir Küsse von einer Küsse-Räuberin! Wäre Dienstag diensttauglich, dienstbar für dich?«

Josefa knickste.

Einmal Dienstmagd, immer Dienstmagd, Dienstag ein Date.

Der Schwächeanfall kam, und sie sank auf das Sofa wie Min-Joon Choi an jenem Tag, über den niemals jemand sprechen durfte.

Noch drei Tage bis Dienstag.

Es war eine sehr, sehr lange Zeit bis dahin, es war eine viel, viel zu kurze Zeit. In Josefas Kopf stiegen träumerische Seifenblasen auf, sie schwebten umeinander und zerdrückten sich gegenseitig, sie blähten sich auf und zerdehnten die Stunden, schwärende alte Ideen kämpften dagegen und machten einer neuen Hoffnung nur mühselig Platz. Der Kopf, es war zu viel im Kopf. Sie musste sich ablenken.

Es gab nur eine Sache, die sie ebenso beschäftigte wie ihr kommendes Date.

Das waren Danny Krämer und ihr liebenswürdiger Pulk von Leuten, die sie im Old Earth gesehen hatte und dann wie durch ein Wunder auf der Eso-Messe. Mirnichtsdirnichts hatten sie Josefa und Kristina eingeladen auf den Bauernhof. Irgendwie rührend. Bevor Josefa in den Taunus fuhr zum Schützenfest oder zu den Kindergeburtstagen alter Freundinnen oder zum Karaoke mit den Koreanern, fuhr sie doch tausendmal lieber aufs Land, um mit diesen wundersamen Leuten etwas Neues auszuprobieren.

Ob Danny wohl bei diesen Treffen dabei war? Wo kam sie bloß her?

Mal sehen, wie der schöne junge Mann Matteo Dannys neue Facebookseite hingekriegt hatte. Sie öffnete den Laptop und ging auf Suchen.

Danny Krämer. Es gab verschiedene Dannys, Danny, Dani, Dana, Daniela Krämer – und dann gab es offenbar noch eine alte Seite, wo die richtige Danny einen Hund ausführte, in 2017. Aber da … ja, da war eine schöne Seite mit einem lichtvollen Mandala-Banner, darunter eine verschlungene Triskele wie eine dreiblättrige Blume, mit einem hineingewebten H, vielleicht für Hieronymus. Offenbar hatten sie Danny ein Logo geschaffen. Im Halbrund ihr Bild, sehr schön, mit ebenmäßigem Teint und längeren Wimpern, das Haar floss über ihre Seite. Entweder hatte man mit Photoshop ein wenig nachgeholfen oder sie hatte einen Stylingberater engagiert.

Gleich oben stand der Link zu ihrem neuen Video, und Josefa klickte gespannt darauf. Auch hier: Danny saß nicht mehr breitbeinig da wie auf dem Hocker in der Garage. Man hatte sie, gut ausgeleuchtet, in ein schmeichelhaftes Licht gesetzt vor einem lindgrünen Hintergrund, mit einer Palme in Rattangeflecht. Sie trug ein anliegendes Shirt mit farblich passendem Lippenstift und Ohrringen, die aus den prächtigen Haaren leuchteten. Das Team hatte ganze Arbeit geleistet.

Josefa drückte auf »Play«. Danny sagte einige einleitende Worte, aber Josefa spulte vor bis zu der Stelle, wo der Geist einfuhr. Das war und blieb der aufregendste Moment.

»Aah, da sind wir wieder, geliebte Erdenbewohner. Ich bin Hieronymus und spreche für eine Gruppe nichtphysischer Lehrer jenseits eurer dreidimensionalen Realität. Wir sind gekommen, um eurer modernen westlichen Gesellschaft zu assistieren.«

Die Worte verfehlten ihre Wirkung nicht. Josefa spürte eine gewisse Süße und Helligkeit, und sie freute sich wie über ein Lied, das man immer schöner findet, umso öfter man es hört.

»Unsere Absicht ist es, das Leid in eurer Welt zu lindern; unser Plan ist es, euch zu erklären, was in eurem Bewusstsein vor sich geht, das euer Leiden verursacht. Ihr glaubt, euer Geist ist fest in eurem Körper verankert und wird auch vom Gehirn erschaffen. Dem ist nicht so. Euer Gehirn ist mehr oder weniger ein Empfänger, der sich auf verschiedene Frequenzen einstellen kann. Bei eurer Geburt habt ihr euch aus der göttlichen Sphäre gelöst und kommt in eine Welt der Trennung und der Individualisierung. In eurer westlichen Gesellschaftsordnung ist die Individualisierung, die Selbstoptimierung das allerhöchste Gebot! Und ihr glaubt, die Welt ist gefährlich, ihr müsst Angst haben, euch dauernd wehren und kämpfen für eure höchst individuellen Ziele! Doch in Wahrheit bist du eine Idee im Bewusstsein Gottes. Du bist aus Liebe geschaffen, um Liebe zu geben und Liebe zu empfangen. Das hat dir nur keiner gesagt. Würdet ihr in einer Gesellschaft leben, die euch das lehrt, sähe eure Welt vollkommen anders aus. Es wird Zeit, dass ihr die fehlgeleiteten Lehren der westlichen Sphäre überwindet.«

Josefa war nun endgültig überzeugt. Das waren so schöne Worte. Der Gedanke, dass sich wunderbare Himmelswesen um diese missratene Menschheit kümmern wollten, die in jeglicher Hinsicht ihr Thema verfehlt hatte, war ungemein aufbauend.

Sie war ab sofort Danny-Fan, Hieronymus-Groupie wie Maria, Matteo, Georg und die anderen. Das Video hatte immerhin dreiundsiebzig Likes, und mit Josefas waren es nun vierundsiebzig. Die westliche Welt konnte nicht so bleiben, wie sie war, Punkt.

Es musste sich was ändern.

Morgen wollte sie den anderen auf Facebook schreiben. Mal sehen, wie die so drauf waren. Sie brauchte noch eine kleine Rückversicherung, bevor sie irgendwo in die Pampa fuhr und da womöglich irgendeine Sekte seltsamen Budenzauber veranstaltete.

Heute Abend ging sie erstmal mit Kristina zum Yoga. Eine weitere Ablenkung von ihrer fieberglühenden Sehnsucht nach Albert und dem Wiedersehen am nächsten Dienstag.

War das überhaupt Sehnsucht? War es nicht so, als sollte sie am Dienstag eine weitere Prüfung absolvieren, um sich als liebestauglich zu erweisen? Prüfungsangst. Wenn sie die Prüfung bestehen sollte, war es praktisch die Eintrittskarte für das Liebesparadies. Das Warten bereitete nahezu körperliche Schmerzen.

Umso besser, dass sie nun mit Kristina vor dem Nirwana stand. Das Yogastudio beim Hauptbahnhof in einer alten Fabrikhalle sandte bereits positive Vibes; neben den Türen stapelten sich ausgelatschte Schuhe. Kristina hatte ihre Matte mitgebracht, Josefa musste sich eine leihen. Wieder diese schwülen Duftwolken! Weihrauch, Sandelholz und Sencha-Tee mit einer winzigen Nuance von Schweiß; sie war schon ganz vernebelt. Es mischten sich die Energien der Berufstätigen, die abgehetzt hereinrannten, mit denen der entspannten, in höheren Ebenen befindlichen Yogalehrer, im Eingang ein Schwingungskuddelmuddel.

Josefas Körper schien sich bereits zu dehnen in Vorfreude

auf die Übungen, ihre Muskulatur in Schultern und Nacken lechzte danach, eine dieser seltsamen Drehungen zu machen, wo der Arm auf der anderen Seite unter den Rippen hervorkam und der Kopf sich unter die Kniekehlen schob; sie machte praktisch einen Köpper auf die Matte und musterte vergnügt die blumengeschmückten Bilder eines leicht verlottert wirkenden alten Yogi vom anderen Ende der Welt. Om, verschnörkelte Schriften an der Wand, der Kerzenglanz; es war ein wenig wie ihr Schubladengefühl im Büro. Hier wollte sie bleiben. Unter den sanften Worten von Laila, der Yogalehrerin, schien sich ihr Körper in eine erlösende Entspannung zu begeben; der Gruß der Sonne am Abend brachte Heilung in die verkrampftesten Körperteile, den vermaledeiten Büronacken. Wie gut, dass Kristina sie hierhergebracht hatte, die ihrerseits mit einer leichten Skoliose den »Herabschauenden Hund« übte und fröhlich kicherte, als sie beim aufrechten »Baum« auf einem Bein zu wackeln begann. Alles war leicht hier, alles beschwingt, alles geriet in Balance. Der Frieden von Lailas Gesicht übertrug sich auf Josefas Gemüt. Sie würde hierherkommen müssen. Dreimal die Woche! Und auch so weite Schlabberhosen kaufen und so ein tolles Wickelhemd.

»Kristina – mega! Hier kaufe ich sofort eine Zehnerkarte«, sagte Josefa glücklich.

»Die Schnupperstunde war ja umsonst!«

Erhitzt und verschwitzt suchte Josefa nach einer dicken Matte, gerne hätte sie auch noch den Sonnentee gekauft, einen weiteren Stein aus Lapislazuli und jene Kerze voller Alpenkräuter mit der Aufschrift »Hoffnung«. Auf jeden Fall wollte sie sofort den Hathakurs buchen für insgesamt einhundertzwanzig Euro.

»Gerne«, lächelte Laila. »Wir freuen uns sehr. Es wird dich in deiner körperlichen wie spirituellen Entwicklung sehr viel weiterbringen.«

»O. k.«, sagte Josefa und reichte ihr die EC-Karte.

Laila zog die Karte einmal durch, dann noch einmal, dann runzelte sie ihr Yoga-Gesicht und zog die Karte ein drittes Mal durch.

»Tut mir leid, sie funktioniert gerade nicht. Vielleicht ist die Karte beschädigt?«

Und ob die Karte beschädigt war, sie war beschädigt von lauter Überziehen. Josefa wurde knallrot, und ihre Knie wurden weich. Hatte sie nicht aufgepasst? War das neue Gehalt noch nicht drauf? Ach du meine Güte!

»Ach, dann muss ich das erstmal checken«, sagte sie. »Ich kann doch auch das nächste Mal bezahlen?«

»Nee, lass«, sagte Kristina. »Nimm das einfach von meiner Karte, und Josefa gibt es mir später zurück!«

Dankbar sah Josefa zu Kristina herüber, die ihr so selbstlos und ohne nachzufragen aus der Patsche half. Wie unglaublich peinlich trotzdem! Hatte sie denn ihre Auszüge nicht studiert? Lieber auf dem Boden herumgesessen und Bilder gemalt und in Gedanken Liebesbriefe an Albert geschrieben. Get your shit together, Josefa!

»Danke, Kristina, oh mein Gott, war das peinlich. Ich glaube, ich habe überzogen.«

»Ich weiß, wie das ist. Ich weiß auch nicht, wie ich manchmal die nächste Rate für den Blumenladen bezahlen soll, und jetzt geht auch noch die Gastherme kaputt! Umso wichtiger finde ich es, Körper, Geist und Seele im Einklang zu halten, und an sowas wie Yoga sollte man, glaube ich, nicht sparen.«

Josefa turnte umständlich durch den überfüllten Eingang, und ihr Körper war zugleich geläutert und tiefenentspannt sowie von Schock und heißen Peinlichkeitswellen durchflutet.

»Ist doch nicht schlimm«, meinte Kristina. »Du kannst es mir beim nächsten Mal wiedergeben! Du musst dem Prozess des Lebens vertrauen, und alles klärt sich auf wundersame Weise.«

Munter sprang sie die Treppen herunter und tauchte fröhlich in den Lärm des Hauptbahnhofes, wo an den Hauswänden entlang weitere durchgeistigte Yogis näher kamen, vorbei an den Junkies, Geschäftsleuten, Dealern und Prostituierten. Man müsste nur in seiner hohen Schwingung bleiben, sagte Kristina. Dann könnten einem die niedrigen Schwingungen der Drogenhändler zum Beispiel gar nichts anhaben.

Josefa vertraute dem Prozess des Lebens – nicht wirklich.

Unvorhergesehen war wieder Chaos in ihrer Wohnung. Malen und Yoga und Huiwan und dann keine Zeit mehr für den Einkauf und die Wäsche. Kontoauszüge, die dringend angeschaut werden mussten. Die geplatzte Mülltüte, die alten Kaffeesatz in der Küche verteilt hatte. Ruckzuck war Josefa wieder in low vibration. Die Yogalehrerin Laila hatte gesagt, man müsse die Energie des Lebens, das Chi, in alle Bereiche fließen lassen. In die verspannte Muskulatur, in die innere Einstellung, in alle Belange des täglichen Lebens. Einen Moment lang hasste sie ihr Leben. Und der eigentliche Grund war: Sie hatte für Dienstag nichts anzuziehen.

Jetzt, wo sie kurz davor war, Albert wiederzusehen, wo das Tor zur Liebe sich öffnete, ausgerechnet jetzt wusste sie nicht, was sie anziehen sollte. Das grüne Kleid hatte von einem Rotweinabend eine dunkle Färbung, das blaue Kleid war vorne länger und hinten kürzer, das rote Kleid war so verwaschen und machte ungünstige Beulen um die Brust herum. Natürlich, Albert trug immer nur Cordhosen und würde diese Dinge gar nicht bemerken. Trotzdem fühlte Josefa sich verpflichtet, Vollkommenheit auszustrahlen. Nicht den geringsten Makel an sich zu haben, der ihn dazu bringen könnte, die Füße in die Hand zu nehmen und wieder nach Brüssel zu tanzen oder irgendwo in das Nichts. Er lebte in einem entfernten Nichts, von dem sie keine Vorstellung hatte.

Vor ihr der Laptop und die Logindaten ihrer Bank. Sie musste auf ihr Konto schauen, sie musste! Es war so leicht, die Firmenkreditkarten der Mitarbeiter zu checken, zu sehen, wie viel Geld Dae-Seong mit einem Kunden im Skyline-Tower verprasst hatte und welchen überteuerten Leihwagen Elias gebucht hatte, um mit seinen Freunden einige Runden zu drehen. Es war aber so schwer, sich ihr eigenes Konto anzuschauen. Sie musste sich zwingen; ihr wurde geradezu übel. Ihr Finger zitterte einen Augenblick über der Entertaste. Sie schaute den Dotterengel an, der über ihr am Reißbrettstift an der Wand baumelte. Der Dotterengel senkte seinen Blick und sagte: »Mach.«

Josefa schloss ebenfalls die Augen und drückte. Dieselben Panikwellen wie im Yogastudio. Dieselben Selbstvorwürfe und die Hochnotpeinlichkeit. Ja. Sie blinzelte. Da stand es schwarz auf weiß, ihr Konto war mit dreitausend Euro in den Miesen, sie war am Limit.

Mehr noch: »Ihr Auftrag Telekom konnte nicht ausgeführt werden.« »Ihr Auftrag Mainova Stromversorgung konnte nicht ausgeführt werden.« »Ihr Auftrag Zahnärztliche Kassenvereinigung konnte nicht ausgeführt werden.« Und darunter: »Möchten Sie Ihr Dispolimit erhöhen?«

Nach diesem Schock musste Josefa sich zunächst einen grünen Tee kochen mit einer Scheibe Zitrone drin, obwohl: Sollte sie nicht an den Zitronen sparen? Grüner Tee schmeckte sowieso nicht sonderlich, aber ab sofort musste auch der grüne Tee aufgebraucht werden! Es gab höchstens noch Pfefferminztee vom Aldi für fünfundneunzig Cent. Heißes Wasser tat es ja auch! Hatte sie überhaupt noch warmes Wasser?

Sie schielte auf ihre Umsätze, und da stand:

– Idee. Kreativmarkt. Goldschimmerfarben

– Bankautomat Saalbaustraße
– Kaufhof Galeria Damentextilien

Und so weiter. Noch vier Tage, bis das Gehalt vom Juni draufkam. Sie würde wohl zusammenrechnen müssen, ob das Junigehalt ausreichte, um die Außenstände zu decken. Musste sie jetzt alle anrufen, um sich zu offenbaren? Mainova, Telekom und wen noch alles? Noch schlimmer: Sie konnte sich nichts Schönes kaufen, um in Vollkommenheit vor Albert zu erstrahlen.

»Dotterengel! Was mache ich denn nur?«

Der Dotterengel blinzelte mit seinen verwaschenen Augen.

»Das blaue Kleid wird ihm gefallen.«

»Das vorne lang und hinten kurz?«

»Nimm einen Gürtel.«

Josefa atmete tief ein. Der Dotterengel hatte recht. Sie sollte ihn nicht länger Dotterengel nennen, am besten, sie nannte ihn Dotti.

»Und das Geld? Was mache ich denn nur?«

»Die Grenzen deines Bewusstseins markieren die Grenzen deiner Fülle.«

»Ach du lieber Gott! Ich meine – soll ich den Dispo erhöhen? Kennst du dich überhaupt aus mit so praktischen Fragen?«

Dotti versank in den Schichten seines Farbauftrages und sagte nichts mehr. Am besten, Josefa telefonierte mit Kristina. Aber bevor sie nicht wusste, wie sie Kristina die einhundertzwanzig Euro zurückzahlen konnte, wollte sie lieber abwarten. Sollte sie Min-Joon um einen Vorschuss bitten? Aber das Gehalt kam ohnehin in vier Tagen. Sie hatte ja noch die Portokasse mit fünfhundert Euro! Oh Gott, nein, um Gottes willen. Niemals. Das schlug sie sich sofort aus dem Kopf.

Putzen gehen! Sie konnte an den Wochenenden putzen gehen. Oder kellnern. Das alles war wie Zahnschmerzen, grässlich, unangenehm. eBay! Konnte sie irgendwas verkaufen? Die Blumenvase aus dem Tunesienurlaub? Die Kommode von Ikea, die sowieso nicht recht in den Flur passte? In Josefas Kopf ratterte es. Dann, ohne zu überlegen, beantragte sie die Erhöhung ihres Dispokredites um 1.000 Euro.

»Wir benötigen für die Prüfung Ihrer Angaben drei Werktage.«

Also Mittwoch. Oder Donnerstag. Die peinliche Hochnot sollte noch andauern. Josefa klappte den Laptop zu. Nicht mehr hinschauen, nicht mehr dran denken. Lieber peppte sie jetzt das blaue Kleid auf und kümmerte sich um ihr nächstes, aufregendes Date mit Albert. Sie würde in die Straßenbahn springen und ... Ob sie wohl ihr Jahresabo bei den Verkehrsbetrieben kündigen und nur noch Fahrrad fahren sollte? War das jetzige denn noch gültig oder musste sie zu Fuß gehen? Sie würde es drauf ankommen lassen. Im Krieg oder in der Liebe war jedes Mittel recht.

Morgen, morgen traf sie Albert, und es würde herrlich sein, hoffentlich, es musste jetzt mal irgendetwas herrlich sein in ihrem Leben, und dafür war der zappelige Wissenschaftler gerade gut genug!

Das blaue Kleid war in Ordnung. Von vorne. Es ließ ihre Augen blitzen, und die Sandalen passten wunderbar dazu, der V-Ausschnitt streckte ihre Figur, und der weite Rock umspielte ihren Po sehr gnädig. Sobald sie sich jedoch zur Seite drehte ... Josefa zwang sich, das nicht zu tun. Auch mit dem Gürtel schob der Hintern den Rocksaum höher. Sie musste den Stoff unter dem Gürtel ein wenig hochziehen. Es ging gerade so, nur gerade. Sie musste darauf achten, dass Albert sie nur von vorne sah. Nicht zupfen. Sie musste sich versprechen, nicht dauernd am Rock zu zupfen. Würde ausstrahlen. Souveränität.

Josefa zählte das Geld in ihrem Portemonnaie. Zweiundzwanzig Euro und dreiundvierzig Cent. Albert hatte sie zum Mexikaner eingeladen. In ihrem jetzigen Zustand wäre ihr eine Pommesbude lieber gewesen. Sie hätte Albert einladen und ihm Bratkartoffeln servieren können. Aber nein, man wollte sich ja keine Blöße geben.

Josefa überlegte, den Mexikaner zu googeln, irgendwo musste doch was stehen über die Preise und was dort am besten schmeckte. Wie hieß das nochmal? Que Pasa.

Tatsächlich hatte das Restaurant eine Facebookseite mit sage und schreibe 2.700 Followern. Wer folgte denn einem Restaurant? Heute gibt es Tacos und Tequila im Angebot! Oder: Wir haben unsere Tür neu gestrichen! Was konnte denn ein Restaurant groß posten? Eine Speisekarte fand Josefa nicht. Dann fiel ihr Danny Krämer ein und deren neue Facebookseite. Der wollte Josefa auf jeden Fall folgen. Mal sehen, was sich da getan hatte.

Aha! Die nun so gutaussehende Danny Krämer auf dem Foto hatte gepostet: »Am 15. Juli werde ich auf der Spirit 2019 bei Köln öffentlich Hieronymus channeln. Wer Lust hat, kann sich dort anmelden! Bitte schickt mir Fragen, die ihr an Hieronymus habt, die geistige Welt möchte sie euch gerne beantworten.«

Schon hatten Mitglieder geantwortet:

»Kommen auch Tiere in den Himmel?«

»Von welchem Planeten seid ihr? Seid ihr mit Engeln vergleichbar?«

»Habt ihr selbst schon mal auf der Erde gelebt?«

»Arbeitet die Regierung der USA mit Außerirdischen zusammen?«

Das konnte spaßig werden, all diesen Antworten zu lauschen, und auch Josefa hatte gleich eine Frage: »Wenn man den Kurs in Wundern studiert – kann man dann wirklich Wunder wirken?«

Matteo antwortete sofort: »Du hast ein Anrecht auf Wunder, weil in dir das Göttliche wohnt. So heißt es in ›Ein Kurs in Wundern‹. Doch bevor wir Wunder wirken können, brauchen wir eine Reinigung, eine Purifikation sozusagen. Jede Form von negativer Schwingung muss erlöst werden und ins Licht gehalten.«

Elf Likes. Jemand hatte daruntergeschrieben: »Ich versuche, jeden Tag clean zu essen, nur Organic Food, und ich vermeide die Nachrichten, denn die haben auch keine gute Schwingung. Meditieren klappt nicht immer, aber ich versuche wirklich, meine Gedanken und meine Umgebung rein zu halten.«

»Man darf aber nichts Dunkles unterdrücken«, schrieb ein anderer. »Wenn negative Gefühle hochkommen, dann muss man diese anschauen, fühlen und Gott übergeben, so verschwinden sie dann.«

Josefa war angenehm berührt, dass ihre Frage gleich so viele anregende Antworten bekommen hatte von all diesen Leuten. Sie klickte auf die Bilder, die die Leute geschickt hatten: obligatorische Wassertropfen im Morgentau, obligatorischer Sonnenaufgang, obligatorischer Wald … Dann gab es Bilder mit Danny auf der Bühne, Danny beim Channeln und Danny bei ihren Freunden Maria, Matteo, Georg und anderen, die Josefa auf der Messe und im One Earth gesehen hatte.

Josefa betrachtete die Profilbilder. Matteo war ein ITler, der auf Heilpraktiker umschulte. Maria war Buchhändlerin, Georg ein biologischer Landwirt, Pin-Yen eine taiwanesische Zahnärztin, Romina war sogar irgendwie bei der Polizei. Niemand gehörte einer Kirche an, alle suchten sie nach einem spirituellen Weg. Von einer Zeitenwende war die Rede! Von einer spirituellen Revolution! Von einer neuen Energie, einer neuen Erde, auf der die Menschen einander in Liebe und Achtung begegneten.

Das war sehr tröstlich. Wenn es eine Revolution der Liebe

geben sollte, dann wollte Josefa unbedingt dabei sein! Man musste ja nicht auf der Loveparade gewesen sein und auch nicht auf dem Christopher Street Day, um zu begreifen, dass es höchste Zeit war für eine liebevollere Welt. Die Leute hatten jedenfalls höhere Ziele als bei Huiwan, zum Beispiel Dae-Seong mit seinem Counterstrike oder Elfi mit ihrem Fimmel fürs Fingernagelstudio.

Da stand nichts von dem nächsten Treffen auf dem Biobauernhof. Josefa schickte Maria eine Freundschaftsanfrage, damit sie im Messenger fragen konnte.

Der Gedanke, die Wundergruppe und Danny Krämer wiederzusehen, verursachte in Josefa eine unerklärliche Aufregung und Vorfreude. Fünfzehnter Juli! Das war ja schon bald!

Aber nun musste sie ja los zu ihrem Date! Sie vergaß die Speisekarte vom Que Pasa, schloss den Computer und verließ das Haus.

Albert wartete am Brunnen vor der Alten Oper und hatte offenbar gerade ein wichtiges Gespräch. Sein Ellenbogen stand wieder in die Höhe, während er in sein Smartphone sprach und ein schwarzes klappriges Fahrrad hin und her schob. Konnte er Josefa sehen? Oder nicht? Immer diese wichtigen Leute am anderen Ende. Da plötzlich erblickte er sie und ließ das Handy sinken, der andere Mensch in der Leitung wurde soeben abgewürgt. Eine Genugtuung. Einen Augenblick lang sah sie sich, wie er sie sah, strahlend, schön, eine Erscheinung. Er sah aus, als wäre er drei Jahre alt und sehe das Christkind. So hatte sie schon lange niemand mehr angeschaut, und ein Blitz von Glückseligkeit schoss durch sie hindurch. Am liebsten wäre sie gerannt und ihm in die Arme gestürzt, aber es stand zu befürchten, dass sie diesen dürren Hering umwarf und in den Brunnen stürzte.

Auch musste sie mit ihrer Kraft haushalten. Zu viel Energie auf einen potentiellen Liebhaber zu richten, konnte ihn vertreiben. Sie bemühte sich, dem Bild eines Christkindes gerecht zu werden, und begann, am Rock unter dem Hintern zu zupfen, halt, stopp, nicht zupfen.

»Du Schöne ...«, sagte er andächtig. »Du Frühlingstag!«

Sie war ein Christkind und ein Frühlingstag. Es mussten Sterne und Schmetterlinge um sie tanzen.

Albert trug eine Cordhose und ein türkis kariertes Hemd mit ockerfarbenen Streifen. Sein Haar war in Brüssel gewachsen und war wirr und störrisch, wie beim bösen Kind im »Struwwelpeter«. In Frankfurt war der Struwwelpeter schließlich zu Hause, er wohnte in der Struwwelpeterapotheke und auf dem Struwwelpeterdenkmal und im Struwwelpetermuseum. Es gab ihn auch in Französisch: Pierre L'Ebouriffé. Das war Albert. Dünner, dunkler und lebhafter – und älter. 43 Jahre alt.

Er küsste sie und fragte: »Willst du aufsteigen?«

»Wie? Wo denn? Auf den Gepäckträger?«

»Nein, auf das Lenkrad!«

Josefa konnte es nicht glauben.

»Da kann man doch nicht sitzen! Das ist doch gefährlich?«

»Ach was, das geht, komm, setz dich!«

»Wenn uns einer sieht! Wenn die Polizei kommt!«

»Na setz dich schon!«

Josefa schüttelte den Kopf und kletterte doch eine Stufe am Brunnen hinauf, um dann ihren Po rückwärts auf den Lenker zu hieven, während Albert das Fahrrad standhaft hielt und schließlich mit riesigem Geeier losfuhr.

Josefa kreischte und lachte und spürte im Rücken Albert, der mit unbegrenzter Zuversicht und weit gespreizten Knien losradelte. Die Leute in der Fußgängerzone sprangen zurück und schrien oder schimpften, während Josefa nicht aufhören konnte, zu lachen und zu prusten. Albert fuhr nicht einmal langsam, während sie ihre Hände auf die seinen am Griff quetschte und die Stange sich in ihre Oberschenkel drückte. Sie hielt mühsam das Gleichgewicht und hatte doch den Spaß ihres Lebens. Albert fuhr Rad, so wie er eine Treppe heruntersprang, unvernünftig, halsbrecherisch, als seien Stufen oder Straßenschilder ärgerlich überflüssige Dinge, die man überrennen, umrennen oder besser noch überpoltern musste.

Sie fuhren in vollem Tempo über die Zeil, an der Friedberger Anlage vorbei zum Uhrtürmchen und rollten schließlich mit Alberts Treten und Schnaufen den Sandweg hinauf. Josefa genoss, wie er sich anstrengte, sie genoss ihren Übermut, und sie war doch froh, als Albert vor dem Mexikaner schließlich wieder ins Eiern geriet und das Rad zum Stillstand kam. Sie fasste an ihren malträtierten Po und zog derweil ihr Kleid ordentlich nach hinten.

»Aua«, sagte sie, und Albert tat, als sei das alles das Normalste der Welt, während er sein Rad abschloss.

»Du musst dann mal die Margarita probieren. Die wälzen den Rand vom Glas in Salz, schmeckt gut!«

In Josefas Kopf ratterte es. Eine Margarita kostete sicherlich locker sieben bis zehn Euro. Vielleicht war es besser, nur ein Bier zu trinken, scheiß auf den Salzrand.

»Nein, ich muss doch passenderweise ein Radler trinken!«, rief sie fröhlich und sehr stolz auf ihren Einfall.

»Hm«, sagte Albert. »Wir setzen uns … Da sitzt man doch gut!«

Er wählte eine freie Ecke vor der prächtigen altrosa Wand mit den schön gemalten, stilisierten Vögeln und Leguanen auf der blauen Bank, die sich wie eine Meereswelle durch das ganze Lokal zog.

»Aber das ist doch ein Tisch für sechs Personen. Hast du nicht einen anderen reserviert?«

»Ja, doch, aber bevor die uns da irgendwohin platzieren, wo es doof ist …«

Alles an Albert löste ein dreiprozentiges Unbehagen bei Josefa aus, aber immerhin erlebte man was mit ihm, und sie musste nicht gelangweilt zu Hause sitzen.

Sie wählte Enchiladas mit Bohnen, Avocado, Sour Cream und das besagte Radler. Albert bestellte eine Chefesita Bowl Puerto Escondido, 17,50 Euro, mit der Margarita, 11 Euro, und zum Nachtisch Tarte De Coco, 7,80 Euro.

Josefa blieb bei insgesamt 19 Euro. Mit Trinkgeld 22 Euro.

Albert referierte über Brüssel. Natürlich der Grande Place, Manneken Pis, Atomium und das Europaparlament. Aber er interessierte sich grundsätzlich für die Orte jenseits des Tourismus, und in die »No-go-Areas« ging er sofort, wie zum Beispiel Anderlecht. Dieses faszinierende Völkergemisch: Große Teile Afrikas seien dort vertreten, der muslimische Norden des Kontinents, Türken, Asiaten genauso wie alteingesessene Flamen und französischsprachige Brüsseler. Man könne gleich gegenüber vom Schlachthof erstklassig essen, im La Paix, seit vier Jahren ausgezeichnet mit einem Michelin-Stern.

»Da kannst du auch in Frankfurt zum Hauptbahnhof gehen.«

Albert schien indigniert.

»Der Vergleich verbietet sich von selbst! Anderlecht hat einen genuin anderen ethnischen Abdruck, und die Architektur ist strukturell zwar uneinheitlich, hat aber doch flämischen Einfluss, wunderbar pittoreske Häuser mit wilden Pflanzen, Jacques Brel lebte hier eine Weile und Erasmus von Rotterdam.«

»Ah«, sagte Josefa eingeschüchtert, dienstmädchenhaft beschämt und doch fasziniert von der Synchronizität. Rotterdam! Und Jacques Brel, den sie nun so gerne beim Malen hörte. Ihr Leben schien zu verlaufen wie Rankenstickerei, ein Faden verschwand und tauchte woanders wieder auf.

»Hast du auch ein Museum mit Gemälden besucht?«

Albert lehnte sich zurück, presste die Hände auf die Rippen und wurde streng.

»Nun, ins Magritte Museum geht natürlich jeder!«

Schon klar. Albert war nicht jeder. Bestimmt hatte er irgendwo in einer Hafengasse einen Schuster gefunden, der auf einzigartige Weise Bilder malte und ins Fenster stellte. Unique musste es sein, unique!

»Mir gefällt Vermeer gerade so gut.«

»Ja«, sagte Albert. »Der ist eine Sau. Weil – er war so gut. Aber natürlich auch abgelutscht, hängt doch auf jedem Kalender in jeder Küche, die da mit dem Perlenohrring. Kann man nicht mehr sehen.«

Josefa nickte. Sie wollte jetzt lieber essen, bevor jede ihrer Ideen von Albert herabgewürdigt wurde. Aber schon war er wieder fröhlich, nahm ihr Handgelenk und betrachtete wieder die kleine Narbe.

»Bist du weitergekommen in Sachen Pinselstriche?«

Sie konnte ihm unmöglich sagen, dass auf all ihren Bildern seltsame Gestalten entstanden und sich ohne ihre Absicht in Engel verwandelten. Josefa fand Freude daran und nannte sie Himmelsgeschwader oder Engelsgeflügel. Nach Dotti waren noch drei dazugekommen mit ornamentalen Flügeln und grünen Gewändern. Albert würde das schrecklich finden.

»Mehr oder weniger experimentell. Ich habe auf einmal Lust auf diesen satten Farben, ich komme etwas weg von Tusche … Allein so eine Schürze, wie Vermeer sie malt … Wie kann eine Farbe so viel sagen, so reich sein, wie die Schürzen aller Zeit, die Mutter aller Schürzen …«

Albert hörte schon gar nicht mehr zu, da seine Chefesita-Dingsda-Bowl kam und er sich vor Aufregung die Nickelbrille zurechtrückte.

»Prost! Liebe geht durch den Magen!«, sagte er dann bemerkenswert doof. »Hat dein hübscher Po sich von der Lenkstange erholt?«

Das war jetzt sehr doppeldeutig. Tatsächlich merkte sie noch die Druckstelle von der Klingel. Egal. Die Fahrt war so lustig gewesen, und Josefa fühlte sich so frisch und lebendig. Die Enchiladas waren saulecker, und der Wirt war so freundlich und charmant. Sie durfte auch von Alberts Margarita kosten, der sich dann gleich noch eine bestellte.

»Wollen wir dann zu mir fahren?«

»Auf der Lenkstange?«

»Natürlich!«

»Haha!«

Der Wirt brachte die Rechnung und legte sie auf einem Tellerchen auf den Tisch. Stunde der Wahrheit. Albert zeigte keine Regung. Würde er sie einladen, ja oder nein?

»Wie sind wir denn drauf?«, fragte er schließlich. »Patriarchalisch mit dem Mann als natürlichem Versorger?« Seine Augenbrauen wurden rund und hoch wie die von Marcel Marceau.

»Nein!«, rief Josefa. Keine Einladung. Warum auch. Männer und Frauen verdienten doch das Gleiche. Beinahe. Aber in diesem Augenblick hätte sie gegen patriarchalisch auch nichts einzuwenden gehabt.

»Wie wäre es damit, jeder äh ... zahlt sein eigenes ...?«

»Das ist so deutsch. Man sollte zusammen bezahlen, und hinterher teilt man es durch zwei.«

Durch zwei? Er hatte Chefesita und zwei Margaritas und das Kokosdingens ... Das konnte doch nicht sein. Wahrscheinlich, weil er letztens das Eis bezahlt hatte. Aber Josefa hatte keinerlei Spielraum, sie warf ihre zweiundzwanzig Euro auf den Tisch und das war's. Albert lächelte.

»Nun denn ...« Er legte den Rest drauf.

Josefa besaß keinen Cent mehr und musste noch drei Tage ohne alles auskommen.

Und doch kam ihr auch dieses Gefühl seltsam vertraut vor. Nichts zu haben, alles weg. War auch irgendwie befreiend. Nun musste sie sich auf die Güte des Schicksals verlassen; wer konnte wissen, wofür das alles gut war.

Albert gabelte sie wieder auf das Lenkrad und sie fuhren davon durch die Frankfurter Nacht, wo Josefas Bobbes versehentlich laut klingelte, während die Penner grölten, Jugendliche sich balgten und sie beide lachend durch die Eschenheimer Anlage fuhren.

Josefa liebte die neue Portokasse genauso wie die alte. Sie vermittelte ihr eine große Sicherheit – die Anwesenheit von Geld in ihrem Rollcontainer. Die zwei Schlüssel, die sie hatte: einen für den Container und einen für die Kassette. Nur sie hatte Zugang zu diesem kleinen Schatz mit vielen hundert Euro, und sie liebte die Verfügbarkeit dieses Geldes, und sie war froh über das Vertrauen, das man zu ihr hatte.

Noch war Josefa satt von den Haferflocken am Morgen, die man nach englischer Art ja auch mit Wasser zubereiten konnte. Einige Nüsse hatte sie noch zu Hause gehabt und ein paar getrocknete Früchte, ein Geschenk von Tante Anna beim letzten Familientreffen. Mit dem üblichen Bahlsen-Konferenz-Gebäck von Huiwan konnte man sich auch noch durchmogeln.

Albert war ja nicht so großzügig gewesen. Nicht mit dem Essen. Und auch nicht mit seinen Auskünften bezüglich des nächsten Wochenendes. Würden sie sich sehen … oder nicht? Sollte ihr Gehalt beziehungsweise die Erhöhung des Dispokredites bis Freitag nicht da sein, musste sie am Wochenende nach Hause zu ihrer Familie und sich bei der Mutter durchfressen. Wenn sie noch genügend Benzin im Tank hatte!

Und sollte Albert anrufen, dann war sie nicht da, sondern

irgendwo im Taunus! Wenn sie nur seine Gedanken lesen könnte! Ihre Orakelsucht meldete sich wieder verschärft. Kristina anzurufen, würde nichts nützen. Sie brauchte eine schöne Sitzung in deren Zauberhöhle.

Josefa öffnete ihre Schublade und betrachtete eine Weile ihre schönen Edelsteine, die Karten und das Marienbild.

Dann konnte sie nicht widerstehen, öffnete mitten in der Arbeitszeit Facebook am Computer und ging auf Danny Krämers Seite. Rege unterhielten sich die Leute.

Pin-Yen schrieb: »Ich bemühe mich immer, meine Gedanken in einer guten Schwingung zu halten, so wie Hieronymus das sagt. Und dann gehe ich heute ins Bett und träume von einer Verfolgung. Ich bin gerannt und gerannt und dann in eine finstere Grube gefallen. Unterste Schwingung von Angst, Tod und Verderben, haha!«

Danny Krämer antwortete: »Dein Unterbewusstsein zeigt dir alte Ängste aus der Vergangenheit. Vielleicht stammen sie noch aus einem früheren Leben? Das bedeutet, du kannst diese Ängste jetzt anschauen, fühlen und sie entlassen.«

Pin-Yen: »Tatsächlich habe ich immer mehr Visionen von früheren Leben. Irgendwas an dieser Verfolgung hat sich so real angefühlt, so wirklich. Könnte in Frankreich gewesen sein, irgendwelche Banditen, ich weiß es nicht.«

Romina: »Wir stecken doch alle voller Traumata aus vergangenen Leben. Woher sonst hätten die Leute seltsame Ticks wie Angst vor Wasser, Angst vor bestimmten Tieren, Angst, aus dem Haus zu gehen … Wenn man die Bücher liest von Brian Weiss …«

»Das Buch habe ich auch!«, tippte Josefa.

Danny schrieb: »Es ist eine wunderbare Zeit, um unsere Leben zu heilen. Wie heißt es in der Lektion 110 aus dem ›Kurs in Wundern‹: Du bist so, wie Gott dich geschaffen hat. Wenn du so bleibst, wie Gott dich schuf, hat deine Angst keine Bedeutung, das Böse ist nicht wirklich, und Elend und Tod existieren nicht.«

Maria: »Was bedeuten Wunder denn für euch? Was wünscht ihr euch?«

Ehe sie sich versah, antwortete Josefa: »Ich könnte tatsächlich mehrere Wunder gebrauchen! Zum Beispiel eine saftige Gehaltserhöhung. Wenn das nicht etwas viel verlangt ist.«

Es dauerte nicht lange, und Josefa sah die Pünktchen tanzen – irgendjemand war dabei, ihr zu antworten. Josefas Herz schlug wie wild. Es war Biobauer Georg:

»Es gibt keine Rangordnung in Wundern. Es gibt keine kleinen oder großen Wunder, sie sind alle gleichwertig.«

Georg hatte ein Bild, auf dem er offenbar auf einem Traktor saß, und das lockige Haar wehte im Wind. Nicht schlecht. Schade, dass die Haare schon fort waren. Wieder tanzten die Pünktchen.

»Wenn wir uns in reiner göttlicher Liebe befinden, geschehen Wunder ganz natürlich, auch eine Gehaltserhöhung«, schrieb Matteo mit einem Augenzwinker-Smiley.

Josefa überlegte nicht lange und antwortete: »Also, wenn man bei euch mitmachen würde und Hieronymus' Lehren folgt und Übungen macht mit dem blauen Buch und so, lernt man dann auch Remote Viewing oder Telepathie oder sowas?«

»Wenn du es schaffst, in einen immerwährenden Zustand der Liebe zu kommen«, schrieb Georg, »dann erweitert sich auch dein Bewusstsein und somit die außersinnliche Wahrnehmung.«

Außersinnliche Wahrnehmung! Bingo! Aber ein immerwährender Zustand der Liebe? Alles lieben? Ein Ding der Unmöglichkeit; was liebte sie denn in Wahrheit? Ihre Goldschimmer-Farben, das Lied »Boat on the River«, Spaghettieis, den Hund ihrer Oma, »Queer Eye«, ihr neues Kleid – aber liebte sie selbst Albert wirklich? Ihr Herz klebte wie ein Oktopus an seinen Rippen, aber es verschmolz nicht mit dem seinen. Sehr wohl liebte sie seine Nickelbrille, seine Straßentänze, die raschen Ideen, sein Lächeln. Gleichwohl. Sie war besessen davon, seine Gedanken zu durchdringen und zu erraten, was in ihm vorging.

Wenn Liebe helfen sollte, wenn mit ihr praktisch als Nebenprodukt die außersinnliche Wahrnehmung kam, dann war Josefa entschlossen, sich fortan liebend auf alles zu stürzen, das ihr vor die Flinte kam, auf Gott, auf jeden Trottel, auf jeden Vogelschiss. Und dann! Dann wollte sie Albert telepathisch stalken nach Strich und Faden; sie würde ihn gedanklich ausspionieren und alles wissen über diesen obersmarten Luftikus und sein ganzes Lotterleben! Dann war Schluss mit lustig!

»Magst du am Samstag kommen?«, schrieb Maria. »Wir treffen uns bei Georg auf dem Hof in der Wetterau bei Dorfelden. Adresse über Messenger.«

»Unbedingt!«, schrieb Josefa.

Rasch schloss sie ihre Facebookseite, denn Min-Joon näherte sich. Ob er sie erwischt hatte bei ihren Social-Media-Aktivitäten? Ob die vom Headquarter aus alle Computer kontrollierten und sich dazuschalteten, während Josefa den Botschaften eines Geistes folgte?

Min-Joon aber war zu höflich, um sie zu tadeln. Bei den Koreanern sollte niemand sein Gesicht verlieren, auch nicht das elfte, das siebte oder das dritte. Man wusste also nicht, ob er sie gesehen hatte oder nicht; er fragte Josefa lediglich, ob für den morgigen Besuch im Kletterpark alles geregelt sei.

»Nun«, meinte Josefa. »Es wäre gut, wenn ich vielleicht beim Edeka noch etwas Proviant einkaufen könnte. We are there in the middle of the Wald.«

Min-Joon war sofort einverstanden, meinte aber, sie solle besser zum Aldi gehen. Auch musste sie einige fein belegte Sandwiches einkaufen für das Meeting mit den koreanischen

Firmenvertretern der Zweigstelle München. Min-Joon wollte auf keinen Fall, dass diese verwöhnt wurden mit teurem Delivery von Dean&David oder irgend so einem hippen Laden. Sie sollten nur die Basics zu essen kriegen vom nächstbesten Bäcker. Aber Min-Joon zählte natürlich nicht, wie viele Sandwiches der Besuch essen würde, und so bestellte Josefa sieben Stück für das Meeting und zwei für sich selber. Man muss ja sehen, wo man bleibt. Für den Kletterpark am Freitag hingegen mussten Vitamine herbei, Äpfel, Weintrauben, Birnen, Nüsse, Müsliriegel, auch Partybrötchen, Schokoriegel, dazu sattmachende Käsesticks, Frikadellchen, sogar 5-Minuten-Terrinen. Die 5-Minuten-Terrinen waren für einen Ausflug in den Wald kaum glaubhaft zu machen – aber Josefa konnte ja sagen: »Ach, da habe ich mich vertan, das bringt ja nix, wir gehen ja noch essen, woher soll man mitten im Wald kochendes Wasser nehmen, haha, na gut, dann esse ich sie eben selber.«

Albert schoss plötzlich vor ihr geistiges Auge. Bei allem, was sie tat, sprang Albert durch ihre Gedanken, tauchte auf zwischen Gemüse und Joghurtpaletten; er turnte durch die Unterschriftenmappe, er spukte zwischen den Webinaren zur Verbesserung der Arbeitssicherheit. Er war ein dunkler, wendiger Springteufel in sämtlichen Arealen ihres Gehirns, er turnte durch die Frontallappen und den Hirnstamm und den Cortex und das limbische System und die Amygdala. Warum sah sie ihn in Gedanken immer so ruhelos? Er war so schwer zu durchschauen. Sie musste eine weitere Sitzung mit Kristina machen, diesmal aber richtig, nicht inmitten von Scharen rosenkaufender Kundschaft, irgendwo zwischen Tür und Angel. Bis sie selbst so weit war, Albert telepathisch zu durchschauen, brauchte sie Hilfe von Kristinas einzigartigen Künsten!

Kristina, bitte! Sie mussten sich mal zusammensetzen!

Josefas Wunsch ging in Erfüllung.

Kristina hatte Zeit. Nach einer sehr erfüllenden Woche mit drei Beerdigungen war sie jetzt sehr glücklich, hatte ein volles Portemonnaie, und die Blumen waren nahezu ausverkauft.

»Einer davon war der Stadtteilbürgermeister!«, schwärmte Kristina. »Ich durfte die ganze Stadthalle schmücken für die Trauerfeier! Einfach herrlich!« Sie war in Hochstimmung.

Josefa freute sich sehr. Sie half Kristina noch, die Blumen in Töpfen und Kübeln vom Gehweg in den Laden zu schleppen, und gratulierte. »Ich wünsche dir, dass noch viele, viele Menschen sterben, damit dein Laden läuft!«

»Dem einen sein Tod ist dem andern sein Brot!«

Josefa hatte Kristina eine halbleere Kekstüte von der heutigen Konferenz mitgebracht, aber Kristina hatte zu viel Beerdigungskuchen gegessen und keinen Hunger.

Sie schloss den Laden zu, dann betraten sie Kristinas Zauberhöhle, und die Welt verschwand. Es war ein herrliches Wiedersehen umgeben von den goldorangen Wänden, dem orientalischen Lebensbaum, den Karaffen, Duftlampen und Engelsfiguren. Der wunderschön geschmückte Elefantengott Ganesha hing neuerdings an der Wand, und es glitzerte und funkelte überall.

Josefa war glücklich. Das hier war einfach ihr Ding, was sollte sie machen? Hieronymus, Geister, Medien, Gedöns. Wahrscheinlich entwickelte sie gerade einen schlimmen Fimmel und durfte darüber ihrer Familie nichts sagen. Sie überlegte, ob es nicht viel zu viel wurde mit ihren übersinnlichen Sperenzien. Man geriet in einen Sog, und es war wie mit einem Trinker: Erst gab man ihm hier einen Schluck und da einen Schnaps, und ruckzuck wurde er zum Säufer.

Und doch: Wie konnte man inmitten dieses himmlischen Gefunkels nicht glücklich sein? Warum nur musste man sich immer mit so unleidlichen Dingen wie Versicherung und Steuer und Ölwechsel beschäftigen? Warum hörte man nur Nachrichten vom Streitgespräch in der Bundestagsfraktion, Koalitionsvertrag, bla bla bla. Am liebsten wollte Josefa immer in so einer Zauberhöhle sitzen und mit nichts da draußen was zu tun haben.

»Ich wollte nur fragen, ob du mal gucken kannst, was Albert am Wochenende vorhat.«

»Allein, dass du das fragst! Wenn er dir nicht einfach sagt, was er am Wochenende vorhat, dann taugt das schon nichts!«

Beschämt ließ Josefa den Kopf sinken. »Ich habe ihn ja nicht gefragt. Ist mir einfach unangenehm. Er macht gerne so Überraschungen, und dann ist es so schön ... Er hat mich auf dem Fahrrad durch Frankfurt gefahren, ich saß auf dem Lenker, es war so lustig!«

»Hm, ja ... naja ... wenn er dir Freude macht?«

»Ich möchte selber gerne in die Zukunft schauen können, geht das?«

Kristina sagte, sie könnten sich ja mal mit der geistigen Welt verbinden und dann schauen, ob sich auch bei Josefa eine Vision einstellt. Man müsse erstmal die Energie aufbauen, um in eine höhere Schwingung zu gelangen. Josefas Aura sei energetisch voller Straßendreck.

»Ach.«

Kristina schloss die Tür zu ihrer Zauberhöhle, zündete einige Kerzen an und eine Aromalampe mit Bergamotte. Der Duft schoss Josefa sofort durch die Nase, sie war beflügelt und beschwingt. Eine Kerze mit dem Bildnis des Erzengels Michael weckte ihre Aufmerksamkeit.

»Erzengel Michael ist der stärkste«, sagte Kristina. »Er hilft mir immer, den Kanal aufzumachen.«

»Den Kanal!«

»Zur geistigen Welt. Kannst du dir vorstellen wie so ein leuchtendes Rohr über mir. Am besten stellt man sich in den Lichtstrahl. Also, wenn du willst, können wir uns jetzt erstmal erden. Man muss sich immer vorstellen, wie Wurzeln aus den Füßen wachsen bis in den Erdmittelpunkt hinein. Wenn man mit der geistigen Welt Kontakt haben will, muss man ganz besonders fest auf der Erde stehen.«

»Ah.«

Josefa stellte sich die Wurzeln vor, die zwischen Fersen und Ballen irgendwo aus ihr herauswuchsen, dicker wurden und sich verzweigten; die Wurzeln wuchsen und wuchsen, und der Erdmittelpunkt war plötzlich ganz nahe. War im Erdinneren nicht Feuer? Hatte sie mal gelesen. Doch obwohl ihre Gedanken abschweiften, fühlte sie sich mit den Wurzeln sofort besser, stärker, ruhiger. In sich selbst. Sowas konnte man zwischendurch ja immer mal machen.

»Und jetzt stellst du dir vor, wie alles Schwere aus deinem Energiefeld verschwindet. Alles, was an dir klebt, schlechte Gedanken und Gerüche und Sorgen und Gestank und was man von draußen so aufschnappt. Stell dir vor, wie ein Lichtregen auf dich herabfällt und alles von dir wäscht, bis du eine ganz helle, feine Energie hast.«

Es gab eine Menge wenig erbaulicher Gedanken in und um Josefa herum. Ihre Selbstzweifel, ihre Angst, ihre Unlust auf Leuchtbildschirme, der Anblick der bepinkelten Unterführung mit den Schmierereien, Bettler, deren Elend einen krank machte, der Dispokredit, der nicht kam, ihre Unterwürfigkeit Albert gegenüber. All das wurde ihr bewusst, als sie diese Übung machte, und die schäbigen Gedanken verschwanden, während der Lichtregen in ihre Seele prasselte; sie fühlte sich hell und heller werden. Das tat so gut! Die schöne Energie konnte man förmlich spüren! Am besten machte sie das von nun an jeden Tag.

»Ich bitte jetzt Erzengel Michael, einen starken Kanal zu öffnen, durch den wir Botschaften aus der geistigen Welt empfangen können.«

Josefa hatte gedacht, Kristina würde einfach wieder Karten legen. Aber das hier war eine ganz andere Nummer. Aufregend. Alles Jenseitige war doch hochinteressant.

»Wir kriegen nur dann hochwertige Botschaften, wenn wir uns selbst in eine hohe geistige Frequenz begeben.«

Josefa versuchte, eine besonders hohe geistige Frequenz herzustellen. Sie wusste nicht genau, wie man das macht; sie strengte sich sehr an, spannte die Muskeln an, fing an zu pressen und fühlte sich einen Augenblick, als säße sie wie auf der Toilette bei Verstopfung.

»Nicht so!«, sagte Kristina. »Die feinen Energien kommen ganz leicht!«

Es war vollkommen klar, dass die feinen Energien sich mit Kristina verbanden. Sie war ja selbst wie eine Elfe, ungeschminkt zwar und mit geschwollenen Adern in den Beinen vom vielen Stehen, mit ihren imaginären Wurzeln vielleicht eine Wurzelfee, aber auch eine feingliedrige Blumenfee, von der man sich gut vorstellen konnte, dass sie eines Tages über ihren Blumen zu schweben begann.

»Also, ich mache das immer so; ich weiß nicht, ob du das jetzt doof findest, aber so funktioniert das für mich«.

Kristina schob das Tischlein weg und begab sich in die Hocke wie eine dieser holzgeschnitzten Figuren aus Afrika, wie eine Sonnenanbeterin. Sie verschränkte die Hände, legte die Daumen an die Stirn und schloss die Augen. Josefa wagte nicht, sich zu räuspern. Einige Glöckchen am Eingang klangen wie bestellt, das war alles schon sehr überirdisch.

»Du kannst dir ebenso vorstellen, wie der Erzengel Michael den Kanal über dir reinigt!«

Josefa versuchte, sich Michael vorzustellen, wie er wie ein Schornsteinfeger über ihr herumfuhrwerkte und Ruß und Asche entfernte, während sie selbst im Schornstein saß wie der Nikolaus an Weihnachten. Michaels Flügel mussten so schmutzig sein wie ein Bergarbeiter untertage. Vielleicht war das auch nicht die richtige Vorstellung. Jedenfalls bildete Josefa sich ein, dass es über ihr immer heller und heller wurde. Eine Lichtsäule, die wie am Sonntag durch ihr Fenster fiel, in dem der Staub tanzte.

»Und?«, fragte Kristina. »Siehst du was? Empfängst du irgendein Signal?«

Josefa begann, sich wieder anzustrengen. Was sollte man denn da sehen? Sie schloss die Augen, und Bilder tauchten auf vor ihrem geistigen Auge: Dae Wongs Brotdose, eine leere Schachtel von der Druckerpapierlieferung. Der Hausmeister mit seinem Hörgerät.

»Ich sehe nur Alltagskram.«

»Konzentriere dich auf den Punkt zwischen deinen Augen, in der Mitte der Stirn.«

Josefa wollte sagen: Ich bin doch kein Zyklop! Und schwieg dann aber. Etwas, das sich so gut und rein anfühlte, wollte sie doch nicht mit ihren doofen Witzen lächerlich machen. Dieser Zwang, alles lächerlich zu machen. Sie saß im goldenen Lichtstrahl und hatte auf der Zunge »Beam me up, Scotty«, schwieg aber.

»Bei mir ist es so«, meinte Kristina. »Ich sehe … eine helle Gestalt, mit einem Hut, so wie im Mittelalter, so einen hohen, verknickten Hut; er sagt, er sei … Moment … Sein Name ist Pyrin…-Thomasius …«

»Thomapyrin?« Josefa fand sich unmöglich.

»Ich verstehe es nicht richtig, aber nun sagt er: ›Ich komme, um zu helfen‹.«

Josefa war fürchterlich aufgeregt. Der Durchbruch einer Wesenheit aus einer Dimension in die andere, das war spektakulär! Erst Hieronymus, dann Thomasius, es war unglaublich!

»Bist du ein Engel?«, fragte sie.

»Nun, ich bin beauftragt, Menschen zu helfen in gewissen Situationen … Ich besitze Weisheit … ein Engel der Hierarchie bin ich nicht.«

»Egal!«, rief Josefa. »Macht nix!«

»Nun«, sagte Kristina in ihrer seltsamen Schamanenhocke. Sie schien ihr so selbstverständlich zu sein, diese Körperhaltung. Wo lernte man denn so etwas? Auf der Floristenschule?

»Stelle eine Frage!«

»Ähm … ähm …«

Josefa konnte doch nicht einfach fragen: Was macht Albert am Wochenende? Das war ja viel zu profan und würdelos! Man musste sich ja erstmal einstellen auf so einen Geist mit verknittertem Hut. Der dachte doch bestimmt ganz anders, mehr so »Läutere deine Gesinnung« oder »Entfleuche dem schnöden Mammon, du sterbliche Erdenkreatur!«.

Irgendwas, das klang wie »Herr der Ringe«. Kristina kam ihr zu Hilfe.

»Moment, ich formuliere das mal für dich. Ist es korrekt zu fragen: Hat Josefas Bekanntschaft Albert ernste Pläne mit ihr?«

»Zum Beispiel am Wochenende?«, setzte Josefa nach.

Kristina wiederholte die Frage flüsternd und lauschte in sich hinein.

»Albert … ein unsteter Geist … in die Suche verstrickt … die immerwährende Suche nach höchster … Brillanz … höchster Erkenntnis, dem Juwel in der Begegnung … Er martert sich.«

Donnerwetter. Juwelen hatte Josefa ja nicht zu bieten. Geistige Brillanz auch nicht.

»Er sucht … Moment … er sucht auch das unschuldig Reine … das ihm zugeneigte, heilende Wesen …«

Josefa stand der Mund offen. Dass Kristina solche Worte einer imaginären Wesenheit hervorbringen konnte. Was immer da geschah, sie wollte sich keine Silbe entgehen lassen. Kristina sprach mit der Haltung einer betenden Nonne. Über diese Darbietung vergaß Josefa beinahe den ollen Albert.

»Ist Albert denn ein geeigneter Partner für Josefa?«, fragte Kristina scheinbar sich selbst und antwortete dann als Thomasius.

»Eine Begegnung dieser inkarnierten Seelen sorgt beiderseits für Auswirkungen im jeweiligen Erkenntnisspektrum ... Sie erweitert das Delta im Bewusstseinsstrom.«

Kristina wurde es scheinbar ein wenig unbequem in ihrer Hocke, sie rutschte auf den Füßen herum und meinte: »Ich sehe das jetzt mehr so wie ein Bild. Wenn du ein Bewusstsein bist und er ist ein Bewusstsein, dann sieht das aus, als steht ihr am Nildelta. Durch eure Begegnung dehnt sich das Delta in weitere Verästelungen aus. Bei dir bringt es viel mehr Bäche und Zweige, bei ihm, der hat da schon so viele Zweige, der hat gar keinen Überblick mehr.«

Das hätte Josefa jetzt mitschreiben müssen. So ein Geist sah doch die leidige Sache mit der Liebe in einem völlig anderen Licht, sie verstand ja nur die Hälfte.

»Frag noch schnell was«, sagte Kristina. »Ich kann die Energie nicht mehr lange halten!«

»Äh ... betrügt der mich jetzt?«

»Die inkarnierte Seele Albert agiert von einem Verständnis der Vielliebe aus ... Er glaubt sich liebend im Augenblick physischer Anziehung; den Vorzug erhält jene, deren körperlich sinnliche Präsenz ihn am ehesten an die Erde bindet.«

»Achgottachgott«, sagte Josefa. Unglaublich! Es verschlug ihr die Sprache.

Stattdessen fragte Kristina: »Thomasius, hast du noch einen direkten Ratschlag für Josefa? Ah, ich sehe jetzt, wie er sich verbeugt«, sagte Kristina. »Er sagt: ›Gehe in das Vertrauen. Die Seele Albert spiegelt den Mangel an Vertrauen in Josefas Seele. Hierin liegt die Lektion‹.«

»Ah …«

»Er wird jetzt undeutlicher, die Energie wird schwach, er verabschiedet sich, wir müssen uns bedanken!«

»Ich bedanke mich!«, rief Josefa. »Ich danke von Herzen, vielen Dank!«

Kristina löste sich aus ihrer seltsamen Hocke und hangelte sich hinauf auf den alten Holzstuhl. »Ich hoffe, es hat dir geholfen! Ich weiß ja auch nicht, was ich da immer so von mir gebe, ich kann mich hinterher nicht so recht erinnern.«

»Das war schon … das war … Das muss ich erstmal verdauen. Ich dachte, der sagt ›Lass die Finger von dem, der taugt nichts‹ oder … Also … Vielliebe. Das heißt doch … ob blond, ob braun, ich liebe alle Frau'n! Mein Mangel an Vertrauen … Vertrauen zu wem denn? Zu ihm?«

»Ich glaube, mehr zu dir selbst oder zu deinem Glück im Leben.«

»Ah.«

Darüber musste sie erstmal nachdenken. Das Nildelta im Bewusstseinsstrom. Alberts Suche nach Brillanz. Sinnliche Erdenpräsenz. Meine Güte! Ihr schwirrte der Kopf.

»Woher kannst du denn solche Dinge?«, fragte sie.

»Das war schon immer so, von meiner Oma vielleicht, ich hatte auch einen sehr spirituellen Onkel. Ich muss einfach in diese Hockstellung gehen, und es muss der richtige Platz sein. Dann kommen diese … Visionen und Botschaften. So hole ich mir auch immer Rat, wenn ich was habe. Weißt du was, mir knurrt der Magen. Wollen wir uns eine Pizza holen?«

Unangenehm berührt rutschte Josefa auf ihrem Platz herum. Hatte sie soeben noch eine himmlische Verbindung gehabt mit hohem Rat und weisen Erkenntnissen, so kehrte jetzt wieder die unangenehme Realität in ihr Bewusstsein zurück.

»Also, ich glaube, ich kann im Moment kein Geld ausgeben, erst am Freitag oder schlimmstenfalls Montag, ich habe irgendwie das Konto so überzogen, ich habe nicht aufgepasst. Kann ich dir die einhundertzwanzig Euro am Montag geben?«

»Na klar. Kein Ding. Ich habe ja Vertrauen, haha!«

Sie blies die Kerzen aus, und der Duft von Bergamotte schwebte noch eine Weile um sie her wie eine Wolke. Josefa war noch immer wie vom Donner gerührt über dieses spirituelle Erlebnis. Das suchte ja wohl seinesgleichen. Gab es wirklich diese Möglichkeit, die Grenzen vom Diesseits zum Jenseits zu durchdringen? Kristina war unglaublich. Wie gerne hätte sie sich jetzt mit elf Pizzen bedankt oder ihr einen großen Blumenstrauß gekauft, den sie selbst hätte binden müssen. Das Leben war doch voller Wunder und Möglichkeiten, und es gab so viel zu entdecken, sogar in dieser Alt-Bretzenhainer-Straße, wo Blumen blühten aus Backsteinmauern, dem schnöden Frankfurt zum Trotz.

»Hier hoch!«, sagte Günther geduldig und half Elfi, den Fuß auf die Hängeleiter zu hieven. Elfi hing in den Seilen wie ein aufgehängter Rollmops und ruderte mit dem linken Bein.

»It is really nice that you joined us«, sagte Min-Joon. In seinem Trainingsanzug sah er völlig verkleidet aus. Man könnte annehmen, dass gleich das Preisschild aus der Jacke rutschte. Es sah aus, als hätte er den Anzug für heute gekauft, und zwar in seinem Golfclub.

Während Elfis Kopf rot anschwoll und sie sich mit viel Hilfe von Dae-Seong und Günther die erste Station hinaufhievte, erklärte Min-Joon, wie wichtig es sei, sich selbst zu überwinden und den Gefahren und Ängsten zu stellen. Und wenn alle mitmachten, könne auch der Einzelne, so wie Elfi hier, Großes erreichen. Genau dafür müsste man eine Teambuilding-Maßnahme machen, besonders in einem so schönen und großen

Wald. Der deutsche Wald sei ja berühmt! Auch der Wald in Korea habe eine große Bedeutung, und es gebe dort sogar einen Tag des Baumes. Auch das »Waldbaden« sei schon vor mehr als hundert Jahren in Korea entdeckt worden und käme nicht – wie fälschlich überall behauptet – aus Japan. Die positive gesundheitliche Wirkung des Waldes auf den Menschen sei dessen ungeachtet von unschätzbarem Wert und in jeglicher Hinsicht von der Wissenschaft untermauert!

Alle sahen fröhlich aus, jünger oder seltsam neu, aus ihren Anzügen herausgeschält und in bequeme Klamotten gesteckt. So waren sie wirklich, Mi-Suk, Elias, Sofie, wie früher in der Schule, wie Kinder, die man nach dem Baden in einen Frottee-Schlafanzug packt. Nur Elfi tat sich schwer. Kaum hatte sie das erste Hochplateau erreicht, musste sie sich schnaufend ausruhen, während Dae-Seong den anderen folgte und sich in die Seile stürzte, über Hängebrücken, schwebende Autoreifen und schwindelnd hohe Baumleitern. Dae-Seong bewegte sich wie eine Actionfigur in Counterstrike, als sei er im Krieg.

»Josefa!«, schrie Mi-Suk. »Come on!«

Mi-Suk war behänd und turnte wie Cat-Woman. Josefa war erstaunlich lahm, sie bildete mit Günther und Elfi das Schlusslicht. Überhaupt verging der halbe Morgen damit, dass man Elfi von einem Brett zum anderen hievte, während Min-Joon auch hier seine Vorbildfunktion als Chef und gleichzeitig erster Diener seiner Company beweisen musste. So sprang er betont sportlich vorwärts und kam wieder zurück zur deutschen Kartoffel Elfi und turnte dann wieder hinauf in die Lüfte.

»Wie die Affen!«, schnaufte Elfi. »Ich bin doch kein Affe.«

Josefa fand eine Ausrede, nicht weiter mitmachen zu müssen, da sie unten auf einem Holztisch den Proviant sowie Kaffee und Getränke aufbauen musste. Das war ja auch sozusagen fürs Team. Und sie war auch ein wenig Dienstmädchen, Wald-Dienstmädchen.

Sie biss in einen Müsliriegel und schnitt Brötchen auf, um Fleischwurst hineinzulegen, vertilgte einen Apfel und stopfte sich vor der Zeit die Backen voll.

Die Waldluft war herrlich, die Farne, das Moos, die Buchen und die Tannen erinnerten sie an ihre Kindheit im Dorf, der Specht erklang in der Ferne, und ab und zu erkannte sie unter den vielen Vogelstimmen die Drossel oder den Zilpzalp. Der Zilpzalp! Josefa atmete tief ein, goss sich einen Kaffee aus der Zweiliterkanne ein, lehnte sich an einen Baum und genoss den Sauerstoff, der ihre Lungen füllte wie gestern die Bergamotte in Kristinas Laden.

Es war alles herrlich, wenn nur … wenn nur! Sie hier eine Funkverbindung hätte! Manno! Weder konnte sie schauen, ob Albert, der Vielliebende, ihr eine Einladung für das Wochenende geschickt hatte, noch konnte sie online checken, ob das Gehalt da war oder aber die Genehmigung des höheren Dispokredites! Da wurde man doch bekloppt. Waldluft versus Funkverbindung. Zu jedem anderen Zeitpunkt – zu jedem – wäre der Wald der Gewinner gewesen. Aber nun … Sie schloss die Augen und lauschte den Vögeln.

Vielleicht gab es ja Waldfeen. Und Wurzelfeen. Sie musste unbedingt wieder diese Wurzelübung machen, die Trekkingschuhe auf den Boden stellen und sich vorstellen, wie ihre Füße Wurzeln bildeten und sich fest mit dem Erdboden verbanden. Welche Stärke ihr das gab! Dann die Reinigung von üblen Gedanken und Energie mithilfe der Lichtstrahlen, die durch die Bäume fielen. Selbst der Baum hinter ihr schien ihr besondere Kraft zu geben. Sie hatte das Zeug dazu, einer dieser albernen Tree-Hugger zu sein, die man im Grüneburgpark öfter sah. Das Licht aus den Baumblättern, die tanzenden Tropfen in den Spinnweben, sie schimmerten und funkelten geheimnisvoll, bestimmt gab es Elfen, bestimmt! Vielleicht konnte sie ihre außersinnliche Wahrnehmung üben und versuchen, mit ihrer vom

Straßendreck gereinigten Aura etwas zu empfangen? Vielleicht ein Huschen, aus den Augenwinkeln, den Klang eines Glöckchens, die feine Essenz einer Wesenheit … In aller Welt gab es doch Schilderungen von Naturwesen … ob sie da nicht gerade etwas spürte, einen sanften Schleier, der an ihr vorüberwehte? Wenn man das Herz für sie öffnete, machten sie sich dann bemerkbar? War da nicht tatsächlich ein Huschen und dort ein Rascheln, spürte sie die feinen Energien, wie sie sich veränderten? Eine Elfe! War es eine Elfe?

Elfi war jedenfalls keine Elfe; sie stand jetzt auf dem mittleren Brett der Hängebrücke irgendwo zwischen Himmel und Erde, ihre Knie zitterten so sehr, dass die ganze Brücke wankte. Der treue Günther hielt sie fest und redete auf sie ein, Sofie kam zurück und wollte von der anderen Seite helfen. Aber es war sinnlos. Elfi erlitt eine Panikattacke und hustete und schrie mit hochrotem Kopf. Josefa rannte zu den Sicherungskräften am Parkeingang, und zwei Jungens in schwarz-grüner Outdoormontur mit Helm eilten herbei und kletterten flugs hinauf zu Elfi. Man umwickelte sie mit einer Art Hose und hängte sie am Karabinerhaken in die Seile. Da hing sie dann wie ein dicker Fisch an der Angel. Von der Aufmerksamkeit der Sicherungskräfte gebauchpinselt kehrte Elfis Freude zurück, und sie winkte nach allen Seiten wie die Queen, während man sie vorsichtig zu Boden seilte.

»Danke!«, strahlte sie. »Danke, danke! Ihr habt mir das Leben gerettet. Ihr seid meine Lebensretter! Jetzt brauche ich einen Schnaps.«

Schnaps hatten sie leider nicht. Koreaner vertrugen ihn nicht und tranken ihn nicht. Aber Elfi hatte einen silbernen Flachmann in der Tasche, setzte sich zu Josefa und nahm sich ein Fleischwurstbrötchen.

»Willst du auch einen?«

Unaufhörlich mischte sich die himmlische Welt mit der profanen. Hatte sie eben Geheimnis und Feenzauber gespürt, so hatte sie jetzt Elfi mit Schnaps und Fleischwurst vor der Nase.

»Was soll's. Was ist es denn?«

»Ramazzotti.«

»Ramazzotti ist doch kein Schnaps, das ist Likör.«

»Sauf ihn trotzdem.«

Elfi schüttete ein Hütchen voll und gab es Josefa, und Josefa hatte nicht gewusst, wie sehr auch sie einen Schnaps brauchen konnte.

»Prost. Hast du hier Empfang?«

Elfi schüttelte den Kopf.

»Wer weiß, wie lange die brauchen, bis die da durchgeturnt sind«, sagte Elfi.

»Zwei bis drei Stunden braucht man insgesamt.«

»Und wenn einer mal muss?«

Josefa zuckte bedauernd die Schultern. Der hatte dann Pech.

»Wir wollen nach dem Ebbelwoi-Garten heute Abend mal in die Havanna-Bar! Kommst du mit? Ist zwar in dem Sinne keine Afterworkparty, aber da ist es echt gut!«

Ach du Schreck. Havanna-Bar! Wo ein Sex on the Beach zwölf Euro kostete! Meine Güte, war das Leben kompliziert.

»Nein, ich kann nicht!«, sagte Josefa wahrheitsgemäß.

»Warum nicht?«

»Ich … ich habe ein Date!«

Gelogen, gelogen, gelogen. Aber man wusste ja nicht genau … kein Empfang! Außerdem, wenn Albert wieder ausgehen wollte und seine Preispolitik weiterhin vertrat … Es war alles vertrackt. Das Wochenende war im Eimer. Aber man wusste ja nie!

Elfi war ganz aus dem Häuschen.

»Ein Date? Ist ja fantastisch! Wie heißt er, und wo wohnt er, und wie sieht er aus?«

»Ach«, winkte Josefa ab. »Das ist nur … Man weiß noch

nicht, ob das was wird. Ich lebe gerade einfach für den Augenblick.«

»Zeig doch mal ein Bild.«

»Ich habe keins.«

»Du musst doch ein Bild haben!«

»Nein.«

»Der hat doch bestimmt irgendwo ein Profilbild!«

»Ich habe keinen Empfang.«

»Lass uns zum Häuschen gehen, die haben bestimmt WLAN oder so!«

Wieso war sie nicht selbst auf die Idee gekommen? Jetzt hatte sie Elfi an der Backe.

Elfi packte Josefa am Arm und zerrte sie Richtung Eingang, wo die beiden Sicherheitskräfte vor der Hütte auf einem Baumstamm hockten und daddelten. WLAN? Na klar. Gab es. Passwort nicht nötig. Ha!

Keine Nachricht von Albert.

Elfi begann, Josefa zu drangsalieren, und ob es der Ramazzotti war oder Elfis unfassbare Energie, die sie ja im Hochseilgarten gespart hatte: Beim dritten Schnaps rückte Josefa Alberts Namen heraus. Rohrbach.

»Was macht der beruflich?«

»Wissenschaftler.«

»Was denn, Chemie oder Physik oder sowas?«

»Ja, sowas.«

»Okaaay …«

Ohne jegliche Vorbereitung stürzte sich Elfi ins Internet und googelte wie besessen. »Instagram? Nee, da ist der nicht drauf … Facebook. Hm, nix unter seinem Namen. Aber da, ein altes Schulbild, das müsste er sein! Abi 1998 im Heine-Gymnasium … Na, das ist aber ein dünner Hering! Aber ein schmuckes Kerlchen ist das schon. Warte, hier habe ich was Neueres! Der Empfang von … Hat der mal 'nen Preis gewonnen? Für irgendeine Entdeckung mit Proteinen … beim Max-Planck-Institut?«

Josefa wusste es nicht, sie wusste gar nichts. Bereits jetzt wusste Elfi mehr als sie.

»Oder halt, der hat da was drüber geschrieben, ist ja auch egal, da steht unter dem Foto ›Albert Rohrbach, hier mit seiner Lebensgefährtin Lene Zarowski‹.«

Die schon wieder.

»Ist ein altes Bild.«

»Hm, hier steht Brüssel … Das war vor zwei Wochen oder so? War sogar auf ›Spektrum‹ online!«

Das schmerzte. Richtig sogar.

»Jetzt hör auf! Elfi! Ich bin über alles im Bilde, aber ich will noch nicht drüber reden.« Aber sie konnte Elfi nicht mal das Handy abnehmen, denn es war ja deren eigenes.

Wäre Elfi doch bloß aus dem Hochseilgarten gefallen und hätte sich ein Bein gebrochen.

»Du musst die ausspannen, Josefa, ausspannen!«

Welch eine Zerstörung. Die Zerstörung ihres Geheimnisses, seines Geheimnisses, die stumme Vereinbarung, nichts voneinander wissen zu wollen, um immer wieder höchstmögliches Glück in der Überraschung zu empfinden, die pure Gegenwärtigkeit, ohne gestern und ohne morgen und ohne Verpflichtung.

»Hier ist noch eines!«, schrie Elfi. »Da ist er mit einer Rothaarigen drauf.«

Josefa konnte nur wegrennen; sie musste der besessenen Elfi entkommen, sie tat, als müsste sie sich nach dem Fortschritt der anderen erkundigen, und hangelte sich am Ende mit Dae-Seongs Hilfe eine Hängeleiter hinauf, um noch einige Stationen mitzuklettern. Vielleicht war es nicht gut, Elfi mit der Fleischwurst alleine gelassen zu haben. Aber hier ging es um Teambuilding, und da durfte Josefa nicht fehlen. Man reichte sich die Hand, half einander über dicke Bolzen hinweg und warf sich das Lasso zu. Während Josefa unter großem Gejohle auf der Seilrutsche nach unten rauschte, fuhr gleichzeitig ein scharfer Schmerz durch ihre Eingeweide, wie ein Schwert, als würde sie im Fliegen aufgespießt, der Schmerz blieb und rauschte mit ihr durch die Bäume, der Schmerz hieß Albert. Erst der dumpfe Schlag, der Aufprall am Ende der Fahrt brachte eine Unterbrechung. Josefa schob sich den Helm zurecht. Was hatte sie sich nur gedacht? Was war ihr bloß eingefallen? Albert, der Vielliebende. Schon hatten sich neue Furchen in ihr Bewusstsein gegraben, das Spektrum ihrer Erkenntnis hatte sich erweitert, im Nildelta floss ein neuer Strom von Schmerz.

Wie unfassbar dumm sie doch war. Elfi grinste immer noch, offenbar stolz auf die Ausbeute ihrer unstillbaren Neugier, und sie wollte mit Josefa anstoßen und ihr noch mehr erzählen, aber da war nichts mehr zu machen. Josefa floh, als hätte sie die Beulenpest. Elfi und Josefa hatten sich für heute restlos auseinandergebuildet.

Kein Date. Keine Havanna-Bar. Gar nichts.

Josefa hockte in ihrer Wohnung und aß die Reste von ihrem Doggybag aus dem Apfelweingarten. Wohlweislich hatte sie beim offiziellen Abschluss des Betriebsausfluges eine sättigende Kartoffelsuppe gegessen, dann Kartoffeln mit Frankfurter Grüner Soße, Frankfurter Würstchen und als Nachtisch Apfelstrudel mit Eis und Sahne. So viel konnte kein Mensch essen, aber Josefa musste schließlich vorsorgen bis Sonntag.

Natürlich war weder Gehalt noch Dispozusage am Freitag eingegangen, und Josefa traute sich nicht mehr aus der Wohnung. Selbst ein Ausflug aufs Land zu ihrer Familie würde ja

Benzin kosten. Gewiss würde einer ihrer Freunde oder Geschwister etwas per PayPal überweisen, aber Josefa wollte sich die Blöße nicht geben.

Mit Zwiebeln, Gewürzgurken und Ketchup ließ sich auch noch irgendwas brutzeln, und überhaupt würde nun endlich das Gefrierfach mal leer.

»Ach, Dotti«, seufzte Josefa. »Der Arsch hat mich belogen und betrogen, und weißt du was: Ich habe es irgendwie gewusst. Und gebilligt. Lene war doch vor mir da! Ich traue mich einfach nicht, nach ihr zu fragen. Oder nach anderen Frauen ... Als ob er schon von der Frage verschwinden könnte.«

Dotti lächelte liebevoll von der Wand herunter, zerknittert wie Josefa auf ihrem Sofa, als hätte sie sympathiehalber deren Verfassung in ihr papierenes Dasein übernommen.

»Dann ist der Aspekt der Treue nicht das Wichtigste an dieser Begegnung«, sagte Dotti.

»Nein.«

»Was denn?«

Josefa zog den Bund der ausgebeulten Jogginghose noch ein wenig höher.

»Naja ... Maiglöckchen und so. Dass er so viel weiß. Dass ich eine Weile studieren darf, wie so einer lebt und denkt. Und vielleicht, wer weiß, bin ich eines Tages diejenige mit der stärksten sinnlichen Präsenz, und er lässt die Lene sitzen?«

»Er lässt dich über vieles sinnieren ...«

»Du meinst neue Flüsse in meinem Bewusstseinsdelta!«

»Keine Begegnung ist sinnlos.«

»Aber ich fühle mich gar nicht gut.«

»Dann geh weg von ihm.«

»Ich muss gar nicht weggehen, er ist ja nicht da.«

Dotti lächelte ihr papierenes Lächeln und ihr Kopf schien sich in eine Dreidimensionalität zu heben.

»Die Frage ist doch, kann dein Herz sich von ihm lösen?«

Josefa lauschte in sich hinein. Ihr Herz hatte sich an Albert geklebt wie ein Tintenfisch.

Sie konnte mit Gewalt einen Tentakel abreißen, und sofort saugte sich das nächste Tentakel irgendwo an seinen Brustkorb. Wie würdelos!

»Mein Herz hat keinen Verstand!«

»Nun, das Herz hat etwas Schönes erlebt, nicht wahr? Albert ist eine Quelle von schönen Erlebnissen, die einfach nicht immer fließt.«

Das stimmte. Josefa war nicht in der Lage, auf die Schönheit zu verzichten, die Alberts Persönlichkeit einfach so aussonderte. Neben Geiz und Unzuverlässigkeit. Alles existierte nebeneinander, der Schmerz, das Schöne, der Betrug, das Geheimnis, die Ernüchterung, die Liebe, der Apfelwein.

Apfelwein! Josefas Bauch war noch immer wie eine übervolle Kalebasse und gluckerte vor sich hin, ihr Kopf war schwindelig. Dae-Seong und Mi-Suk hatten die Bembel überhaupt nicht vertragen, waren sofort knallvoll gewesen, und man musste sie davon abhalten, auf dem Tisch zu tanzen. Min-Joon hatte sich beizeiten mit dem Taxi nach Hause fahren lassen. Josefa hatte jede Möglichkeit, sich irgendwelche Nährstoffe zuzufügen, ausgeschöpft und den Bembel vollständig ausgetrunken. Wie mochten die anderen jetzt in der Havanna-Bar klarkommen? Egal, sie würde es am Montag erfahren.

Netflix. »Queer Eye«. Nur noch drei Episoden, und es würde Monate dauern, bis die nächste Staffel abgedreht war. Dennoch: Der heutige Umstand verdiente es, eine weitere Episode aufzubrauchen und sich mit Jonathan, Bobbi, Antoni, Tan und Karamo in den Süden Amerikas zu stürzen, um dort einen Unglückswurm psychisch, optisch und wohnungstechnisch wieder auf Vordermann zu bringen. Auch sie, Josefa, könnte die »Fab Fives« gebrauchen. Mal eine andere Sofaecke, eine neue Farbe in ihrer Zweizimmerwohnung, eine neue Frisur und eine Aussprache mit Karamo, dem schönen Schwarzen Seelenversteher der Sendung.

Sie gönnte sich wirklich nur eine Folge! Die anderen beiden bewahrte sie auf für weitere Katastrophentage – zum Trost. Dann schaute sie »Deko-Queen« mit Guido Maria Kretschmer, um sich Stylingtipps für die Wohnung abzuschauen. Um elf Uhr landete sie endlich wieder bei Danny Krämer und der Geistergruppe von Hieronymus.

»Mein Name ist Danny Krämer, und ich bin ein Trans-Medium und channele Hieronymus. Aah, da sind wir wieder. Geliebte Erdenwesen. Dies ist keine reale Welt, in der du lebst, dies ist ein Traum; und dieser Traum kann ein Alptraum sein oder ein sehr schöner Traum. Viel zu viele von euch leben in einem Alptraum, und wir aus den Höheren Sphären möchten euch helfen, das zu ändern. Es ist Zeit für euch, in ein höheres und glücklicheres Bewusstsein zu expandieren, wir helfen euch, die Schwingung zu heben.«

Mit diesen schönen Worten war Josefa getröstet, und sie schlief ein auf ihrem Sofa mit den verrutschten Kissen und dem nicht zu reinigenden Rotweinfleck.

Am nächsten Morgen erwachte Josefa klamm und irgendwie verdreht. Auf dem Sofa hatte sie nicht wirklich gut geschlafen. Von wegen gute Schwingung. Sie musste vom gestrigen Apfelwein dringend zur Toilette, und auf dem Weg dahin spürte sie einen heftigen Muskelkater aus dem Klettergarten. Albert fiel ihr ein. Albert! Das war der eigentliche Kater, den sie hatte, Albert, dieser seltsame Mensch! Alle beschönigenden Gespräche mit Dotti, die Worte von Hieronymus oder Kristinas Engel mit dem verknitterten Hut halfen rein gar nichts.

Es gab zu tun. Der Boden in der Küche klebte, die Badewanne hatte einen Schmutzrand, die Klamotten türmten sich auf dem Stuhl. Josefa fuhr die Ellenbogen aus, stürzte sich auf den Schmutzrand und bearbeitete ihn, als sei er die Ursache für alles Unheil in ihrem Leben. Elfi, diese dumme Kuh, hatte sich erlaubt, mit ihren niedrigen und boshaften Schwingungen der Neugier die heilige Begegnung mit Albert zu beschmutzen! Das Wort heilig war im Zusammenhang mit Albert natürlich nicht angebracht. Heilig und gleichzeitig scheinheilig. Aber wäre es nicht besser gewesen, sie hätte nichts von allem gewusst? Dann konnte Albert einfach wieder auftauchen, sie stundenweise in einen Zustand der Seligkeit erheben und dann wieder verschwinden. So hatte sie immerhin häufiger einen gewissen Zauber in ihrem Leben. Die blöde Elfi! Zauberzerstörerin. Übergriffige, doofe Nuss!

Ach, es war auch nicht richtig, dumm zu sterben. Josefa musste sich mit der Realität konfrontieren. Und während sie eine Ladung Wäsche in die Trommel stopfte, schielte sie auf ihr Handy. Er meldete sich nicht. Und das Wochenende lag vor ihr wie eine brache Landschaft mit nichts und niemandem. Die alten Freundinnen alle mit ihren vermaledeiten Kindergeburtstagen und Grillpartys beschäftigt. Da mochte sie nicht hingehen. Ihre neue Freundschaft mit Kristina sollte nicht überstrapaziert werden. Zum Shoppen hatte sie kein Geld. Von der Firma mochte sie keinen mehr sehen.

Es gab wieder eine Ausstellung in der Schmalzfabrik. Impressionen aus Kuba. Wahrscheinlich tausend Bilder mit bunten Stühlen vor blauen Türen, irgendwas. Besser als Hochhausbilder. Ach, es war doch alles aufgeblähter Dünnpfiff.

Sie sollte selbst malen, und heute hatte sie Zeit. Viel Zeit. Aber die Wahrheit war doch, dass sie es dauernd versäumte, sich ein Leben aufzubauen. Menschen verbindlich in ihr Leben zu holen. Eine eigene Familie zu gründen, bevor alles zu spät war. Das nagende Gefühl, irgendwie immer falsch zu sein. Im

Job, im Familienstatus; vielleicht war es sogar verkehrt, in dieser Stadt zu leben. Nirgendwo war so viel los, und nirgendwo trafen sich Leute und drifteten so schnell auseinander. Im Dorf kannten sich die Leute ein Leben lang. Vielleicht sollte sie einfach wieder ins Dorf gehen.

Lustlos räumte sie einige Sachen hin und her, ihre Tasche kippte um, und heraus fiel der Flyer vom »Kurs in Wundern«. Wollten sich Dannys Wunderleute nicht heute treffen? Ach du meine Güte! Da wollte sie doch hin! Bis in die Wetterau würde der Sprit noch reichen, der Hof war ja irgendwo bei Dorfelden, also nicht so weit.

Aber ohne einen Cent? Josefa stürzte sich auf ihren Kleiderschrank und durchwühlte jede Jeanstasche, jede Rocktasche und jede alte Handtasche, dann die Schreibtischschubladen und die Sporttasche. Schließlich fand sie hier fünfzig Cent, dort einen Euro und noch einen Haufen Pfandflaschen in der Küche. Wenn sie die fortbrachte, hatte sie fünf Euro, das reichte, falls sie unterwegs was brauchen sollte.

Auf dem Weg zum Laden mit dem Pfandflaschenautomaten kam Josefa nicht umhin, die Welt in gute und schlechte Schwingungen einzuteilen. U-Bahn-Unterführung: ganz schlechte Energie. Kleines Mädchen mit Eiscreme in der Hand: ganz helle, schöne Schwingung. Laden mit Wasserpfeifen, Totenköpfen, Heavy-Metal-Zeug: schlechte Schwingung. Straßensänger mit toller Stimme: hohe Schwingung, aggressive Autofahrer: schlechte Schwingung. Der Grüneburgpark: wunderbare Schwingung, überquellender Papierkorb mit Kippen ringsumher: fürchterlich, lesende Menschen auf der Bank: gute Schwingung und dann ganz dunkle, traurige Energie: der unglückliche, schmutzige Säufer, der auf der Parkbank schlief. In Frankfurt gingen die Vibes ständig auf und ab, Frankfurt war ein einziger Schwingungssalat. So wohlschmeckend wie verdorben.

Josefa erwarb fünf Euro und zwölf Cent. Außerdem hatte sie noch Konferenzgebäck von Huiwan gebunkert, das konnte sie als Mitbringsel in einer schönen Schale anbieten.

Am späten Nachmittag also machte sie sich auf den Weg und fuhr endlos an der Straßenbahn entlang Richtung Norden aus der Stadt heraus, bis sich der Horizont lichtete. Womöglich lag Georgs Hof irgendwo im Antennenwald von Hochspannungsmasten oder Windrädern umgeben, an der Autobahn bei Bad Homburg oder Oberursel.

Trotzdem gut, mal aus Frankfurt rauszukommen und neue Leute kennenzulernen.

Josefa machte sich Gedanken, wie sie mit den anderen über das Wunderbuch philosophieren sollte, wo sie doch selbst das Buch nicht besaß und noch kein Wort daraus gelesen hatte. Man könnte den Inhalt der Übungen auch kostenlos downloaden, hatte Matteo gesagt, doch dafür hatte sie keine Zeit gehabt.

Das Navi hatte keinerlei Schwierigkeiten, den Hof von Georg zu finden. Während überall der Himmel verspannt war mit Stromleitungen, Blechtürme und Schornsteine das Blau durchstachen, fuhr man auf einer Landstraße zu dem Bauernhof wie in ein Bermudadreieck und verschwand in eine friedliche Sommerwelt.

Margeriten, Lupinen, Klatschmohn, Ranunkeln, Kamillen.

Der Duft nach Kühen, Jauche und frischem Heu, Josefa erinnerte sich an ihr Dorf, als sie auf dem Bauernhof die Kälbchen streicheln durfte. Es war wie heimkommen. Apfelbäume, Birnbäume, Mirabellen. Josefa atmete tief ein.

Georg hatte es geschafft, einen Biobauernhof aufzuziehen wie aus dem Bilderbuch. Ein Hof mit drei Fachwerkgebäuden und einem altmodischen Misthaufen.

Zwar stand eine schmutzige Häckselmaschine im Weg, dreckige Schaufeln einer Landmaschine lagen vor einer offenen Scheune, und die Scheune glich mehr einer Werkshalle. Eine gesprungene Kette, umgefallene Schippen, eine ölige Hose hing über dem Zaun. Das fand Josefa aber auch alles schön.

Ein zahnloser, tätowierter alter Kerl, sonnenverbrannt und etwas lahm, winkte mit der Mistgabel. Womöglich hatte man ihn vom Frankfurter Hauptbahnhof zur Resozialisierung hierhergeschickt.

Georg kam verschwitzt aus dem Stall und rief: »Hallo! Schön, dich zu sehen! War gerade bei den Milchkälbern, sie machen sich prächtig! Maria und die anderen sind schon oben im Zimmer!«

Milchkälber. Josefa wagte einen Blick in den Stall. Er war leer bis auf drei staksige Kälber mit ihren Müttern im Heu. Die anderen Kühe waren offenbar auf der Weide. Es gab keine Boxen, nur kniehohe Mäuerchen zwischen den einzelnen Liegeplätzen, die glücklichen Kühe konnten kommen und gehen, wie sie wollten.

»Oh«, sagte Josefa. »Sind das Zwillinge?«

»Nein.« Georg lachte. »Die eine Kuh hat ihr Kalb nicht angenommen, jetzt habe ich es der Flora untergejubelt, die säugt es mit. Hast du gut hergefunden?«

»Gar kein Problem. Du hast es wirklich schön hier!«

»Ich mache das nicht alleine«, sagte er. »Das sind René, Piet und ich. Wir hatten nach dem Studium keinen Bock auf die Stadt. Wir versuchen gerade, mit der Jersey-Kuh mehr Weidemilch zu kriegen; mal sehen, die geben ja von Natur aus mehr Milch. Dann siehst du, dahinten haben wir Kartoffelfelder, Kohl, Rote Beete. Und da, Richtung Wald, unsere Wildkräuter.«

Josefa war beeindruckt. Diese Arbeit machte so viel mehr Sinn als der Vertrieb von Leuchtbildschirmen bei Huiwan. Wie schön hier alles war.

»Wir gehen hier hoch«, sagte Georg und zeigte auf eine Holzstiege, die außen hinaufführte. »Die anderen sind schon da, ich will mir nur noch die Hände waschen.«

Sie gingen von einem hölzernen Balkon in einen Raum mit braunrot gestrichenen Balken und einem alten Buffet, einer Kommode und einem Regal voller Krüge, Kräuter und Bücher.

An einem größeren alten Holztisch saßen Pin-Yen, Maria, Matteo und Romina. In der Mitte auf dem Tisch brannte eine Kerze, und daneben lagen der dicke blaue Schinken mit der goldenen Schrift, einige Stifte und karierte Collegeblöcke. Die Gruppe wirkte so sympathisch, homogen, miteinander verbunden, die Energie war so leicht und positiv. Jeder sah Josefa freundlich an, und bei jedem Blick, den sie traf, bei jedem Wimpernschlag machte es klick. Verbunden. Es war verwunderlich.

»Schön, dass du da bist«, sagte Maria und goss Josefa ein Glas Wasser ein mit Gurken und Zitronen. Matteo klappte den Laptop auf und stellte ihn für alle sichtbar auf den Tisch.

»Wir wollen uns gerade Dannys neues YouTube-Video ansehen.«

»Dann kommt sie also nicht?«

»Nein«, sagte Romina. »Sie wohnt irgendwo weiter weg in so einem Haus im Wald. Sie will auch niemanden zu Besuch haben. Maria lädt sie manchmal ein oder wir sehen uns woanders.«

Georg kam, und alle sahen gespannt auf den Laptop, bereit, sich Notizen zu machen.

Dieses Mal hatte Danny sich offenbar wieder selbst aufgenommen mit ihrem Handy. Leicht schief saß sie auf ihrem Hocker in dem garagenartigen Teil ihres Hauses, im Hintergrund hing ein verkrumpeltes orientalisches Batiktuch. Stämmig und etwas bockig sah sie aus, als müsste sie mit dem folgenden Auftritt der Menschheit trotzen, als wollte sie jedem Hater und jedem, der sich im Netz über sie lustig machte, die Fresse polieren.

»... weil ihr ganzheitliche Wesen seid, geliebte Erdenmenschen. Jeder von euch hat Bewusstseinszustände, in denen ihr zu lange im Ego verweilt, seinem Ärger, seinem Widerstand, seiner Sprunghaftigkeit. Um diesen abgespaltenen Teil zurückzuführen in euer wahres, glückliches Selbst, braucht ihr die Praxis der Vergebung. Vergebung heilt euch und bewirkt die Reintegration aller Bewusstseinsteile. Wenn das geschieht, seid ihr mit Gott verbunden, glücklich und eins mit allem.«

Vergebung, aha. Naja, das hatte Josefa in der Kindheit ja schon tausendmal sonntags in der Kirche gehört. Das war ja nichts Neues und auch ein wenig langweilig. Aber in der Kirche hatten sie nie gesagt, dass es um die Heilung des eigenen Bewusstseins ging, Vergebung war mehr so eine Jesus-Mode.

»Ihr seid eins mit allem«, sagte Danny Krämer alias Hieronymus. »Wenn ihr in der Außenwelt unentwegt Dinge und Menschen verurteilt, verurteilt ihr einen Teil euer selbst. Das spürt ihr als Spaltung, als negative Emotion, als Krankheit, als Depression, als Tod. Euer wahres Selbst ist jedoch unsterblich, eure wahre Natur ist liebend und freundlich.«

Josefa lauschte Danny und war berührt, und ihre Seele weitete sich, sie wurde seltsam glücklich. Wahrscheinlich war das die höhere Schwingung, von der alle sprachen.

»Da könnte man natürlich viel machen mit dem Licht«, sagte Matteo.

»Auch der Hintergrund ... Vielleicht lädt man sie ein und bereitet einfach alles vor, etwas Tischschmuck oder ein schönes Bild im Hintergrund. Ich könnte ihr auch die Haare machen«, sagte Maria.

»Auf der anderen Seite ist sie so aber authentisch, und das wirkt auf die Leute«, sagte Georg.

Matteo nahm das blaue Buch und schlug eine Seite auf.

»Jetzt machen wir erstmal eine Lektion. Heute sprechen wir über die Realität: Nichts ist, wie es aussieht. Das Glas hier ist kein Glas, und der Tisch ist kein Tisch. Alles, was wir sehen, hat nur die Bedeutung, die wir ihm geben. Alle Realität schafft sich unaufhörlich neu.«

Wenn es einen spirituellen Sucher gab, dann war es Matteo. Er hatte den Talmud gelesen, die Bibel und den Koran, Laotse, die Lehrbriefe von Yogananda, die »Geheimen Lehren« von Blavatsky und neuere Bücher wie die von Neale Donald Walsch oder Gary R. Renard. Josefa konnte sich gut vorstellen, wie er als Heilpraktiker arbeiten würde: Der Blick seiner braunen Augen war so intensiv, dass er Krankheiten im Körper einfach weglasern würde.

»Das ist ja die Wiederholung der Übung aus Teil eins«, sagte Georg und wiederholte: »Meine Hände sind keine Hände, die Armbanduhr ist keine Armbanduhr, die Fliege ist keine Fliege.«

Die thailändische Zahnärztin lächelte wie eine asiatische Prinzessin.

»Dann ist meine Handtasche in Wahrheit eine Erdbeere, und das Gurkenwasser ist eine Violine.«

»Alles Bewusstsein ist konditioniert«, sagte Matteo. »Deine Gedanken über die Brille sind alt. Deine Gedanken über deinen Schlüssel, über die Tür sind alt. Du siehst diese Dinge praktisch nicht mehr. Diese Übung öffnet deinen Geist, um neu zu sehen. Um aus dem Geist heraus zu verstehen, was etwa eine Brille ist und wem sie dient.«

»Das heißt, wir müssen die übliche Gedankenstarre lösen.«

»Ja, so in etwa.«

Interessant. Josefa war bereit, sich auf dieses Experiment einzulassen. Man erforschte gemeinsam, wie der Geist funktionierte.

Nachdem sie einige Haferplätzchen und frische Beeren gegessen hatten, fragte Romina: »Wer fährt denn jetzt alles mit auf die Spirit 2019? Ich kann vier Leute mitnehmen, bisschen eng, aber …«

»Im Grunde dürften wir nur Öffentliche fahren, wenn wir unsere Message wirklich ernst nehmen«, sagte Maria. »Ich bin jedenfalls dabei.«

Alle wollten mit, außer Georg, der an dem Tag Haferernte hatte.

»Was würde das denn kosten?«, fragte Josefa vorsichtig.

»Ja, wenn du uns hilfst bei der Vorbereitung, Tische stellen, kassieren und so weiter, dann kannst du umsonst mit. Vielleicht kriegst du sogar eine Einzelsitzung bei Danny, das macht die manchmal für uns.«

»Ich überlege …«

»Lass uns jetzt mal die Fragen sortieren, die die Leute uns geschickt haben. Sie taugen ja nicht alle dazu, in der Öffentlichkeit beantwortet zu werden. Josefa, vielleicht magst du mal notieren?«

»Ja, klar!«

Matteo las vor aus dem Chat der Facebookgruppe: »Wer steckt wirklich hinter dem Brand in der Notre-Dame?«

»Können Verstorbene einem im Traum erscheinen?«

»Warum gibt es Kornkreise, und haben sie eine besondere Bedeutung?«

»Was hat Sonderermittler Mueller über Donald Trump entdeckt?«

»Hat der Name einen besonderen Einfluss auf den Charakter?«

»Ist Barack Obama in Wahrheit ein Reptiloide?«

»Repto-was?« Josefa kam beim Mitschreiben kaum mit.

»Naja«, sagte Maria. »Man sagt, dass Reptiloide eine Art Echsenmenschen sind, Außerirdische, die in humanoider Form inkarniert sind, und sie kontrollieren die Politik vieler Länder.«

»Ach du meine Güte!«, rief Josefa, und alle begannen zu lachen. »Da sind aber auch wirklich viele Bekloppte in der Szene.«

»Wir dürfen niemanden verurteilen«, mahnte Matteo. »Wir sind alle miteinander verbunden, und wenn wir etwas verurteilen, dann verurteilen wir einen Teil unserer Selbst.«

»Vergebung«, sagte Josefa.

»Vergebung ist die Essenz dieses Buches«, meinte Pin-Yen.

Josefa nickte.

»Na, dann.«

Die fünf Euro hatten gereicht. Josefa hatte sogar noch ein Schälchen Kirschen im Hofladen gekauft. Die Landstraße führte im frühen Abendlicht vorbei an Feldern mit Kohlköpfen, Rüben oder Kartoffeln, und in der Ferne sah man einige Kühe friedlich grasen.

Dann tauchte Josefa aus dem Bermudadreieck auf und kehrte zurück in die Welt voller Autobahnen und mit einem kreuz und quer gestreiften Stromleitungshimmel.

Sie hatte so vieles gehört und gesehen, dass sie Mühe hatte, sich zu erinnern. Als hätte ein Gärtner zu viele Samen in ihr Gehirn gestopft und gleichzeitig so viel gegossen, dass sie nun alle gleichzeitig aufquollen und Josefas Denkfähigkeit schachmatt setzte.

Vielleicht sollte sie nun etwas ganz Einfaches machen? Im Keller mal die Glühbirne auswechseln? Hatte sie in ihrem Werkzeugkasten noch eine Gummidichtung für den ewig tropfenden Wasserhahn in der Küche? Der Komposteimer stank und musste ausgewaschen werden. Aber all das an einem Samstagabend?

Der Nachmittag auf Georgs Hof hatte sie derart inspiriert

und ihr so viel Kräfte verliehen, dass sie sich irgendwie bewegen musste. Vielleicht ein wenig durch die Stadt bummeln, eine kleine Joggingrunde durch den Grüneburgpark. Yogazentrum – offene Stunde? Irgendwas.

Ihr Handy fiel ihr ein. Seit Stunden hatte sie nicht mehr darauf geguckt, das war ihr ja schon ewig nicht mehr passiert. Vor einer Ampel fischte sie es aus ihrer Tasche und sah eine WhatsApp-Nachricht, die war drei Stunden alt.

Albert!

»Heute hr-Sinfonieorchester am Mainufer, Open Air! Treffen am Eisernen Steg?«

Waaaas? Albert! Das war ja unglaublich! Im selben Augenblick fand Josefa einen Anwohnerparkplatz dreißig Meter entfernt von ihrer Haustür! Das war ja nicht mehr normal!

Kaum hatte sie angefangen, das Wunderbuch zu lesen, schon ratterten die Wunder in ihr Leben! Welches Wunder war größer: Albert oder der Parkplatz?

Das warf einen doch vom Hocker!

»O. k.«, schrieb Josefa und jubelte.

Sie freute sich so sehr! Hoffentlich galt sein Angebot noch. Sie hatte genau eine Stunde, um mit der Sechzehn ans Mainufer zu düsen. Dreißig Minuten, um sich zurechtzumachen. Dreißig für den Weg.

Wenn Albert am Samstagabend Zeit hatte, so bedeutete es: keine Lene oder aber – kein Commitment mit ihr! Der Samstagabend war die Zeit der festen Paare, sie war unverhandelbar, unumstößlich, festgenagelt im sonst so weichen, unentwirrbaren Geflecht des heutigen Miteinanders. Noch nie war Josefa auf einem Sinfoniekonzert gewesen, sie hätte nicht mal mitgekriegt, dass da was war. Samstagabend ging sie ins Kino, in die Kneipe oder ab und zu mal ins Theater. Klassische Konzerte waren ja gar nicht ihr Ding, aber etwas zusammen mit Albert machen und ihren Horizont erweitern – sofort!

Und wenn das Eintritt kostete?

»Ja, wunderbar! Dann sehen wir uns nachher«, schrieb Albert. »Der Eintritt ist übrigens frei.«

Das Leben war gut. Das Leben war herrlich. Ihre Beziehung festigte sich, und das Konzert wurde ihr geschenkt! Sie hatte einen tollen Nachmittag auf dem Bauernhof verbracht, und nun erwartete sie ein herrlicher Sonnenuntergang über dem Main.

Sie würde niemals mehr ein Orakel fragen und niemals mehr mit einem Papierbild voller Dotter sprechen. Hier war die Welt, hier die Fülle des Lebens, hier war – Albert!

Wenn sie nun danach noch was trinken wollten? Dann würde sie Albert einfach zu sich nach Hause einladen. Zwei Flaschen Bier hatte sie bestimmt noch, eine angebrochene Flasche Wein oder Schnaps – und während des Konzerts konnte sie aus der Trinkflasche nuckeln, das reichte wohl noch.

Jubelnd warf Josefa sich in das nächstbeste Sommerkleid, füllte ihre Flasche auf mit Wodka und Orangensaft, machte die Haare schön und bezog blitzartig ihr Bett frisch … Man wusste ja nie! Ein Ohrring fehlte, ein anderer passte nicht; dann trug sie eben zwei verschiedene. Man musste lernen, mit Unvollkommenheit zu leben. Sie vergab sich selbst ihre Unvollkommenheit. Vergebung! Jawoll. Ach, was konnte ihr schon geschehen. Albert hatte sie eingeladen!

Sie riss den Dotterengel von der Wand, warf ihn ins Altpapier und verließ das Haus.

Gott war in allem. So verstand es die Wundergruppe. Er leuchtete durch alles. Gott hinter der Dönerbude, Gott unter den Reifen im Pitstop, Gott unter den armseligen Bettlern am Straßenrand. Josefa selbst fühlte sich wundersam.

Der Main funkelte im Abendsonnenlicht. Josefa betrat den Eisernen Steg und träumte davon, mit Albert ein Liebesschloss in die Ranken und Stäbe der uralten Brücke zu hängen und den Schlüssel in den Fluss zu werfen, für immer. Es war albern, das wusste sie, zu albern für Albert. Vielleicht hatte er schon ein Schloss mit Lene da hängen? Ach, gewiss nicht. Aber es war ein gutes Zeichen, sich auf einer Brücke der Liebenden zu treffen, hinter sich der hohe Turm wie ein Apfelweinglas, der West Tower, der die Sonne, das Wasser, die Skyline aufnahm und in seinen Facetten tausendfach wiedergab. Im Osten hingegen stand der Turm der Europäischen Zentralbank, die an der Weseler Werft das Konzert ausrichtete.

Der Einlass war bereits um vier Uhr gewesen, und jetzt war es schon halb sieben. Der Weg bis dahin auch noch eine Viertelstunde am Main entlang. Aber Albert wusste, was er tat; er kannte sich so aus in kulturellen Dingen; er war so souverän, er wusste nicht nur Dinge über Kultur, sondern auch über Proteine und Aktivwirkstoffe von Sanofi und wie man darüber schrieb. Er bewegte sich auf dem Feld der Wissenschaft so rasch und behänd wie eine Mikrobe in der Petrischale.

Allmählich wurde es Josefa ein wenig kühl. Sie hatte ihre Strickjacke vergessen und könnte sich die Decke für das Picknick umwickeln. Auch könnte sie schon mal einen Schluck Wodka aus der Flasche trinken. Die Leute drängelten und lärmten über die Brücke, und ein notorischer Dudelsackpfeifer wollte den Steg einfach nicht verlassen, der Pfeifenklang begann, sich in Josefas Nervenkostüm hineinzufräsen. Wo blieb Albert? Natürlich war sie viel zu früh gekommen, und vielleicht hatte er sich auch vertan. Ihre Dienstmädchennatur war zum Warten bereit. Er würde sie ja wohl nicht sitzenlassen! Sitzengelassen auf der Brücke der Liebe? Damit man sich im Zweifelsfalle gleich runterstürzen konnte? Aber nein.

Als sich jedoch unter die Dudelsacktöne aus Richtung Osten die Klänge der Bigband mischten und Till Brönner zum Auftakt des Konzertes lostrompetete, da wurde Josefa nervös. Sie verpassten ja alles!

»Wo bist du denn?«, schrieb sie und fand sich sehr aufsässig und kontrollwütig. Also setzte sie noch drei Smileys drunter. Vielleicht fand sie auch noch ein GIF, das ihr Warten lustig in Szene setzte. Da war zum Beispiel ein Mr. Bean, der wartend in einem Sonnenblumenfeld auf die Uhr schaute. Aber auch ein GIF mit Warten konnte ja Druck ausüben. Sie schickte es trotzdem, erschrak und löschte es sofort wieder.

»Hab keine Sorge!«, schrieb Albert zurück. »Ich verspäte mich etwas! Such schon mal einen Platz, und ich finde dich dann!«

Tapfer setzte Josefa sich in Bewegung und rannte, mehr als sie ging, um noch vor Beginn an der Weseler Werft zu sein, hoffentlich musste sie nicht noch Schlange stehen! Es war doch zu dumm, zu spät zu kommen! Da waren tausende von Leuten, tausende! Wie sollte er sie da finden? Nichtsdestoweniger kam sie außer Atem am Eingang des Hafengeländes an und folgte im stockenden Gang den Leuten hinein. Ab zwölftausend Leuten werde niemand mehr hineingelassen! Josefa mochte diese Menschenmassen nicht, und was heute Abend hier stattfinden sollte, war ihr auch nicht klar. Doch auf der Flößerbrücke und in den umliegenden Fenstern, selbst auf Schiffen, war die Bühne mit den Musikern umringt. Der Hessische Rundfunk war für Josefa bis dahin mehr sowas wie Verkehrsdurchsagen gewesen oder Onkel Otto; dass es da überhaupt ein Orchester gab, war ihr neu. Alle schienen alles davon zu wissen, nur sie nicht. Acht Uhr abends! An den Zäunen hingen riesige Plakate mit dem Programm: HR Bigband mit Till Brönner an der Trompete, dann das hr-Sinfonieorchester mit Hanna-Elisabeth Müller, Sopran, und Alain Altinoglu als Dirigent.

Josefa hatte noch nicht alles gelesen, als sie gnadenlos weitergeschoben wurde, die Bigband die Freilichtbühne verließ und feierlich die Philharmoniker die Bühne betraten. Die

Leute jubelten, und Josefa stolperte durch die Massen auf der Suche nach einer Lücke. Alle grünen Rasenflecken waren besetzt, nur noch ein steiniges Fleckchen zwischen einer syrischen Familie und einigen Leuten, die allesamt wie Lehrer aussahen, war übrig. Josefa blieb nichts anderes übrig, als hier ihre Decke auszubreiten, und während alle Leute aufsprangen zum Applaudieren, sank sie hernieder und landete mit ihrem weichen Po auf einem sehr harten Stein.

Uff. So hatte sie sich das nicht gedacht. Und während, wie durch ein Wunder, plötzlich alles still wurde und die Menschen sich wieder setzten, erklang eine Vielzahl von Geigen, und der schwarzlockige Alain Altinoglu riss die Arme empor, um die »Meistersinger von Nürnberg« zu dirigieren.

Es war unbeschreiblich, so verzaubernd und schön. Zumindest wusste Josefa, dass sie sich jetzt verzaubert fühlen musste und berührt und ergriffen. Aber nichts. Die Klänge rauschten an ihr vorbei wie Katzengeschrei aus der Ferne.

Im Inneren fühlte sie sich ausnahmslos verlassen, so verlassen, wie man sein kann unter zwölftausend Menschen. Mit an Sicherheit grenzender Wahrscheinlichkeit war Albert die Nummer zwölftausendundeins, die nicht hereingelassen wurde. Sie sah ständig auf das stummgeschaltete Handy. Aber nichts da. Ritter der Schwerter, Straßentänzer, brüsseliger Brüssel. Wieso nur hatte sie nicht wenigstens Freude an der wunderschönen Musik?

Vergebung, hatte die Wundergruppe gesagt. Man musste allem, was in der Außenwelt geschah, verzeihen. Alles, was dort geschah, war eine Projektion des inneren Bewusstseins. Vergab man der Welt, so vergab man sich selbst und heilte in tiefgreifender Weise. Nun, denn. Es konnte ja schließlich mal vorkommen, dass sich jemand verspätete. Vielleicht hatte er einen Abgabetermin für einen Podcast. Vielleicht hatte seine Mutter ein Bein gebrochen. Vielleicht wollte Lene ihn nicht gehen lassen.

Josefa versuchte zu knien, um dem Druck des harten Bodens auszuweichen, versuchte, unter der Decke Steine zu entfernen, aber die steckten so tief in der Erde; es war nicht möglich, sie auch nur einen Millimeter zu bewegen. Alle sahen so beseligt aus der Wäsche. Als hätte der hr vorher Haschischkekse verteilt. Auch sie versuchte, Seligkeit zu spüren, die Seligkeit mochte sich doch übertragen, sie anstecken wie eine Influenza. Doch ihr Bauch war nur ein kaltes, dunkles, schmodderiges Loch. Wie war sie nur hierhergeraten?

Warum nur hatte sie nicht diese speziellen Nerven für diese Musik? Warum nicht das Gehör, das die Nuancen eines Klanges mit dem Zucken eines Augenlides goutierte? Aber vielleicht hätte sich ihr eine neue Welt, ein Universum mit unermesslicher Freude eröffnet, wäre Albert jetzt an ihrer Seite. So war es Perlen vor die Säue geworfen.

Sie würde noch warten, bis die Arie »Oh Smania« kam von Wolfgang Amadeus Mozart. So stand es auf dem Programm.

Doch auch nach der Arie war Albert noch nicht da.

Erst Claude Debussy mit »Prélude à l'après-midi d'un faune« ließ Albert hervorbrechen aus der Dunkelheit, ein dürres Faun-Phantom, er kam von überall und nirgendwoher, bewegte sich wie ein fliegender Schatten durch die Menge, als habe er keine physische Konsistenz, und ließ sich dann bei Josefa nieder. Er hatte sie tatsächlich gefunden. Er war tatsächlich noch gekommen. Josefa war halb froh, und der Abend war drei viertel vorbei, ihr Wodkagemisch in der Flasche fast leer. Es blieben nur noch die »Bilder einer Ausstellung« von Mussorgski und Ravel.

Albert küsste Josefa auf einen durchaus bitteren Mund. Sie wollte keine Spielverderberin sein, und doch war ihr das Spiel verdorben.

»Ich wurde noch aufgehalten«, flüsterte er.

Von wem oder was? Strafend nachzufragen, war ihr zu doof.

Sie konnte zwei und zwei zusammenzählen. Sie hatte ihren Stolz.

»Es tut mir leid«, flüsterte Albert. »Ich habe mich so beeilt! Mach mal die Augen zu!«

Josefa biss die Zähne zusammen und schloss die Augen.

Dann spürte sie auf ihren Lippen etwas Weiches, etwas Süßes, es war eine Brombeere. Nach der Brombeere folgte eine Himbeere und nach der Himbeere eine Macadamia. Er setzte ihr einen Becher voll Wein an den Mund, und sie durfte die Augen nicht öffnen, während die Trommelschläge Ravels dem Mainwasser neue Wellen versetzten.

Josefa spürte einen Zorn; sie wollte den Zorn nicht aufgeben, Albert den Triumph nicht gönnen, sich wieder breitschlagen zu lassen. Die heimlich aufsteigende gute Laune würde ein Sieg für ihn sein, sie durfte ihm den Sieg nicht gönnen, das machte es zu leicht für ihn. Und doch konnte sie nicht verhindern zu glucksen, als ein Tropfen Wein ihr in die Nase lief. Der Zorn und eine ungestüme Lachlust vermischten sich miteinander, sie wollte Albert schlagen und doch umarmt werden, sie wehrte sich gegen sich selbst und dann, wie ein Paddelschlag auf dem Fluss einen Kahn umdreht, schlug ihre Laune um. Die Leute begannen, das Ufer zu verlassen, und wo die Lehrer gewesen waren, wurde die Wiese frei. Albert legte sich mit ihr auf die Decke, umarmte sie und hörte nicht auf, sie mit Beeren, Nüssen, Schokolade und weißem Nougat zu füttern. Als die letzten Klänge des wunderbaren Sinfoniekonzertes verklungen waren und alle davongingen in die lichtervolle Frankfurter Nacht, blieben sie beide zurück mit dem einzigen Gesang des Flusses und dem Geruch von Fischen, Schilf und verschüttetem Wein. Für Josefa begann das Konzert.

Das Kleid roch noch immer nach Wein. Schmutzig lag es in der Ecke, voller Gras und Erde und einer zerdrückten Mücke. So eine herrliche Nacht. Josefa scherte sich nicht um das, was noch kommen sollte, diese Nacht am Fluss hatte sie schon mal sicher.

Albert wusste, wie er Josefas Herz erobern konnte und auch ihren Leib, sie war zufrieden, reich und satt. Jede ihrer Gliedmaßen erinnerte sich an die Berührung, den Druck der Erde, an kleine Abschürfungen durch Steine oder Stöckchen. Nun konnte sie einen Tag lang herumliegen, sich ausruhen, vielleicht ein wenig malen.

Ihre Frankfurter Wohnung mit den hohen Wänden und dem Ausblick auf ein etwas langweiliges Mietshaus durfte heute wieder bunter werden. Sie musste malen! Sie hatte das Bedürfnis, dem Dotterengel von ihrer Nacht mit Albert zu erzählen, aber der lag ja jetzt im Altpapier, das Eigelb war abgeplatzt, und unglücklicherweise hatte sie versehentlich Kaffeesatz darüber gekippt. Das Bild war ruiniert. Josefa erinnerte sich jedoch an das, was sie an Dottis Erscheinung so gerührt hatte, die aus dem Nichts entstandene Kontur, der Ausdruck, das seltsam Verdutzte in ihrem Blick, die Farben goldgelb und bräunlich, ein seltsam wacher Blick in einem sonst so verwaschenen Bild.

Natürlich waren Engel kein Thema. Sie würde niemals in der Kreissparkasse einen Engel aufhängen können. Obwohl, warum denn nicht? Paul Klee hatte Engel gemalt, Chagall, Turner … Aber sie machte sich nichts vor. Würde sie der Schmalzfabrik mit Engeln kommen, dann wäre sie sofort unten durch. Man würde sie begütigend in die Saalbau mit der Esoterik-Messe schicken. Das hatte gar keinen Zweck. Aber sie musste Dotti wieder zum Leben erwecken in einer schöneren, wertvolleren Version – nur für sich selbst. Und mit Vermeers Farben spielen, satte Engel, saftige Engel, wie Milchmädchen!

Zufrieden lauschte Josefa den Klängen des hr-Sinfonieorchesters auf YouTube. Dvorac, Debussy, Händel. Interessant. Ihr System reagierte normalerweise nicht auf klassische Klänge, da fehlte ihrer Seele der Resonanzkörper. Aber da Albert ja ganz offensichtlich so durchdrungen war von feinen Klängen dieser Art, wollte sie ihren groben, schwerfälligen Empfangsapparat für diese Form der Musik öffnen beziehungsweise so lange bespielen, bis sich Rillen in ihr bildeten, wie auf einer Schallplatte, sich etwas tat in ihrem Empfinden, sich irgendwann Genuss einstellen würde. Kannte man ja: Hatte man einen Hit mehrfach gehört, dann gefiel er einem.

Das Bild malte sich von selber. Offenbar hatte die Musik Einfluss auf das Malen, sie webte sich in den Ausdruck, ließ eine höhere Gestalt auf die Leinwand fließen; es entstand wieder ein Engel. Goldschimmer, Goldschimmer, Goldschimmer. Wie gefesselt saß Josefa vor dem Bild und merkte nicht, wie der Algorithmus von YouTube sich wieder an ihre vorherigen Suchen erinnerte und ihr unmerklich Motivationsvideos einspielte: »Manifestiere dein Glück mit Visionen«, »Die richtige Atemtechnik«, »Die Nahtoderfahrung von Elli Lehnhäuser«.

Der Engel wurde unendlich schön. Weniger transparent und durchscheinend, dafür kraftvoller und präsenter und mit deutlichen Konturen. Liebenden Augen. Tröstendem Mund. Die Haare kupferfarben. Wie in Trance hatte sie ihn gemalt. Er konnte nur nicht sprechen, so wie Dotti. Aber er strahlte Sinfonie aus und Vermeer und die Seelenenergie von einem neuen Level. Ein Milchmädchen-Engel. Er lächelte. Er lebte. Er wirkte. War er kitschig? Gott, ja. Natürlich. Josefa liebte ihn. Sie konnte den Blick nicht wenden von dem Bild, das sie geschaffen hatte. Jetzt einen Kaffee, jetzt eine Stunde in der Wanne ihres schmalen Frankfurter Bades mit Boiler.

Was für ein wunderbares Wochenende. Sie hatte eine neue, spirituelle Gruppe gefunden, in der sie sich wohl fühlte, neue

Sinfonien waren in ihre Seele gezogen, sie wurde geliebt und gefüttert mit Beeren am Ufer des Maines in einer rauschenden Nacht. Welch ein herrliches Leben!

Und alles davon war umsonst gewesen, alles, alles war ein Geschenk.

Man hätte glauben können, es wäre was passiert. Min-Joon ließ alle im Konferenzraum erscheinen, gleich am Montagmorgen! Das konnte nichts Gutes bedeuten. Alle setzten sich mit aufrechtem Rücken um die im Tisch eingelassene Konferenzspinne herum, und niemand wagte, eines von den Wasserfläschlein vom letzten Meeting anzurühren.

Sofie knabberte an ihrem kleinen Finger, Dae-Seong versuchte, wach auszusehen nach einer langen Nacht am Computer. Günther räusperte sich, ihm konnte praktisch nichts passieren, er steuerte auf den Ruhestand zu. Auf dem Whiteboard verblassten die letzten handgeschriebenen »Issues« und »Revenues« in Grün und Blau.

Min-Joon grüßte sie alle mit einer Miene, von der man denken könnte, sie schließen am Monatsende die Filiale. Aber dann sagte er auf Englisch, er sei sehr glücklich über den diesjährigen Teambuilding-Ausflug. Die Gewinnerin auf dem Hochseil sei Mi-Suk, die in atemberaubender Geschicklichkeit und Schnelligkeit den Parcours absolviert habe. Wenn sie auch in Zukunft in ihrer Produktassistenz diese Schnelligkeit und die Geschwindigkeit so virtuos einsetzen könnte, habe sie gute Aussicht, am Jahresende den Bonus zu kriegen. Aber Gewinner sei ja wirklich niemand alleine, denn gewonnen habe ganz Huiwan, das so ein glänzendes Team hier in Frankfurt und einmal mehr unter Beweis gestellt habe, dass man im Team gemeinsam die größten Leistungen erzielen könne! Das gelte insbesondere auch für die

Steigerung des Jahresumsatzes – das solle niemand vergessen. Jede Anstrengung zähle!

Nun aber zu dem eigentlichen Grund dieser morgendlichen Versammlung.

Er, Min-Joon, habe sich über eine Teilnehmerin ganz besonders gefreut: ELFI! Denn Elfi habe eine überragende Leistung gezeigt, indem sie ihre Angst überwunden und es gewagt habe, zum Wohle aller die steilen Tritte hinauf in den Hochseilgarten zu unternehmen und immerhin drei Stationen zu meistern! Und was für andere fünfzig Stationen seien, das waren für Elfi eben drei. Dafür werde sie jetzt von Huiwan belohnt und dürfe im Herbst mit auf die Reise nach Seoul und das Headquarter besuchen, obwohl sie ja nur eine Sales-Assistentin war und kein Manager. Aber Anstrengung werde eben belohnt bei Huiwan!

Elfi rutschten vor Aufregung jetzt schon die Haare aus der Spange, und ihre roten Wangen schwollen noch an.

»Sank you, sank you, sank you! Ich bin ja ganz uffgereescht!«

Josefa wollte platzen. Das Glück der Dummen! Nein, so durfte man nicht denken. Immerhin war sie, Josefa, am Wochenende vom Glück nur so überströmt worden. Aber auch sie wäre gerne mal mit nach Seoul gefahren! Immer nur die Manager und Vertriebler, als General Assistant war man dessen wohl nicht würdig. Elfis Hinterteil bewegte sich gerade an ihr vorbei, und sie hatte nicht übel Lust, ihr mal hineinzu … Josefa bemühte sich um Souveränität. Vergebung, Vergebung, Vergebung! Es klappte nicht. Jetzt war Elfi sowas wie die »Mitarbeiterin des Monats« und erhielt auch noch eine Taschenlampe, die wohl ein Werbegeschenk von Philips gewesen war. Elfi kreischte und schwenkte die Taschenlampe, und die Koreaner waren gerührt. Die Deutschen bemühten sich um einen anständigen Gesichtsausdruck. Wozu brauchte Elfi eine Taschenlampe? Dafür würde Josefa sich bei der nächsten Office-Bestellung einen ganz besonders schönen Stift ordern. Vielleicht einen Füllfederhalter. Mit hölzernem Griff und golden abgesetztem Metall und einer kalligrafischen Feder.

Das hatten sie dann davon.

»Neue Nachrichten in Ihrem E-Mail-Postfach« Josefa klickte auf das kleine Kuvert in ihrem Onlinebanking und las.

»Die Erhöhung Ihres Dispositionskredits wurde genehmigt. Ihr Verfügungsrahmen beträgt ab nun ab sofort 4.000 Euro.«

Das Gehalt war auch drauf!

Josefa fühlte sich, als sei sie vom Galgen abgeschnitten worden, kurz bevor sich die Falltür öffnete. Uuaah! Wäre sie nicht im Büro von Huiwan, hätte sie jetzt wie ein Gorilla auf ihrer Brust herumgetrommelt. Mein Gott. Es gab wieder ein Leben für sie. Sie tauchte zurück in den erquickenden, gleißenden Strom der unendlichen Fülle! Wen hatte sie denn alles nicht bezahlt? Telekom? Die Stadtwerke? Die Versicherung? Josefa hatte keine Ahnung, ob diese einen zweiten Einzugsversuch machen würden oder man lieber bei ihnen persönlich anrief. Sicher war sicher. Verstohlen schaute sie um sich. Die Vertriebler um sie herum waren so vertieft in ihre Sachen, die hörten ihr sicherlich nicht zu. Josefa begann mit der Telekom und wählte die Nummer vom Kundenservice. »Möchten Sie eine Bestellung aufgeben, dann drücken Sie bitte die Null und das Doppelkreuz. Bei Fragen zu Ihrer Rechnung drücken Sie bitte die Neun und das Doppelkreuz.«

Es war Montagmorgen. Leider waren alle Kundenberater im Gespräch. Josefa war in der Warteschleifenposition vierzehn.

Es war hochnotpeinlich. Es war erniedrigend. Es war eine riesige Freude! Sie konnte allen alles in den Hals werfen, was sie ihnen schuldete. Natürlich war es nicht besonders klug, das

Firmentelefon zu benutzen. Hoffentlich klopfte es nicht in der Leitung, während sie von Position vierzehn auf Position elf vorrückte. Sie ließ alles über das Headset laufen, während sie Min-Joon ein gutes Hotel für maximal hundertzwanzig Euro in Köln buchen wollte. Kunststück! Köln war Messestadt! Ein Ding der Unmöglichkeit.

Nach einer Dreiviertelstunde machte es endlich »klick« in der Leitung, und ein Kundenberater meldete sich.

»Hallo!«, rief Josefa und wurde blutrot. »Ich bin Kundin bei Ihnen und habe die letzte Rechnung nicht bezahlt. Ich hatte zu sehr überzogen! Ich möchte jetzt bezahlen. Meine Kundennummer? Ach, die habe ich jetzt nicht … Rechnungsnummer? Moment.«

»Die steht immer oben rechts in der Maske, du musst nur hier klicken, da!«

Hinter ihr stand Elfi, streckte ihren langen Nagelstudio-Fingernagel aus und zeigte Josefa die richtige Position auf deren eben geöffneter Banking-Seite.

»Oh, Mann, Elfi!«

Josefa war versucht, das Headset abzusetzen, aber sie konnte es sich nicht leisten, erneut in die Warteschleife der Telekom zu geraten mit ihrem Endlosgedudel.

»Ja … ja, ich überweise das dann jetzt sofort. Fünf Euro Mahngebühr. In Ordnung.«

Elfi klopfte Josefa auf die Schultern.

»Gut gemacht!«

»Mann, Elfi! Du kannst doch nicht einfach so hier in meine Privatangelegenheiten …!«

»Das ist ein Firmentelefon und ein Firmencomputer!«

»Jajaja!«

Elfi war das Letzte. Stand da und wollte unbedingt neue Visitenkarten bestellt haben für ihre Reise nach Seoul. Als ob ein Mensch in Seoul nach ihrer Visitenkarte fragen würde! Josefa bemühte sich, nicht überzukochen und Elfis strahlendes Siegerlächeln zu übersehen.

Sie schloss das Banking, und darunter erschien die Facebook-Maske von Danny Krämer. Matteo hatte gepostet:

»Sieh das Heilige in deinem Bruder.
Vergebung beendet den Traum des Konfliktes.«

»Auch noch Facebook!«, rief Elfi. »Ich sage alles dem Min-Joon!«

Josefa starrte Elfi an und versuchte, irgendetwas Heiliges zu entdecken. Nichts und nochmal nichts. Wenn Elfi keine Sünden hatte, dann wusste sie es auch nicht. Elfi war ein untaugliches Beispiel für die hohe geistige Kunst der Wunderleute. Das Buch galt für alle, bloß nicht für Elfi, aber Elfi war ja auch kein Bruder.

»Du guckst doch selber Katzenvideos und googelst alle Sonderangebote auf der Arbeit!«

Elfi kicherte und schlenderte weiter. Vergebung! So ein Unsinn! Es war unmöglich, jedem Blödmann alles zu verzeihen. Und was Elfi betraf: Josefa wollte kein Ende des Konfliktes; ihr einziger Wunsch war, sie auf den Mond zu schießen, und da sollte sie ihretwegen bleiben.

Die Mittagspause war kurz und doch voller Freude. Mit S-Bahn und im Laufschritt war Josefa in die Alt-Bretzenhainer-Straße geschossen, denn dort, wo Blumen aus der Mauer wuchsen und der Schlüsseldienst, Tchibo und der Pakistani gegenüber vom Gehweg grüßten, dort stand auch der Bankautomat.

Josefa sah ihn schon von weitem, und ihr Körper reagierte mit fiebrigem Eifer, sie spürte ihren Puls sich beschleunigen und ihre Wangen erröten.

Sie stürzte zum Bankautomaten wie eine Ertrinkende.

Zweihundertfünfzig Euro! Der Schlitz vom Automaten spuckte ihr das Geld in die Hände, und sie riss es ihm aus dem Maschinenmund, hätte es am liebsten über sich geworfen und unter den regnenden Scheinen getanzt. Sie war wieder angeschlossen, angeschlossen an den ewig fließenden Geldstrom, den Blutkreislauf der Stadt. Nie wieder, nie wieder wollte sie es so weit kommen lassen, dass sie von übrig gebliebenem Konferenzgebäck leben musste. Nie wieder eine Telefongesellschaft anrufen und herumstottern, dass das Geld aber nächsten Monat kommt, ganz bestimmt. Nie wieder!

Vielleicht sollte sie ein Haushaltsbuch führen? Ein Sparschwein aufstellen? Mal auf den Flohmarkt gehen und Zeugs anbieten? Oder bei Huiwan um eine Gehaltserhöhung bitten? Egal, sie war mit einem blauen Auge davongekommen, das musste sie erstmal feiern! Sie rannte geradewegs zum Blumenladen, hundertzwanzig Euro in der ausgestreckten Hand, und trat unter Glöckchenklang ein wie Goldmarie bei Frau Holle. Sie war reich!

Kristina hatte offenbar gerade keinen guten Tag. Sie krümmte sich ein wenig in ihrer dicken braunen Strickweste und wirkte blass und verschnupft; die ewige Kälte im Laden. Gut für die Blumen, aber schlecht für die Nieren. Josefa fragte sich, wie es sein musste, allen Leuten ausgesetzt zu sein. Nie fortzukönnen. Keinen rausschmeißen zu dürfen. So schutzlos zu sein mit einer immer offenen Tür.

»Danke«, sagte Kristina. »Es hätte ja noch Zeit gehabt.«

»Nee!«, sagte Josefa. »Schulden muss man sofort bezahlen. Da bin ich sehr akkurat!«

Stimmte ja gar nicht.

»Bist du o. k.?«, fragte sie, als Kristina zu husten begann.

»Mein Ex war hier. Ich vertrage den einfach nicht, die Energie. Bei schlechter Energie muss ich immer husten.«

»Oh je … was hat er denn gewollt?«

»Ach, es geht ums Geld. Er kriegt einfach den Hals nicht voll. Ich weiß gar nicht, wie ich den in mein Leben lassen konnte, ich war wohl sehr unsicher damals. Nur weil er schön war und mir dauernd Komplimente gemacht hat, bin ich irgendwie auf ihn reingefallen.«

Josefa wusste nicht, was sie sagen sollte, ihr fielen nur die Worte ihrer Oma ein: »Kennst du einen, kennst du alle. Vielleicht solltest du dich auch mal nach einem anderen umgucken.«

»Ach, das kommt irgendwie von selber, da mache ich mir keine Gedanken. Hast du denn am Wochenende deinen Luftikus wiedergesehen?«

»Luftikus? Er ist Wissenschaftler! Und das Treffen war sehr geerdet. Sehr irdisch. Am Mainufer, wenn du weißt, was ich meine.« Sie kicherte. »Ich habe alles voller Grasflecken!«

Kristina hustete. Sie hielt offenbar nicht viel von Albert. Ob sie wohl hustete, weil sein Name ihr genauso viel schlechte Energie gab wie ihr Verflossener? Ach nee.

»Stell dir vor, ich habe die Wunderleute besucht, die von dem Medium! In der Wetterau! Auf dem einen seinem Hof! Ich wollte dich ja mitnehmen, aber du musstest ja im Laden stehen, es war ganz toll, die helfen der Danny Krämer, und zusammen studieren sie den menschlichen Geist! So irgendwas. Da musst du mal mitkommen!«

Josefa war glasklar im Aufwind. Kristina war glasklar im Abwind.

»Sorry, mir ist gar nicht gut.«

»Oh je, kann ich was machen? Willst du dich mal setzen? Vor den Laden in die Sonne? Und ich hole dir Kaffee?«

»Das wäre schon gut, aber …« Sie zeigte auf einen Berg von Rosen, die hinter ihr auf der Theke lagen. »Da müssen noch die Dornen weggemacht werden, und ich habe gar keine Kraft.«

»Ach, lass mich mal!«

Kristina zeigte ihr schwach, wie das Messer zu führen war, immer von oben nach unten. Dann verschwand sie, aber nicht zur Straße hin, sondern in den Innenhof, wo sie ungestört in der Sonne sitzen konnte.

»Ruf mich, wenn einer kommt! Um diese Zeit ist immer nix!«

So lang war Josefas Pause auch wieder nicht. Aber sie fühlte sich so wohl in dem Blumenladen, und alles duftete und blühte ihr entgegen. Kristina hatte ihr so sehr geholfen und war so selbstlos in ihrer Art, da konnte Josefa wohl mal ein paar Dornen abschneiden. Sie hatte sowieso keine Lust auf Huiwan, wo Elfi sich gerade ihrem Freudentaumel ergab. Die unverdienteste Belohnung ever, ever and ever! Da konnte man die Wut kriegen!

Die Dornen lösten sich nicht so leicht, Josefa stach sich und blutete ein wenig, die Stiele in der Hand waren glitschig nass und kalt, durch die hohen Häuserschluchten kam kaum Tageslicht in den Laden. Hier sein Leben zu verbringen, war auch nicht immer gesund. Kein Wunder, dass Kristina so eine Schniefnase hatte.

»Wenn es nicht geht, dann mach doch den Laden mal vorübergehend zu!«, rief Josefa in den Hof.

»Auf keinen Fall! Ich brauche jede Einnahme! Heute muss ich noch den Dachdecker bezahlen. Nochmal zweihundertvierzig Euro! Ich weiß gar nicht, wo ich die hernehmen soll.«

»Ich ähm … ich kann dir was leihen, Kristina. Du hast mir doch auch geholfen.«

Kristina schälte sich aus der Sonne und schaute in den Laden.

»Wirklich? Ich meine … vielleicht nur bis Donnerstag? Dann kriegst du es wieder!«

»Ist doch klar!«

Josefa steckte ihre blutigen, klatschnassen Hände in die Handtasche und holte tapfer die eben erst erworbenen Scheine heraus.

»Hier. Hundertzwanzig! Dann hast du mit dem Yogageld zweihundertvierzig.«

»Ach, da bin ich dir wahnsinnig dankbar!«

Als wäre das Geld ein geheimer Träger gewissen Lebenselixiers, wanderte die Kraft von Josefa zu Kristina, die beim Anblick der Scheine aufblühte, während Josefa etwas zu schrumpfen schien. Alles wieder futsch. Jetzt hatte sie noch zehn Euro übrig.

Das reichte bis Donnerstag gerade mal für Nudeln und Tomaten und ein Brot. Sollte sie nochmal zum Automaten gehen? Wie viel war am Ersten denn abgegangen? Das musste sie noch herausfinden. Dabei musste sie morgen zum Friseur. Und die Stadtwerke wollten auch eine Nachzahlung.

Wie sollte man da je auf einen grünen Zweig kommen? Das Leben war doch eine einzige räuberische Erpressung. Es war, als gehörte ihr einfach kein Geld, es verschwand, wenn man es nur anschaute, so wie Albert verschwand, wenn man ihn zu lange anschaute.

Kristina sah nun besser aus, ihre Haut war von Sonne durchflutet, die schlechte Energie ihres Mannes schien sie allmählich zu verlassen, und der Husten verschwand. Das mit dem Dachdecker war geklärt, die Dornen waren geschält. Josefa fühlte sich einigermaßen befriedigt, dass sie so hilfreich gewesen war und gleichzeitig etwas so Wichtiges und Sinnliches getan hatte – und man sah, was man geschafft hatte. Auf der anderen Seite stellte sie fest, dass sie nicht die beste Blumenschneiderin der Welt war, zu lahm. Sie hatte das flutschige, stechende Zeugs nicht recht im Griff; es hatte sich kein Rhythmus eingestellt, und nun hatte sie ihre Pause maßlos überzogen.

Noch einmal schielte sie in Kristinas Zauberhöhle, in

der womöglich der Geist Thomasius ungehört an der Decke schwebte. Orakelsucht stieg wieder in ihr hoch, sie konnte einfach nicht genug davon kriegen. Sie huschte hinein. Wieder die völlig andere Energie, kristallin und golden, fein und verzaubert.

»Thomasius?«, flüsterte sie. »Bist du hier drin?«

Sie hörte leider nichts. Kristina nebenan raffte sich auf, kam herüber und setzte sich auf den Holzstuhl.

»Mein Kopf ist ziemlich zu, durch den Schnupfen und so, aber ich kann es ja mal versuchen.«

»Oh, ja bitte!«, rief Josefa und klatschte in die Hände.

»O. k.«, sagte Kristina. »Ich glaube, der Kanal ist tatsächlich frei. Mal sehen, ich lausche mal nach oben ... aber ich garantiere für nichts.«

Sie wickelte sich die Strickjacke fester um den Leib und ging in die Hocke.

»Wow!«, sagte Josefa. »Und ... kommt jemand? Der Geist Thomasius vielleicht? Mit dem verknitterten Hut?«

»Moment ... jaa ... ich sehe ... da kommt was ganz Helles ... oh ... ein grünes Gewand und braun schimmernde Haare ... Der Thomasius ist das nicht, geht so Richtung Gabriel, Erzengel Gabriel ... So schön ... ist das ... nee, das ist nicht Gabriel ... Jetzt sagt er was, Moment ...«

Josefa stockte der Atem. Es war einfach herrlich.

»Ich bin von hoher Herkunft.«

»Oh, wow!«, flüsterte sie.

»Er sagt: ›Mir sind eure Schicksalswege vertraut. Ich wurde auserwählt, euch Rat zu erteilen.‹ ... Ich glaube, du musst eine Frage stellen.«

»Wie heißt er? Wer ist das?«, flüsterte Josefa.

»Oh ... Ryf... Ruf...«

»Raphael?«

»Nein ... mehr Ryp... Ryd... Ich bin nicht gut darin, Namen zu verstehen, er nickt aber.«

»Rüdiger!«

»Doch nicht Rüdiger! Mehr … Rhyphos oder so …«

Josefas Herz schlug bis zum Halse. Was fragte sie bloß … doch nicht immer nach Albert?

»Was ist meine Bestimmung?«

Kristina räusperte sich, wackelte ein wenig und schaute nach innen.

»›Deine Seele hat sich zu dieser Inkarnation entschieden und zum Ziel gesetzt …‹ Äh … ich sehe das jetzt mehr als Bild, das ist so, wie eine Schlange sich häutet … Du wirfst da gerade eine alte Haut weg. Immer mehr von deinem schönen Inneren muss nach außen dringen … alles, was in dir heilig ist, benötigt die Würdigung deiner selbst. Der sagt sowas wie, dass du das, was in dir so schön ist … selbst verschmähst … Deine Seelenstärke muss … da muss Energie rein … Da ist noch zu wenig … Du bist völlig zerrissen vom äußerlichen Hin und Her … Du sollst all deine Kraft darauf verwenden, die innere Heiligkeit in dieses Dasein dringen zu lassen. Klingt jetzt alles ein wenig komisch, aber so höre ich das.«

»Ach«, sagte Josefa ergriffen. Wie schön war das! Ihre eigene innere Heiligkeit, da wäre sie nie draufgekommen. Natürlich sollte sie laut Wunderbuch die Heiligkeit in Bruder Elfi sehen, aber in sich selbst? Während sie nach innen lauschte, glühte auf einmal etwas auf, etwas Vergessenes, Unbeachtetes, etwas Zauberhaftes. Sie konnte sich gar nicht rühren, während Kristina sich aufrappelte und meinte: »Mehr geht leider nicht.«

»Nicht schlimm. Aber … aber … vielleicht ist Thomasius auch noch da? Thomasius? Hallo? Vielleicht kann ich ihn hören?«

Stille. Wenn Thomasius irgendwo herumfleuchte, dann kam er weder durch Kristinas verstopftes Gehirn noch zu ihr in ihr untrainiertes System. Sie hatte ja nur das elfte Gesicht und nicht das zweite.

»Ich muss ja jetzt dringend zurück!«

»Mittwoch beim Yoga?«

»Mittwoch beim Yoga. Aber wenn sich der Thomasius mit seinem verknitterten Hut nochmal meldet, dann sage ihm: Ich habe lauter neue Bäche im Nildelta!«

Denn so war es ja auch. Neue Füßlein des Bewusstseins breiteten sich aus in ihr, ihr Kopf war voll neuer Bilder, die Ohren hörten noch immer den Ravel, die Seele verspürte neue Schwingungen, eine neue Musikalität, die Haut erinnerte sich an den Wind am Mainufer und an Alberts Berührung, an Stöckchen, Steinchen, Käfer und Gras.

Josefa malte und malte. Ohne recht zu wissen, was sie tat, flossen Gestalten auf die Leinwand, schufen sich Farben aus den unterschiedlichsten Tönen, zeigten sich neue Wesen, die sie nicht mal im Traum gesehen hatte. Versunken malte sie Haar um Haar, Gewänder wie aus Gold, schimmernde Aureolen, tiefblaue Himmel. Ihre Hände wurden blau, dann bunt, dann schmutzig. Ihre Augen begannen zu tränen, ihre Haare klebten von ihren besudelten Händen, mit denen sie sich achtlos durch die Strähnen fuhr. Unaufhörlich kamen ihr Worte aus dem Wunderbuch in den Sinn. »Wunder sind Gedanken. Gedanken können die niedere oder körperliche Ebene der Erfahrung oder die höhere geistige Ebene der Erfahrung darstellen.«

Die höhere geistige Ebene. Matteo und Maria und all die anderen kannten doch die niedere Erfahrung. Maria, die sich plärrende Kunden anhören musste, Matteo, zu dem alte Kerle voller Leberflecke mit ihrem Ischias kamen, Georg, der Kuhmist auf die Felder fuhr. Josefa war stolz darauf, die niederen Ebenen zu kennen, Zank, Gemeinheit, Ängste, pleite sein, Neid, Selbstzweifel, Arbeitsamt, in irgendwas musste man sich ja auskennen. In diesen Gedanken war sie praktisch zu Hause. Wie sollte sie denn in die sogenannte höhere geistige Ebene kommen?

Alles lieben lernen. Oh je, oh je. Das war eine sehr schwere Aufgabe.

Morgen. Morgen würde sie mit diesen Liebesangelegenheiten beginnen. Heute nicht mehr. Man war ja auch nur ein Mensch. Josefa warf die Pinsel ins Terpentin, wusch die Hände und warf sich aufs Sofa. Da war noch eine Flasche Wein von gestern, und sie schaltete eine True-Crime-Doku auf Netflix an. »Worst Roommate Ever.« Die dunklen Gruselklänge mit kaum hörbaren Bässen schlichen sich unterhalb ihrer Wahrnehmung in sie hinein und verursachten eine wohlige Gänsehaut. Nichts ging über einen Abend in ihrer alten, fleckigen Jogginghose mit den ausgebeulten Knien, der BH lag längst irgendwo im Flur, die Haare waren endgültig hinüber, und das restliche Make-up konnte sie später wegmachen.

Um zehn Uhr klingelte das Telefon.

Josefa erschreckte sich zu Tode. War was mit den Eltern? Irgendwas passiert? Ihr Herz schlug wild.

»Hier ist Albert. Bist du zu Hause?«

»Jaja!«

»In zehn Minuten steht ein Taxi vor deiner Tür, das bringt dich zu mir. Ich will dich sehen!«

Und dann legte er auf.

Schock. Von den zehn Minuten, die ihr blieben, stand sie eine Minute lang paralysiert herum, dann jäh die Freude: Er will sie sehen! Dann jäh die Angst, wie – in zehn Minuten – sich einigermaßen ansehnlich herrichten? Sie konnte unmöglich in dieser Jogginghose … unmöglich mit diesen Haaren … Sie musste doch duschen! Männer sagten gerne sowas: Komm, wie du bist! Ungeschminkt und mit verwuschelten Haaren. Aber das war eine unglaublich dumme Idee! Um ungeschminkt und mit wirrem Haar und in Jogginghosen sexy auszusehen, bedurfte es sehr viel Arbeit.

Sie stürzte ins Bad und dann zu ihrer Umhängetasche; hatte sie alles dabei, um von dort morgens auf die Arbeit zu kommen? Blieb sie überhaupt da? Und wenn nicht, wie sollte sie zurückkommen? Nahmen Taxifahrer EC-Karten?

Dann jäh der Ärger: Was mutete er ihr da eigentlich zu? Ohne zu fragen? Wenn er sagte Spring, dann sprang sie. Aber sie liebte doch verrückte Ideen! Sie war so durcheinander, dass sie kaum noch was Schönes zum Anziehen fand, alles war gleich schlecht, alles schäbig, alles alt oder schmutzig. In der Not raffte sie einfach die andere Jogginghose, die etwas weniger zerbeult war, wurschtelte die Haare hoch und machte Labello drauf. Fertig war der Used-Look, aber so derart used, dass es nicht mehr schön war, overused und angesoffen. Sie mochte es nicht, derart zu einem Date zu gehen. Er brachte sie um die Vorfreude, das ewige Cremen, Düfte und Ohrringe ausprobieren, Wimpern bürsten, sich drehen und wenden vor dem Spiegel … Dass er sie zwang, ihm so gegenüberzutreten!

Aber, ach komm, was soll's. Es war doch so wunderbar unvernünftig, sie musste diese tollkühne Amour fou genießen und sich nicht so abscheulich fühlen wegen einer Hose und einer schlechten Frisur voller Farbreste. Dann war das Taxi schon da, und sie polterte die Treppen hinunter, je drei Stufen auf einmal, wie unlängst Albert auf ihrem zweiten Date.

Wer zahlte denn eigentlich das Taxi?

»Ich habe nur noch zehn Euro«, tippte sie in WhatsApp.

»Ach so«, schrieb er zurück. »Wenn das so ist, dann komme ich eben runter und bezahle.«

Wenn das so ist! Er hatte also vorgehabt, sie das von ihm bestellte Taxi mit Nachtzuschlag selbst bezahlen zu lassen. Der Ärger mischte sich weiterhin mit ihrer Vorfreude, und wenn sie auch der Vorfreude den Vorrang geben wollte, blieb ihr in der Kehle ein leichtes Grollen, eine gewisse Bockigkeit stecken.

»Hey!«, sagte er mit diesem überzärtlichen Willkommen, als öffnete er mit dem Taxischlag das Tor zum Paradies, als stiege sie in ihren ausgeleierten Klamotten aus wie eine überirdische Erscheinung. Seine aufgerissenen Augen, die Brauen so hoch und rund wie Paul McCartney, ein ewiges Erstaunen. Vierzehn Euro zahlte er dem Taxifahrer, blitzschnell der Hauch von Missbilligung in seinem Blick, dann strahlte er sie wieder an.

»Komm«, sagte er und führte sie, als sei sie eine gebrechliche alte Dame oder eine Blinde.

»Hier hinauf!«

Als ob sie sich nicht erinnerte an diese endlosen Treppen und seine Treppentänze. Wäre sie ein Dienstmädchen, so würde ihr die Mansarde gehören, eine kleine unbeheizte Kammer unterm Dach mit Bett und Waschtisch mit Krug und Karbolseife. Irgendwie wusste sie das. Warum nur brauchte sie so lange für die Stufen, das war doch irgendwann mal schneller gegangen? Als Albert sie endlich im fünften Stock in die Wohnung geleitete, machte sie einen Knicks. Albert machte eine Verbeugung.

»Ein Glas Wein, mein Fräulein?«

Nein, wollte sie sagen. Ich habe schon eine halbe Flasche intus. Stattdessen nickte sie. Während er in die Küche tänzelte und nach Flasche und Gläsern suchte, bewunderte sie die schwindelig hohen Bücherstapel, eine alte, verrutschte Schallplattensammlung mit Nina Simone obendrauf. Die Tonstudioecke mit Mikrofon und Kopfhörern für die Podcasts. Alberts Welt. An der Wand mit der Gitarre hing ein Zettel.

»Der Duft von dir und ein Kuss in meinem Nacken …«

Darunter klebte eine Feder.

War der Zettel schon beim letzten Mal da gewesen? Kariert, wie aus einem Schulheft gerissen, ein Eckchen wölbte sich hinauf. Josefa konnte sich nicht erinnern. So vieles, was in

Alberts Wohnung herumlag, sah sie heute zum ersten Mal. Den Zirkel aus der Schulzeit auf dem staubigen Regal, eine Taucherausrüstung zwischen zwei Wanderstiefeln, ein verklebtes Modellflugzeug. Ein Bild vom Waterfall House bei New York. »Mein erstes Chemielabor« vom Flohmarkt. Aber der Zettel?

»Hier, du Schöne«, sagte Albert und gab ihr den Wein. »Du hast so Mondscheinaugen! Als schautest du immer in den Glanz des Mondes!«

Schon als Kind hatte man zu ihr gesagt, sie träume ja nur, sie schaue »in die andere Woche«. Ihr Bruder meinte, sie habe Glupschaugen.

»Bette Davis hatte solche Augen … oder Katharina Thalbach.«

Josefas Mund öffnete sich, als habe Albert ihr soeben Zuckerperlen angeboten, die sie essen musste, Zuckerperlen für ihre Seele. Wer sagte einem schon so schöne Dinge? Sie ging aber nicht darauf ein und schaute auch nicht in den Mond, sondern deutete auf den Zettel mit der Feder.

»Was ist das?«

Sie war erstaunt über ihren Mut.

»Ach, das«, sagte Albert und führte sie fort zum Sofa. »Das hat nichts zu bedeuten.«

»Hm. Wenn es nichts zu bedeuten hat, dann kannst du es ja auch wegmachen.«

Albert hatte eine plötzliche Strenge im Blick.

»Nein!«, sagte er. »Das bleibt da! Es gehört dahin; weißt du, was ich meine?«

Josefa schüttelte den Kopf.

»Auch eine Flüchtigkeit darf da sein und soll dableiben, alles besteht, einfach so … Es hat gar nichts mit dir zu tun.«

War es der Wein, waren es die Jogginghosen, auf einmal fühlte Josefa sich mutiger.

»Ich dachte, vielleicht gehörst du irgendwann einmal zu mir.

Vielleicht – irgendwann – könntest du dich zu mir, eh … entschließen! Vielleicht bist du irgendwann – meiner!«

»Meiner?« Er runzelte die Augenbrauen. »Ich bin niemandes Meiner!«

Er wurde beinahe wütend.

»Ich gehöre niemandem, ich gehöre nur mir selbst!« Und nochmal: »Ich bin niemandes Meiner!«

Josefa schluckte. Hatte sie sich ohnehin denken können. Es lag an ihr, ob sie blieb oder ging. Und sie blieb, in einer ziemlichen Liebeslähmung.

›Der Duft von dir und ein Kuss in meinem Nacken!‹ Wenn Albert überhaupt nach irgendetwas roch, dann nach Knoblauch. Aber er begriff schon, dass jetzt eher Freundlichkeit angesagt war. Er zupfte sie am Ohr und verpasste dann auch ihr einen Kuss in den Nacken, Josefa musste sich empören. Ihre aufflackernde Wut fand er offenbar anregend. Konnte man einen Kuss vom Nacken abwischen? Wegschrubben mit Scheuersand? Und es folgte ein Wutgeknutsche mit dem Geschmack der Küsseräuberei wie in der Schmalzfabrik. Man hätte sich dabei einen Zahn abbrechen können. Noch immer ärgerte sie dieser Zettel, die alberne Feder daran, wo hatten die beiden sie aufgeklaubt – in einer Liebesnacht im Park? War er von Lene? Oder irgendeiner anderen, die so wenig von Josefa wusste wie sie von ihr?

Josefa knutschte und liebte erbost weiter, auch um sich zu betäuben, dazwischen der Durst, das weitere Glas und er, der dünne Hering, glaubte, ein besonderer Liebeshengst zu sein, und warf sich auf sie mit seiner Leichtigkeit. Sie liebte auf verlorenem Posten. Immerhin eine Art Höhepunkt, eine Spannung, die sich löste und ein leidliches »Whatever«, als man auseinanderfiel.

Morgen, dachte sie. Morgen auf die Arbeit. Wie. Es wurde aber keine richtige Nacht, kein richtiger Schlaf, man lag im verrutschten Spannbezug in tausend Falten, in tausend Fragen, es ging keine Luft durch dieses Schlafzimmer von niemandes Meiner.

Josefa hatte plötzlich das drängende Gefühl, verschwinden zu müssen. Sie fühlte sich in der Wohnung nicht gewollt, als wollte die Wohnung sie verjagen. Hatte sie alles mitgenommen für die Arbeit? Nein, sie musste zurück nach Hause und durch Frankfurt düsen, rückwärts und vorwärts wie auf einem Schnittmusterbogen. Sie war eine Gelackmeierte, kam es ihr in den Sinn. Gelackmeiert! Wütend auf sich selbst. Sich bei diesem verdrehten Albert in seine neunmal verdrehten Laken mit hineingewühlt zu haben und wie sie das Tuch getränkt hatte mit ihrem Schweiß, wie sie da lag an seinem staubigen Haupt! Ihr Schweiß sollte sauer und scharf riechend in jeder Faser bleiben, wie die verdammte Taubendrecksfeder auf dem beschissenen Zettel.

Es war vier Uhr. Nicht früher, nicht später, eine No-Time. Die Möbel in Alberts Wohnung zeigten seltsame Umrisse, »ich bin vom Flohmarkt«, sagten sie. »Ich stand in einem südfranzösischen Herrenhaus. Ich habe das Zeug, im Fado-Museum von Lissabon zu stehen. Ich gehöre auf den Sperrmüll«. Das Licht von der Straße warf eigenartige Schatten, es sah ein wenig aus wie bei Nosferatu. Man konnte sich verirren in diesen wandernden Schattenschluchten und Büchertürmen, man konnte sich die Haut aufreißen an einer überstehenden Metallschraube, stolpern über eine Sonnenuhr, den aus dem Flur ragenden Ski. War es besser, hierzubleiben, bis die Straßenbahn wieder fuhr?

War es besser, hinauszulaufen als perfektes Verbrechensopfer in die Frankfurter Nacht?

Ach was, durch das Nordend konnte man ohne weiteres laufen.

Josefa klebte, und als sie ihr Shirt überwarf, wollte es nicht mal rutschen.

Mit Alberts Ausdünstungen vermischter Seim, wie Krötenschleim, der jeden Fremden abschrecken musste. Es war eine olfaktorische Abwehrmaßnahme. Albert hörte nicht, als sie die Wohnung verließ; vielleicht tat er nur so, als ob er schlief. Mit einem leichten Knarzen fiel die Tür ins Schloss.

Die frühen Frankfurter Stunden waren nicht sonderlich heimelig. Josefa fühlte sich verkatert und roch nach geschlechtlichem Austausch, als sie den Gehweg entlangschlich wie die Mäuse, die durch Gullydeckel in den Untergrund verschwanden. Keine Straßenbahn. Kein Uber ohne Geld. Josefa tastete nach ihrer Hosentasche, sie musste einen Bankautomaten finden, und der einzige, der ihr begegnete, war außer Betrieb. Endloses Umherirren. Nur Google Maps leuchtete vor ihrer Nase als einziger Trost und Hoffnungsschimmer, während sie durch endlose Gehwege und Unterführungen hindurch den Weg nach Hause suchte. Niemand begegnete ihr, nur einige Autos fuhren an ihr vorbei. Das Ende einer Liebesnacht sollte man sich anders vorstellen.

Andere hatten auch keine Liebesnächte. Nicht die Unglücklichen, die sich hinterm Kiosk zusammengerottet hatten, nicht die Putzfrauen, die sich nachts in die Firmen begaben, um bei Tageslicht nicht zu stören. Nicht die Sicherheitsleute, die sich vor jüdischen Einrichtungen herumdrückten und deren Nächte niemals vergingen.

Es war eine ungute Stunde, fertig.

Josefa stolperte über unebene Gehwegplatten und wich einem Betrunkenen aus und einem ebenso ängstlichen Zeitungsausträger auf seinem Rad. Als sie endlich gegen halb sechs Uhr vor ihrer Haustür ankam, war die wie das Himmelstor, nur schöner. Wenigstens hatte sie eine Tür, die sich öffnete, wenn sie hineinwollte. Wenigstens hatte sie eine warme Dusche und eine Kaffeemaschine und frische Kleider. Das konnten die Gestalten hinterm Kiosk nicht von sich sagen. Sie durfte zurückkehren in so etwas wie ein Zuhause.

Das heiße Wasser ihrer Dusche löste den schmierigen Albertschweiß von ihr, und die Anspannung zwischen ihren Schulterblättern, sogar das Grauen des nächtlichen Spazierganges und die Erinnerung an einen rausgerissenen Zettel schienen fortzufließen, in den Strudeln der Seifenblasen den Abguss herunter.

Ein duftender Kaffee half ihr, klarer zu denken und eine Hoffnung wiederzuerlangen auf alles und nichts. Sie schaute noch einige Instagram Reels, um sich einmal mehr aufzumuntern, um tröstliche Songs und lustige Bilder in ihre Seele ziehen zu lassen, sie zu stärken nach dieser schlaflosen Nacht für einen weiteren Tag bei Huiwan.

»I need your help«, sagte Min-Joon. Josefa bemühte sich, nicht zu gähnen und einigermaßen aufmerksam dreinzuschauen.

»Can you please follow me?«

»Of course.«

Während Josefa ihm mit Stift und Block ins Konferenzzimmer folgte, überlegte sie, was das bedeuten konnte. Wollte er einen neuen Firmenwagen? Kam ein spontaner Besuch aus Korea? Sollte sie womöglich weniger großzügig Office-Material bestellen?

Sie hatte keinerlei Kapazitäten für irgendwas Kompliziertes, keinen Nerv, gar nichts.

»Shall I bring some coffee?«

»Oh no.« Min-Joon winkte ab.

Wie leer war der Konferenzraum, wenn man nur zu zweit darin saß. Wie trübe das schlechte Wetter zu den riesigen Fenstern hereinschien. Vergebung, dachte Josefa. Für alles. Doch es funktionierte nicht. Sie musste sich zusammenreißen.

Min-Joon beugte sich zu seiner Tasche und zog einen schweren alten Otto-Katalog heraus, den er mit einem schweren Knall auf den Tisch fallen ließ. Zwischen zwei Seiten ragte ein handbeschriebener Zettel heraus mit koreanischer Schrift. Min-Joon öffnete ihn und zeigte Josefa eine Seite mit Gardinen.

»My wife wants to order those curtains. Can you do that for her?«

Josefa nickte. Gardine bestellen für die Ehefrau. Why not?

Min-Joon übersetzte den Zettel seiner Frau und diktierte Josefa die Maße: »1.45 m x 3.00 m. Not white-white, more creamy.«

»O. k., just let me check …«

Der Otto-Katalog war von 2018, der letzte seiner Art. Ob die Bestellung überhaupt noch funktionierte?

»Do you want me to send the curtains to your house or to the company?«

»No, this is private, send it to my house.«

Natürlich. Was hatte eine Gardine vom Otto-Versand in der Firma zu suchen. Dabei ließen sich alle ihr Amazon-Päckchen in die Firma schicken; da war wenigstens jemand anwesend.

Josefa stand auf, nahm den schweren Katalog und knickste.

Den Koreanern gefiel es, wenn sie knickste, und sie ihrerseits verbeugten sich knietief.

»You don't look good«, sagte Min-Joon. »Are you o. k.?«

Josefa wollte antworten, hatte aber einen Kloß im Hals, und die Tränen stiegen ihr in die Augen.

»Well«, sagte Min-Joon. »Order the curtains and then go home and rest a day or two.«

Hatte Min-Joon sie tatsächlich nach Hause geschickt? War

das möglich? Ein Koreaner arbeitete selbst noch halbtot, geisteskrank und im Endstadium. Trotzdem beschloss Josefa, das Angebot anzunehmen. Sie stellte sich sofort noch kränker, als sie sich so schon fühlte, und tat, als müsste sie den Otto-Katalog mit äußerster Kraftanstrengung zu ihrem Platz schleppen. Dann ließ sie ihn überaus rasch in den Hängeordner gleiten, damit Elfi ihn nicht sah, die sich von jedem Katalog angezogen fühlte wie die Motte vom Licht.

Die Aussicht auf zwei freie Tage ließ ihre Knie zittern … Freiheit! Freiheit! Und – die Spirit 2019!

Nun war sie fest entschlossen mitzufahren. Ein Ausflug mit den Wunderleuten irgendwohin und alles vergessen, was ihr hier so schwer zu schaffen machte. Das war großartig. Vielleicht konnte sie tatsächlich eine private Sitzung mit Danny Krämer bekommen, wie aufregend war das denn? Und überhaupt: ein schönes Seminarhaus am Rhein, für Yoga und Meditation und Klangschalentherapie … eine andere Welt. Und eine andere Welt konnte Josefa gerade gut gebrauchen. Blöder Albert.

Der blöde Albert war aufgewacht. Als Josefa die Gardine beim Otto-Versand bestellt hatte und den Computer herunterfuhr, ploppte seine Nachricht auf: »Da erwache ich in meinen Federn … und sie ist fort! Wo ist sie denn? Betrübt – Albert.«

Ein Lächeln glitt über Josefas Lippen. Es war ihm dann doch nicht einerlei. Ein Hauch von Genugtuung. Es würde ihr außerdem Genugtuung bereiten, ihm einfach nicht zu antworten. Bei diesem Gedanken schien ihr Hals länger zu werden, ihr Kopf höher zu schweben! Gleich fühlte sie sich besser, und als hinter ihr die Bürotür von Huiwan zuschlug, durchwehte sie der Geist der Freiheit.

Ein Leben ohne Huiwan. Wäre das möglich? Die Alternative zu Huiwan wäre Arbeitsamt, vom Regen in die Traufe. Doch lohnte es sich, das im Geiste mal durchzuspielen. Es war, als könnte Josefa die dunklen Wolken über ihrem Leben herumschieben und sehen, wo am meisten Licht hineinfiel. Selbst Wolke Albert konnte noch sehr hell leuchten, wenn man sie in eine bestimmte Himmelsrichtung drehte. Alles eine Sache der Perspektive.

Vielleicht, so dachte Josefa heiter, war es Zeit, einfach mal was ganz anderes zu tun.

Spirit 2019! Im Seminarhaus Sonnentor im Bergischen Wald tummelten sich all diejenigen, die eine gewisse Sehnsucht hatten nach dem Überirdischen, die auf höhere Erkenntnis hofften, spirituelle Entwicklung oder zumindest auf einen gewissen köstlichen Grusel durch Kontakt mit dem Jenseitigen.

Sieben Räume hatte dieses ehemalige Gutshaus, und in jedem von ihnen sollte eine Veranstaltung stattfinden: Der Ufo-Experte Jürgen Wollrich sollte sprechen, die Quantenheilerin Maria Sims würde Menschen behandeln, die Heilkräuterkundige Katja Wilms bot eine Einführung an, Patrick Lehmann behandelte das Thema Kundalini-Awakening.

Auch für Danny Krämer war ein Raum vorgesehen, in dem sie sehr nahe an den Menschen sitzen würde und von zehn bis halb zwölf und von zwei bis halb drei Hieronymus channeln und in Volltrance Fragen beantworten würde.

Matteo und Maria überließen nichts dem Zufall. Seit acht Uhr morgens waren sie dabei, Kameras und Scheinwerfer aufzubauen, schöne Teppiche auszulegen, alles mit Blumen, Kristallen und Kerzen zu schmücken. Feine Heilfrequenzen erklangen aus der Bluetoothbox, die jede Stimmung austemperierte und die Seele höher schwingen ließ.

Matteo wollte alles aufnehmen und die Videos auf Dannys Homepage zum Verkauf anbieten. Von irgendwas musste

Danny ja leben, denn ihren Beruf als Tierpflegerin konnte sie nicht mehr ausüben wegen einer Tierhaarallergie.

Auf der Fahrt in den Bergischen Wald mit Romina und Pin-Yen hatte Josefa viel erfahren über Danny Krämer, ihre missglückte Ehe und ihr Leben im Wald, umgeben von unsichtbaren Wesen, denen sie mehr oder weniger Beachtung schenkte. Danny war nicht gut zu sprechen auf Männer im Allgemeinen, das war nämlich Dannys Baustelle; auch war sie ja nur ein Mensch und musste ebenso lernen wie jeder, der sich zu vervollkommnen sucht. Pin-Yen war mit ihr shoppen gewesen, denn Danny hatte sich neue Klamotten gewünscht und nur Pin-Yen vertraut, die selbst immer schöne, weibliche Kleidung trug mit viel Seide. Es sei nicht ganz einfach gewesen, sagte Pin-Yen, da Danny sich den Verkäuferinnen gegenüber benommen hatte wie ein Rüpel.

»Das doch nicht! Da sehe ich aus wie ein Pferd! Nein, damit habe ich dicke Knöchel! Bringen Sie das bloß weg! Ich bin doch nicht farbenblind!« Pin-Yen war nicht ganz einverstanden gewesen mit der Wahl, die Danny für den heutigen Tag getroffen hatte – aber letztlich musste diese sich ja wohl fühlen. Im Endeffekt ging es ja um Hieronymus, und äußerliche Dinge spielten da keine Rolle.

Josefa konnte nicht glauben, dass sie selbst Danny von der Unterkunft abholen sollte, in der sie mit Matteo und Maria die Nacht verbracht hatte. Georg konnte ja leider nicht kommen wegen der Haferernte.

»Ich fahre mit!«, rief Pin-Yen.

Tatsächlich wartete Danny Krämer bereits vor einer Ferienpension in Jeansjacke, das Haar auf dem Hinterkopf zu einem Zopf geflochten, das übrige Haar lose. Ihr war alles sichtlich unangenehm, die Fahrerei, die Konversation, die Unausweichlichkeit der Ereignisse. Josefa bemühte sich, unsichtbar zu sein, als Danny neben ihr einstieg.

»Guten Morgen!«, sagte die spröde Danny mit überraschender Herzenswärme, nickte Pin-Yen zu und reichte Josefa die Hand.

»Guten Morgen!«, lachte Josefa nervös, als wäre Lady Gaga eingestiegen oder Angela Merkel. »Ich bin Josefa.«

»Ich hörte, du willst uns helfen, das finde ich sehr schön. Am Eingang vielleicht oder bei der Verteilung der Sitzplätze, folge einfach deinem Gefühl, du wirst von oben geführt.«

»Du hast hundertzwölf Klicks auf dein neues Video!«, rief Pin-Yen.

»Sehr gut«, sagte Danny, und man wusste nicht recht, ob sie etwas damit anfangen konnte.

Josefa betrachtete sie verstohlen von der Seite, der leichte Flaum auf den Wangen, das starke Kinn, ein viereckiger Ohrring in Türkis. Es war ihr eine Ehre, neben Danny zu sitzen. Hoffentlich sagte Josefa nichts Doofes!

»Du hast gar nicht dein schönes neues Kleid an«, sagte Pin-Yen. »Willst du dich dort noch umziehen?«

»Ich weiß nicht«, sagte Danny. »Ich habe hier einiges in der Tüte. Hieronymus wünscht, dass ich würdevoll daherkomme und vertrauenswürdig wirke auf die Leute. Er wünscht sich diese Bluse und eine Strickjacke.«

Danny zerrte sie aus ihrer Tüte und zeigte sie Pin-Yen und Josefa.

»So ein altmodischer Mist! Darin sehe ich aus wie Tante Trude Trippelstein!«

»Ein Geist sucht die Klamotten aus?«, rief Josefa.

»Es geht immer um die Botschaft«, sagte Danny. »Hieronymus meint, ich sei ja seine Botschafterin und soll seriös rüberkommen. Am liebsten gehe ich immer in der Jeansjacke.«

Im Gutshof angekommen verschwanden Danny, Pin-Yen und Maria in einem Raum und probierten abermals Klamotten an, bis Danny in dem schönen Blumenkleid von Pin-Yen herauskam, mit der von Hieronymus bevorzugten Strickjacke und neuen Schuhen mit Steinchenbesatz, die Danny sehr unbequem fand. Aber sie sollte ja auch nur sitzen.

»Wir haben jetzt fünf Fragen festgelegt«, sagte Matteo. »Wenn du oder Hieronymus sie beantwortet haben, würdest du auch spontane Fragen aus dem Publikum annehmen?«

»Wir können es versuchen.«

Es kam darauf an, wie lange Danny in Trance bleiben konnte, vielleicht zwanzig Minuten.

Das Sonnentor begann sich zu füllen, und die Leute spazierten umher, um sich einen Kaffee zu holen, Nussecken oder indische Gemüsepuffer; sie schauten in die einzelnen Räume und mussten sich doch erstmal entscheiden für Ufologen oder Kräuterkunde; schließlich entstand ein großer Andrang vor Danny Krämers Tür. Alle wollten ihre medialen Durchsagen hören.

Josefa werde geführt zu ihren Aufgaben, hatte Danny gesagt. Sollte sie nun die Armbändchen der Leute kontrollieren? Oder aufpassen, dass nicht zu viele Menschen hereinkamen? Matteo und Maria hatten den Raum perfekt vorbereitet. Die Führung ließ auf sich warten, bis jemand meinte: »Hoffentlich sagt sie was über die verstorbenen Tiere, und hoffentlich muss ich dann nicht weinen, wenn ich an unsere Minka denke. Ich habe keine Taschentücher!«

Josefa hatte eine Aufgabe gefunden! Taschentücher besorgen! Und schon holte sie einen Stoß weiche Servietten aus der Food-Ecke. Vielleicht holte sie noch Wasser und Gläser; Kreislauftropfen und Aspirin hatte sie ebenfalls dabei. Schon erwischte sie sich dabei, wie sie den Leuten erklärte, was es mit Dannys Durchsagen auf sich hatte und auf welche Weise sie channelte. Überhaupt bemerkte Josefa eine Vielzahl verwirrter Leute, offenbar gab es in der spirituellen Szene besonders viel orientierungslose Menschen.

»Nach einer Stunde können Sie den Raum wechseln und

eine andere Veranstaltung besuchen, aber bis dahin muss das Medium ungestört sein.« »Nein, wir glauben nicht, dass das Medium von Satan besessen ist, es öffnet sich einer sehr liebevollen Kraft.« »Nein, magischen Zauber können wir nicht durchführen.«

Josefa entpuppte sich als hervorragende Gästebetreuerin, vielleicht hatte sie durch ihre Assistenztätigkeit bei Huiwan besonders feine Antennen für die Wünsche der Leute.

Danny hatte sich noch eine Weile zurückgezogen, schließlich war es so weit. Die Stühle waren alle besetzt, und auf einer kleinen Bühne nahm Danny Platz auf einem thronartigen Sessel. Die Steinchenschuhe lugten seltsam unpassend unter ihrem Kleid hervor, Danny saß breitbeinig da im Blumenkleid, und es dauerte, bis sie nervös die sich stülpende Strickjacke zurechtgezupft hatte. Dann begrüßte Matteo die Leute und stellte Danny vor sowie den unsichtbaren Hieronymus.

Danny nahm einige tiefe Atemzüge, schon versank sie tief in sich selbst und nahm die Außenwelt kaum noch wahr.

»Aah, da sind wir wieder, geliebte Erdenbewohner, um euch mit unserem weisen Rat zur Seite zu stehen. Wir beantworten heute gern eure Fragen.«

Noch bevor Matteo seinen Zettel mit den vorbereiteten Themen zücken konnte, platzte die Dame mit der verstorbenen Katze heraus und fragte: »Ist unsere liebe Minka im Himmel, und hat sie dort vielleicht ein erweitertes Bewusstsein?«

Danny nickte, und man wusste nicht, ob sie es war oder Hieronymus, doch sie sagte: »Nun, geliebtes Wesen, das Geschöpf, das als Katze in deinem Leben die Aufgabe hatte, dich zu trösten und zu erheitern sowie deine Liebesfähigkeit zu erweitern, dieses Geschöpf ist zweifelsohne im jenseitigen Zustand vollkommen existent und weiterhin mit dir verbunden. Ob es ein erweitertes Bewusstsein hat? Nun, bereits durch deine liebevolle Pflege hat sich Minkas Bewusstsein hier auf Erden erhöht. Das seelische Empfinden von Haustieren ist weitaus höher, als es euch bekannt ist. Alles hat Bewusstsein, ein Regenwurm, eine Pflanze, und ja, alles kann sich spirituell entwickeln. In deinem Fall ist Minka durch deine tiefe Liebe mit dir verbunden, sie lebt, sie spielt, und sie wartet auf dich, bis auch du dich von den irdischen Fesseln befreit hast und sie auf der nichtphysischen Existenzebene wiederfindest.«

Die Frau schluchzte hemmungslos, und Josefa brachte ihr drei Servietten, um ihre Tränen zu trocknen, und auch noch ein Glas Wasser.

Matteo nickte, Danny schlug die Augen auf und wollte ebenfalls einen Schluck Wasser, den Josefa ihr in Windeseile brachte. Im Hintergrund lief die Videokamera und zeichnete alles auf.

»Wir fragen, liebe Danny, ob Hieronymus bereit ist, weitere Fragen zu beantworten. Dann hätten wir hier die nächste: ›Warum entstehen in England und auch in Bayern die Kornkreise mit ihren außergewöhnlich schönen Mustern? Sind sie von Menschen gemacht?‹«

Danny schloss die Augen, räusperte sich und begann: »Nun, geliebte Erdenwesen. Eure Welt scheint real und ist doch nur ein Traum. Ihr tut euch schwer, eure begrenzten Vorstellungen von der physischen Realität zu überwinden, und könnt kaum glauben, dass eine Zusammenarbeit zwischen uns und eurer irdischen, materiellen Existenzebene möglich ist. Doch genau bei diesen Kornkreisen hat ein Eingreifen aus höheren Dimensionen stattgefunden. Diese einzigartigen Muster in vollendeter Schönheit wurden in großer Präzision in eure Felder hinein gestaltet, um euch energetisch auf das Erscheinen höherer Wesen vorzubereiten. Jedes dieser Muster strahlt eine eigene Frequenz aus, um der Welt in ihrem Aufstiegsprozess zu helfen.«

Auf wundersame Weise veränderte Hieronymus das Wesen von Danny und harmonisierte Kleid, Schuhe, Haare, ihre gesamte Gestalt, zu einer glücklichen Erscheinung. Josefa sah Danny nahezu doppelt, so stark wirkte die vereinigte Präsenz von Danny und Hieronymus auf dem Podest. Sie konnte kaum glauben, dass sie schon fast Teil dieser Crew war, es war so aufregend. Die Leute sahen Danny mit verklärten Augen an, wie das siebte Weltwunder.

Es lief gut.

Immer mehr Leute drängten in Dannys Raum, der Ufologe war nicht sehr erfreut darüber und bat Matteo, keine Fragen mehr über Außerirdische zuzulassen, denn das sei schließlich sein Metier. Maria kaufte einige Heilkräuter, und Romina ging zur Quantenheilerin, die einen Arm dramatisch hob, sich in der kosmischen Energie mit dem Feld der Heilung verband und diese herunterleitete auf Rominas schmerzenden Rücken.

»Schon besser«, ächzte Romina.

Josefa traute sich an diesem Morgen nicht, Danny selbst eine Frage zu stellen, denn diese ging mit ihrer Performance weit über ihre Kräfte. Doch auf dem Weg zur Mittagspause bedankte sich Danny bei allen für ihre Hilfe, sogar bei Josefa: »Du hast dich um die Leute gesorgt, das habe ich gesehen. Ich kann keinem etwas zahlen, aber wenn du willst, beantwortet Hieronymus dir nachher einige Fragen. Das macht er gerne.«

Josefa war sprachlos. Eine Einzelsitzung! Tatsächlich! Vor Aufregung konnte sie kaum ihren Spinatknödel herunterwürgen, während die anderen ein indisches Curry aßen und Danny einen Riesenberg Döner verspeiste. War es denn richtig, ein schon völlig ausgequetschtes Medium nochmals zu behelligen und ihm geistige Kraft zu rauben, die es für das zahlende Publikum brauchte? Der Tag war noch nicht vorbei! Aber Josefa war einfach zu neugierig. Sie musste sich konzentrieren: Was um alles in der Welt konnte sie Hieronymus fragen? Man durfte diese kostbare Gelegenheit nicht mit unnützer, gedanklicher Wirrnis verplempern.

Und so ergab sich der Moment: Als die Veranstalter im Sonnenhof mit allen Besuchern einen schamanischen Trommeltanz durchführten, nahm Danny Josefa beiseite, und sie setzten sich im Nebenraum zwischen aufgestapelten Stühlen und Besen.

»So, du kannst jetzt fragen!«, sagte Danny und schloss die Augen.

»Ähm, es ist so … Ich bin in der Liebe nicht sehr geschickt, und ich habe da diesen Albert, der aber noch andere Frauen hat, und auf der einen Seite will ich den gerne haben und ihn allen anderen ausspannen, weil er ja auch so schön ist! Aber dann denke ich, der lässt mich doch irgendwie am ausgestreckten Arm verhungern. Was soll ich mit dem machen?«

»Hmm …« Schon veränderte sich Dannys Körper, ihr Kopf flog in den Nacken, und noch während sie ihn wieder hob, schossen die Worte nur so aus ihr heraus.

»Geliebtes Wesen, wir sehen in dir jene Emotionen aufsteigen, die ausgelöst wurden durch die Begegnung mit Albert … Wir erkennen das Warten, die Selbstzweifel, die Erniedrigung, das Absinken der Gemütslage … Diese musst du betrachten und heilen. In jedem Menschen, der sich auf der Erde inkarniert, schlummern dunkle Gefühle, Schuld, Selbstverdammnis, Traumata, niemand von euch ist frei davon. Die Schwere dieser Gefühle sind so schwer zu ertragen, dass ihr sie nach außen projiziert, um sie zu überwinden. In diesem Sinne ist Albert dein schwarzer Schatten, den es gilt zu betrachten. Das gilt auch in größeren Zusammenhängen: So ist Donald Trump gewissermaßen der schwarze Schatten der Welt, dessen Negativität euch etwas zeigt, das in euch vorhanden ist. Das muss überwunden werden und geheilt. Umarme deine eigene Dunkelheit, deine Abgründe, und erlaube dem Heiligen Geist, sie für dich ans Licht zu halten, so erlöst du dich selbst.«

Albert, ein schwarzer Schatten! Schatten traf es, denn er verflüchtigte sich, wenn man sich nach ihm umdrehte. Donald

Trump hingegen war ein sehr dicker Schatten, der die halbe Menschheit in Dunkelheit tauchte.

Danny öffnete die Augen und sagte plötzlich sehr zärtlich: »Das war es wohl, meine Liebe. Zu mehr ist nicht Zeit.«

»Ach«, lachte Josefa. »Ich bin ja schon so dankbar! Das sind doch so Einsichten, da kommt man nicht drauf. Trump! Das ist ja auch so einer! Wo sich jeder fragt – wie konnte der an die Macht kommen? Ich bin ja riesiger Obama-Fan, ich habe das Bild von dem, dieses ikonische, blaurote mit ›hope‹ – und sogar ein T-Shirt!«

Unmerklich schien Dannys Laune sich zu verändern; sie fixierte Josefa, die Augen verengten sich, und sie hob das Kinn.

»Nun«, sagte sie. »Wenn dir Obama so gefällt, dann hänge dir sein Bild übers Bett, und himmele ihn an Tag und Nacht! Aber vergiss nicht, *er* ist verantwortlich für den Drohnenkrieg im Irak! Ein Präsident wie Obama lullt die Leute ein, sie werden passiv und denken, alles ist gut, ein toller Hecht ist an der Spitze, ein schwarzer Präsident, wir müssen nichts mehr tun! Doch Donald Trump ist es, der die Leute in Bewegung setzt, der Entwicklung in Gang bringt! Ich bete jeden Tag für ihn, damit er seine Mission in der Welt vollenden kann!«

Hä? Josefa war sprachlos. Wie konnte Danny den wunderbaren Obama verunglimpfen? Seine Güte nicht sehen, seine Intelligenz, seinen Witz? Wer hatte da gesprochen? War das Hieronymus oder Danny? Es war Danny. Die für Trump betete. Ach du meine Güte! Das war etwas zu viel des Guten, das musste Josefa erstmal verdauen.

Verstört murmelte sie eine Art Dankeschön und verzog sich auf die Toilette, während für die anderen der zweite Teil der Veranstaltung begann.

»Du bist ja so still«, sagte Romina auf der Heimfahrt, während im Dunkeln die reflektierenden Lichter der Straßenpfosten vorüberzogen. »Es ist doch alles wunderbar gelaufen! Die Leute waren begeistert und wenn da keine Schwingungserhöhung stattgefunden hat!?«

»Ja«, sagte Josefa. »Ich fand die Botschaften toll, die Energie im Raum, diese … äh … die Liebe im Publikum, es war alles schön! Aber zwischendurch hat Danny mich richtig angemotzt. Weil ich Obama gut finde! Sie betet für Trump! Das ist doch seltsam.«

»Ja«, sagte Pin-Yen. »Danny kann sehr, sagen wir mal, spröde sein.«

»Sie hört selbst auch immer so Channels wie zum Beispiel David Icke«, sagte Romina. »Der kriegt ja auch Durchsagen, und die sagen so ein Zeugs, dass Trump in Wahrheit eine Art Erlöser ist.«

»Trump? Ein Erlöser? Der ist doch ekelhaft!«

»Es heißt, es gibt eine geheime Weltverschwörung, und die wollen die Menschen zu Sklaven machen, und Trump lehnt sich gegen sie auf und entlarvt sie und kämpft für die Wahrheit.«

»Und da haben sie keinen Besseren gefunden als Trump? Diesen Vollpfosten?«

Romina wurde ernst.

»Nun, wir wissen nicht wirklich, was hinter den Vorhängen der Weltpolitik stattfindet. Der industrielle Militärkomplex, die Kriege, die heimlich geschürt werden, wenn die zum Beispiel bewusst ein armes Land destabilisieren … so dreckige Sachen«, sagte Romina. »Wissen wir's?«

»Aber du bist doch bei der Polizei, da muss man doch …«

»Eben drum«, sagte Romina. »Als ob jeder kleine Beamte weiß, für was und wen er da manchmal den Kopf hinhalten muss. Die werden doch auch dumm gehalten.«

Josefa schwieg. In ihrem Kopf war ein einziges Durcheinander. Sie war zu Danny Krämer gestoßen, weil man dort so wunderbar heilsamen Dingen lauschen konnte. Waren ihre Botschaften von Hieronymus denn nicht über alle Dinge erhaben und brachten eine Frequenz der Liebe und hohen Schwingung?

»Hat Hieronymus jemals gesagt, dass Trump der Erlöser der Welt sei? Oder ist das alles Dannys Meinung? Oder sind Hieronymus und Danny dasselbe?«

Pin-Yen rutschte tief in ihren Beifahrersitz und zog die Knie hoch.

»Jedes Medium hat seine Filter. Und jedes Medium kriegt die Nachrichten durch, die es als wahr empfindet, mit denen es in Resonanz geht. Darum hört sich jedes Medium anders an. Man kann vielleicht nicht verhindern, dass göttliche Botschaften durch das Glaubenssystem eines Mediums eingefärbt werden.«

»Ich bin völlig konfus«, sagte Josefa und starrte hinaus in die Dunkelheit. Vielleicht verstanden nur die Sterne dieses Mysterium, und sie allein wussten, was es auf sich hatte mit all den Lichtern und den Schatten dieser Erde.

Früh war es. So früh. Josefa hatte Mühe, aus der wunderlichen Welt des Sonnentores auf die Straßen Frankfurts zurückzukehren, wo die Autofahrer hupten und aggressive Fahrradfahrer Autos und Fußgängern den Weg abschnitten.

Weggeworfene Kaffeebecher und Werbezeitungen landeten zertreten und zerrissen im Rinnstein, eine Maus huschte in einen Gully, und eine einsame Primel kämpfte hinter der Bushaltestelle ums Überleben. Wieder hatte irgendeiner in die Ecke gepinkelt.

Josefa freute sich über die herannahende S-Bahn, weil es darin sehr viel besser roch als an der Station und das Businessvolk im Allgemeinen frisch geduscht und mit Eau de Toilette betupft das Haus verließ.

Doch heute war ein richtiger Montagmorgen, da fühlte man sich schlecht, und der Gestank hörte nicht auf. Hatten Obdachlose im Abteil übernachtet? Hatte jemand alten Kaffeesatz ausgeschüttet oder ranzige Butter? Als Josefa sich festhalten musste, fehlte ihr die freie Hand. Sie schaute an sich herunter und bemerkte, dass sie in jeder Hand eine Plastiktüte hielt. Da fiel es ihr ein. Sie hatte doch vor der Arbeit den Müll wegbringen wollen! Sie selbst war es, die den Gestank verbreitete! Nun fuhr der Müll mit ihr S-Bahn auf die Arbeit. Verstohlen blickte Josefa sich um, ob nicht in der S-Bahn ein Abfallbehälter war, in den sie die Tüten hineinstopfen konnte. Doch der war zu klein. Sie versuchte, die Tüten heimlich abzustellen, doch diese drohten sofort umzufallen und die High Heels ihrer Nachbarin mit alten Eierschalen vollzukippen. Also lehnte sie sich zur Balance an die Seitenwand vor der Tür, und unter Anschein vollkommener Gleichgültigkeit verließ sie die S-Bahn Richtung Huiwan.

Auf dem Weg: alle Mülleimer voll. Der Firmenmüllcontainer: verschlossen in der Parkgarage. Josefa fühlte sich so sehr beobachtet, dass ihr nichts übrig blieb, als mit den Mülltüten ins Hochhaus zu gehen, den Fahrstuhl zu nehmen und damit hocherhobenen Hauptes ins Büro zu stapfen.

Kaum hatte Min-Joon sie gesehen, winkte er ihr.

Warum mussten diese Koreaner immer schon vor ihr da sein? Seit sechs Uhr saßen sie da und abends um sieben immer noch. Wo blieb das große Lob des Hauses für diese Form der Aufopferung? Josefa trat die Tür zum Serverraum auf, pfefferte ihren Hausmüll hinein und folgte Min-Joon zum Konferenzraum.

»So, good morning, Josefa. How was your weekend?«

Josefa schluckte. Was sollte sie nur sagen?

»It was kind of weird, very beautiful also, I made a trip to Cologne … area …«

Ihr fiel ein, dass Min-Joon sie ja als krank nach Hause geschickt hatte. Da konnte sie doch nicht mit ihren Ausflügen prahlen!

»Oh«, sagte er. »Did you visit the Dom? It is an expressive building.«

»Well … we were praying a lot«, sagte Josefa. »So many different people …«

»And so many different ways to believe in something.«

»Yes, confusing, sometimes …«

»Anyway.«

Min-Joon holte ein größeres Paket unterm Schrank hervor, das er dort offenbar diskret deponiert hatte. Es hatte eben jeder seine Geheimnisse.

»Look what I've got. My wife doesn't like them.«

Min-Joons Frau hatte offenbar keinen Gefallen an der Gardine vom Otto-Versand gefunden.

Er holte sie heraus, und in der Tat wirkte die schöne Gardine aus dem Otto-Katalog bei näherem Betrachten wie billigstes Polyester und hätte höchstens noch als Fliegengitter dienen können.

»So what can we do?«

Josefa meinte, dass man die Gardine selbstverständlich zurücksenden könnte, und ob seine Frau sich eine neue Gardine ausgesucht habe.

Min-Joon und Josefa beugten sich über den Otto-Katalog und studierten die Vergleichsmodelle, an die seine Frau ein Kreuzchen gemacht hatte.

»We're looking for better material, right?«, fragte Josefa. »It should be Jacquard or Marquisette.«

Sie bot an, gleich drei verschiedene Modelle zu bestellen, zur Ansicht. Vielleicht noch eine Gardinenstange dazu?

Es klopfte an der Tür, und Dae-Seong steckte den Kopf herein.

»Somebody threw trash into the server-room!«

Der Müll sei im Serverraum überall verstreut, und es sei eindeutig Hausmüll.

»I … I am sorry …«, murmelte Josefa und verschwand, um mit einem alten Lappen und Handfeger Kaffeesatz, Joghurtspritzer und Weintraubenstrünke aus den vermaledeiten Plastikschlingen des Industrieteppichbodens herauszukratzen.

Das Handy fiel ihr aus der Tasche und landete zwischen Kehrblech und Plastiktüte.

Nachricht von Albert.

»Warum bist du fortgegangen?«

Eigenartig leuchteten diese Worte auf dem Display inmitten der alten Eierschalen, Industriekabel und defekten Back-up-Tapes.

Josefa konnte nicht antworten.

»Du hättest dabei sein sollen!«, sagte Josefa. »In einem Zimmer ging es nur um UFOs mit Weltraumbildern überall, und in dem anderen ging es um Kundalini-Awakening! Gehört ja auch zum Yoga; nach einer Weile kriegst du die Erleuchtung!«

»Ja, da wäre ich gerne mitgefahren. Aber ich kann ja nicht immer gut weg mit dem Blumenladen. Ach – und hier hast du die einhundertzwanzig Euro für den Dachdecker wieder!«

»Ah, super!«

Josefa steckte das Geld ein, sie nahmen ihre Yogamatten und gingen zum Übungsraum.

»Und jetzt hat Albert sich wieder gemeldet, und Danny Krämer hat gesagt, er sei mein dunkler Schatten, den ich umarmen soll. Wie umarmt man denn einen Schatten?«

Josefa redete wie ein Wasserfall, und Kristina bemühte sich, alles aufzunehmen, bis Laila, die Yogalehrerin, den Raum betrat.

Kristina hatte eine leichte Skoliose. Wie ein Salamander, der in der Sonne döst, bog sich ihre Wirbelsäule an den Schulterblättern ein wenig nach links und unter den Rippen ein wenig nach rechts; eine sehr sanfte Kurve, kaum wahrnehmbar.

Es schien ihr jedoch nichts auszumachen, sie sprang förmlich in den Sonnengruß, der herabschauende Hund war makellos, und selbst in der Kobra reckte sie ihren Oberkörper hoch bis zu den Knien der Yogalehrerin. Kristinas beweglicher Körper machte Josefa noch was vor. Vom vielen Sitzen im Büro war sie ganz steif, sie schnaufte und fand beim »Baum« keinerlei Balance.

»Du bist aus dem Gleichgewicht«, flüsterte Kristina. »Ist ja kein Wunder.«

Josefa nickte. Es geschah so vieles im Augenblick, und jedes dieser Ereignisse hatte seine eigene Energie und zog sie hin und her. Es gelang ihr nicht, auf dem rechten Bein zu stehen, mit dem linken Fuß auf dem rechten Oberschenkel, während Kristina mit ihrer ungeraden Wirbelsäule dastand wie in einem ägyptischen Tempel für die Ewigkeit.

»Fixiere einen Punkt in der Mitte«, sagte die Lehrerin. »Es ist sehr wichtig, sich zu erden und sich zu zentrieren. Nur ein Baum, der feste Wurzeln hat und im Erdreich verankert ist, kann sich zum Himmel hin entfalten und herrliche Früchte tragen.«

Josefa fixierte den Bart des ungekämmten Yogis im Bild und stellte sich vor, wie sich aus dem einen Bein Wurzeln in den Boden bildeten. Allmählich ließ das Wackeln der rechten Fußsohle nach, der linke Fuß blieb auf dem rechten Schenkel, ohne dauernd herunterzurutschen, der Bart des Yogis tat seine Wirkung.

»Om … Namaste.« Laila verbeugte sich in durchgeistigter Anmut.

Es war schade, dass man vor lauter Meditation und Übungen beim Yoga nicht reden durfte. Auch Kristina hatte eine Menge zu erzählen vom Wochenende, von dem unabsichtlichen Wiedersehen mit ihrem Verflossenen, dem Gartenfest, ihren Überlegungen, den Blumenladen neu zu streichen …

»Hast du vielleicht Lust, mit zu mir zu kommen, auf eine Tasse Tee?«, fragte Josefa. »Es ist zwar schon neun Uhr, und ich habe auch nicht alles aufgeräumt, aber …?«

»Ja«, sagte Kristina. »Vielleicht können wir von hier noch einen Tee mitnehmen, die haben so leckere Sorten.«

Es gab Sorten wie »Sonnentor«, »Himalaya«, »Seelenzauber« oder der klassische Yogi-Tee. Man konnte dazu eine wunderschöne Kerze kaufen, mit Kräutern darin oder in verschiedenen Farbschichten, für jedes Chakra, für jedes Energiezentrum im Körper gab es eine andere Farbe. Josefa verliebte sich in die Yogi-Seife und die Klangschalen, die Meditationskissen und die Räucherstäbchen mit ihren wunderschönen Steckschälchen. Sie hatte doch jetzt das Dachdeckergeld wieder!

»Sieh mal, die Yogahose! Sieh mal, das wunderschöne Wickelshirt!«

Josefa wollte all diese wunderschönen, erhebenden, hochschwingenden Dinge haben. Sie riss sich nur mit größter Mühe zusammen und kaufte lediglich den Yogi-Tee. Wenn sie es schaffen sollte, bis nächste Woche kein Geld für Überflüssiges auszugeben, dann kaufte sie beim nächsten Mal die Alpenkräuterkerze namens »Hoffnung« in ihrem wunderschönen Cyanblau.

»Haha, und jetzt holen wir uns noch was vom Chinesen!«

»Oh, super! Ich habe immer Hunger!«

Sie quasselten ununterbrochen vom Sonnentor und von Hieronymus, sie quasselten an der Theke vom Chinesen über

Kristinas unmögliche Kunden, sie lamentierten die ganze Straße entlang über Albert und bis in die Wohnung hinein über Kristinas Schwester und deren neuen Freund.

Josefa machte das Licht an und ließ Kristina herein, und als sie die Yogamatte unter den Jacken verstaute, hörte sie Kristina spitze Schreie ausstoßen.

»Oh, wie herrlich! Nein, wie schön! Hast du die gemalt? Ach Gott, hier der Engel, ist ja toll! Kannst du bestimmt gut verkaufen!«

Josefa war völlig verdutzt. Sie hatte bisher ihre Bilder nur für sich gemalt und war gedanklich lediglich zwischen Kreissparkasse und Schmalzfabrik hin- und hergependelt. Sie war nicht darauf vorbereitet, dass ihre Bilder irgendjemandem gefallen könnten, aber es war ja auch nur Kristina, eine Freundin! Die musste ja begeistert sein oder Begeisterung heucheln, das war der Job der Freundin.

»Das Grün! Das Blau! Der Ausdruck! Meine Güte, wie der Engel einen anschaut, man kann gar nicht weggucken! Da strömt richtig was raus!«

»Habe ich mir gar nichts bei gedacht. Einfach so rumgemalt. Sollen wir uns an den Tisch setzen?« Sie holte zwei Teller und setzte einen Tee auf.

»Schöne Lampe auch.«

»Von Ikea.«

»Schöne Gardinen, sieht so nach Matisse aus.«

»Die hatte ich tatsächlich mal nähen lassen in dem Geschäft in der Berkersheimer Straße. Ich mag ja bunt.«

»Aber die Engel!«

Kristina nahm ihr Handy und begann, die Bilder zu fotografieren, glättete sie auf dem Boden, stellte eine Lampe darüber und fotografierte weiter.

»Dein Chop Suey wird kalt, hier, nimm schon. Meins mit dem Kokos ist ja bisschen scharf.«

»Wie viel willst du haben für so ein Bild?«

»Komm, hör auf.«

»Dann stellen wir es mal auf eBay und sehen, wie viel die bieten!«

»Das ist doch Quatsch. Ich probiere jetzt dein Essen.«

»Ich habe schon viel bei eBay verkauft«, sagte Kristina, holte sich den Stuhl und kippte Reis über ihr Tofugericht. »Das geht ganz einfach. Oder willst du warten, bis die Schirn-Halle kommt und alles aufkauft?«

Pfft. Die Schirn. Wer hängte sich alberne Engel auf? Vielleicht die Liebfrauenkirche am Tag der Obdachlosen. Tatsächlich konnte Josefa sich gar nicht vorstellen, die Engel herzugeben. Sie hellten ihre Wohnung auf und waren so warm und bunt und tröstlich. Als hätte sie sich eine Schatzkiste gebaut, eine Schutzkiste, in der alles bunt und liebevoll schimmerte. Wie himmlische Mitbewohner, das machte es leichter, zu leben.

»Hier, die Soße ist aber nicht so lecker, der Chinese in der Berkersheimer ist leckerer.«

»In Bretzenhain ist leider kein Chinese«, sagte Kristina. »Aber ach, es ist schön, mal bei jemand anderem zu Hause zu sein. So gemütlich!«

Als Josefa Kristina vor all ihren Leinwandengeln sah, wirkte diese sofort auch ein wenig überirdisch.

»Meinst du, du könntest nochmal für mich orakeln?«

Josefa fürchtete, Kristina zu belästigen. Sie kriegte einfach nicht genug! Orakelsucht. Dieses Wort gab es in keinem medizinischen Nachschlagewerk, doch Josefa war davon befallen.

Vielleicht hatte der verknitterte Thomasius ganz andere Ansichten als Hieronymus zum Thema Albert?

Gottseidank war Kristina einverstanden, wollte aber erst aufessen. Josefa suchte bei YouTube nach »Angelmusic« mit himmlischen Klängen von Harfen und Flöten und Glöckchen, holte

Kerzen von überall her, und dann fand sie noch irgendwo eine Duftlampe mit Bergamotte. Schon sah die Wohnung aus wie ihre Schublade bei Huiwan, wie die Zauberhöhle im Alt-Bretzenhainer-Blumenladen.

Kristina war nun bereit für eine weitere Session und lief in der Wohnung auf und ab, denn sie musste erst den richtigen Platz erspüren.

»Es geht einfach nicht überall. Oftmals ist die Energie an Schwellen gut, vor so einer Türschwelle oder so … Das heißt: hier … nee, nicht beim Fernseher. Aber hier …«

Sie probierte einen Platz aus zwischen der Yuccapalme und der Tür zum Flur, rechts unter einem großen Bild, das an Erzengel Michael erinnerte und sehr kraftvoll wirkte.

»Hihihi«, kicherte Josefa nervös.

Kristina ließ sich probeweise in die Hocke sinken und saß dann auf den Füßen mit einer Leichtigkeit wie eine Ureingeborene. Dann legte sie die gefalteten Hände an die Stirn.

»Doch, hier geht es.«

Josefa versuchte, eine ähnliche Position einzunehmen, und fiel sofort um.

»Meine Sehnen sind wohl zu kurz.«

Schließlich setzte sie sich im Schneidersitz auf ein dickes Kissen.

»Müssen wir wieder die Energie reinigen und Licht laufen lassen und das mit den Wurzeln?«

»Am besten ist immer auch eine kleine Meditation. Den Geist still werden lassen und sich auf das dritte Auge konzentrieren und nicht denken.«

»Oh.«

Sie probierten alles. Ließen Licht regnen und versuchten, die negative Energie in den Boden fließen zu lassen und einen Kanal aufzubauen, und sie beteten und meditierten. Soweit Josefa in der Lage war, zu meditieren. Sie war einfach zu ungeduldig. Aber bitte. Den Geist ruhigstellen. Josefa schloss die Augen und versuchte, das Gedöns in ihrem Kopf zu bändigen. Sie atmete tief ein und aus und betete.

»Lass einen Geist erscheinen, bitte! Einen guten!«

»O. k.«, sagte Kristina. »Ich glaube, der Kanal ist frei. Mal sehen, ich lausche mal nach oben … ja.«

»Wow!«, sagte Josefa. »Und … kommt jemand? Der Geist Thomasius vielleicht? Mit dem knitterigen Hut?«

»Moment … ja … ich sehe … da kommt was ganz Schönes … Oh, der sieht irgendwie aus wie der auf dem Bild, das du da gemalt hast … das grüne … Wie heißt der denn? Es ist nicht Thomasius … und auch nicht Ryphos. Ist das Jophiel? Das ist der Erzengel Jophiel … so schön … Jetzt sagt er was, Moment …«

Josefa stockte der Atem. Es war einfach herrlich.

»Ich grüße euch, ich komme mit hohem Rat.«

»Oh, wow!«, flüsterte sie.

»Ich glaube, du musst eine Frage stellen«, sagte Kristina.

»Kennst du … Hieronymus? Seid ihr vielleicht Kumpel, da oben?«

»Ich kann mich mit Hieronymus verbinden. Die Mission von Hieronymus ist die Unterweisung, ich helfe in Situationen. Alles dient der Gesamtheit.«

Stille.

»Frag noch was!«, sagte Kristina.

»Ich ähm … ich habe ja da den Albert, er ist mein … ich weiß auch nicht: on und off oder … Mingle ist das wohl. Ich bin Mingle, gemischter Single … Hat das noch irgendeinen Zweck mit dem?«

Schon wieder hatte sie wegen Albert gefragt! Gab es denn keine anderen Themen? Wie doof! Aber man konnte ja mal die Antwort von Hieronymus mit der von Jophiel vergleichen. Auch Jophiel schien nachdenken zu müssen, denn eine Weile war es still. Dann antwortete Kristina: »In dieser Begegnung mit Albert … wird dein verborgener Wunsch sichtbar nach … Entwicklung von geistigen Fähigkeiten … Stagnation im Beruf … Dein Geist möchte mehr … lernen … braucht die Impulse …«

Da war wohl was Wahres dran; die Verdoofung bei Huiwan war schmerzlich. Das wurde ihr gerade klar. Aber warum hielt Albert nicht still, warum konnte sie ihn nicht intensiver an sich binden? Weil er ein Schatten war! Ihr dunkler Schatten!

Der verknitterte Thomasius hatte gesagt: Die Seele Albert agiert von einem Verständnis der Vielliebe aus. Und ihr mangele es an sinnlicher Erdenpräsenz, um ihn genügend anzuziehen.

»Moment«, sagte Kristina. »Da kommt wieder was … ›Keine Begegnung ist zufällig. Albert kann dir nicht mehr geben … Er folgt seinem Seelenplan, so wie du dem deinen … Er zeigt dir – einen gewissen inneren Mangel … Du bleibst … dienstbar … zu jeder Zeit.‹«

Da war sie wieder. Die Dienstbarkeit. Josefa wartete darauf, dass Albert ihr Brocken zuwarf wie einem Hund. Sie konnte dieses Band zu ihm nicht lösen, nicht durchschneiden; es war unerklärlich, sie war gebunden, lose gebunden, aber nicht frei.

»Du kannst aus dem Prozess nicht aussteigen«, sagte Jophiel von der hohen Herkunft. »Doch öffne dein Herz für mich, und ich heile dich von innen.«

»Wow. Ich danke dir von Herzen …«

Wie eine Antwort spürte Josefa in der Gegend unter den Rippenbogen etwas wohltuend aufglühen, ganz warm, ganz heilsam, ganz tröstlich. Als hätte Josefa einen Reisbrei voll Glückseligkeit gegessen, als hätte sich ein sanftes Tuch der Heilung um sie gelegt, als sei ihre Aura durchflutet von einer transparenten lichtvollen Substanz.

»Tausend Dank … ich fühle mich wirklich … gut.«

Es war so wundersam wie aus dem Wunderbuch. Josefa befand sich nun in einer hohen geistigen Schwingung. So also fühlte sich das an.

»Ich weiß gar nicht, wie ich dir danken soll«, sagte Josefa.

Kristina reckte die Beine, streckte eines davon aus und schüttelte es.

»Ich weiß auch nicht, was ich da immer von mir gebe. Wir müssen uns aber bedanken bei Jophiel.« Sagte sie und suchte ihre Schuhe.

»Danke, Jophiel. Eines Tages möchte ich das auch lernen, diesen direkten Kontakt nach oben – wenn es sich derart gut anfühlt.«

»Ja, da gibt es bestimmt was auf YouTube zum Lernen und ansonsten einfach meditieren, Kanal reinigen und so.«

»Alles klar.«

Die wundersame Stimmung hielt an bis zum nächsten Morgen. Josefa war bereit, der Welt in Liebe zu begegnen. Sie würde Maria, Matteo und Georg schreiben: »Es funktioniert! Ich bin energetisch aufgestiegen! Das Leben ist großartig!«

Sie atmete frische Luft am Küchenfenster, sie strich zärtlich über die Gewänder ihrer Engelsbilder. Sie duschte sich mit aller Liebe und malte mit jedem Millimeter Kajalstift Liebe auf ihre Augenlider. Sie wusch den Tisch ab, und in jeder Seifenperle spiegelte sich das Universum. In der Liebe bleiben. In der Vergebung … selbst für Albert. Vergebung war der Schlüssel.

Auf dem Weg zur S-Bahn liebte sie jeden Sonnenstrahl, der durch die Häuserritzen drang, jedes Gesicht, das ihr entgegenleuchtete, jeden Dreckspatz, der einen alten Kaugummi aufpickte, ja sie überflutete mit Liebe den alten Kaugummi.

Konnte sie nun schon ein wenig Gedanken lesen? Immerhin nahm sie die Vibes der Leute an, die ihr begegneten, die

Sorgenvollen, die Gestressten, die Loser ... Es war eigentlich sehr einfach zu spüren, wie es ihnen gerade ging. Die Liebe zu ihnen flutete und flute.

Gut, der Gestank in der Unterführung konnte einen umwerfen. Ein wenig besudelte er die schöne Energiewolke, in der sie schwebte. Dann kamen Graffiti, Taubendreck und alte Kotze von Besoffenen aus der Nacht. Das war's nun schon wieder ... Josefa hielt die Luft an. Bloß nicht aus der Wolke fallen!

Sie schaffte es und wurde alsbald wieder aufgenommen in den großen, intelligenten Schwarm von Businessleuten, der sich die Rolltreppen hinaufwälzte zu den S-Bahn-Gleisen. Irgendein Blödmann hörte Rap auf seinem Smartphone und ließ ein unerträgliches Fiepsen erklingen. Die Leute rempelten und schubsten, dauernd wurde Josefas schöne Energie durch fremde Schultern, Knie und Ellenbogen ramponiert. Der Geruch eines schlimmen Parfums, womöglich Baccara Rouge, zog pestilenzartig durch den Wagen. »Ich muss alles lieben!«, beschwor sich Josefa. All die uninspirierten Muttersöhne und karrieregeilen Anzugträger! Da wurde gerade ein Sitzplatz frei, Josefa atmete auf und wollte sich erlöst niedersinken lassen, als so ein blöder alter Sack im Armani-Shirt sich dazwischenquetschte und ihr den Platz fortnahm. So ein Idiot! Jemand hieb ihr die Ecke seines Aktenkoffers in den Schenkel, eine übergewichtige Frau mit Schweißperlen auf rötlichen Flimmerhärchen rülpste ihr ins Gesicht.

Josefas gesamte wundersame, heilende Lichtwolke vom Engel Jophiel war verunreinigt, genotzüchtigt und versaubeutelt in einer S-Bahn-Fahrt.

Mi-Suk kam ihr schon im Flur entgegen und war unausstehlich vergnügt.

»We want to order Pizza today! Are you joining us? And by

the way, it is Sofie's birthday today, so if you give me ten euros for the birthday and eleven for the Pizza, we're good!«

Josefa schnappte nach Luft. Schon wieder einundzwanzig Euro! Dauernd hatte jemand Geburtstag. Je mehr sie sparen wollte, umso mehr musste sie ausgeben. Sollte sie einfach auf die Pizza verzichten und beim Edeka eine 5-Minuten-Terrine holen? Das sah doch auch blöd aus. Niemand sollte auf die Idee kommen, dass sie sich aus den Miesen schaffen musste.

Kristinas schönes Dachdeckergeld anzubrechen, tat richtig weh. Wobei ja auch das Chinesengeld schon fehlte. Da waren es nur noch dreiundneunzig Euro. Mist.

Wenigstens hatte sie im Schreibtisch die beruhigende Portokasse, die im Dunkeln graumetallisch strahlte wie ein verborgener Schatz. Josefa schielte auf ihr Handy und las die letzte Nachricht von Albert.

»Da bin ich aus meinen Federn erwacht – und sie war fort. Und ist immer noch fort.«

Er hatte das Wort Feder benutzt! Schon wieder Federn in seinen Gedanken!

Wütend fuhr Josefa den PC hoch und wechselte im Serverraum das Sicherungstape. Der Tag, der mit Liebe zu allem begonnen hatte, wandelte sich in lauter Ärgernisse. Alberts blöde Nachricht. Dann das Pizza-Dilemma! Gestern der Chinese – all die versteckten Geldfallen! Aber wer hatte immer Zeit zum Kochen? So war sie in der Mittagspause verdonnert, mit den anderen Pizza zu essen, und musste mit ihnen im Sozialraum bleiben. Es war nicht einfach, gemeinsam Pause zu machen.

Die Koreaner sprachen nicht viel beim Essen, die Deutschen quasselten drauflos und vergaßen, ins Englische zu übersetzen. Die Koreaner taten, als sei irgendwas im Smartphone interessanter, war es auch vermutlich, und vertieften sich hinein.

Elfi prahlte mit ihren Vorbereitungen für die bevorstehende Dienstreise nach Seoul. Einen Fotoapparat hatte sie gekauft, eine wirklich tolle Kamera, um Bilder zu machen vom Fujiyama.

Der Fujiyama sei in Japan, erklärte Günther. In Korea gebe es auch Berge, aber von denen kriege Elfi nicht viel zu sehen. Allerdings wunderschöne Gärten, den alten Markt und den berühmten Tempel Ginkobunkan.

»Gyeongbokgung«, verbesserte Dae-Seong. »And you have to see the Insadong Market for Art.«

»Ich fand ja die Hängebrücke da unglaublich toll«, sagte Günther. In Korea sei auch alles schneller, die Züge, die Fahrstühle, einfach alles.

»Die arbeiten alle schneller und länger«, sagte Sofie. »Das wollen die von uns ja auch immer.« Alle kicherten. In den Augen der Koreaner waren die Deutschen dick und faul und langsam.

»The best is the streetfood«, sagte Mi-Suk. »So yummy.«

Es stellte sich heraus, dass alle schon mal in Korea gewesen waren, nur Josefa nicht. Was um alles in der Welt musste sie tun, um auch mal eingeladen zu werden? War sie hier nur die Tippse, oder was? Dabei machte sie hier doch alles! Kümmerte sich um den jährlichen Weihnachtsbaum, kümmerte sich um Getränke für alle, buchte den Sales-Leuten die besten Hotels, half koreanischen Neuankömmlingen und ging mit ihnen zur Führerscheinstelle.

Sie hatte Min-Joon Choi geholfen, als er am Flughafen die Bankkarte im Automaten hatte stecken lassen. Sie hatte seiner Frau geholfen, beim Otto-Versand eine Gardine zu bestellen. Sie hatte diskret die Sanitäter bestellt, als er in der Lounge auf dem Sofa den unnennbaren Schwächeanfall hatte! Und nun durften Elias im dritten Lehrjahr und die doofe Elfi nach Seoul fahren, die den ganzen Tag nur Rechnungen schrieb und den ganzen Laden aufhielt mit ihrem endlosen Gebabbel? Nur, weil sie sich im Hochseilgarten hatte abseilen lassen wie ein Rollmops nach nur drei Stationen? Josefa wurde wütender und wütender. Das Leben war eine einzige Ungerechtigkeit!

Alberts scheinbar unschuldige, geheuchelte, verlogene Worte! Sie starrte auf ihr Handy mit ihren mondsüchtigen Bette-Davis-Froschaugen, bis ihr vor Wut die Wimperntusche bröckelte.

Feierabend. Gottlob. Irgendwas war schiefgegangen an diesem Tag, der so herrlich begonnen hatte. Und es hatte angefangen mit dem Kotzfleck in der Unterführung. Josefas Kopf brummte. Sie wollte so gerne nachdenken über Jophiels Worte. In Ruhe.

Weg von den wimmeligen Büromenschen, fort von allen S-Bahn-Stationen. Aber wie sollte sie sonst heimkommen? Ungnädig warf sie ihre Tasche über die Schulter, zog den Chip durch und verließ das Büro. Jophiel hatte recht gehabt. Huiwan brachte sie nicht weiter. Sie lernte nichts mehr. Im Gegenteil, sie beschäftigte sich mit den Reisen der anderen, den Kreditkarten der anderen, den Gewinnen der anderen; sie bewegte sich fort von allem, was sie wirklich interessierte. Sie überlegte, eine dieser schlauen Zeitungen zu kaufen. Den »Spiegel« oder »Die Zeit« oder »Die Süddeutsche« und sie durchzuackern bis zum Impressum. Sie würde alles lesen: den Wirtschaftsteil, das Panorama, die Todesanzeigen, ach was, seit wann hatte »Der Spiegel« Todesanzeigen. Jedenfalls sollte sich etwas ändern. Irgendwas. Und auf die S-Bahn hatte sie auch keine Lust mehr. Es musste einfach anders gehen!

Da ploppte eine WhatsApp-Nachricht auf.

»Du hast auf eBay schon Gebote über hundert Euro! Kristina«

Was, wie bitte? Was sagte sie da?

»Wo? Wo bitte?«

»Hier ist der Link! – Lachsmiley … Geldregen-GIF.«

Vor Aufregung ließ Josefa die Tasche fallen, und während

die Leute in die S-Bahn stiegen, ließ sie sich auf die frei gewordene Bank sinken und öffnete den Link der eBay-Seite. Kristina hatte sie einfach »Engelverkäuferin« genannt. Und mehrere Bilder des Engels mit dem grünen Gewand eingestellt. Groß. An der Wand. Auf dem Boden. Unterschiedlicher Lichteinfall. Vergrößerte Augen. Vergrößerter Pinselstrich.

»Ein einmaliges Unikat der Engelverkäuferin, hoch inspiriertes Werk, selbst gemalt unter Verwendung von Mischtechniken, sowas sehen Sie nie wieder!«

Toll, Kristina. Dann: elf Gebote, Aktionsende: 22.00 Uhr.

Höchstes Angebot bis jetzt: einhundertfünfzehn Euro.

Josefa wurde ganz zitterig. Meine Güte. Leute wollten ihre Bilder haben! Sie waren bereit, dafür zu zahlen! Mit einhundertfünfzehn Euro hätte sie ja wenigstens die Farbe wieder drin … aber musste sie nun ihren schönen Engel hergeben? Ach, dann malte sie eben einen neuen! Es war schön, zu malen und Musik zu hören. Vielleicht konnte sie in Zukunft sogar ein Audiobook dazu hören! Sie hatte ihrer Doofigkeit den Kampf angesagt.

Sie ließ ihr Smartphone sinken. Die S-Bahn war fort. Und vor ihr stand Albert mit seinem Fahrrad und einem Korb voller Blumen. Josefa rieb sich die Augen. Ihr Schatten! Ein Wunder. Nein. Zwei. Nein, drei!

Jophiels Heilung und Schwingungserhöhung. Menschen wollten ihre Bilder kaufen. Albert mit Blumen. Nun musste sie ihren Schatten umarmen.

»Beinahe hätte ich dich verpasst«, sagte Albert. »Du warst einfach nicht mehr da. Nicht einmal mehr im Handy. Nicht mal mehr ein Buchstabe von dir. Bist du noch da?«

Josefa musste lächeln.

»Naja, ich dachte … es kommt nicht mehr auf mich an.«

»Warum denkst du das? Wir waren so schön miteinander, ich habe von dir geträumt!«

»Was hast du geträumt?«

»Dass du verschwinden könntest, einfach so.«

»Und wenn das so wäre?«

»Das würde mich traurig machen.«

Damit hatte Josefa nicht gerechnet. Gleichgültigkeit, geistige Abwesenheit, Ablenkung durch blond und braun und alle Frau'n. Doch die schwarzen Augen waren voller Traurigkeit. War das denn möglich? Er vergaß, ihr die Blumen zu geben, und schaute sie nur an, und Josefa konnte momentelang in seine Seele schauen. Dieser Zugang war ihr bisher verwehrt gewesen, so weit war sie nie gekommen.

»Ja … das … ich dachte nicht …« Josefa war ganz durcheinander.

»Ich wollte höflich fragen, ob du mit mir nach Berlin fahren möchtest. Im Humboldtmuseum findet eine Ausstellung statt: ›Der Duft der Tusche‹.«

»Der Duft der Tusche?«

»Weil du mit Tusche malst, wäre es doch schön, du schaust dir die großen Meister an, und ich würde es lieben, dich dahin zu begleiten.«

Es war, als sei Josefa von einem Augenblick zum anderen taub geworden. Was für eine herrliche Idee. Was für eine plötzliche Wendung ihrer Geschichte. Es rauschte in ihren Ohren.

»Ich wollte eigentlich gerade etwas weg von Tusche.«

»Na dann … Modigliani? Cézanne? Oder einfach nach Hamburg in die Nationalgalerie der Gegenwart? Den Hamburger Bahnhof?«

Tränen schossen in Josefas Augen. Damit hatte sie nicht gerechnet. Albert schaute sie an, so liebenswürdig, so unendlich liebenswürdig. Ja. Ja, sie wollte mit ihm gehen. Unbedingt wollte sie mit ihm gehen. Die Welt sehen, die Kunst sehen, und er würde ihr viel erklären. Sie würde lernen!

»Was kostet das?«

»Nun naja … mit so dreihundert Euro musst du rechnen.«

Josefa schluckte. Eine S-Bahn nach der anderen rauschte vorbei, die Leute um sie herum kamen, warteten, stiegen ein, stiegen aus. Dreihundert Euro. Aber sie hatte den neuen Dispo! Und sie hatte gespart, drei Tage lang! Und vielleicht konnte sie das Engelbild wirklich verkaufen!

»Na komm«, sagte Albert. Er nahm die Blumen aus dem Korb, formte geschickt einen Kranz und legte ihn um ihren Hals, die eine oder andere Blüte fiel herunter, der Duft stieg ihr in die Nase, Wassertropfen rollten ihr auf die Brust und den Nacken herunter.

»Wie schön du bist«, lächelte er. »Sei wieder da … bitte.«

Der Geiger in der B-Ebene vor dem Kaufhof fiedelte unaufhörlich vor seinem Geigenkasten und tänzelte ein wenig hin und her. Josefa warf ihm geflissentlich einen Euro hinein und ärgerte sich hinterher. Die Bettlermafia aus Osteuropa, der Junkie, der nur noch fünfzig Cent brauchte für seine Fahrkarte, die Rettungsorganisation für notleidende Zirkuspferde. Nahezu jedes Mal ließ sie sich nötigen, immer fiel sie drauf herein, und immer ärgerte sie sich. Sie war so unglaublich leicht moralisch zu erpressen.

Was würden die Wunderleute dazu sagen? Die bezaubernde Pin-Yen, die sich bewegte wie eine asiatische Prinzessin, hatte auf Facebook geschrieben: Wann immer jemand zu einer Zahnbehandlung kam, der unangenehm war und stank und überdies noch erotische Fantasien gegenüber einer Asiatin hatte, dann stellte sie sich vor, dass auch in ihm Gott wohnte, und ihre Aufgabe war es, mit einer liebevollen Behandlung das Gute in ihm zu erwecken. Oder wie die Inder sagten: »Der Gott in mir grüßt den Gott in dir.«

Das stellte Josefa sich furchtbar vor. Einem stinkenden, aufdringlichen Menschen in den Mund zu fassen und ihm auch noch Liebe zu schicken. Wo genau sollte Gott denn in ihm wohnen? Hinterm Zungenbändchen?

Es war schwer, Gott zu sehen in den Bettelbanden, den Leuten mit Beinstümpfen und den Säufern, die in die Fahrstühle pinkelten, schwer, am Bahnhof der Blick auf den Straßenstrich, zu den Cracksüchtigen auf der Moselstraße, die in blaue Müllsäcke gehüllt auf dem Gehweg schliefen, den verelendeten Immigranten, die wie schmutzige Kleiderhaufen auf Pappe lebten, der Gestank von Pisse allüberall.

»Wir brauchen Wunder«, hatte Matteo geschrieben. »Die Welt braucht sie. Wir müssen lernen, uns in eine höhere Dimension zu begeben. Dann können wir helfen.«

Ja. Josefa erinnerte sich an die unglaubliche Schwingungserhöhung durch den Engel Jophiel, schlagartig war alles Liebe. Schlagartig alles leicht, alles hell, alles heil, alles hoffnungsvoll. Josefa war gerne bereit, sich durch Gedanken und Wunder und meinetwegen auch Meditation wieder dahin zu arbeiten. Wenn das denn so einfach ging.

Der Facebook Messenger poppte auf. Georg hatte ihr geschrieben: »Wie war es denn im Sonnentor?«

Josefa suchte sich eine Bank in der Nähe der Fahrscheinautomaten und tippte.

»Es war unglaublich. So eine tolle Atmosphäre ... Die Leute haben so gespannt zugehört, denen stand einfach der Mund offen. Faszinierend, Hieronymus hat so eine Präsenz.«

»Ich wäre gerne dabei gewesen«, schrieb Georg. »Romina hat mir gesagt, es waren viele Leute da, mehr als bei allen anderen Veranstaltungen!«

»Ja, sie begeistert die Leute, hat mich ja auch umgehauen.«

»Danny hat jetzt 277 Likes für ihr neues Video! Und sechzig Follower!«

»Wow!«

»Kommst du denn am Wochenende zu unserer Studiengruppe?«

Josefas Herz machte seltsame Sprünge in allen vier Kammern. Sie wollte so gerne! Doch sie fuhr nach Berlin!

Albert hatte sein Herz geöffnet. Josefa hatte es sehen können. Die traurigen Augen, der Zugang zur Seele, Josefa war durch die Pupille hineingeflutscht. Vielleicht nur einen Tag, nur eine Stunde, nur einen Moment? Sie rechnete immer damit, dass sein Herz sie wieder hinauswarf, wenn Federfrau oder Lene oder wer auch immer gerade dran war. Egal. Sie fuhren nach Berlin! Wie unglaublich!

»Ich würde so unheimlich gerne, bin aber nach Berlin eingeladen.«

»Macht nichts. Du kannst uns ja im Geiste besuchen«, scherzte Georg mit einem Smiley. »Wie du weißt, funktioniert das!«

»Werde ich machen!« Augenzwinkersmiley. »Nur eine Frage: Das mit Danny und Hieronymus ist ja unglaublich toll. Ich liebe es. Aber hat Danny manchmal … ähm … schräge Ansichten?«

Einen Augenblick lang kam keine Antwort, und eine Frau mit fünf Plastiktüten von C&A quetschte sich neben Josefa, während der Geiger auf Zehenspitzen weitertanzte. Dann schrieb Georg zurück.

»Es wird in der Szene gerade diskutiert, wie sehr wir alle geprägt sind von Nachrichten, von Religionen, von den Moralvorstellungen unserer Eltern. Also suchen wir nach anderen Quellen der Wahrheit. Unvoreingenommenen Quellen. Denn vielleicht ist die Welt ganz anders, als wir denken. Das kommt dir vielleicht schräg vor.«

Josefa suchte nach Worten, um ihm zurückzuschreiben.

»Danny hat was Komisches über Obama gesagt. Sie mag ihn wohl nicht. Ich fand den immer toll.«

»Kann mir auch nur schwer vorstellen, dass an dem was nicht

stimmen soll. Wir sind ja in einem richtigen Informationskrieg, und es gibt Mächte, die meinen es nun mal nicht gut mit der Menschheit. Da werden Fehlinformationen gestreut. Wer weiß, was Danny über Obama gehört hat.«

»Mächte? Dunkle Mächte?«, fragte Josefa.

»Ja. Folge dem Geld! Oder warum fließt das hart verdiente Geld immer nach oben? Für die sind wir wie die Milchkühe auf unserem Hof. Wir produzieren, und sie schöpfen ab.«

»Oh je – wir sind Milchkühe! By the way: Wie geht es dem Kalb mit der Kuh Flora?«, schrieb Josefa zurück und lächelte.

»Hat fünf Pfund zugenommen! Floras Milch ist die beste!«

»Ich gratuliere!«

Georg schickte das Dankbarkeits-Emoji mit den gefalteten Händen und wünschte ihr eine gute Reise nach Berlin.

Kaum hatte Josefa Facebook geschlossen, ploppte eine WhatsApp-Nachricht von Albert auf: »Ich freue mich auf unsere Reise, zärtlicher Gruß.«

Noch drei Tage!

Natürlich kannte sie Berlin von der Klassenfahrt, und später hatte sie einige Freunde dort besucht. Aber mit Albert war alles Zauber, er würde ihr die Kunst zeigen und das Großplanetarium! Albert, auf der ewigen Suche nach Brillanz, nahm sie mit! Was war neu genug, was noch unentdeckt, was geschah an der Spitze der Forschung? Sein unbeschreiblich schnell flitzendes Gehirn war begierig nach der ultimativen Innovation! Ach was, Innovation konnte doch nicht ultimativ sein!

Aber würde sie nicht neben ihm herlaufen wie ein Hund, der freudig hechelt und nichts versteht? Wie eine Janosch-Ente, immer dabei, immer ein Lächeln auf dem Schnabel und nichts im Kopf? Das Studium hatte sie nur zwei Semester lang versucht, war bei Huiwan gelandet und hatte aufgehört zu malen für eine lange Zeit. Wenigstens den schöpferischen Flow hatte sie in diesem Jahr wiederentdeckt.

Die Buchhandlung im Herzen der Stadt war genau das Richtige. Hier schwebte der Geist auf vier Stockwerken, und Josefa hätte sich gefreut, wenn sie ihn durch einfaches Einatmen hätte einziehen können. Sie hatte so viel aufzuholen, soo viel. Man wusste gar nicht, wo man anfangen sollte.

Bildung war ein Fass ohne Boden. Hilflos schaute Josefa in alle Richtungen und auf alle Regalwände, was sollte sie bloß lesen? Krimis? Nein. Hessengeschichten? Nein. Kochbuch? Nein. Da fiel schonmal einiges weg. Keine Kalender, kein Kinderbuch, kein Sport, kein Garten ... da fiel noch mehr weg. Vielleicht orientierte sie sich an den Bestsellerlisten und schleppte einige Romane in die Leseecke?

Josefa hatte den Duft des Cappuccinos in der Nase und überlegte. Vier Euro fünfzig. Tapfer versuchte sie, darauf zu verzichten, schleppte die Bestseller in eine Ecke und setzte sich zwischen eine ältliche Dame mit Baskenmütze und einen unruhigen Mann mit einem Tremor im Bein. Josefa klappte ein Buch auf und begann zu lesen. »Der Zopf« von Laetitia Colombani.

Die erste Seite war immer wichtig. Zog das Buch sie in ihren Bann? Oder sprach es an ihr vorbei? Hape Kerkeling: »Der Junge muss an die frische Luft«. Dörte Hansen: »Altes Land«, Yuval Noah Harari: »Eine kurze Geschichte der Menschheit«.

Josefa stellte fest, dass ihr Geist überhaupt nicht funktionierte. Ihre Aufmerksamkeit hielt so lange wie ein Instagram-Reel. Egal in welchem Buch sie blätterte, sie war sofort überanstrengt. Der zappelige Mann mit seinem wackeligen Bein. Der verführerische Duft des Cappuccinos. Sie merkte, dass sie die Seiten weiterwischen wollte, statt umzublättern. Sie war unfähig!

Erschrocken brachte sie die Bücher zurück, mit keinem davon konnte sie etwas anfangen.

Was war nur los mit ihrem Gehirn?

Ach, es war die Aufregung wegen der bevorstehenden Reise. Mit Albert nach Berlin! Sie konnte es nicht fassen. Welch ein Glück! Was brauchte sie noch Orakel und das Geplapper eines Geistes, hier war das wirkliche Leben!

Schließlich entschied sie sich doch für den »Zopf« und ging damit zur Kasse. Dann kaufte sie den »Kulturspiegel«. Alles zusammen einundzwanzig Euro.

Schon gleich in der S-Bahn bemühte sie sich zu lesen. Fahrten in öffentlichen Verkehrsmitteln waren doch ideal dafür! Gleichzeitig spürte sie das starke Verlangen, sich für ihren Einsatz mit herrlichen kurzen Videos zu belohnen. Auch YouTube hatte nette Shorts. TikTok war etwas zu aufgeregt. Aber Insta! Insta mit Kopfhörern, das war es doch. Wenigstens drei wollte sie anschauen und dann wieder lesen. Insta machte so gute Laune, Josefa dürstete nach dieser Ablenkung und geistigen Erfrischung! Insta brachte sie immer zum Lachen, und das Leben als solches war mitunter so dröge und schwer. Luftlöcher in der Schwernis! Fensterchen in eine schönere Welt! So viel Mitgefühl in diesen Reels, so viele gute Menschen, so viele, die aus ihrer Tollpatschigkeit was Lustiges machten. Ach, diese lästigen Bücher!

Aber es half ja nichts. Sie musste schlauer werden und mühte sich um die Lektüre. Jeden Satz musste sie sich einzeln in den Kopf stopfen wie Fussel in einen altersschwachen Staubsauger. Wie wenig ihr Gehirn aufnehmen wollte. Es war wie Hausaufgaben machen, während draußen Kinder spielten und Kirmeslärm erklang. Warum war ihr Verstand so lahm? In Alberts Kopf war eine Autobahn, eine unentwegte Neugier, ein ewiger Wissensdurst. Josefas Gehirn war nicht durstig. Es war überfüllt, es wollte eigene Gedanken denken; es war, als hätte es einen Türsteher: Du kommst hier nicht rein.

Kurz vor der Haustür klingelte das Telefon, und Kristina war am Apparat.

»Hast du das gesehen?«

Josefa war stutzig.

»eBay!«

»Und?«

»Hundertfünfundsechzig Euro!«

»Waaas?«

Josefa war vollkommen aus dem Häuschen. Sie hatte die Versteigerung nicht verfolgt, sie hatte einfach nicht glauben können, was Kristina auf dieser Plattform angestellt hatte.

»Schau doch mal in deine E-Mails!«

Beinahe wäre Josefa an ihrem Haus vorbeigerannt. Hundertfünfundsechzig Euro? Das war ja schon die halbe Berlinreise! Das konnte doch nicht sein! Noch im Laufen öffnete sie das E-Mail-Fach: Es stimmte. eBay gratulierte zur erfolgreichen Auktion. Der Käufer war eine Wilma Kulitz aus Halle. Sie schrieb dazu: »Liebe Engelverkäuferin! Ich liebe Ihr schönes Engelbild, es ist, als schaue es einem direkt ins Herz; es hat eine so positive Wirkung auf mich. Ich befinde mich gerade in einer Scheidung und habe Probleme im Beruf. Ich glaube, es wird mir sehr helfen, ein so schönes Bild in meiner Wohnung zu haben, das Trost spendet in meiner schweren Zeit.«

Josefa blieb wie angewurzelt stehen vor der dürftigen Gartenanlage mit einem altersschwachen Kastanienbaum. Niemals hätte sie gedacht, dass eines ihrer Bilder irgendwo in Deutschland eine solche Wirkung auf einen Menschen haben könnte. Sie musste lächeln und überlegte, ob sie Wilma Kulitz das Bild nicht billiger überlassen könnte. Wenn die Frau in Scheidung lebte und womöglich ihren Job verlor, war sie doch sicher in Schwierigkeiten. Aber Wilma Kulitz hatte schon überwiesen. Josefa war völlig aus dem Häuschen.

Wunder über Wunder!

Sie konnte es nicht abwarten, daheim den Laptop aufzuklappen und an Dannys Wundergruppe auf Facebook zu schreiben.

»Ihr werdet es nicht glauben! Seit ich euch kennengelernt habe, passieren mir Wunder über Wunder! Hat das irgendwas mit euch zu tun?«

Sofort Likes und Smileys.

»Welche Wunder? Erzähl!«, schrieb Romina.

»Ich habe ein Bild im Internet verkauft, eines, das ich gemalt habe! Und: mein F...« Sie stutzte. Sollte sie »Freund« schreiben? Sie verbesserte: »Und ich bin eingeladen nach Berlin!«

»Herzlichen Glückwunsch!«, schrieb Maria. »Allein, wenn du dich mit dem Buch beschäftigst, erhöht das deine Schwingung, und Dinge verändern sich zum Guten! Genauso wie wenn du die Lehren von Hieronymus anwendest. Oder von Buddha oder Jesus.«

Wie dem auch sei. Josefa hatte das Recht, wunderbare Dinge zu erfahren. Sie hatte ein Anrecht auf Wunder, weil das Göttliche in ihr wohnte. So hieß es doch in dem Buch.

»Ich merke jedenfalls«, schrieb sie, »dass ich irgendwie inspiriert bin. Und ich will viel, viel mehr lernen! Aber es ist wirklich schwer, mich in ein Buch oder einen längeren Zeitungsartikel zu vertiefen; manchmal denke ich, ich bin doof.«

Georg schrieb zurück: »Ja, ich habe auch manchmal Schwierigkeiten zu lesen. Ich bin manchmal sehr müde nach der Arbeit, und es fehlt mir die Zeit.«

»Lesen ist sehr wichtig«, schrieb Matteo. »Ich habe mir angewöhnt, morgens eine Stunde früher aufzustehen und zu lesen, zu meditieren und Übungen zu machen. Alles je zwanzig Minuten. Irgendwie macht mich das glücklich für den ganzen Tag.«

Das war eine hervorragende Idee. Josefa wollte das sofort übernehmen. Erst etwas für sich selbst tun, bevor der Tag begann! Gleich morgen wollte sie früher aufstehen! Wenigstens zehn Minuten lesen, zehn Minuten meditieren, zehn Minuten Übungen. Das musste doch zu schaffen sein!

»Josefa, du bist bestimmt nicht doof, ganz im Gegenteil. Konzentration kann man ja üben!«, schrieb Georg.

»Ich kann nur warnen, die Nachrichten zu lesen«, schrieb Romina. »Die ziehen dich energetisch runter, und wer weiß, ob sie immer stimmen.«

»Fake News«, schrieb Maria.

Fake News. Wie bitte? Natürlich konnte man der Bildzeitung nicht glauben und auch nicht den Boulevardblättern. Aber der »Tagesschau«? Dem Hessischen Rundfunk? Der »Frankfurter Rundschau«? Die Deutschen waren doch viel zu dröge, um viel zu erfinden.

»Man versucht, die Welt in Angst zu halten, und überschwemmt sie mit schlechten Nachrichten. Dadurch bleiben die Menschen in einer schlechten Schwingung, und damit sind sie leichter manipulierbar«, schrieb Maria.

Wie bitte? Von wem denn? Aber Maria hatte recht, niemand fühlte sich gut, wenn er die Nachrichten gesehen hatte. Niemand war fröhlich, wenn er den politischen Teil einer Zeitung aufklappte.

Pin-Yen meldete sich, und die Pünktchen über ihrem Namen tanzten.

»Ich weiß ja nicht, was ihr darüber denkt, aber hat einer von euch schon mal was von ›Q‹ gehört?«

»Ja.« Das war Romina. »Ich habe sogar seinen neuen Drop gelesen.«

»Was schreibt er denn?«, fragte Maria. »Kannst du das mal einstellen?«

»Wer ist denn nun ›Q‹?« Josefa kam nicht mehr mit. Sie wollte schlau werden, aber nicht in einem solchen Affentempo.

»Das ist ein hochrangiger Informant aus dem engsten Regierungskreis um Trump. Er hat die höchste nichtmilitärische US-Sicherheitsstufe ›Q‹ und somit Zugang zu sämtlichen Geheimnissen des innersten Zirkels«, schrieb Georg. »Er will uns praktisch warnen und aufklären über die dunklen Machenschaften weltweit.«

Josefa wurde mulmig zumute. Dunkle Machenschaften, die einen womöglich mehr beeinflussten, als einem bewusst war. Vielleicht gehörte es zur Liebesrevolution und zur Bewusstseinserhöhung der Menschheit, dass alles Schlechte der Welt ans Licht kam.

Sie machte sich einen Ingwertee, zog die Jogginghose an und kehrte zum Laptop zurück. Inzwischen hatte Romina geantwortet.

»›Q‹ hat alle Banken genannt, die den Rothschilds gehören – von der Bank of Afghanistan bis zur Zentralbank in Vietnam und der Reserve Bank von Simbabwe. Hundertfünfundsechzig Banken, die von den Rothschilds kontrolliert werden. Inklusive der ganzen Katholischen Kirche.«

Ach du meine Güte. Josefa wurde blass. War das möglich? Wurden schon wieder die Juden angeklagt? Aber hundertfünfundsechzig Banken?

Romina stellte nun den sogenannten Drop in den Chat, einen kryptischen Post von dem mystischen Informanten der Trump-Regierung namens »Q«:

»Jul 11 2019 Schwer zu schlucken. Wichtig für den Fortschritt. Wer sind die Puppenspieler? House of Saud (6+++) – $ 4 Billionen+ Rothschild (6++) – $2 Billionen + Soros (6+) – $1 Billion + Focus on above (3). Offenlegung von Vermögen – Falsch. Viele Regierungen der Welt füttern das ›Auge‹. Denken Sie an Schmiergelder (Zuführung), denken Sie an Krieg (Zuführung). Denken Sie an Umweltpakte (Feeder). Triangle hat (3) Seiten. Auge von Vorsehung. Folge

den Blutlinien. Was ist der Schlussstein? Existiert Satan? Existiert der ›Gedanke‹ an Satan? Wer verehrt Satan? Was ist ein Kult? Epstein Insel. Was ist ein Tempel? Anbetung? Warum steht der Tempel auf einem Berg? Wie viele Ebenen könnten darunterliegen? Welche Bedeutung haben die Farben, das Design und das Symbol über der Kuppel? Wer sind die Puppenspieler? Sind die Puppenspieler auf diese Insel gereist? Wie oft? Wie oft? Und warum? Wladimir Putin: ›Die neue Weltordnung verehrt den Satan.‹ Q«

»Ich verstehe kein Wort«, schrieb Josefa.

»Das ist Absicht«, antwortete Matteo. »Er schreibt verschlüsselt, denn für ihn ist die Gefahr, entdeckt zu werden, ja sehr groß. Es ist an uns, seine Nachrichten zu dechiffrieren. Das ›Auge‹ zum Beispiel ist Amerika, das ist ja auf dem Dollarschein.«

Es war unglaublich. Josefa kratzte sich am Kopf. Nun hatte sie sich gerade in der Buchhandlung damit beschäftigt, neues Wissen in ihren Schädel zu lotsen, und jetzt sollte sie in der Wundergruppe noch mehr Nüsse knacken. Das war zu viel. Geheimer Militärinformant! Banken! Rothschilds! Die geheime Finanzwelt! Josefa klappte den Laptop zu und sah Georgs Antwort nicht mehr. »Die Rothschilds sind eine alte Frankfurter Familie und stammen aus ärmlichen Familien, meines Wissen haben sie …«

So, jetzt mal packen. Was sollte sie nur mitnehmen? Musste sie noch was waschen? Sie öffnete ihren Kleiderschrank und warf ihre schönsten Sachen auf das Bett. Schließlich ging es übermorgen los! Die Gespräche um »Q« lagen ihr noch seltsam im Magen. Der Gedanke, dass über allem Geschehen im Verborgenen dunkle Kräfte herrschten, war gruselig. Wenn es aber mutige Whistleblower gab wie »Q«, dann musste man ihn nach Kräften unterstützen, denn die Wahrheit musste ans Licht. Die Unwissenheit der Massen war vielleicht das Problem und ermöglichte den Puppenspielern ihr mieses Geschäft. Josefa schüttelte sich. Egal. Besser, sie dachte nicht weiter darüber nach, es machte einem nur Kopfschmerzen.

Sie hatte ein Bild verkauft! Ha! Das musste doch erstmal gefeiert werden! Sie öffnete eine Flasche Sekt und prostete erst ihrem Spiegel und dann dem Engel im grünen Gewand zu und sagte: »Du bist verkauft! Ich bin stolz auf dich. Du musst einem armen Scheidungsopfer in den neuen Bundesländern helfen. Aber ich werde dich vermissen! Hundertfünfundsechzig Euro!«

Der Abend gehörte Netflix. Herrliche Entspannung. Herrliche Filme. Herrliches Abschalten. Netflix und Chips: ein Vollgenuss! Noch einige Insta-Reels. Einige WhatsApp-Nachrichten mit irgendwelchen Leuten, denen sie ihren Erfolg unterjubeln musste. Das Leben war gut. Das Leben war wunderbar.

In dieser Nacht würde sie sehr, sehr gut schlafen!

Um halb sechs klingelte der Wecker.

Josefa wollte früher aufstehen, um nach Matteos Empfehlung die dringlich empfohlene Meditation zu üben, zehn Minuten »Der Zopf« zu lesen und zehn Minuten Yoga zu machen. Durch Netflix war es leider etwas später geworden. Statt um elf war sie um zwölf ins Bett gegangen. Immer wieder drückte sie den Sonorer und schaffte es schließlich, sich um Viertel vor sieben aufzuraffen. Zähneputzen, Kaffee, Josefa gähnte und gähnte.

Im Schlafanzug setzte sie sich auf ihr Sofa in Richtung Osten und schloss die Augen. Das war gefährlich, sie wollte sofort wieder einschlafen. Aber der Kaffee half ein wenig. Meditieren, was hatte sie nochmal darüber gelesen? Still sitzen und mit dem inneren Auge auf den Punkt in der Mitte zwischen die Augenbrauen schauen. Inne werden. Dem Atem lauschen. Die Gedanken vorüberziehen lassen. Schließlich die Lücke zwischen den Gedanken größer werden lassen.

Leichter gesagt als getan. Nicht denken! Bereits jetzt, in ihrer Schlaftrunkenheit, drängten sich dumpfe Gedankenwolken ins Bewusstsein wie dumme Schafe, sie tummelten sich, schubsten und verdunkelten sich gegenseitig. Nochmal, sagte sich Josefa. Mal ganz von Anfang. Sie zündete eine Kerze an und legte sich noch eine leichte Decke über die Knie.

»So, Gehirn: jetzt Schnauze!«

Während sie zur Ruhe kam, kitzelte eine Franse der Wolldecke sie am Fuß. Auch war die Sitzposition seltsam unbequem. Die Schlafanzughose hatte in den Kniekehlen zu viele Falten, die drückten, es half nur, das Bein auszuschütteln, die Hose zu richten und wieder zurück in den Schneidersitz zu gehen. Ach, und man sollte dem Atem lauschen. Langweilig! Der Atem. Sie holte tief Luft und musste daran denken, dass sie vor drei Jahren das Rauchen aufgegeben hatte und wie stolz sie darauf war. Wie klar und rein war ihr Atem! Das sparte ihr im Monat doch hundert Euro, mindestens! Warum kam sie bloß auf keinen grünen Zweig? Aber sie hatte ein Bild verkauft, hurra! Wie sollte sie es nur einpacken, ach du meine Güte! Am Ende kostete Verpackung und Versand auch nochmal zwanzig Euro oder mehr oder man musste das Bild gerollt verschicken! Jesus, sie wollte doch nicht denken. Matteo machte immer so schöne Posts über das Denken. Es gab jetzt auch bei Insta so einen schönen Mönch in Orange. Der lächelte und sagte Dinge wie »Only your thoughts can hurt you. And only your thoughts can heal you.« War das nicht schön?

Josefa wollte aufhören zu denken, doch die Gedanken kamen aus dem Nichts und schossen hin und her, wurden immer schneller und rannten von einer Schädelwand an die andere.

Das ging doch gar nicht, dass man *nicht* dachte! So eine Viertelstunde ging ja auch rum wie nix.

Josefas Gehirn war ein einziges Desaster. Es randalierte in ihrem Kopf, es war außer Kontrolle, es war wie ein wildes Tier, es war wie auf der Weihnachtsfeier der besoffene Onkel Detlef, den keiner bremsen konnte, der so lange herumtorkelte und krakeelte, bis er in den Christbaum fiel.

Josefa war erschrocken. So ein unordentliches Gehirn! Kein Wunder, dass sie nicht lesen konnte. Dass jeder Satz in einem Buch vor ihr davonlief. Dass sie immer nur kleine, bewegte Bildchen schauen konnte, die ihr ein schnelles Gelächter verschafften, einen freudigen Impuls, ein schauriges Wohlbehagen. Konnte sie sich normale Sätze in einem Buch überhaupt noch bildlich vorstellen oder hatte sie diese Fähigkeit schon verloren?

Josefa sprang auf und in ihre Klamotten, schminkte sich und rührte auf die Schnelle ein Müsli zusammen. Das konnte so nicht weitergehen. So ein schlimmes Gehirn!

Heute in der S-Bahn: »Der Zopf« von Laetitia Colombani. Mittagspause, Heimfahrt, Abendessen: »Der Zopf«! Die Beschäftigung mit diesem geschmeidig geflochtenen Haarteil aus der letzten Perückenfabrik Palermos sollte ihr wild gewordenes Gehirn bezähmen.

Und dann würde sie sich erkundigen, wie sie ihr liebgewonnenes Engelsbild verschicken konnte. Am besten nahm sie es gleich mit auf die Arbeit und rollte die Leinwand ihres ersten verkauften Bildes sorgfältig auf.

»Coffee with milk or sugar?«

»No, just black!«

Die koreanischen Abgeordneten von Huiwan München und

Huiwan Gent waren sehr beschäftigt. Kaum waren sie hereingekommen, hatten sie einmal in die Runde genickt, waren dann sofort im Konferenzraum verschwunden und hatten die Laptops aufgeklappt. Man hörte sie nicht, man sah sie nicht. Josefa stellte trotzdem Milch und Zucker auf den Tisch und eine Nussmischung mit Schokokugeln. Gehirnnahrung, die Hirne der Koreaner mussten bereits dampfen.

Man hätte ja gerne mal die grauen Zellen der Geschäftsleitung mit denen ihrer deutschen Belegschaft verglichen. War doch alles Programmierung. So sagten es die Wunderleute, die Gehirne waren alle konditioniert, je nachdem wo man aufgewachsen war, was man geerbt hatte, welche Traumata man erfahren hatte … Ein koreanisches Gehirn musste völlig andere Schleifspuren haben als etwa Josefas. Südkorea hatte die höchste Selbstmordquote weltweit. Josefa wollte die Chefs immer gerne aufheitern.

Bei Min-Joon gelang ihr das, er war lange in Amerika gewesen und dankbar für alles, das ihn fröhlich stimmte. Wenn aber Leute vom Headquarter anreisten, war es ganz anders. Sie hatten sehr heftig programmierte Gehirne. Sie lachten selten, sie trugen schwarze Anzüge, sie saßen mit ihren Gliedmaßen in vollkommen rechten Winkeln und ähnelten mehr und mehr ihrem Laptop.

Josefa musste sich nicht weiter kümmern. Sie hatte ihnen beim Koreaner einen Tisch bestellt, damit war ihre Gästebewirtung erledigt. Nun konnte sie heimlich ihr Engelsbild aus der übergroßen Plastiktüte nehmen und es verpacken. Ihr erstes verkauftes Bild!

Gott sei Dank lagen im Serverraum eine Menge Pappröhren herum, feines Vlies und Luftblasenfolien. Zärtlich fuhr Josefa noch einmal über das sich fein auflösende Haar, das tröstliche Gesicht und das wunderschöne vermeerfarbene Gewand. Der Engel schien nicht zu verstehen, was mit ihm geschah. Mit weit aufgerissenen Augen verblasste er unter dem feinen Vlies und verschwand in der Röhre. Plötzliches, sofortiges Heimweh nach ihrem stillen Mitbewohner, das Gefühl, ihn zu misshandeln. Aber so war es nun mal.

Und es war aufregend, das Bild auf den Weg zu bringen, damit es einem Menschen half, den sie niemals gesehen hatte. Sie legte die Papprolle unauffällig auf ihren Büroschrank.

Es dauerte nicht lange, und Elias stand an ihrem Tisch. Nach einundzwanzig Monaten Vertragslaufzeit durfte er sein Firmenhandy gegen ein neues iPhone tauschen. Außerdem durfte ja auch er mit auf die Dienstreise ins Headquarter in Seoul, und da bräuchte er ein Upgrade für diese Reise, damit er dort auch telefonieren könnte.

»Ich gucke gleich mal, Elias, muss gerade noch die Rechnungen sortieren.«

Damit trottete Elias wieder an seinen Tisch. Josefa zog noch eine Rechnung in die digitalisierte Unterschriftenmappe und schickte sie Min-Joon zur Unterzeichnung.

Mobilfunkgeräte! iPhone! Die technikverrückten Koreaner liebten von allem das neueste Modell. Aber musste Elias sowas haben in seinem dritten Lehrjahr? Elias hatte das alte Handy von Wo-Jin bekommen, der letztes Jahr zurück nach Korea gegangen war. Ein iPhone 7.

Jetzt wollte der Lehrling womöglich ein iPhone 11 mit größerem Speicherplatz und längster Laufzeit ever und dann auch noch mit World-Paket für Reisen nach Asien.

So weit kommt's noch.

Trotzdem war es ihre Pflicht, die Laufzeiten der Mobilfunkgeräte im Blick zu haben und immer wieder die besten Pakete auszuhandeln. Jedes Gerät hatte einen anderen Tarif, da Vodafone dauernd neue Tarife anbot. Josefa seufzte. Sie fand die Firmenhandys schrecklich – mitsamt den Telefonnummern, die von einem zum anderen wanderten.

Sie öffnete am PC ihre Datei und schaute, was sie für Auslandsreisen hinterlegt hatte.

»Für Geschäftskunden Minutenpreis aus Europa-1-Ländern* 0,91 (0,7670) aus Europa-Ländern, USA und Kanada* 1,02 (0,8530) Telefonieren, CSD-, HSCSD- und Faxverbindungen 1,47 (1,2330) aus Welt-1-Ländern* 1,63 (1,3710), 2,30 (1,9310) Takt 60/306 2,55 (2,1470) aus Welt-2-Ländern* und maritime Services 4,61 (3,8710) * 5,12 (4,3020) In welcher Zone Ihr Reiseland liegt, erfahren Sie aus der Länderliste.«

Auch dafür war Josefas Gehirn nicht ausgelegt.

Sie musste wohl oder übel ihren persönlichen Kundenbetreuer anrufen und sich helfen lassen. Josefa konnte hören, wie er seufzte, als sie ihren Namen sagte.

»Welches Gerät? Welche Rufnummer? Ja, der hat das Europa-Paket. Ja. Aber jetzt gibt es das ›Easy-Travel-Paket‹ für Schweiz, Türkei, USA und Kanada … Ach so, Korea. Ja stimmt, entschuldigen Sie bitte. Da nehmen Sie für die Kurzreise das ›Reisepaket World Woche‹, sieben Tage online mit vier Gigabyte zu 34,99 Euro.«

»Ah.«

»Oder eben das ›Reisepaket World Tag‹, 9,99 Euro pro Tag.«

»Was können Sie mir empfehlen?«, fragte Josefa.

»Das liegt ganz am Telefonverhalten Ihres Mitarbeiters. Er hat übrigens Anspruch auf das neue iPhone 11. Wasser- und Staubschutz nach IP68, Edelstahlgehäuse, bis zu 512 Gigabyte, 12-Megapixel-Dreifach-Kamera mit Nachtmodus und Porträtmodus.«

»Er ist unser Lehrling!«

»Ja, vielleicht kauft ihr ihm irgendwo ein Prepaid-Handy.«

»Ja, ich denke drüber nach, vielen Dank!«

Josefa legte auf. Sie verstand bei Vodafone immer nur Bahnhof.

Kaum hatten Elfi und Sofie von Elias' Möglichkeiten für ein Upgrade gehört, wollten auch sie ein Mobilfunkgerät für das Ausland haben.

»Elias hat das Firmenhandy nur gekriegt, weil er mit den Sales Managern durch die Gegend fährt und der Dings wieder nach Korea gegangen ist! Und ihr seid Sales Assistants, ihr kriegt gar kein Firmenhandy, weil ihr hier den ganzen Tag auf dem Hintern sitzt!«

Elfi war beleidigt.

»Ja, ich muss doch in Korea mal zu Hause anrufen! Das kann ich doch nicht auf meinem eigenen Handy machen, wer weiß, was das kostet!«

»Du kriegst doch Verpflegungsmehraufwand undsoweiter!«

… in den Hals geschoben, wollte Josefa hinzufügen.

Immer dieser Ärger. Das sollte ihr Leben sein? Dieser Zirkus?

Dae-Seong kam vorbei und meinte, in der Herrentoilette sei kein Klopapier mehr, und Josefa möge es doch bitte auffüllen. Sofie erklärte, die letzte Putzfrau habe so nach Schweiß gestunken, und Josefa möge doch bitte dafür sorgen, dass die nächste Putzfrau nicht so stinkt.

Josefa war bedient. Was sollte sie denn noch alles machen? Sie war der Depp für alles! Und was war der Dank? Gestank! Der Groll blieb in ihrer Kehle, während sie mit sich selber sprach.

»Was ist denn das für ein Job? Was mache ich da? Wie bin ich hierhergeraten? Ich wollte malen! Und ich sollte lesen! Lernen! Dinge lernen! An einem Ort sein, wo man mich wertschätzt. Hm!«

Aber sie hatte keinerlei Idee, wie sie das bewerkstelligen sollte.

»Ich muss auf die Bank, Geld für die Portokasse holen«, sagte Josefa. »Ich nehme die Firmenkreditkarte und bin dann mal unterwegs!«

Niemand kontrollierte sie. Das war der Vorteil. Sie brauchte nur zu sagen: »Ich muss jetzt was für die nächste Konferenz holen. Der Küchenrollenhalter ist kaputt, ich schaue mal nach einem neuen.«

Fort war sie! Und sie setzte sich in ein hübsches Café in der Nähe und holte den »Zopf« heraus. Sie musste ihre gedanklichen Leistungen verbessern. Und unter einem vergoldeten Spiegel und auf türkisen Stühlen im Duft der Kaffeerösterei ging das ein wenig besser. Sie war allen davongelaufen, und das war eine Genugtuung! Sie las die dritte Seite im Buch. Schon wieder musste sie sich zwingen, bei jedem Satz zu bleiben. Ihre Gedanken wollten in alle Himmelsrichtungen, als würden sie fliehen wollen und Josefa fortreißen wie den fliegenden Robert im »Struwwelpeter«.

»Struwwelpeter«. Albert war auch so ein Struwwelpeter.

Die Störrischkeit seiner Haare war wie ein reibeisener Strahlenkranz, der alles im Gehirn beschützte und von Störungen fernhielt. Wieso wusste er nur so viel? Hatte er in frühen Jahren alles aufgesaugt? War es ihm zugeflogen? Wie funktionierte das? Kam das Wissen so blitzartig wie beim Microsoft Bing AI Copilot? Josefa fühlte sich noch immer wie ein Dienstmädchen, das ihn anhimmelte wie einen verrückten Sternenforscher. Sein Kopf im Universum, während sie für ihn den Boden wischte. Das konnte nicht sein. Sie musste dagegen angehen.

Das hübsche Café hatte auch mehrere Magazine am Zeitungsstock. Josefa blätterte darin herum. »Der Spiegel«! »Die Zeit«! »Die Süddeutsche«! »Die FAZ«! Wunderbar. Doch als sie die Blätter anfasste, schienen die eine unterschiedliche Energie zu haben. »Die Zeit« fühlte sich deutlich heller an als der »Spiegel«. Das konnte doch nicht sein, das lag bestimmt an den Farben. Auf dem Spiegeltitel stand »Die Kapitulation des Westens. Der Sieg der Despoten in Syrien«. Ach, Amerika. Der Kampf gegen den Islamischen Staat. Die Klimakatastrophe. Der bevorstehende Brexit. Edward Snowden in Putins Russland. In Asien, Afrika und im Nahen Osten litten 821 Millionen Menschen an Hunger.

Josefa war sofort schlecht. Es war der Horror, man fühlte sich einfach miserabel. Und wer hatte nochmal was gesagt von Fake News? Maria von den Wunderleuten.

Man dürfe gar keine Nachrichten schauen. Aber die Hungerkatastrophen konnte man doch nicht erfinden, oder?

Aus dem »Spiegel« quoll nur Ungutes heraus. Aber auch etwas von männlichem Ehrgeiz: Ich erkläre dir dezidiert das Schlechte, ich verkaufe dir klug die ausgebreitete Schlechtigkeit dieser Welt! »Die Zeit« schien etwas besser zu sein. Vielleicht auch nur, weil das Papier heller war. Ein Leitartikel von Giovanni di Lorenzo, »Glauben und Leiden«, über den sexuellen Missbrauch in der katholischen Kirche.

Insgesamt war es furchtbar, sich all das hineinzuziehen und schlau werden zu sollen. Josefa war völlig entmutigt. Trotzdem nahm sie die Zeitungen mit und legte sie auf den Tisch. Nur einen Artikel, schwor sie sich. Nur einen. Sie wählte Giovanni di Lorenzo wegen seiner schönen Sprache. Sie schaffte den ganzen Artikel, und der letzte Schaum in der Cappuccinotasse trocknete langsam.

Als sie fertig war, hatte sie ein winziges, neues Flüsschen, das sich durch ihren Bewusstseinsstrom hangelte. Sie hatte einen neuen Spinnenfaden in ihr neuronales Netzwerk gewebt. Sie empfand Stolz, diesen unüberwindlich erscheinenden Artikel geschafft zu haben – und sie hatte etwas von der schönen Seele di Lorenzos aufgenommen. Der Katholischen Kirche half angesichts der erschöpften Gläubigen nur noch eines: die maximale Transparenz. Ein Tröpfchen Dopamin erhellte Josefas Gemüt, sie fühlte sich schmerzhaft berührt und doch bereichert.

Für den »Zopf« reichte es dann nicht mehr. Sie musste noch ihr Engelsbild zur Post bringen, denn ihr Engel konnte zwar lächeln und trösten, aber noch nicht fliegen.

Noch mehr Dopamin. Das Bild war verkauft, und die Kundin hatte per PayPal überwiesen! Das war schon mal das halbe Berlin! Sie wünschte dem Engel, er möge der Scheidungsfrau in Halle alles Glück und Hilfe bringen.

Das Belohnungssystem war voll aktiv.

Josefa schwebte auf Wolken zu Huiwan zurück. Nun konnte sie großzügig sein. Elias bekam sein neues iPhone und das »Reisepaket World Tag«. Elfi bekam unverdientermaßen ein Prepaidhandy. Die Herrentoilette erhielt fünf neue Rollen Toilettenpapier.

Es war alles wunderbar. Heute war ihr letzter Arbeitstag vor Berlin. Am Feierabend packte sie alles zusammen, steckte die Stifte in den Köcher, legte Locher und Hefter schön parallel und wischte nochmal über ihren Schreibtisch.

Es war schön, seinen Arbeitsplatz sauber zu verlassen.

Morgen kam etwas gänzlich Neues!

Der Koffer war gepackt, die Küche aufgeräumt, das Bett gemacht, die Frisur saß! Josefa war abfahrtbereit und wartete auf Albert, der sie abholen wollte um halb neun.

Was machte Danny Krämer?

Josefa wollte unbedingt vor der Reise noch ihr neues Video sehen, denn die Worte von Hieronymus waren immer erhebend, wohltuend und erkenntnisreich.

Danny sah fabelhaft aus. Angestrahlt von unsichtbaren Scheinwerfern, im Hintergrund ein Bambusregal vor grüner Wand, schien sie zu leuchten, das Haar fiel prachtvoll über ihre Schultern, sie trug einen zarten Lippenstift, ihr Lächeln war weich und liebevoll. Sie erklärte den Leuten in fröhlichen Worten, dass sie ein Trance-Medium sei und dass man Like und Subscribe drücken könne. Sie hatte nun 411 Likes, 236 Follower.

Sie werde sehr oft gefragt nach Donald Trump und seiner Rolle für das Weltgeschehen, sagte Danny. Und daher wolle sie heute diese Frage an Hieronymus stellen und sehen, was er zu dem amerikanischen Präsidenten zu sagen habe. Sie schloss die Augen, senkte ein wenig die Schulter, holte tief Luft, und schon schoss die geistige Präsenz in ihren Körper und veränderte ihre Stimme um zwei, drei Nuancen.

»Aah, da sind wir wieder, wir sind eine Gruppe nichtphysischer Lehrer, die der Menschheit helfen wollen, ein höheres Bewusstsein zu entwickeln.

Euer Job in dieser Welt ist es, die Frequenz der Liebe zu halten, aber euer Gehirn tut etwas anderes … ihr seid durch die Massenmedien indoktriniert, euren Regierungen zu glauben, den Nachrichten zu glauben, den freien Wahlen, solchen Dingen. Man hat euch gesagt: Demokratie ist Freiheit. Man hat euch gesagt: Ihr lebt in einem freien Land. Der Westen hat den ganzen Planeten mit diesem Glaubenssystem infiltriert, so seid ihr alle davon beeinflusst. Der Westen konsumiert diesen Planeten kraftvoll, und deshalb gibt es weltweit unendlich viele bedauernswerte Menschen, die unter erbärmlichen Bedingungen leben. Jetzt gibt es den gewählten Präsidenten Donald Trump, der als Gefahr dargestellt wird, und man gibt euch die Gelegenheit, jemanden zu hassen, zu verurteilen und zu fürchten. Doch sollt ihr euren Fokus auf die Liebe richten. Diese Welt ist eine Reflexion, sie ist ein Effekt, sie ist nicht Ursache.

Donald Trump ist nicht das Problem. Die Kriegstreiberei, die gewalttätige, hassvolle, materialistische, oberflächliche, lieblose Programmierung ist das Problem von Nordamerika und der westlichen Welt.«

Josefa drückte auf »Stopp«. Erstmals, seit sie begonnen hatte, Hieronymus zu folgen, fühlte sie sich gar nicht gut. Als westlicher Mensch hatte man doch immer Dreck am Stecken. Aber was sollte man tun? Sie fühlte sich hilflos und schuldig in einem. Das war genauso wie der Missbrauch in der Kirche. Der war schrecklich, und man konnte nichts tun. War man wirklich auf geheime Weise so indoktriniert und geprägt, hatte am Ende dieser »Q« recht? Josefa atmete tief ein und drückte auf »Play«.

Danny sprach weiter: »Folge deiner inneren Führung in den bevorstehenden Unruhen – was ist die innere Führung? Nun, das sind deine spirituellen Lehrer und Führer, die so mit dir kommunizieren. Deine göttliche Verbindung drückt sich aus durch deine Gefühle. Wenn dir also ein Newskanal erzählt, was Donald Trump der Welt antut, was er Schwarzen Menschen antut, wie er Menschen einer gewissen Religion verfolgt, und du fühlst Angst, und du regst dich auf, dann wirst du gerade benutzt wie ein Pfand in einem energetischen Spiel. Das geschieht in Wahrheit auf deinem Planeten, genau jetzt … Es ist nicht harmlos, wenn du in einen Nachrichtenkanal zappst. Du wirst immer sich wiederholende und andauernde Verzerrungen der Wahrheit hören und dich schlecht fühlen. Wenn du dich schlecht fühlst, hast du den für dich richtigen Weg verlassen, das ist das einfache Prinzip der inneren Führung.«

Starke Worte.

Josefa stand auf und schob den Koffer näher zur Tür, räumte ein paar Schuhe weg und wartete auf die Klingel. Nach dieser Botschaft von Hieronymus war sie besorgt und irritiert. Nicht beseelt und glücklich wie sonst nach seinen Videos. Die vielen

Wahrheiten dieser Welt. Wie sollte man sich da zurechtfinden? Waren die vielgescholtenen Massenmedien denn wirklich so schlimm? Waren sie wirklich dazu geschaffen, die Menschen zu Konsumenten zu machen, statt sie zu unterhalten oder zu belehren? Und wer oder was schöpfte Energie von der Menschheit ab? Welche bösen Weltherrscher?

Sie klickte auf die Facebookseite der Wundergruppe, gerade hatte Danny gepostet.

»Ist es nicht wunderbar, dass sich der Dialog zwischen Amerika und Russland so verbessert hat?« Drei Herzchen, vier Daumen hoch.

Josefa fühlte sich unbehaglich. Natürlich waren alle Gespräche und Annäherungen gut. Trotzdem. Wenn sich Trump mit Putin traf, war es doch, wie wenn der Joker mit Lord Voldemort Kaffee trinken ging. Aber vielleicht war Josefa doch zu sehr beeinflusst von den Massenmedien.

Matteo hatte etwas viel Schöneres zu sagen.

»Kurs in Wundern: Lektion 41. Gott geht mit mir, wohin auch immer ich gehe.«

»Das ist der perfekte Spruch für meinen Tag!«, antwortete Josefa. »Ich verreise heute, nach Berlin!«

Das Gefühl, dass ein wie auch immer gearteter Gott mit ihr reiste, war schön und gab ihr ein wohliges Gefühl. Wenn Albert nur endlich käme!

»Pass auf dich auf, und bilde dir einen positiven Energieschirm!«, schrieb Matteo. »Berlin ist eine wunderbare und inspirierende Stadt. Aber sie hat auch einige Schwingungsfelder, die nicht so gut sind!«

»Dankeschön«, schrieb Josefa. »Mache ich. Wir möchten in die Ausstellung ›Der Duft der Tusche‹, weil ich ja selbst gerne male. Da freue ich mich schon sehr!«

»Oh«, schrieb Romina. »Das ist doch wunderbar! Ich wollte schon lange einmal malen; es ist so wichtig, kreativ zu sein!«

»Kreativität ist die Sprache Gottes«, schrieb Matteo.

Von allen Seiten kamen Likes und Beifallhändchen. Nur nicht von Georg.

»Georg, was machst du denn gerne in deiner Freizeit?«, schrieb Romina.

»Naja«, antwortete er. »Ich beschäftige mich mit Saatgut. Meisterwurz, Holunder, Beifuß, Blutwurz, Beeren, Kräuter, Nüsse, Samen ... alles, was uns energetisch irgendwie höher bringt. Bevor ich etwas pflanze, segne ich es und bitte Naturgeister, ihnen beim Wachstum zu helfen und den Menschen den höchstmöglichen Nutzen zu bringen. Das klingt jetzt sicher bisschen drüber, aber ... so mache ich das.«

Fest stand, dass Georg damit keinen Schaden anrichtete.

Pin-Yen ging gerne in den Grüneburgpark und sprach mit den Bäumen. Sie wollte ja nicht für verrückt erklärt werden, aber sie glaubte, ihre Antworten zu hören.

»Was sagt denn so ein Baum?«, fragte Maria.

»Nun ... er hat Zeit zum Beispiel, er liebt es, Vögel zu beherbergen, er mag nicht die laute Musik aus Ghettoblastern ... Er will uns Kraft geben ... und sowas.«

Josefa kramte in der Handtasche nach den Vitalkeksen, die sie für die Fahrt eingepackt hatte, zusammen mit Wasser, Obst und einem Nutellabrot. Sie hatte Montag freigenommen und so hatten sie zwei Nächte, herrlich. Sollte sie noch einen Kaffee trinken? Dann musste sie womöglich zu häufig aufs Klo. Wo blieb er nur?

Noch nie hatte sie in seinem Auto gesessen. Sie klappte den Laptop zu und wurde ungeduldig.

»Sorry!« Albert auf WhatsApp. »Ich muss noch was für das Robert Koch-Institut fertig machen, ich maile es ihnen, aber ich sitze da noch dran! Wenn du willst, kannst du ja schonmal kommen und bei mir einen Kaffee trinken und sobald ich fertig bin, düsen wir los!«

Robert Koch-Institut! Natürlich war das ein wichtiges Institut und hatte schon viel für die Menschheit getan! Aber wenn Albert den Bericht bis Montag liegen ließ, brach auch keine neue Seuche aus! Was schrieb er bloß? Was für ihr Betriebsmagazin? Sie würde sich unterwegs mal erkundigen, was genau er überhaupt machte. Jedenfalls kam sie nun in Bewegung, nochmal die Haare kämmen, rasch die Blume gießen, nochmal aufs Klo und dann ab!

Wenigstens arbeitete er! Es war ja nicht so, dass er die ganze Nacht gesoffen oder sein Geld in einem Puff verjubelt hatte. Josefa musste sich sagen: Es hätte noch schlimmer kommen können. Diese ein, zwei Stunden konnte sie auch noch durchhalten.

Albert saß tief gebeugt am Arbeitstisch, auf seinem Schirm mehrere Fenster mit Grafiken, Text und Statistiken, auf den Ohren dicke Kopfhörer, als würde ihm jemand den zu schreibenden Text vorsagen.

Josefa schielte über seine Schulter und las: »… erstmals die Herstellung künstlicher Nukleotide, die Bausteine der DNA, mit mehreren zusätzlichen Eigenschaften im Labor herstellen können … Strukturvergleich der DNA und der künstlichen TNA, einer Xenonukleinsäure mit den natürlichen Basenpaaren AT und GC und einem zusätzlichen Basenpaar (XY) … Professorin Dr. Stephanie Kath-Schorr ist sich sicher, dass solch eine Funktion insbesondere Anwendung in der Entwicklung neuer Aptiere, kurzen DNA- oder RNA-Stücken genutzt werden kann, die zur gezielten Steuerung zellulärer Mechanismen verwendet werden können …«

Albert drehte ihr kurz den Kopf zu und sagte: »Aufregend, nicht?«

Josefa verstand kein Wort, nickte aber, damit er schneller schrieb und fertig wurde, für Berlin. Schon war er wieder abgetaucht in seine Nukleotidenwelt. Sie setzte sich an den Küchentisch und öffnete den »Zopf«. Das Buch war gottseidank recht klein, aber die Buchstaben darum ebenfalls winzig. Blöd zu lesen! Man musste ja die Lupe nehmen! Aber es lag auch an ihrem Kopf, der nichts aufnehmen wollte. An der Aufregung, weil sie mit Albert verreisen würde. Wenigstens fünf Seiten bitte. Josefa wollte sich einen Kaffee kochen, weil sie gerne Kaffee trank, aber auch, weil sie als Lesende ein gewisses Bild darstellen wollte, eine lesende Schönheit, klug und versonnen, da gehörte ein Kaffee einfach dazu.

Selbstverständlich hatte Albert keine normale Kaffeemaschine. Es war ein seltsames Glasgerät, in dem das kochende Wasser sichtbar emporstieg, sich oben in einer Glaskugel sammelte und dort durch ein anderes Glasrohr in eine hübsche, konische Kanne tropfte, wo es sich mit dem Kaffeepulver vermischte und … Josefa kochte sich einen Tee.

Auch mit Tee konnte man als Lesende ein schönes Bildnis darstellen. Sie griff wieder nach dem Buch.

Sie las Seite sieben, Seite neun, Seite zwölf, Seite zwanzig, vierundzwanzig, die Bildung ging nun schneller voran. Josefa tauchte ein in die indische Stadt Badlapur, in das Leben von Smita, der Unberührbaren; sie saß mit ihr bei der Arbeit und knüpfte Fäden.

»… in den Stunden, in denen meine Hände tanzten, das sonderbare Ballett meiner Finger, die Geschichte eines Zopfes, der Verflechtungen …«

Es war so schön.

Und dann war es genug.

»Albert!«, schrie sie.

Albert war taub mit seinen dicken Kopfhörern.

»Wann fahren wir?«

Josefa entdeckte in sich eine seltsame Aufmüpfigkeit. Es war halb zwölf!

Sie ging zu Albert, tippte ihm auf den Rücken und fragte: »Wie lange dauert das noch?«

Albert schaute nun beinahe erschrocken, die Augen so rund wie die doppelt beringten Pupillen, sein Mund so rund, alles in seinem Gesicht war ein einziges O.

»Nun, naja, vielleicht möchtest du noch etwas für die Reise einkaufen? Da ist so ein netter Türke um die Ecke, du kannst auch gerne nochmal in die Stadt fahren!«

»Hä, Albert, es ist Mittag, und wir sitzen hier immer noch rum!«

»Nun, ich habe das thematisch vielleicht ein wenig unterschätzt; da gibt es doch einige komplexe Sachverhalte.«

Josefa drehte sich fort und rollte die Augen.

Dann fuhr sie eben zu Kristina und half ihr, Rosen zu schneiden, hier konnte man ja irre werden!

Nur noch siebenunddreißig Minuten. Es war 16.25 Uhr.

Das Kabel klemmte am Peugeot Zoe, den Albert mit Steuervergünstigung gebraucht gekauft hatte. Es sei nämlich ein Vorurteil, dass französische Autos schlechter seien als andere. Gerade die elektronischen Modelle schnitten hervorragend ab. Er könne sich gar nicht vorstellen, jemals ein deutsches Auto zu kaufen, dieses bräsige Wir-sind-die-Besten … dieses einfallslose Design …

»Wann werden wir in Berlin ankommen? Und wo schlafen wir denn?«

»Ich sage doch, es wird eine Überraschung!«

Nach seiner aufreibenden Tätigkeit mit den Nukleotiden war Albert seltsam fahrig, erloschener, nicht zu vergleichen mit Josefa, deren Energie sich gestaut hatte und die übersprungsmäßig vor der elektrischen Zapfsäule herumzappelte. Albert gähnte sauerstoffarm, und Josefa begann, Zirkel zu laufen um eine spärlich bewachsene, mit leeren Kaffeebechern verunreinigte Blumeninsel herum. Albert hätte den ganzen Tag Zeit gehabt, diese französische Karre zu laden.

»Das wird doch elf Uhr heute Nacht!«

»Nun ja, so ein Elektroauto fährt auch nicht immer Höchstgeschwindigkeit, es wird vielleicht eher zwölf. Dann können wir morgen ausschlafen.«

Wenigstens hatten sie zwischen den Büchern, Kartons, alten Tetra Paks und Kabeln im Auto noch Platz gefunden für das Gepäck.

»Wir haben ja noch Glück, es sind keine Lkws unterwegs.«

Nichtsdestotrotz: Die Baustellen bei Alsfeld, Bad Hersfeld, Erfurt, Dessau, Treuenbrietzen forderten ihren Tribut. Im Grunde war Albert schon ab Gießen fertig mit den Nerven. Josefa war sehr froh, dass dieses Elektroauto nicht so schnell fuhr, denn Albert fuhr großzügige Schlenker, mal nach rechts, mal nach links, beinahe dem Atem folgend: einatmen rechts, ausatmen links. So tänzerisch vergnügt und schlafwandlerisch sicher er sich Treppen hinunterstürzte, so unbekümmert er mit überladenem Fahrrad in vollem Speed durch Frankfurt radelte, so miserabel fuhr er Auto. Immer, wenn er gefährlich nahe an einen Lkw herankam, als wollte er sich ihm unsittlich nähern, kriegte er im letzten Moment wieder die Kurve, pendelte zur anderen Seite und spielte dort das Wagenrennen von »Ben Hur«.

Josefa hatte bei Berlin immer nur an die Museen gedacht, an Neckereien und Liebelei und an die wunderschönen wortschöpferischen Kostbarkeiten, die sie an Alberts Seite konsumieren durfte. Jetzt musste sie zusehen, wie er sich immer wieder durch das störrische Haar fuhr, die Augen zusammenkniff und sehnsüchtig zu jedem Parkplatz schielte.

»Soll ich mal fahren?«, fragte Josefa.

»Um Gottes willen, nein, das kannst du nicht, es ist ein E-Auto!«

»Na und? Ist doch Blödsinn. Aber gut. Willst du eine Birne?«

Albert wollte lediglich einige Nüsse, die er in seinen offensichtlich leeren Magen warf. Sein Telefon ging einige Male, er nestelte mit einer Hand um das Handy herum, drückte auf die Nachrichten und versuchte, die ein oder andere während der Fahrt zu beantworten. Josefa wagte es nicht, Albert zu kritisieren: wegen dem verspäteten Fahrtantritt, der Fahrkünste oder seinem fahrlässigen Handygetippe. Jedes falsche Wort könnte seine Reizbarkeit erhöhen oder ihn irgendwie zum Explodieren bringen. Sein unaufhörliches Gegähne war Gefahr genug.

»Wollen wir nicht mal anhalten?«, fragte Josefa.

»Wozu?«, antwortete er streng.

»Damit du dich ein wenig ausruhen kannst. Mal aufs Klo ...«

»Nein, das wird jetzt durchgezogen!«

Er streckte sich und versuchte, seinen spitzen Ellenbogen links oben zwischen Fensterscheibe und Kopfstütze zu platzieren. Immer dieser Ellenbogen. Er war ein Anzeiger für irgendetwas, eine Anstrengung. Übernächtigung. Wichtigkeit. Josefa konnte nichts tun außer, eh ... beten. Gott ging mit ihr, wohin auch immer sie ging. Lektion 41. Wunderbuch.

»Lieber Gott«, betete sie lautlos. »Da du ja quasi hier im Auto mitfährst, bitte mach, dass der uns nicht in den Graben fährt. Oder an einen Baum.«

Sie hielt sich am Griff fest und saß verspannt aufrecht. Beelitz, Ludwigsfelde, Teltow. Irgendwann kamen blinkende Lichter näher, blinkende Lichtermeere, dann wieder tiefschwarze Wälder, dann blinkte es wieder. Man höre und staune: Berlin kam näher.

»In welchen Stadtteil fahren wir denn?«

»Naja, wirst du schon sehen!«

Josefa konnte noch nicht mal das Navi verfolgen, denn Albert bestand darauf, ohne Navi zu fahren. Das Navi mache abhängig, und er kenne Berlin wie seine Westentasche. So folgte sie in ihrem eigenen Handy Google Maps, um einigermaßen den Überblick zu behalten. Wilmersdorf, Friedenau, Schöneberg. Josefa stand unter Stress: adäquat den Mund halten, nicht wissen, wo es hinging, und die Blicke auf die Hochhäuser, breiten Straßen und hundertfachen Lichtquellen verarbeiten. Sie wusste nur, dass sie sich mehr und mehr der Mitte Berlins näherten. Hatte er irgendwo einen Freund, bei dem sie in der Bude übernachten konnten? Ein Airbnb? Eine Logis für Wissenschaftler beim Max-Planck-Institut? Mehr und mehr Menschen liefen über die Gehwege oder quer über die Straßen, Nachtschwärmer, Touristen, Rollerfahrer, die Fenster wurden größer und wieder kleiner, die Straßenlaternen verziert. Schließlich machte Albert seinen allerletzten Riesenschwenker und bog in ein Parkhaus ein. Er hatte tatsächlich kein Navi gebraucht, dieser Schlurifahrer. Josefa bekreuzigte sich. Ein Relikt ihrer Kindheit. Weil sie im Auto keinen Knicks machen konnte.

Es war das »Adlon«. Von allen möglichen Unterkünften und Absteigen musste es das Hotel »Adlon Kempinski« sein am Brandenburger Tor. Albert auf der ewigen Suche nach Brillanz. Genauso gut hätten sie im »Grandhotel Budapest« einchecken können.

Betreten zuppelte Josefa an ihrem Hemd, am Hosenbund, an ihren Haaren. Sie musste sich freuen. *Jetzt.* Doch die lichterfüllte Kuppel der Eingangshalle, Marmor hier, Marmor da, das Goldsofa mit Goldtisch, der imposante Tresen, der golddurchwirkte Designersessel mit kunstvollem Ohrenschirm wie ein edler Souffleusekasten, alles schüchterte Josefa ein. Sie war mit ihrer alten Hose und dem H&M-Shirt extrem schlecht gekleidet für dieses Ambiente.

»Ich muss mal!«, rief sie und verschwand in einer Toilette, nur um sich in ihrer Verstörung in prunkvollen Spiegeln tausendfach zu sehen, erhellt von kugelrunden, nostalgischen Lampen. Das Klo war viel zu edel, als dass jemand wie Josefa es hätte wagen können, sich auch nur daraufzusetzen, geschweige denn es zu verunreinigen mit dem Inhalt ihrer aufgestauten Autobahnblase. Aber es ging ja nicht anders. Erstmal durchatmen. Erstmal erholen von dem Schock.

Das »Adlon«! Wo Rockefeller übernachtet hatte, Sophia Loren, Dustin Hoffmann, der Dalai Lama, die Königin von England und Barack Obama!

»Das können wir nicht bezahlen!«, flüsterte Josefa, eingedenk des Essens beim Mexikaner, wo Albert nicht mal eine Enchilada spendiert hatte. Nie im Leben reichten dafür dreihundert Euro. Das Ganze kostete bestimmt fünftausend Euro!

Albert stand an der Rezeption in seinen abgerissenen, abgeschabten Cordhosen mit Flanellhemd und weit abstehenden Haaren und zückte seinen Personalausweis. Das Personal behandelte Albert wie Barack Obama und Josefa wie Queen Elisabeth die Zweite vom Vereinigten Königreich Großbritannien.

Sie wollte keine Queen sein, sie wollte ein Dienstmädchen sein, *ein Dienstmädchen!* Wo war der Besen, wo war die Dreckschippe, wo der Bedienstetenraum? Sie hatte hier nichts verloren, gar nichts!

Josefas Knie begannen zu zucken. Das »Adlon« verursachte ihr eine hemmungslose Knickssucht, sie wollte knicksen, knicksen, knicksen! Ihre Beine waren starr vor Anstrengung, das Knicksen zu unterdrückten, sie hatte einen Starrkrampf, sie würde Kniegelenkbeschwerden bekommen.

»Was kostet das?«, flüsterte Josefa.

»Gar nichts!«, lächelte Albert smart, schon beinahe überheblich. »Ich habe Punkte von meiner American Express ... So macht man das heutzutage.«

Das war Josefa zu hoch, und sie glaubte ihm kein Wort. Da kam bestimmt noch was!

Aber Hauptsache, er lächelte wieder, wenn auch nur aus Freude an seiner Schlauheit. Das »Adlon Kempinski«! Immerhin war sie ihm so viel wert, dass er für sie all seine seltsamen Punkte verjubelt hatte. Ihre Anspannung ließ nach. Sie sollte wirklich anfangen, sich zu freuen; sie musste sich freuen, egal wie, und Josefa strengte sich nun sehr an. Irgendwo musste die Freude ja schließlich sein, man musste sich eben mal Mühe geben!

Gott sollte nützlich sein bei Flugzeugabstürzen. Oder wenn dir ein Geisterfahrer entgegenkam. Aber um einen Aufenthalt im »Adlon Kempinski« zu überstehen, daran hatte Josefa nicht gedacht.

Während Albert in seinen seidenen Kissen schlief und sich erholte von der übermäßigen Anstrengung des Tages, versuchte sie, sich an Worte aus dem Wunderbuch zu erinnern.

»Es gibt keine Zeit, keinen Ort, keinen Zustand, in dem Gott abwesend ist. Es gibt nichts, was man fürchten müsste.« Tröstlich, tröstlich.

»Die Liebe wird sofort in jeden Geist eindringen, der sie wirklich will.«

Josefa wollte. Alle Liebe sollte in ihren Geist dringen, denn von Albert kam ja nichts mehr. Er lag im Schein des Lichtes, das von der Behrenstraße durch die schweren Samtvorhänge fiel und ein Gemälde des »Adlon« um 1900 erhellte.

Er zuckte im Schlaf und murmelte Dinge, um sich dann ruckartig zu drehen und zu wälzen, als würde ihn im Traum etwas erschrecken oder bedrohen.

Ein gutes Gewissen ist ein sanftes Ruhekissen, dachte Josefa und gluckste. Etwas Liebe für ihn zog in ihren Geist. Ein wenig Liebe auch für das alte Bild und die Ehrwürdigkeit des Hotels, ja, man konnte Ehrwürdigkeit lieben. Hatten doch einstmals hier der Kaiser und die Kaiserin getanzt. Vielleicht konnte sie auch diese schöne Lampe lieben, die an Jugendstil erinnerte. Vielleicht konnte sie das Zimmermädchen lieben, das die Betten so schön gemacht hatte, die Näherin, die diese Gardinen genäht hatte, den Fensterputzer, der die Scheiben makellos sauber gemacht hatte.

Aber würde Josefa jemals so einen neureichen Sack lieben können, der womöglich im Nachbarzimmer selbstgefällig in seiner Luxuswäsche schnarchte und tags mit den Saudis Geschäfte machte und der seine Bediensteten behandelte wie Dreck und …

Ach Gott. Schon war es mit der Liebe vorbei. Aber Josefa konnte nicht dauernd an die ganze Welt denken. Sie musste die Nacht in dieser überaus eleganten Edelprotzhütte überstehen und ihre ganze Wut auf die Klasse der Herrschenden unter …

Josefa!, schalt sie sich selbst. Das ewige Geschwätz im eigenen Kopf.

Einen Augenblick lang, es war schon längst nach Mitternacht, rutschte sie in die Vision eines Lebens in Rotterdam zurück. Der ganze Zorn, die Rachegefühle einer misshandelten Magd gegenüber denen, die in Samt und Seide ihre Eitelkeit, ihre Fettbäuche, ihren Dünkel spazieren trugen, der ganze feudale Pöbel!

»Alles muss hochkommen«, hatte Matteo gesagt. »Damit es ins Licht gehalten wird und der Heilige Geist es heilen kann.

Kein Ereignis ist zufällig.« Der hatte einen Spruch für alles. Na gut.

Uralte Verletzungen aus unergründlicher Zeit. Die Wunden mussten heilen, die Wut musste sich zeigen, verrauchen und vergehen. Die Liebe sollte in Josefas Geist einziehen, weil sie es wirklich wollte. Ein leichtes, süßes Gefühl erschien zwischen ihren Rippenbögen, ganz neu, ganz scheu, und begann dann, wohltuend auszuströmen. Es erinnerte sie an helle Morgen in ihrem Dorf, wenn Oma früh einen Kaffee kochte. An erste Sonnenstrahlen, an den Duft von Himbeermarmelade. Josefa beruhigte sich und wickelte sich wohlig in die Decken.

Der letzte Gedanke war aber der schönste: dass nämlich in diesem Kissen womöglich einmal Barack Obama geschlafen hatte.

Der Teppichboden, dem Parkett von Versailles nachgewebt, der schwere Designersessel, der altmodische Brokat hatten keinerlei Einfluss auf die Schlafqualität von Josefa und Albert.

Albert erwachte so verdreht, wie er eingeschlafen war; er wand sich praktisch aus dem Schlaf heraus, zerknittert und leicht gequält. Josefa fühlte sich gerade wieder fehl am Platze, war aufgewacht mit Fluchtgedanken und betrachtete nun Albert mit der Frage, was aus diesem Tag noch werden könnte.

Dann, plötzlich, war Albert munter. Als wäre gerade ein Kobold in ihn hineingefahren. Augen auf! Er tastete nach seiner Brille, streichelte Josefa über den Kopf und sagte zärtlich: »Komm her!«

Josefa fand ihren Kopf zu groß, um ihn auf Alberts Schulter zu legen, aber genau dahin hatte er sie gezogen, auf das Gelenk, das nun ein wenig knackte, und er fragte: »Na? Wie gefällt es dir hier?«

»Wunderbar!«, sagte sie und meinte seine Umarmung.

»Berlin!«, juchzte er. »Ich mag einfach nicht ... so Orte ohne Geschichte; ein Haus, das nichts zu erzählen hat. Aber das ›Adlon‹ erzählt so viel, findest du nicht?«

»Ich habe mir die ganze Nacht die Ohren zugehalten!«

Obwohl Josefa auch unausgeschlafen war und seltsam verrenkt und Albert irgendwie ein wenig klebrig im Gesicht, so war es doch der Moment, dem »Adlon« noch eine weitere kleine Geschichte hinzuzufügen. Solche Laken, solche seidige Wäsche musste doch genutzt werden, und das glatte Tuch war eine solche weitere zärtliche Streichelei, dass es sich einen Augenblick anfühlte wie Gruppensex.

Die anschließende Dusche war eine weitere Erlösung. Sanft der Duft von Cinq Mondes mit Ölen aus Bangalore und erfrischend der Körperbalsam mit Guajakholz und Bergamotte.

Josefa genoss diese kostbare Verwöhnung aus den Fläschlein, doch als sie sich umdrehte, war keines davon mehr da. Der sich rasierende Albert hatte sie bereits alle in den Koffer gepackt und den Hotelkamm noch dazu. Soso.

Welches Kleid sollte sie nur anziehen für das Frühstück in dieser Luxusbude? Nichts war gut genug, gar nichts. Doch als sie ein wenig in den Innenhof lugte, sah sie, dass andere auch nicht besser gekleidet waren. Erst recht draußen auf der Straße sahen alle so berlinerisch aus, als hätten sie sich wahlweise bei Chanel bedient und den Rest aus einem Altkleidersack geholt. Man hatte etwas um den Kopf gewurschtelt oder schlurfte in weiten Hosen auf Badelatschen umher, keiner sah normal aus, aber auch gar keiner. Dann war es auch wurscht, was sie jetzt anzog.

»Ähm«, sagte Albert. »Ich werde nicht gar so viel Zeit haben für das Frühstück, da ist eine Matinee im Max-Planck-Institut mit einer Plasmaforscherin, tut mir leid, aber ich bin bestimmt gegen Mittag zurück! Dann gehen wir essen zu Sarah Wiener, und wir gehen in die Tusche-Ausstellung … und ansonsten, ja, vielleicht einfach auf die Museumsinsel … Es gibt auch eine tolle Ausstellung mit Exponaten in der Charité!«

Oh, Mann. Albert! Jetzt rannte der schon wieder davon! Wie er die Minuten eines Tages so ausgekocht und teuflisch schnell für sich jonglierte, den Saft aus jedem Augenblick presste! Josefa fühlte sich schwinden in ihrer Bedeutung für ihn, als würde man eben ein wenig Luft aus ihr herauslassen. Von drei möglichen Tagen in Berlin hatte er schon anderthalb versaubeutelt.

Verwirrt ging sie mit Albert zu diesem vernichtend gewaltigen Frühstücksbuffet, von dem sie mit Anstrengung einen Orangensaft holte und eine Schrippe, etwas Beerenporridge und eine Kugel luftiger Süße aus irgendwas. Albert aß Antipastizeugs mit Ziegenkäse.

Er schrieb ihr noch auf eine Serviette, wohin sie unbedingt gehen müsse.

Den Britzer Garten, entworfen von Architekt Engelbert Kremser.

Das »Café Pförtner« am Gesundbrunnen.

Philologische Bibliothek der FU in der Habelschwerdter Allee.

Bloß nicht zu diesen überlaufenen Touriplätzen wie den Hackeschen Höfen. Das sei unmöglich. BVG-Tickets gebe es überall. Und dann tschüss!

Josefa latschte lahm unter den Linden herum, betrachtete gefühllos die Quadriga und stellte sich unter das Brandenburger Tor. Dann fuhr sie mit der S-Bahn zu den Hackeschen Höfen.

Berlin. So groß. So viel zu sehen. Es war wie das Frühstücksbuffet im »Adlon Kempinski«, es gab so viel, dass man nicht wusste, wo man anfangen sollte.

Vor dem Fenster der S-Bahn schräge Metallkonstruktionen, als würde sie in den Eiffelturm hineinfahren. Zweimal zeigte sich die glitzernde Spree. Pergamonmuseum. Nationalgalerie. Dann kam der Hackesche Markt. Alle Leute sehr berlinisch, mit Touris satt durchmischt, quatschende, bettelnde, singende, mit aller Macht individuell gekleidete Menschen, Josefa fühlte sich inspiriert und vereinsamt. Am besten, sie fand auf dem wimmeligen Markt rasch ein Café, wo sie sich in ihr Buch oder, lieber noch ihr Handy vertiefen konnte.

Es half ja nichts, sie musste irgendwie durch diesen Morgen kommen. Es wäre aber auch zu doof, wenn sie wegen dem blöden Albert diese Orte nicht genießen sollte. Sie begann herumzustöbern, wilde Buchhandlungen unter den Brückenbögen, kleine Stände mit türkischem Gebäck, eine Blumenhändlerin, eigentlich war es ja schön. Josefa schlenderte durch die Hackeschen Höfe, betrachtete ihre wunderschönen Jugendstilfassaden, die hübschen Boutiquen und Retroläden mit Sachen aus der DDR. Sie war froh, dass sie nicht auf Albert gehört hatte. Der mit seinen abstrusen Vorschlägen.

Josefa setzte sich in ein hübsches Café und öffnete nicht den »Zopf«, sondern ihr Smartphone. Sie hatte keine rechte Lust, sich noch etwas anzuschauen, lieber tippte sie auf dem Handy herum. Albert war verschwunden im Moloch Berlin, an irgendeiner Stelle, zu der sie keinen Zugang hatte. Die Selbstverständlichkeit, mit der er sie sitzen ließ. Die Selbstverständlichkeit, mit der sie sich alles gefallen ließ. Die Wundergruppe in Facebook war tröstlich, sie war Josefas Seelenfamilie. Alle immer auf der Suche nach höherer Erkenntnis. Auch Danny postete nun fleißig.

»Ich hatte heute Morgen einen kleinen Unfall. Ich bin im

Wald ausgerutscht und einen Hang hinuntergefallen. Nicht sonderlich schlimm, mir schmerzt nur der Knöchel, und die Hose ist schmutzig, aber ich war doch etwas erschrocken. Ich frage mich: Was will mir das sagen?«

Romina antwortete sofort.

»Nun, du bist vielleicht an einem bestimmten Punkt aus der göttlichen Harmonie gefallen, vielleicht möchte die geistige Welt dich auf etwas aufmerksam machen!«

»Nun, die geistige Welt wird Danny doch nicht den Abhang runterwerfen, um ihr eine Botschaft mitzuteilen«, schrieb Georg.

»Was waren deine letzten Gedanken, bevor dieser Sturz passiert ist?«, fragte Maria.

Es dauerte einen Augenblick, bis Danny antwortete.

»Ganz ehrlich? Ich dachte, dass ich gerade nur Scheiße mache.«

Josefa war irritiert. Ein Mensch, der umgeben war von guten Geistern und sein Leben den höheren Kräften gewidmet hatte, fiel auf den Hintern, weil er glaubte, nur Scheiße zu machen? Gerade jetzt, wo ihr Glücksstern aufstieg und ihre Klickzahlen über die Sechshundert gingen?

»Wie kommst du denn darauf, dass du nur Scheiße machst?«, fragte Romina.

»Das sind Gefühle, die ich seit frühester Kindheit hatte. Ich war immer das schwarze Schaf der Familie, und nichts, was ich machte, war richtig. Habe heute keinen Kontakt mehr mit den Geschwistern.«

»Sei dankbar«, schrieb Matteo. »Das ist eine wunderbare Gelegenheit, diese Gefühle aufzuarbeiten und ins Licht zu halten.«

»Was war denn der Auslöser?«, fragte Georg.

»Ach, nur … dieses Haus, da regnet es rein. Warum habe ich so eine Bruchbude gekauft? Ich wollte in der Natur leben, weg von den Menschen, jetzt habe ich im Keller eine Fettverstopfung, und aus dem Kühlschrank läuft Wasser, der Boden quillt auf. Ist doch Mist.«

Josefa war erstaunt über die Umkehrung in diesem Dialog, Danny wirkte seltsam hilflos und frustriert, während die Leute ihr Trost und Ratschläge gaben. Die Wundergruppe sammelte sich um Danny wie eine schützende Herde, sie war Dannys Schutzkreis und ihr Refugium.

»Es waren diese Gedanken, die dich aus der Balance geworfen und den Sturz verursacht haben«, schrieb Matteo.

»Vielleicht hattest du auch falsche Schuhe an?«, fragte Josefa und dachte an Dannys seltsame Steinchenschuhe im Sonnentor.

Sofort schienen alle auf einmal antworten zu wollen, die Pünktchen tanzten wie besessen.

»Nichts geschieht ohne Grund! Sie hätte barfuß gehen können, und es wäre doch passiert!«, schrieb Pin-Yen.

»Jeder Unfall will dir was sagen!«, schrieb Romina.

»Alles, was unbewusste Gefühle emporbringt, ist ein Instrument zu deiner Heilung!«, schrieb Matteo. »Wer sich nicht gut fühlt, ist nicht die höchste Version seiner selbst.«

»Ich bin ja auch nur ein Mensch und muss meine Lektionen lernen«, schrieb Danny. »Ich falle auf die Nase und habe meine Kämpfe, wie jeder andere auch.«

»Ich kann vorbeikommen, dann sehe ich mir deinen Kühlschrank an und die undichte Stelle in der Wand. Wir hauen da ein paar Bretter drauf und sehen, wie wir das Rohr reinigen oder tauschen können.«

Georg war wirklich toll. So zupackend. Was er da so alles auf die Beine stellte.

»Wenn du eine Verletzung an den Knöcheln hast, also in der Fußgegend«, schrieb Maria, »so bedeutet das: Du bist vom Pfad abgekommen. Du gehst in die falsche Richtung.«

Josefa klappte das Handy zu, trank den letzten Schluck Kaffee, stand auf und schlenderte weiter. Vielleicht konnte sie sich etwas Schönes kaufen? Wo doch das Hotel praktisch umsonst war, hatte sie Geld gespart – wenn auch durch die schäbigen Tricks der reichen Leute, die sie nicht verstand.

Vielleicht eines dieser handgefertigten Pop-up-Faltkunstwerke an dem türkisen Bimmelwagen? Einen lustig bemalten Berliner Bären? Es gab bestimmt irgendwo einen schönen Museumsshop mit interessanten Dingen. Doch wenn sie nun zum Beispiel diesen Bären kaufte oder den obligatorischen Mauerstein, dann würde der sie immer daran erinnern, wie sie sich fühlte in Berlin, als Albert sie allein gelassen hatte.

Um zwölf Uhr hatte sie immer noch nichts von ihm gehört. Um ein Uhr, um Viertel nach eins. Sein Telefon war lautlos gestellt.

Sie wusste, von nun an wurde es schwer, Albert zu verzeihen, die Lust am Ausflug zurückzugewinnen, das Ruder nochmal herumzureißen. Zu schwer hatte diese morgendliche Aktion reingehauen, ihr war beinahe schlecht. Es wäre jetzt die Gelegenheit gewesen, die Praxis der Vergebung aus dem Wunderbuch anzuwenden. Ach, fuck die Vergebung.

Josefa fuhr zum Alex und geriet in eine Horde alkoholisierter Penner, überhaupt waren die grölenden Säufer, die schmutzig gestrandeten Menschen die Hauptattraktion vor dem runden Fernsehturm. Schlechte Schwingung, Entfremdungsschwingung, Matteo hatte sie gewarnt. Im »Backwerk« holte sie sich für einen Euro zwanzig eine Apfeltasche. Wohin nun? Was tun?

Schließlich landete sie in einem abstrusen Laden mit allerlei Wunderlichkeiten.

Ein Lapislazuli, ein Jadestein, ein Rosenquarz. Ein Laden wie Kristinas Zauberhöhle mit Steinen wie aus ihrer Schublade bei Huiwan. Ein Hauch von Tröstung, ein Hauch von Erleichterung, Stallgeruch. Hier musste sie bleiben. Bis heute Abend.

Josefa blätterte in Büchern über Tarot und Nahtoderlebnisse. Nahm eine tanzende Shiva in die Hand und betrachtete sie. Roch an einer Sandelholzkerze. Und dann war es da, strahlend und kraftvoll, als hätte es auf sie gewartet – das Buch mitten im Regal auf einer kleinen Samtunterlage.

»Ein Kurs in Wundern.« Hach!

Josefa zögerte keine Millisekunde. Sie griff nach dem Buch, riss es an ihr Herz und warf der Verkäuferin mit berlinischem Turban und Lotterhose die sechzig Euro hin.

In diesem Augenblick klingelte das Telefon.

Ein unfassbar gut gelaunter Albert. Ein hundsgemein fröhlicher Albert.

»Huhu! Ich bin hier fertig! Ist alles gut gelaufen – ich habe einen neuen Vertrag für eine Publikation! Magnetisch eingeschlossenes Plasma und so. Wo wollen wir uns treffen? Du darfst dir alles aussuchen!«

Diese überschwellende Zärtlichkeit. Die Blindheit für das, was er angerichtet hatte. In Josefa wohnte nun ein riesiger Spielverderber, der sich nicht mehr einlassen wollte auf dieses überzärtliche Lächeln und das Getänzel. Richtig übel war ihr. Im Schmollen schwollen ihr Kehlkopf und Lippen, der Druck von ungeweinten Tränen, im Schmollen erstickte ein vernünftiges Wort nach dem anderen.

Albert hingegen fühlte sich so offensichtlich unschuldig, dass Josefa ins Zweifeln geriet. Vielleicht lag es nur an ihrer Unfähigkeit, Berlin alleine zu erobern, an ihrer Anhänglichkeit, ihrer Naivität? Hatte sie gedacht, er trage sie drei Tage lang auf Händen durch die Stadt wie eine Prinzessin?

»Komm, Süße«, sagte er, als sie sich an der Museumsinsel trafen. »Hallo, Mondscheinauge! Du hast einen leicht vergrämten Zug um den Mund, wie kommt's? Sowas Vergrätztes. Lass uns den Tag feiern, und sei du mein Berlin!«

Er nahm sie an der Hand und drehte sie um sich selbst, und

sie musste peinlicherweise vor den Leuten tanzen, ach Gott, ach Gott, und sie lachte verlegen und fand sich ungelenk; so rang er Drehung um Drehung ihr Schmollen nieder, und am Ende hatte er es bezwungen, wenn auch nicht vertrieben. Was soll's.

Man war im bekloppten Berlin. Josefa gab auf und lächelte ein welliges Lächeln wie Charlie Brown. Forgiveness practice. Sie musste sich dazu zwingen, wenn sie noch irgendwas von Berlin haben wollte. Sie musste ihren Schatten Albert umarmen, um ihre innere Dunkelheit zu erlösen, oder so.

»Lass uns etwas essen bei Sarah Wiener, wenigstens mal ins Café, danach gehen wir in die Ausstellung!«

Was sie auch taten. Damit drehte sich das Schwungrad Berlin in die andere Richtung. Berlin wurde schön. Die Ausstellung »Der Duft der Tusche« markierte den endgültigen Abschied von der schwarzen Periode in Josefas Malerei. Aller Duft war verschwunden, die tausenderlei tiefschwarzen Striche aus Fichtenruß und Gummiarabikum in Hängerollen, Stellschirmen und Bilderrahmen verblassten vor Josefa, während sie noch dastand. So viel alter, koreanischer Krempel.

Albert verweilte viel länger vor Zweigen, Vögeln, Gebirgen und Geishas. Er betrachtete diese Ausstellung als ultimatives Geschenk an Josefa und glaubte wohl, dessen Wert durch seine gesteigerte Aufmerksamkeit noch enorm zu steigern. Erst als das Museumspersonal ihn sanft hinausgeleitete, kehrte Albert zu Josefa zurück.

»Ich finde ja«, sagte Albert, »dass diese außergewöhnliche Sammlung noch einmal verdeutlicht, wie ein einziger Punkt, eine einzige Farbe, nicht mal eine Farbe, also schwarz, konzentrisch bemüht, wie also mit der Andeutung einer Linie die

Gewalt eines Gebirges in Form gebracht wird, es ist ja nur die Illusion eines Gebirges … wunderbar!«

»Ich fand es einen ziemlich alten koreanischen Krempel«, sagte Josefa.

Damit war der Höhepunkt und eigentliche Zweck ihrer Berlinreise erreicht.

Sie setzten sich in ein bulgarisches Restaurant, und während sie auf das Essen warteten, war der Zeitpunkt gekommen, etwas von ihrer neu erworbenen Bildung zu präsentieren. Geschickt legte Josefa ihre Tasche so auf die Bank, dass der »Zopf« von Laetitia Colombani herausrutschen musste. Stattdessen rutschte der »Kurs in Wundern« heraus.

»Was ist das denn für ein blauer Schinken?«, fragte Albert und nahm das Buch interessiert in die Hand. »Ganz schön schwer.«

»Ach, das, das ist nichts, das ist nur …«

»Ein Kurs in Wundern«, las er. »Von Helen Schucmann … Wer ist denn das? Doktorandin der klinischen Psychologie, Jahrgangsbeste an der Columbia University von New York. Dieses Buch wurde niedergeschrieben, weil sie nach einem Streit eine ›innere Stimme‹ gehört hat. Eine Durchgabe also.«

»Gib her!« rief Josefa. Aber er gab es nicht her.

»Was ist denn das für eine christliche Rhetorik, Schuld … Sühne … Verdammnis …«

»Da steht nirgends Verdammnis! Das Buch handelt vom Frieden! Gib es her!«

»Was liest du denn da für einen okkulten Quatsch?«

Josefa riss es ihm aus den Händen und steckte es wieder in die Tasche.

»Das Buch hat es immerhin bis in den amerikanischen Wahlkampf geschafft! Die Autorin Marianne Williamson lebt nach seinen Prinzipien und will eine menschlichere Politik und lässt sich damit als Präsidentschaftskandidatin aufstellen!«

Albert schien einen Moment nachzudenken.

»Ach, die. Habe ich mal bei Stephen Colbert gesehen, war ja eine ganz lustige Tante.«

Josefa wusste nicht, was sie sagen sollte. Der erste Teil des Buches war tatsächlich sehr schwergängig, voll christlicher Begriffe und kaum lesbar. Es ging allen nur um die Übungen im mittleren Teil. Sie konnte ein Buch, das sie kaum gelesen hatte, nur schwer verteidigen. Aber sie wollte es auch nicht verunreinigen lassen von Alberts geringschätzigen Kommentaren.

»Pass bloß auf mit so Zeug«, sagte Albert. »Nicht dass du in so einen Sog gerätst von diesen neuzeitlichen Hexenpüstern. Da treibt sich allerlei Zeugs rum im Internet und überall. Die sind nicht ungefährlich.«

Hexenpüster! Sie würde nie wieder mit Albert darüber reden. Wieder fehlten ihr die Worte. Im Umgang mit Albert fehlten ihr immer die Worte.

»Ist ja schon gut«, sagte Albert und tätschelte ihren Arm.

»Du willst die Welt verbessern. Das ist ja nicht schlimm. Du sollst ja bloß nicht zu den Hexenpüstern gehen. Ruckzuck hat sich da was in dein Gehirn geschlichen, und dann nehmen die eine Tuschefeder und schreiben dir seltsame Dinge in den Kopf. Und dann wollen die all dein Geld, und dann …«

Josefa war sprachlos und sehr froh, als die Paprikapfanne kam und der Bulgare viel Tamtam machte, mit Brot und Aufstrich und Pfeffermühle und Kerze anzünden.

»Mein Geld!«, wiederholte sie empört. »Es ist ein Buch! Wer will denn da Geld?«

»Apropos …«, sagte Albert und schob ein Stück Fleisch vom Grillspieß. »Ich kriege dann von dir noch dreihundertzwanzig Euro.«

»Hä? Was?«

Dreihundertzwanzig Euro? Warum denn das? Wer war denn hier der böse Hexenpüster?

»Du hast gesagt, das Hotel ist umsonst!«

»Naja«, hustete Albert vom vielen Pfeffer. »Ich habe ja meine Punkte dafür eingelöst, und für das ›Adlon Kempinski‹ sind das ziemlich viele. Wenn man das aufrechnet und das, was ich im Jahr für die American Express zahle, dazu zweimal das Auto aufladen und einmal Sarah Wiener, die Tickets für die Ausstellung … Da sind wir etwa bei dreihundertzwanzig Euro.«

Die überaus leckere Paprikapfanne schmeckte Josefa nicht mehr so recht. Aber da die nun mal da war, wurde sie auch aufgegessen.

Albert lächelte wieder sehr zärtlich und voller Unschuld.

»Wollen wir dann morgen noch etwas anschauen? Warst du schonmal am Holocaust-Mahnmal? Oder im Stasi-Museum? Oder willst du nach dem Frühstück gleich heim?«

»Ich kann dir sagen!«, rief Josefa und schleppte einen Blumentopf nach dem anderen aus der Sonne in Kristinas Laden hinein. »Dreihundertzwanzig Euro! Und der hat nur so dusselige Punkte von einer Kreditkarte verrechnet. Meinst du, ich hätte mir das ›Adlon Kempinski‹ ausgesucht? Wenn ich was ausgesucht hätte, dann das nächstbeste Hostel! Oder Airbnb!«

»Das glaube ich. Und das, wo du gerade so sparen wolltest!«

»Jaa!«

»Wobei dreihundertzwanzig Euro für zwei Tage Berlin wirklich sehr günstig ist.«

»Ja, stimmt schon. Aber mit dem Wunderbuch dreihundertachtzig.«

Josefa hatte alle Schulden bezahlt, die Versicherung, die Telekom, alles. Und noch dazu sechshundert Euro für die letzte Zahnbehandlung, diese Verbrecher. Mit Buch und Essen war

Berlin einfach zu teuer gewesen. Auf dem Konto noch immer 3.311 Euro in den Miesen.

»Jetzt wird es schon wieder so knapp! Sag mal, Kristina, wenn alle Stricke reißen … und am Monatsende …«

Kristina öffnete die klingelnde Kasse und schaute hinein.

»Also, ich könnte dir jetzt mal einfach so achtzig Euro geben. Ich meine, nur zur Sicherheit, damit du einkaufen und essen kannst, und wenn du es nicht brauchst, gibst du es mir wieder!«

Josefa sank auf einen Hocker und strich sich die Haare aus dem Gesicht. Sie war um vier Uhr nachmittags zurückgekommen, hatte den Koffer in die Wohnung geworfen und war sofort zu Kristina gefahren. Erstmal quatschen.

Sollte sie die achtzig Euro annehmen? Immer dieses Durcheinander mit dem Geld.

»Hier, nimm schon. Mehr als achtzig kann man beim Aldi nicht ausgeben, und davon kann man mindestens zwei Wochen essen. Nur für alle Fälle.«

Kristina war eine echte Freundin. Wirklich. Josefa war sehr dankbar. Das Geld beruhigte sie, und die Spannung des vergangenen Wochenendes löste sich allmählich.

»Ich habe noch Couscous und Gemüse da, willst du was mitessen?«

Das Angebot nahm Josefa gerne an. Wenn sie bei Kristina war, wurde sie unentwegt beschenkt. Woanders musste sie immer draufzahlen. Das sagte doch alles.

Kristina war ein unaufhörlicher Quell von Trost und Gekicher. Materielle Hilfe, körperliche Unterstützung mittels Yoga und dann auch noch leckeres Essen mit reichlich Auberginen, Paprika, Karotten, Datteln und Petersilie. Am liebsten wäre Josefa gar nicht mehr heimgegangen. Wäre da noch … wäre da noch …

Sie musste sich zusammenreißen. Sie durfte Kristina nicht

unentwegt nach ihren Orakelkünsten befragen. Man konnte sie doch nicht anzapfen wie den Strom an der Ladestation für Alberts E-Auto.

Doch Josefas Orakelsucht meldete sich mit Macht, nur bei Kristinas Anblick. Sobald man dieses Haus betrat, spürte man eine Magie, als schwirrten dort die Engel herum in Flügelgeschwadern. Die Aussagen waren einfach zu schön, zu poetisch, zu faszinierend!

Aber vielleicht wäre es möglich, selbst einmal Botschaften zu empfangen. Sie wünschte sich schon so lange einen Kontakt »nach oben«. Man konnte es doch mal probieren? Sie hatte so viel gehört und gelesen über Medien; auf Netflix gab es den Film über Kardec, den französischen Spiritisten, oder über Tyler Henry, den Hellseher in Hollywood.

Vielleicht konnte sie selbst diesen hellen Kanal öffnen und dann für Kristina Durchsagen machen. War doch egal, ob nun alles stimmte oder die Fantasie sich einmischte. Auf welche Weise man sich eine solche geistige Schönheit eröffnete, spielte keine Rolle.

Gottlob war Kristina genauso besessen wie sie von spirituellen Dingen. Überall standen Kerzen, da ein Buddha und hier eine geheimnisvoll schimmernde Lampe, Kristalle schaukelten am Fenster. Ihre dunklen, herrlich geschnitzten Möbel aus dem Orient und das dicke orange Sofa zauberten eine wundersame Stimmung, bei der man sofort in höhere Schwingungen geriet.

»Leider liegt hier überall Wäsche rum. Man hat ja nie genug Zeit!«

Kristina warf alles, was im Wege lag, in einen Wäschekorb und trat ihn aus dem Zimmer.

»So Unaufgeräumtes hat ja auch keine gute Energie. Ich nehme mir immer vor, fengshuimäßig die Dinge am rechten Platz zu haben, und dann fliegt doch alles rum.«

Kristina schlug vor, mit einer Meditation zu beginnen.

Und sie wurzelten sich, reinigten die Aura und ließen Licht regnen, bis Josefa genau spürte, dass sich die dunklen Wolken und unguten Erinnerungen von Berlin allmählich hoben und sie dann verließen. Sie fühlte sich in Wellen sanft gereinigt und immer heller und leichter, nahezu himmlisch. Es war herrlich, mit Kristina zu arbeiten.

»Wir rufen unsere Schutzengel und alle aus der jenseitigen Welt, die uns helfen können«, rief Kristina. »Bitte gebt uns ein Zeichen!«

»Ach du meine Güte!«, rief Josefa. »Wenn jetzt hier irgendwas anfängt zu wackeln oder so, dann kriege ich einen Herzinfarkt!«

»Nein«, sagte Kristina. »Ich meine, sie sollen uns in der Meditation ein Bild schicken oder irgendwas, vielleicht kriegen wir dasselbe? Das wäre ein Zeichen!«

»Oh, Mann«, sagte Josefa. »Ich bin in Meditation grottenschlecht. Ich kann einfach nicht bei der Sache bleiben.«

»Dann übst du das jetzt. Einfach in die Stille gehen, Gedanken ziehen lassen, und dann kommt irgendwas zwischen den Gedanken, das klappt schon! Du bist doch jetzt gut vorbereitet.«

Josefa atmete tief ein. Sie saßen auf dicken orientalischen Sitzkissen um einen kleinen Tisch herum, die Gardinen waren zugezogen, auf dem Tisch brannte eine Kerze, und die Duftlampe verbreitete den Duft von Vetiver. War es der Duft, war es die Kerze, war es das Gebet, war es Kristina?

In Josefas Kopf war es ruhiger geworden, manche Gedanken kamen zurück wie ein geistiger Schluckauf, Alberts seltsame Reisetasche, der Augenblick, als er das Hotelhandtuch mitgehen ließ, das seltsam abwesende Lächeln, mit dem er sie zu Hause abgesetzt hatte. Einen Augenblick lang zog unerklärlicherweise Günther von Huiwan an ihr vorbei. Eine schwache

Ärgerwolke, dass der neue Dispokredit in bereits zwei Wochen ausgereizt war, dann ging auch die Ärgerwolke weg. Josefa stellte sich ihren Schutzengel vor, so groß wie das Zimmer, mit Flügeln von der Fensterbank bis hin zu dem Bücherregal. Warum nur so groß? Sie konnte ihn einfach nicht anders denken. Er trug ein roséfarbenes Gewand mit einem floralen Goldornament auf der Brust, am Halsausschnitt und auf den Ärmeln, sein Haar war hell und lag in weichen Locken, das Gesicht konnte sie nicht genau erkennen, aber so wollte sie ihn morgen malen, gepriesen sei ihre Vorstellungskraft.

Dann gab Josefa sich alle Mühe, nicht zu denken. Gedanke für Gedanke zog vorbei, und plötzlich geschah es. Wie schwärende Wolken verblassten die Gedanken, zogen sich zurück, und plötzlich hatte sie einen Flash. Einen blitzartigen Einfall, der vor ihrem geistigen Auge die Vision eines Elefanten aufscheinen ließ, einen prächtig geschmückten Elefanten mit Kopfschmuck und perlenverzierter Decke aus Samt und Seide, wie auf einem indischen Tempelfest.

»Ich habe gerade ein Bild«, sagte Kristina mit geschlossenen Augen, als erwache sie gerade aus einem tiefen Traum. »Ich habe gerade einen Elefanten gesehen!«

»WAAAAAS?«, schrie Josefa und fiel vor Aufregung beinahe um. »Ich auch! Einen geschmückten Elefanten mit Kopfdings und so ner Decke, ganz prachtvoll geschmückt!«

Kristina und Josefa konnten es nicht glauben.

»Oh mein Gott!«

Sie kriegten sich kaum ein. Kristina goss ihnen einen Kusmi-Tee ein, den sie im Yogastudio gekauft hatte.

»Der Elefant! Das ist doch der indische Elefantengott! War das jetzt Ganesha?«

»Kann ich mir nicht vorstellen, was soll denn so ein Gott in Deutschland in der Alt-Bretzenhainer-Straße?!«, fragte Josefa.

»Aber es klappt! Es klappt! Komm, wir versuchen nochmal!«

Es war herrlich. Von nun an begeisterte Josefa sich für das Meditieren. Da war ja einiges drin! Ihr Herz klopfte wie verrückt, als sie ihre Augen so kräftig schloss, als wollte sie ihr Bewusstsein mit aller Macht in die Versenkung drücken. Die Gedanken waren nun wieder zappeliger, und ihr Puls war so beschleunigt, dass es schwer war, sich zu konzentrieren.

»Schutzengel, hilf!«, betete sie leise. »Ich mache morgen ein wirklich schönes Bild von dir!«

Sie atmete tief und tiefer, und die Lücken zwischen den Gedanken wurden kaum wahrnehmbar größer; allmählich beruhigte sich das Kirmeskarussell in ihrem Kopf. Sie stellte sich eine Lichtsäule vor, in der sie saß.

Waren es fünf Minuten, waren es zehn, waren es zwanzig? Sie verlor das Zeitgefühl. Kristina und Josefa hielten tapfer durch. Dann plötzlich schritt in tiefer Versenkung mit gebeugtem Kopf vor ihrem geistigen Auge der Papst vorbei.

»Äh, hast du was?«, fragte Josefa.

»Ja, aber erst du!«

»Nein, erst du!«

Kristina hatte einen Kelch gesehen. Josefa schüttelte den Kopf. Dann hatte Kristina einen Berg gesehen, mit Schnee bedeckt. Josefa schüttelte den Kopf.

»Ja, und dann«, gluckste sie, »dann ist der Papst an mir vorbeimarschiert, haha, der Papst!«

Nun war es endgültig vorbei. Josefa stand kurz vor einem Herzinfarkt.

»Du ahnst es nicht! Ich auch! Ich habe auch den Papst gesehen! Ganz weiß gekleidet!«

»Ich auch! Und so den Kopf gesenkt, so im Gebet …«

»Der Franziskus!«

»Jaa! Der Franziskus!«

Sie wollten sich wegschmeißen. Sie kugelten sich auf dem Boden. Sie konnten es nicht fassen. Sie warfen die Hände zur

Decke und hielten sich den Bauch vor Vergnügen, starben schier vor Gelächter und warfen einen Kristallleuchter um.

»Warum denn bitte schön der Papst?«, rief Kristina. »Ich war seit hundert Jahren nicht mehr in der Kirche!«

»Der ist auch der Letzte, an den ich gedacht hätte!«

»Die machen Witze mit uns! Der Papst! Der wird dich exkommunizieren, wenn der sieht, was wir hier machen!«

Sie waren zu aufgeregt, um herumzudeuteln, was denn Papst und Elefantengott ihnen sagen wollten. Beide waren doch Symbole für irgendwas!

»Ja, wenn das geht«, sagte Josefa, »was kann man denn nicht noch alles mit dem Bewusstsein machen?«

Der Kusmi-Tee war nur noch lauwarm, und das Vetiver verduftete allmählich. Es hatte keinen Sinn mehr, weiter zu meditieren. Für Josefa war es eine Offenbarung. Es war das erste Mal, dass eine Botschaft in ihrer Wahrnehmung angekommen war – und die von Kristina bestätigt wurde. Woher auch immer. So plötzlich. So blitzartig. Keine von ihnen wäre auf einen Elefanten gekommen und erst recht nicht auf Franziskus. Das war der Durchbruch. Vielleicht hatte sie nun kein elftes Gesicht mehr.

Sie hatte das neunte Gesicht. Ab heute.

Es war beruhigend, den Pinsel wieder in die Hand zu nehmen; beruhigend, Farbe auf die Leinwand fließen zu lassen; es war schön, mal Rosa auszuprobieren. Rosa wäre ihr niemals in den Sinn gekommen, wirkte aber so wohltuend. Es kam auf die Kontraste und die Schattierungen an, die man dazu setzte. Ornamente musste sie erst auf einem Zettel ausprobieren. Florale Muster, grafische Muster, Arabesken aus Tausendundeiner Nacht. Sie konnte die Vision nicht mehr recht abrufen, die sie in der Meditation bei Kristina gesehen hatte, die Vorstellung von ihrem Schutzengel. Es wäre klasse, sie könnte noch ein Bild verkaufen. Ob sie jemals mit avantgardistischen Werken in der Schmalzfabrik landete, war ihr nun beinahe egal. eBay mit Engelmalerei war auch gut. Oder Etsy. Etsy war noch besser.

YouTube hatte doch alles. Und natürlich auch Anleitungen für ornamentale Malerei. Man konnte immer dazulernen! Wissen war überall verfügbar, überall! Welch eine begnadete Zeit! Da – zack, da war schon eines: »How to draw an ornament« von Hafizan Halim, 51.978 Klicks. So viele Menschen zeichneten gerade ein Ornament. Zärtliche Liebe für alle Ornamentmaler rund um den Globus. Wer ein Ornament malte, konnte niemandem etwas Böses tun. Josefa klickte auf das Video.

Dooferweise erst wieder Werbung. Finanzberater Bastian Müller in tailliertem Blazer ohne Schlips erklärte: »Gehen Sie weg von den herkömmlichen Schulden! Ihr Dispokredit verschlingt bis zu siebzehn Prozent und macht es schwierig, Ihr Defizit zu überwinden. Haben Sie beispielsweise dauerhaft eine Überziehung Ihres Girokontos in Höhe von dreitausend Euro, so kostet Sie das zweihundertfünfundachtzig Euro. Wir bieten Ihnen in unserem Seminar …«

Josefa war geschockt. Zweihundertfünfundachtzig Euro?

War ihr das denn nie aufgefallen? Das konnte doch nicht stimmen! In welchem Zeitraum? Josefa merkte, dass sie nicht mal wusste, wie hoch ihr Zinssatz war. Der Blick auf ihre Kontoauszüge war ihr so unendlich unangenehm, dass sie im Prinzip nur checkte: War noch was drauf? Oder war nichts mehr drauf? Wie viel Euro bis zum Limit? Wenn sie ein Engelsbild verkaufte, erhielt sie dafür weniger, als sie gerade an Überziehungszinsen zahlte. Sie schalt sich eine Idiotin. »Adlon Kempinski«!

Zugegebenermaßen waren insgesamt dreihundertzwanzig Euro für eine Berlinreise recht günstig. Aber nicht mal die hätte sie ausgeben dürfen. Oh mein Gott. War es denn so schlimm? Was stellte sie bloß an, und wie war sie dahingekommen? Unmerklich, hundert hier, hundert da, die Zahnbehandlung, das Auto, die Zeit der Arbeitslosigkeit vor Huiwan. Und was machte sie dagegen? Sie setzte sich in Kristinas Bude und halluzinierte über geschmückte Elefanten.

Sie würde sich die Finger blutig arbeiten müssen, einen Kellnerjob am Wochenende, alles verkaufen, was sie hatte, sich nichts mehr kaufen bis 2027! Wo war die Lösung?

Oder gab es ein Wunder? Irgendwo?

Josefa vergaß die Ornamente und stand auf, um das von Albert so gescholtene Wunderbuch zu holen. »Ich habe ein Anrecht auf Wunder.« Aber wie sollte das in der Praxis funktionieren? Wie im Hinblick auf ein überzogenes Girokonto, in dem sie gefangen schien wie in einer Legehennenbatterie?

Monat für Monat checkte sie die Firmenkreditkarten der Mitarbeiter und deren Ausgaben und Posten. Aber für sich selbst machte sie einen einzigen Schlamassel. Aus Angst. Aus Vermeidung. Josefas Finger waren ganz zittrig.

»Lieber Gott«, flüsterte sie. »Ich brauche ein Wunder! Wenigstens Hilfe!«

Das Thema duldete keinerlei Aufschub. Keinen Tag, keinen Augenblick. Es gab eine Stelle in ihrem Bauch, wo die ganze Schuldensache saß, unangenehm, andauernd, unterschwellig, wie ein dumpfer Ton, den sie geflissentlich überhörte. Sie musste sich kümmern. Jetzt!

Josefa schaute sich alte Folgen an vom Schuldenberater Peter Zwegat und wie er auf dem Flipchart die einzelnen Posten der unglücklichen und öffentlich blamierten Schuldenbuckel mit dem Filzschreiber aufzeichnete.

Die Schuldenbuckel sollten aufhören zu rauchen. Josefa rauchte nicht. Sie sollten sich einen Job suchen. Josefa hatte einen Job. Sie sollten ihr Auto verkaufen. Josefa fuhr meist nur Öffentliche. Sollte sie den alten Toyota wirklich verkaufen? Eine leichte Panik machte sich in ihr breit.

Sie öffnete die Facebookseite mit der Wunderbuchgruppe und vergaß jedwede Einleitung, jedes »Berlin war toll«, jedes »Ich habe jetzt selbst ein Wunderbuch!«, jedes: »Ich freue mich, euch bald wiederzusehen!«. Sie postete sofort.

»Was sagt das Wunderbuch über finanzielle Angelegenheiten? Was, wenn jemand sehr praktische, sehr dringende Angelegenheiten hat, bei denen er sofort Hilfe braucht? Bitte kein Wischiwaschi!«

Niemand antwortete. Wahrscheinlich waren alle mit irgendwas beschäftigt. Romina nahm gerade irgendeinen Killer fest, der sich verschanzt hatte hinter einem Teppichladen. Matteo heilte irgendeinen Gichtkranken mit Reiki in seiner Naturheilpraxis. Georg mähte sein Heu. Maria verkaufte gerade ein Buch namens »Der Zopf«. Pin-Yen holte eine Zahnplombe heraus.

Sollte sie Kristina fragen? Die hatte ihr schon achtzig Euro gegeben. Ihren Vater? Gott bewahre, der brauchte das nicht zu wissen. Sollte sie sich bei Peter Zwegat bewerben? Aber der war im Ruhestand und kränklich, zu viel geraucht.

Josefa warf sich mit dem Laptop auf das Sofa und begann, Videos auf YouTube zu schauen.

»5 Tipps, um Schulden loszuwerden«, »100 Spartipps vom Finanzfuchs«, »Schulden abbauen – wie es JEDER schafft!«

Microsoft AI Copilot sagte: 1.) Finanzplan erstellen, 2.) Ungenutzte Sachen verkaufen, 3.) Verbraucherzentrale kontaktieren, um den Dispo in einen Ratenkredit umzuwandeln.

Irgendwie gab es Wege. Ein altmodisches Haushaltsbuch. Überstunden bei Huiwan. Josefa fühlte sich schon ein wenig besser, weil sie das Thema überhaupt anschaute. Die Kontoauszüge anzuschauen, war schon viel schwerer.

Vielleicht machte sie das am Montagmorgen. Der Montag war gut für alle ekelhaften Sachen.

Dann plötzlich tauchten tanzende Pünktchen bei Facebook auf.

Romina schrieb: »Wenn du finanzielle Probleme hast: Liebe deine finanziellen Probleme. Wenn du Schulden hast: Liebe deine Schulden! Nimm dich ihrer an mit der größtmöglichen Liebe!«

Hä? Welcher Mensch auf Erden liebte Schulden? Außer die Banken und Geldverleiher?

»Ich glaube, ich brauche Hilfe«, schrieb Josefa. »Habe mich reingerasselt. Da 'ne Zahnbehandlung, da 'ne kaputte Waschmaschine ... nicht aufgepasst ...«

Ein Moment war wieder Stille. Dann schrieb Maria: »Also, ich habe einiges geerbt von zu Hause. Wenn du mir sagst, wie viel du brauchst, überweise ich dir das. Du kannst es zurückzahlen, wenn du irgendwann so weit bist, und du sparst dir die hohen Zinsen von der Bank.«

Josefa war baff. Dieser Großmut! Diese Selbstlosigkeit! Das konnte ja kaum mit rechten Dingen zugehen. Erst half ihr Kristina, dann boten die Wunderleute Hilfe an. Wer rückte denn schon sein Geld raus? So gut kannte sie Maria ja auch nicht.

»Aber warum machst du das?«, schrieb Josefa.

»Weißt du, wir sind alle eins. Das ist ja eine der Lehren dieses Buches, dieser neuen Zeit. Du bist ich, und ich bin du; jeder spiegelt den anderen, und alle sind wir eins. Ich brauche das Geld nicht, du brauchst es – es ist alles so leicht! Ich weiß, du gibst es mir wieder!«

Josefa schluckte. Wenn das die neue Zeit war, dann war sie glücklich, darin zu leben.

»Ich war einfach so doof«, schrieb Josefa. »Irgendwie bin ich da … Ich weiß noch nicht mal, wie das ist mit diesen Zinsen, auf jedem Auszug steht immer so eine Litanei, Limit eins, Limit zwei, Prozent hier, Prozent da … Ich blicke da nicht durch.«

Dann begannen weitere Pünktchen hoffnungsfroh zu springen, diesmal von Georg.

»Ich bin ja selbstständig. Und habe auch ein Existenzgründerseminar gemacht und mich mit Buchhaltung beschäftigt. Ich könnte dir einiges erklären. Wenn du möchtest, könntest du mir auch auf dem Hof helfen, am Wochenende oder so. Ich kann immer Leute gebrauchen.«

»Ich würde auch sehr gerne für ein Malseminar bezahlen«, schrieb Romina.

Josefa begann zu weinen. Diese Menschen waren einfach wunderbar. Wundertütenleute. Ihr Herz öffnete sich mit einer solchen Liebe. Offenbar war das Universum voller Möglichkeiten, voller Hilfe!

Josefa chattete zurück und wollte sich alles überlegen. Doch sie versprach, ihre Schulden zu lieben und sich um sie zu kümmern mit der Zärtlichkeit einer Mutter. In Dankbarkeit für die schöne Aufgabe, die sie voller Hingabe lösen wollte.

Dann nahm sie das Wunderbuch in beide Arme und atmete seine gute Energie ein. Diese Leute waren keine Hexenpüster. Sie waren Freunde mit einer New Level Soul Energy. Alles war gut. Sie ließ den Deckel des Laptops sinken und sah kaum noch, wie Romina schrieb.

»›Q‹ hat wieder gepostet! Das muss ich euch einfach zeigen:

›Sind Sie wach? Sehen Sie (für sich selbst) die MSM = Propagandawerkzeug der LINKEN = Sehen Sie, wie FB/Twitter/GOOGLE nicht-linke POVs zensiert? Sehen Sie die Korruption? Sehen Sie das BÖSE? Sind Sie ein SKLAVE? Werden Sie KONTROLLIERT? Sind Sie ein SCHAF? SIND SIE WACH? DENKEN SIE FÜR

SICH SELBST! LERNEN SIE DIE WAHRHEIT. FAKTEN. GESCHICHTE. DAS GROSSE ERWACHEN. Q‹«

Von Albert nichts. Keine WhatsApp-Nachricht, kein Anruf, keine Maiglöckchen vor der Tür. War Berlin für ihn ein so durchwachsenes Erlebnis gewesen? So schlecht? Verlor sie ihre Anziehungskraft? Sie fühlte sich wie ein erlöschender Magnet, sie war nicht genug Anreiz, um den nach ewiger Brillanz strebenden Albert für sich zu gewinnen.

So schlecht war der Trip ja auch wieder nicht gewesen. Die Fahrt missglückt, ja, das lange Warten auf ihn, ja, die Ausstellung mittelmäßig, ja, die Geldfrage unangenehm. Aber sie waren zwei Menschen auf einer Reise gewesen für insgesamt drei Tage. Und sie hatten viel gelacht, im »Adlon« und unterwegs, Albert hatte ihr so viele schöne Dinge gezeigt, man konnte sich geistig an ihm betrinken, das war doch was!

Die meisten Beziehungen endeten nach einem gemeinsamen Urlaub. Aber dies war doch kein richtiger Urlaub gewesen!

Alle ihre Freunde würden sagen: Lass den sausen! Er behandelt dich nicht gut. Josefa gab ihnen halbherzig recht, sie sah es ja selber. Aber wenn er sie gut behandelte, dann wie eine Königin – mit diesem zärtlichen Blick. Er gab ihr Ideen, er brachte sie zu einer Sinfonie am Ufer des Mains, er inspirierte sie, Bücher zu lesen, die sie sonst nicht gelesen hätte, Dinge zu essen, die sie sonst nicht gegessen hätte, er zeigte ihr, dass man eines Bildes wegen in eine Stadt reisen kann.

Josefa konnte es schlecht dabei belassen. Sie weigerte sich, ein verlöschender Komet in Alberts Universum zu sein, sie kämpfte um ihre Strahlkraft. Wenn schon, dann würde sie selber gehen, wie eine Elīna Garanča, die ihre Arien durch Alberts

Küche schmetterte, während sie beide Zwiebeln schnitten, wie an jenem ersten Abend bei ihm zu Hause.

Wenn sie nur wüsste, was er machte. Arbeitete er an irgendwelchen Leptonen und Quarks, oder wie das Zeugs alles hieß? Für das Max-Planck-Institut oder Robert Koch oder demnächst die Stanford University in Kalifornien?

Oder lag er mit irgendeiner Schlampe im Bett? Nichts zu wissen, machte einen kirre. Ob sie Kristina nochmal …? Oder zu der Wahrsagerin? Aber es war ja keine Dippemess. Immerhin hatte Josefa ihre eigenen spirituellen Fähigkeiten erweitert und mit Kristina gemeinsam den Papst gesehen. Das war doch ein Durchbruch.

Sie hatte das Wunderbuch und eine Wundergruppe, und diese hatten gesagt, wenn man die Seele gereinigt hat und immer in der Liebe ist, erweitern sich die außersinnlichen Fähigkeiten.

Josefa übte. Tag und Nacht. Den Blumentopf im Fenster lieben, easy. Den Kaffee jeden Morgen, unbedingt. Ihr Duschgel mit Mangoduft, absolut. Was aber war mit diesem Brief vom Finanzamt? Mit den Schuhen, die zu allem passten und fürchterlich drückten? Dem überquellenden Mülleimer, aus dem die vergorene Milch im Tetra Pak säuerlich roch? Der Putzerei um das Altbauklo, wo man auf dem fleckigen Linoleum nie hinter das dicke Abflussrohr kam? Da hörte es doch auf!

Aber Josefa hatte versprochen, all ihre Schulden zu lieben. Also nahm sie ein Notizbuch mit besonders schönem Umschlag und schrieb mit dem Kalligrafiestift:

»Ausgaben«

Und auf die andere Seite:

»Einnahmen«

Tatsächlich half es, wenn man die Schulden besonders schön verzierte mit Buchstaben wie für einen Liebesroman. Als sie den ersten Posten aufschrieb, »Haftpflichtversicherung – acht

Euro«, fühlte sie plötzlich eine seltsame Süße im Bauch, etwas Heilendes begann zu fließen oder zu funken über dem Nabel. Sehr merkwürdig. Sehr angenehm. Josefa strömte vor Liebe für ihre Haftpflichtversicherung. Oder für die ganze Aufstellung, die sie da machte. Es war ein Gefühl der Erlösung, dieses nagend schlimme Thema ans Tageslicht zu holen. Es war eine körperliche Belohnung nach einer langen, geistigen Verdrängung.

War diese innere Liebesbox erstmal geöffnet, so floss der Strom auch über die Posten Einkauf bei Lidl, Basislastschrift ARD, ZDF und Rundfunk, Amazon S. A. R. L. Niederlassung Deutschland und all die Ausgaben, die sie bewusst oder unbewusst getätigt hatte.

Ihr tat das Konto auf einmal unendlich leid, als da verschämt der Auszug auf dem Bildschirm erschien, mit seinen grauen und weißen Unterlegungen zur besseren Lesbarkeit. Wie war das Konto nur so malträtiert und geschunden, mit Schimpfworten belegt, gehasst und vergrätzt und von Schuldgefühlen durchdrungen, das Konto hatte kein schönes Leben.

»Ich werde dich hegen und pflegen, bis dass der Tod uns scheidet. Kannst du mir verzeihen?«

Von nun an wollte sie Ordner anlegen und die Spartipps von YouTube oder von Madame Moneypenny auf Insta beherzigen und vielleicht eine App für Budgeting runterladen. Josefa war dankbar und plötzlich glücklich und euphorisiert.

Sie begann, aufzuräumen und alten Mist wegzuwerfen, und beschloss, die schöne Lederjacke, die sie nie trug, auf eBay zu verkaufen. Eine neue Energie zog in ihre Wohnung, die gemalten Engel lächelten über alles hinweg, ein frischer Pinienduft im Putzwasser tat das Übrige.

Josefa geriet in einen einzigartigen Liebesrausch: Auf dem Weg zur Arbeit liebte sie ihre Straße, ihre Tasche, den Nachbar von gegenüber, die armseligen Blümchen, die sich tapfer auf der Verkehrsinsel durchschlugen. Sie liebte jeden ihrer Mitfahrer in der S-Bahn und erhielt eine plötzliche Ahnung davon, wie sich jeder heute Morgen vorbereitet, die Bluse ausgewählt, das Kinn rasiert hatte und in Gedanken den Tag durchgegangen war. Sie schnappte Stimmungen auf, die Vibes von Unausgeschlafenheit, Angst oder Gleichmütigkeit, verborgenem Kummer. Von manchen Menschen ging ein Strahlen aus, das die S-Bahn gewissermaßen erhellte. Josefa lauschte den Gefühlen der anderen und spürte eine gewisse Verbundenheit und sogar Zärtlichkeit.

Wir gehen doch alle durch den gleichen Scheiß, dachte sie. Keiner von uns hat sich das alles so gedacht, wie es dann gekommen ist. Es ging allen nicht so gut. Da hingen sie in ihren Schlaufen und fuhren in einen Tag, der nicht immer Schönes für sie bereithielt, und sie mussten doch hin. Alle.

Josefa surfte in einer Woge von Mitgefühl und Liebe bis in die Firma hinein, und diese Liebeswelle brach sich dann – an Elfi.

»Hör mal!«, sagte sie. »Ich habe mir hier einen Koffer bestellt für Seoul, der ist heute Morgen schon gekommen, du kannst mal den Pappkarton wegmachen.« Josefas Arbeitstisch war über und über von einer riesigen, auseinandergerissenen Verpackung bedeckt.

»Ich glaube, es hackt. Den Kram kannst du doch wohl selber wegschaffen!«

Elfi meinte, sie müsste die Rechnungen für die Degussa fertig machen mit ihrem Großauftrag und hätte keine Zeit. Einkauf, Verkauf und somit Verpackung gehörten zu den Aufgaben der General Assistant.

Josefa war sprachlos.

»Die Blumen müssen auch mal wieder gegossen werden«, sagte Elfi und zeigte auf die großen Kübel zwischen den Arbeitsplätzen. »Am besten heute noch.«

So, das war's mit der Liebe für heute. Josefa durfte den noch schwächlichen Liebesmuskel nicht überstrapazieren und erlaubte einer wohltuenden Wut, ihren Platz einzunehmen. Als Elfi die Teeküche ansteuerte, wo sie wie immer eine halbe Stunde schwatzte, ging Josefa zu ihrem Arbeitsplatz, löste mit einer Nagelfeile an ihrer Tastatur das M, das L, das U und das S und vertauschte die Buchstaben alle miteinander.

Sie warf sämtliche Pappe auf Dae-Seongs Tisch und setzte sich, öffnete ihre Glitzerschublade und las in ihrem Wunderbuch.

»Die Vergebung macht dem Traum des Konfliktes ein Ende. Ich wähle, meines Bruders Sündenlosigkeit zu sehen.«

Selbstverständlich! Die ganze Welt war in Konflikte verwickelt, die ganze Welt! Man musste in jedem das Gute sehen. Aber die Sündenlosigkeit in jedem? In Trump? In Erdogan? In Elfi?

Das ging denn doch zu weit. Irgendwann reichte es mal. Und Elfi war ja auch kein Bruder, sie war eine Schwester, und das auch nicht wirklich.

Elfis Sündenlosigkeit. Elfi war doof und blieb doof, so war es nun mal. Josefa klappte die Schublade zu. Genug von diesem sülzenden Liebesgedusel, jetzt war auch mal Schluss.

Es war Sonntag um halb elf Uhr morgens.

Der Himmel war leicht bedeckt, und das Straßenpflaster glänzte, als Josefa das Haus verließ, um mit der Straßenbahn nach Sachsenhausen zu fahren.

Die Wundergruppe war eingeladen in Marias alte Villa in Sachsenhausen, und zu ihrer großen Freude kam Danny auch dazu. Die von Hause aus gut betuchte Maria wollte ihnen einen tollen Brunch ausrichten. Josefa freute sich auf das Erlebnis an so einem besonderen Ort, doch sie freute sich vor allem auf

Dannys neue Durchsagen. Immer, wenn Hieronymus sprach, war Josefa so glücklich hinterher. Sie liebte alles und jeden in der Wundergruppe: Marias prächtigen grauen Zopf und die Liebe in ihren riesigen Augen, Rominas Klamottenmischung aus bestickten Jeansjacken und Lederhosen, Matteos inneres Brennen, seine Intelligenz und Hingabe, Georgs zupackende Weise und die Fürsorge für sämtliche Geschöpfe auf seinem Hof, Pin-Yen mit ihrer Anmut und ihren tänzerischen Bewegungen.

Und die herrliche, begabte Danny, die so wunderschön aussah mit ihren überirdischen Botschaften und die den Mut hatte, auf YouTube zu gehen und sich der Lächerlichkeit preiszugeben. Die spirituelle Lehren wiedergab und daheim voller Selbstzweifel war, eine Böschung herunterfiel und eine Bruchbude gekauft hatte.

Es waren noch dreihundert Meter von der Straßenbahnhaltestelle bis zu Marias Haus auf dem Hügel mit großen alten Häusern mit großen Gärten.

Wer besaß schon eine Villa in Sachsenhausen? Alter Geldadel oder so. Josefa lernte, ihre Vorurteile gegenüber den Reichen und Schönen abzubauen und eine gewisse Akzeptanz und Leichtigkeit zu erreichen.

Sie klingelte an dem schönen Haus, dessen schwere alte Holztür umrahmt war von schmückenden grauen Stuckornamenten und von üppig wachsenden Malven links und rechts. Nicht knicksen! Es hatte sich ausgeknickst.

Maria öffnete die Tür und umarmte Josefa herzlich. Der Flur war großzügig, Alt-Frankfurter Fliesen, ein Gemälde von Paul Klee und große Blumen überall. Im Wohnzimmer ein kostbares Klavier, o. k., Gardinen lang und fließend vor den hohen Fenstern, das Designersofa mit Messingfüßen war gewiss nicht von Ikea.

Die anderen waren schon da und bedienten sich fleißig am

Buffet im Esszimmer, während Matteo und Pin-Yen sich am Computer mit Dannys neuer Homepage beschäftigten, auf der sie vor einer schönen Landschaft in die Kamera lächelte.

»Sehr gut«, lobte Pin-Yen. »Da können sie jetzt die Videomitschnitte vom Sonnentor kaufen, und mit dem Button können sie Einzelsitzungen buchen. Toll.«

»Und das tun die Leute auch, die Webseite ist von Anfang an erfolgreich, das liegt aber auch an dem Facebookauftritt, und Insta mache ich auch noch«, sagte Matteo.

Im Wohnzimmer waren große Scheinwerfer aufgebaut, eine Kamera auf Stativ, davor ein Rattansessel mit verzierter, hoher Lehne und Pflanzen in goldener Vase für Dannys nächsten Videoauftritt. Der Sessel war leer, denn Danny stand ebenfalls am Buffet und schaufelte sich Croissants, Pilzomelette, Humus, 5-Körner-Müsli, Limettensaft, Waldbeerenmarmelade, Lachs, veganen Frischkäse und Melonenstücke auf ihren Teller.

»Hallo, Josefa«, lachte sie liebevoll. »Wie schön, dass du gekommen bist. Wirst du bei der nächsten Veranstaltung wieder dabei sein? Wir sind eingeladen in die Lüneburger Heide! Du hast das beim letzten Mal so gut gemacht mit den Leuten!«

»Unbedingt, Danny!«

In dem Augenblick glühte Josefas Herz für Danny, für deren Courage, für deren Einzigartigkeit, für all die verrückten Dinge, die sie tat. Sie war so glücklich, zu dieser Gruppe zu gehören, und nahm sich dankbar einen Kaffee. Kirschblütenkaffee! Etwas süßlich, aber toll.

Sie landete am Esstisch neben Romina und nickte ihr freundlich zu. Die war doch bei der Polizei! Josefa dachte an die Berichte von Experimenten mit Remote Viewing in amerikanischen Spezialeinheiten.

»Habt ihr bei der Polizei nicht auch so Teams, die versuchen, mit übersinnlichen Fähigkeiten zu arbeiten, um einen Mörder zu finden?«

Romina lachte. »Nein, wir machen das nicht wie die Amerikaner, da arbeitet die Polizei manchmal mit Medien. Aber ich bin in einer Soko, da arbeiten wir mit Yogi-Techniken.«

»Wirklich?«

»Ja, wir lernen, unseren Körper zu beeinflussen, wir können zum Beispiel unseren Blutdruck senken. Wenn wir eine Geiselnahme haben, setzen wir uns vor dem Einsatz zusammen, meditieren und gehen in die optimale Ruhe, in die maximale Konzentration, bis unsere Körperwerte optimal funktionieren und wir praktisch geistig eins sind. Dann erst stürmen wir das Objekt.«

»Krass«, sagte Georg.

Maria zündete Kerzen an, Zitronella aus Sojawachs, ein wunderbarer Duft breitete sich aus. Wenn man so wohnen könnte wie Maria! Alte Villa mit verwunschenem Garten.

»Ich kann nichts dazu«, sagte Maria. »Mein Großvater war damals groß in Seifen, kennt ihr die Seifensiederstraße? Naja, mit dem Schmutz anderer Leute kann man auch reich werden. Ich nutze das Geld, um Leuten zu helfen, wenn ich einen Impuls von oben kriege. Dann lenke ich sozusagen die göttliche Fülle ein wenig dahin, wo sie gebraucht wird, das ist mein Job.«

Josefa wurde rot. Maria hatte ihr per PayPal eine stattliche Summe geschickt, einfach so. War sie ein Impuls »von oben« gewesen? Es war schwer, etwas anzunehmen, aber Maria schien eine solche Freude daran zu haben. Nun konnte Josefa es zurückzahlen, jeden Monat ein wenig, aber nicht mal darauf schien Maria Wert zu legen.

Matteo fragte, ob man nicht nach dem Frühstück mit einer Meditation beginnen könnte und sich so mit der geistigen Welt verbinden.

»Ich habe, glaube ich, Fortschritte gemacht«, sagte Josefa. »Ich habe mit meiner Freundin meditiert und um Zeichen gebeten aus der geistigen Welt! Und dann haben wir zeitgleich jeder erst einen geschmückten indischen Elefanten gesehen – und dann …«, sie prustete los, »den Papst!«

»Wow«, sagte Romina.

»Das ist vielleicht ein Zeichen für die Vereinigung der Weltreligionen«, sagte Georg.

»Oh … so habe ich das noch gar nicht gesehen.«

»Vorher …«, sagte Maria und brachte eine Flasche Sekt. »Vorher müssen wir anstoßen. Danny hat jetzt über tausend Follower auf YouTube.«

Alle jubelten und umarmten sich und umarmten Danny.

»Das ist wunderbar«, sagte Pin-Yen. »Das wird wirklich … wirklich groß!«

Danny war überrascht, sie schlug die Hände auf die Wangen und sank in sich zusammen.

»Ja, es ist viel besser gelaufen, als ich je erhofft hätte. Als mich die Spirits gebeten haben, auf YouTube zu gehen, bin ich fast gestorben. Und nun läuft es so gut, auch dank euch. Ich brauche diese Hilfe, ich brauche euer Feedback.«

»Ist uns eine Ehre«, sagte Matteo. »Wir tun es ja auch für Hieronymus und dafür, dass die Welt in eine schönere Dimension geht.«

»Wir sind Lichtarbeiter«, sagte Maria.

Alle nickten.

Stühlerücken, Teller wegbringen, zufällige Berührungen, man lachte, und Josefa fühlte sich wie zu Hause. Sie ließ sich auf dem Designersofa nieder, versank in seinen türkisblauen Waben und fühlte sich in der Wundergruppe umschlossen von Liebe.

»Ich denke«, sagte Danny liebevoll, »Wir rufen alle Engel und hochschwingenden Wesen herbei, um mit uns diesen Morgen zu verbringen!«

Alle nickten. Sie begaben sich nun in die Meditation und blieben dort eine Weile.

»Die Energie im Raum«, sagte Maria. »Ich glaube, es sind gerade sehr viele helle geistige Wesenheiten hier. Wir sind nicht allein auf dieser Welt, sie sind immer um uns, aber erst, wenn wir in ihre Frequenz kommen, können wir sie spüren!«

Josefa glaubte, alles zu spüren. Engelwesen, Flügelschlag, schöne goldene, unsichtbare Besucher aus einer anderen Sphäre.

»Ich muss kurz das Stativ wechseln«, meinte Matteo. »Das hier ist wackelig. Die Kamera ist auch noch nicht ganz geladen. Wenn Danny jetzt channelt, geht es gleich nachher ins Netz.«

»Na gut«, sagte Romina. »Dann will ich euch in der Zeit was zeigen.«

Romina kramte in ihrer Tasche, legte eine Mappe auf den Tisch und verteilte einige Blätter.

»Das sind die neuesten Nachrichten von ›Q‹ … Es ist ja so, man muss das wissen: ›Q‹ hat ja den Deep State aufgedeckt.«

»Oh ja«, sagte Maria. »Den Staat im Staate in den USA.«

»Der die ganze westliche Welt beeinflusst«, sagte Romina. »Und hier habe ich Material mitgebracht, wo genau aufgezeichnet ist, wie das funktioniert.«

Sie legte Ausdrucke einer Statistik auf den Tisch mit der Gesamtzahl der Mitarbeiter in der US-Regierung.

»Man hat Präsident, Repräsentantenhaus, Senatoren, das sind zusammen fünfhundertsiebenunddreißig Leute. Aber das Verteidigungsministerium allein beschäftigt schon eins Komma vier Millionen Mitarbeiter, der Auswärtige Dienst hat sechsundfünfzigtausend Leute, und es gibt noch viele mehr; allein fünfunddreißigtausend Menschen arbeiten für das FBI und einundzwanzigtausend bei der CIA.«

»Ein Haufen Leute«, lachte Josefa.

»Und die sitzen da ein Leben lang! Glaubt ihr wirklich, die lassen einen Präsidenten irgendetwas machen, der nur ein paar Jährchen im Amt ist? Oh, nein.«

Romina knallte ein Papier nach dem anderen auf den Tisch.

»›Q‹ hat das aufgedeckt. All diese tausenden von Menschen bilden den geheimen Apparat, der alles steuert! Die hocken Jahrzehnte in ihren Ämtern und haben sämtliche Taktiken entwickelt, um die Pläne der gewählten Regierung zu durchkreuzen!«

»Ja«, sagte Matteo. »Wenn wir eine Revolution der Liebe haben wollen, wenn wir eine lichtvolle neue Ära haben wollen, müssen alle dunklen Machenschaften ans Tageslicht kommen. Erzengel Michael hilft dabei.«

Pin-Yen legte die Hände aufeinander und nickte.

Danny stand auf und betrachtete alle Papiere gründlich.

»Ja«, sagte sie. »Ich weiß. Es sind die Beamten des Geheimdienstes, des Militärs, des Außenministeriums, des Nationalen Sicherheitsrates, die – wie steht es hier – die Entscheidungsfindung auf Bundesebene lenken, manipulieren und kontrollieren.« Sie schien seltsam befriedigt von dieser Feststellung.

»Das ist der Deep State.«

Josefa war irritiert. Georg richtete sich auf und kratzte sich am Kopf.

»Hm. Tausende und Abertausende Menschen, die sich verschworen haben, um einen ›geheimen Apparat‹ aufzubauen? Wie will dieser ›Q‹ das denn belegen?«

»Da sind vielleicht noch dunklere Kräfte dahinter«, sagte Danny. »Es gibt diese Offenbarungen aus Militärkreisen, all diese Whistleblower. Hört euch mal die Interviews von David Wilcock an, was die da ausplaudern! Unglaublich!«

»Du meinst Area 51?«, fragte Georg.

»Ja! Die arbeiten nachweislich mit Außerirdischen zusammen. Die verfügen über so viel technisches Wissen … beispielsweise über die Heilung von Krankheiten. Das wird alles zurückgehalten, damit die Pharmaindustrie keine wirtschaftlichen Nachteile hat.«

Aber Romina hatte noch mehr Blätter. Jedes mit einem blässlichen, stilisierten Q im Header und darunter die Botschaft seiner Anhänger, den Anons.

»›Q‹ ist eng verbunden mit dem 45. Präsidenten Donald Trump! ›Q‹ postet eine Nachricht zwanzig oder dreißig Sekunden, bevor Trump einen Tweet auf seinem Twitterkonto absetzt. ›Q‹ postet im Schnitt fünfmal am Tag. Trump zwölfmal. ›Q‹s Botschaften werden von Trump nachweislich in weniger als sechzig Sekunden retweetet.«

Josefa nahm eines der Blätter und schüttelte den Kopf.

»Kann das denn sein?«

»Wir müssen uns wehren gegen die Kabale«, sagte Danny. »Die geheimen, bösen Machenschaften hinter allem. Gut, dass Trump sich dafür einsetzt.«

»Man hört ja so vieles von den Kabalen«, sagte Maria, brachte eine Karaffe Holunderblütensaft und goss jedem ein Glas ein. »Es heißt, sie können durch unhörbare Laute die Gehirne der Menschen beeinflussen. Oder Massenhypnose … die können durch das Fernsehen bestimmte Codewörter einbauen, und wenn die Leute die hören, werden sie programmiert, zum Beispiel für Konsum oder sowas.«

»Vor allem wollen sie Energie«, sagte Pin-Yen. »Sie schöpfen die Energie der Massen ab. Die Menschen kommen nicht in ihre Kraft, weil sie in Angst gehalten werden. Auch Netflix gehört dazu.«

»Netflix?«, schrie Josefa. Sie liebte Netflix. Was sollte dabei sein?

»Naja, hast du mal all die Mordserien gesehen? Sie sind unterhaltsam, aber du wirst unaufhörlich in einen dunklen Sog von Verbrechen und Low Vibration gezogen. Im Zustand der Angst und Ablenkung bist du manipulierbar. Das ist Absicht.«

Josefa war geschockt. Alles unterwandert und durchdrungen

von bösen Machenschaften? Die Regierungen, die Medien – das Böse überall?

»Wer sind denn *Die?*«, fragte sie unsicher.

»Es sind im Wesentlichen drei Familien«, meinte Matteo. »Die Rothschilds, die Rockefellers und die Morgans. Und diese kontrollieren wiederum die Clintons, Obama, Soros und Merkel. Aber auch das saudische Königshaus hat einen großen Einfluss.«

»Die haben ja alle Aktien und Anteile an den Medien. Die steuern die Presse weltweit«, sagte Danny.

»Und die wiederum arbeiten mit den Außerirdischen zusammen, die unsere Energie abschöpfen?«, fragte Georg. »Und wer sorgt dafür, dass die Obamas Kinderblut trinken?«

»Das sind die Freimaurer«, sagte Romina.

Josefa verstand die Welt nicht mehr und sank tiefer und tiefer in die Designerwaben. Georg hingegen sprang auf, seine Muskeln unter dem grünen T-Shirt waren angespannt, und eine leichte Röte malte sich auf seinen Wangen bis hoch zu den kurz geschorenen grauweißen Haaren.

»Aber Obama und Königin Elisabeth sind ja auch Reptilien, oder? Reptiloide, kontrolliert von den Rockefellers und die wiederum von Außerirdischen?«

»Nun, es ist nicht einfach zu verstehen«, sagte Pin-Yen. »Ich bin ja immer sehr vorsichtig bezüglich Verschwörungstheorien undsoweiter. Aber habt ihr mal gesehen, wie Queen Elisabeth sich manchmal bewegt? So mit dem Kopf ruckt? Schon seltsam.«

Josefa fühlte sich sehr unbehaglich. Gallenbittere Tropfen waren in die schöne Heiligkeit dieses Morgens getropft. Irgendetwas stimmte nicht. Vielleicht, weil sie abermals kein Wissen über die Hintergründe der Dinge hatte? Vielleicht, weil sich Rominas Informationen so ungut anfühlten? Wenn solche Sachen wirklich ans Licht kommen sollten, musste man sich dem stellen und die dunklen Machenschaften enthüllen. Das war die Arbeit der Lichtarbeiter, der spirituellen Krieger. Und doch war das Ganze ziemlich unverdaulich. Sie musste mal an die frische Luft.

»Maria, darf ich mal deinen schönen Garten bewundern?«

»Natürlich! Schau dich nur um!« Sie öffnete die hohen Flügeltüren und ließ Josefa hinaus ins Kühle. Schöne Wildnis in einem mit Pflastersteinen abgerundeten Feld. Zypressen. Reife Äpfel hingen am Baum. Das Gras war hochgeschossen und benässte Josefas Beine, egal. Endlich konnte sie wieder atmen.

Sie hörte Georg drinnen sagen: »Ich weiß nicht, wo sich das Ganze hier hinbewegt.«

Dann folgte Gemurmel. Dann Georg lautstark: »Die Rothschilds fungieren als Familie gar nicht mehr, und die Anteile, die sie haben, sind vielleicht ein Fünftel von dem, was zum Beispiel Apple macht!«

Josefa atmete tief ein, und ein leichter Nieselregen legte sich auf ihre Haut. Was um alles in der Welt war geschehen? Sie stapfte durch Pampasgras, Efeu und Clematis, alles war stylisch angelegt und nicht zu vergleichen mit Georgs wildem Bauerngärten. Wahrscheinlich hatte Maria einen Gärtner. Josefa spürte eine plötzliche Abwehr gegen Leute, die Gärtner hatten. Aber vielleicht ging die Abwehr nicht wirklich gegen Marias top gepflegten Garten, sondern vielmehr gegen alles, was sie eben gehört hatte. Böse Familien, die die Welt beherrschten, Außerirdische, die menschliche Energie aufsaugten, Queen Elisabeth als Echse!

Wann hatte das angefangen? Wann hatte die Wundergruppe angefangen, sich mit diesen Dingen zu beschäftigen? Warum wussten alle davon? Hatte sie irgendwas nicht mitgekriegt?

Was da gesagt wurde, war doch vollkommen drüber. Jenseits von allem gesunden Menschenverstand. Aber Tatsache war auch, dass Josefa wirklich nicht wusste, wem die weltweiten

Medienkonzerne eigentlich gehörten. Und sie hatte noch nie ein Interview mit diesen pensionierten Militärangehörigen gehört, um sich selbst ein Bild zu machen. Und Tatsache war, dass bei Netflix, Amazon Prime, im Fernsehen und überall das Blut aus allen Ritzen tropfte; die Menge an Serien voller Gewalt und Verbrechen war überwältigend. Es war krank.

Vielleicht konnte Hieronymus etwas dazu sagen? Wie schaffte es ein gütiger Geist, all diese verqueren Ideen in Dannys Kopf zu durchdringen? Was geschah da in ihrem Kopf? Schob da ein überirdisches Wesen Dannys Geist zur Seite oder wie funktionierte das alles?

Womöglich war alles nur Spinnerei; ein Teil von Dannys Bewusstsein hatte sich verselbstständigt und erfand all diese verrückten Dinge. War sie psycho? War sie schizo? Es gab vielleicht gar kein Jenseits und keine Medien, man wollte nur immer der Welt entfliehen! In Wahrheit war alles nur Humbug, erfunden und erstunken und erlogen. Josefa war voller Zweifel.

»Josefa!«, rief Maria. »Danny und Matteo sind fertig! Die Channelsession beginnt! Magst du kommen?«

Ja. Hieronymus wollte sie wenigstens noch mitnehmen. Josefa kehrte zurück ins Wohnzimmer und zog die Schuhe aus. Danny hatte sich inzwischen auf den Rattansessel gesetzt, Maria legte ihr die Haare über die Schultern und puderte ihr nochmal schnell die Nase.

Georg hatte rote Flecken am Hals, mühte sich aber sichtlich um Fassung.

»Sind wir o.k. miteinander?«, lächelte Maria. Alle nickten. »Dann macht's euch bequem, es geht los!«

»Kamera läuft!«, sagte Matteo.

Eine gewisse Freude bereitete sich aus und vertrieb die getrübte Stimmung im Raum, man hoffte auf den gütigen Geist, jede Channelsitzung war ein Erlebnis.

Dann erschien Hieronymus.

»Ihr lieben Erdenwesen. Wir sind hier, um euch durch die bevorstehenden Zeiten zu begleiten. Wenn sich die Schwingung auf der Erde verändert, stehen eurem Planeten große Veränderungen bevor. Alles wird in Unruhe geraten, es wird Zeiten geben, wo die Menschen auf der Straße umherirren und nicht wissen, wohin. Eure Systeme tragen keine Liebe in sich, also werden sie zusammenbrechen. Euer Bankensystem, euer Gesundheitssystem, Euer Erziehungssystem, euer ganzes gesellschaftliches System wird aus den Fugen geraten und kollabieren. Es muss sein. Es gibt jenseits eurer bewussten Wahrnehmung große Kämpfe um die Ressourcen der Erde, sie finden statt auf interstellarer Ebene. Ihr werdet manipuliert durch eure Handys, die Medien, durch Propaganda in jeglicher Form! Seid euch dessen bewusst …«

Josefa und Georg sahen sich an.

Keine noch so dramatische Nachricht von Jan Hofer in der »Tagesschau« hätte Josefa so verstören können wie diese Botschaft von Hieronymus. War das überhaupt noch Hieronymus? Hatte sich etwas verändert in Dannys Ton? Hatte ihr Gesicht einen anderen Ausdruck, als wenn der lichtvolle Hieronymus sie erfüllte?

»Jedes Medium hat seine Filter«, hatte Pin-Yen gesagt. »Und jedes Medium kriegt die Nachrichten durch, mit denen es in Resonanz geht.«

Danny als Hieronymus schien zu brennen, die Leidenschaft in dieser Warnung ließ sie aufglühen und die prachtvollen Haare wie einen Feuerschein aufflammen.

»Jenseits der euch bekannten Welt geschehen Dinge, jenseits eures Vorstellungsvermögens: Wenn ein Krieg eintritt – so geschieht es per Design! Eure Seuchen – entstehen per Design! Naturkatastrophen – per Design! Seid gewappnet!«

»Die Kabale sind überall«, flüsterte Romina.

»Es ist wie ›Krieg der Sterne‹ …«, flüsterte Pin-Yen.

»Die Zeit ist nah!«, schrie Danny. »Es folgt DAS GROSSE ERWACHEN!«

»Amen«, flüsterte Maria.

»Mein Gott«, sagte Georg.

»Au wei«, sagte Josefa.

Das große Schweigen. Niemand sagte ein Wort.

Nur Danny wirkte seltsam stolz, seit sie diese Botschaft verkündet hatte. Sie öffnete die Augen und hob ein Glas Wasser, als wollte sie jedem zuprosten, dann trank sie einen großen Schluck. Channeln machte offenbar durstig.

Schließlich fragte Pin-Yen: »Vielleicht sollte man sein Geld von der Bank holen?«

»Bestimmt«, sagte Danny. »Alles runter, alles auflösen.«

»Irgendwie …«, wagte Josefa sich vor, »klang das ziemlich apokalyptisch … War das wirklich Hieronymus?«

Danny war beleidigt. Sie starrte Josefa in die Augen.

»Natürlich war das Hieronymus! Ich habe noch nie jemand anderen gechannelt!«

»Ich meine«, stotterte Josefa »… es könnte ja sein … man verrutscht manchmal in der Frequenz … Wenn ich nur ein klein wenig neben den Deutschlandfunk komme, dann kommt da sofort SWR 4. Also, so meine ich.«

»Hör mal, Danny ist doch nicht die Einzige, die das channelt!«, rief Romina. »David Icke channelt genau dasselbe! Unsere Systeme brechen zusammen! Wir sollten die Städte verlassen! Aufs Land! Wir werden alle bei Georg wohnen müssen!«

»Wie? Was?«, fragte Georg. »Bei mir? Also da, nee, die Bettensituation … Da müsste ich ja erstmal … nee …«

»Ich bin jedenfalls froh, dass ich im Wald wohne. Die Städte werden unbewohnbar sein! Allein die Verstrahlung und die

5G-Masten!«, sagte Danny. »Übrigens, Georg, danke für die Verstärkung der Wetterwand und dass du die Fettverstopfung weggekriegt hast.«

»Keine Ursache.« Georg wirkte seltsam erschöpft. »Wenn nur … also … es wäre mir lieb, wir könnten zurückkehren zum Studium vom ›Kurs in Wundern‹ und nicht abgleiten in so schwer belegbare Annahmen …«

»Wieso schwer belegbar?!«, rief Romina. »›Q‹ ist ein Informant aus allerhöchsten Kreisen! Der will uns nur warnen! So wie Hieronymus uns warnen will!«

»Es fühlt sich nicht richtig an. Mir fehlen da die Faktenchecks. Mein Freund Willi arbeitet beim Hessischen Rundfunk. Die checken alles dreimal, bevor sie berichten.«

»Dein Freund Willi«, sagte Danny, »der wird doch auch manipuliert.«

Georg fasste sich an den Kopf, und Josefa konnte kaum noch sitzen bleiben.

»Du schaust immer noch Fernsehen, oder?«, fragte Maria.

»Ich schaue, was ich will«, sagte Georg.

Romina beugte sich vor und fasste Georg eindringlich am Knie.

»Die Medien sind sämtlich unterwandert, das System ist unterwandert, und es gibt nur einen, der sich dagegenstellt, und das ist Donald Trump!«

»Nur das Militär ist an seiner Seite«, sagte Danny.

»Darum umgibt er sich mit Generälen«, sagte Matteo.

»Darum umgibt er sich mit Generälen«, sagte Danny.

Georg schüttelte den Kopf.

»Trump als Erlöser der Welt. Unvorstellbar.«

»Der ist doch ein totales Ekel!«, platzte Josefa heraus.

»Ha!«, rief Romina. »Auch du glaubst den Medien! Die lügen mit voller Absicht und stellen ihn dar als vulgären, schrecklichen, boshaften Menschen!«

Josefa fühlte plötzlich eine Wut aufsteigen, eine ungeahnte Rage, die sie aufspringen ließ, und sie hörte sich schreien: »Ich brauche keine Medien, die mir sagen, dass Trump ein Kotzbrocken ist! Es reicht doch, wenn er den Mund aufmacht! Gebt ihm ein Mikrofon, und er redet nur Scheißdreck!«

»Danke«, sagte Georg.

Von da an war alles unmöglich. Es war unmöglich weiterzureden. Unmöglich, noch einen Kirschkaffee miteinander zu trinken. Unmöglich, eine Seite im Wunderbuch aufzuschlagen und darüber zu reden.

»Wir sollten einander vergeben«, sagte Matteo tapfer. »Es ist unsere Aufgabe, die Frequenz der Liebe zu halten.«

Betrübt und ratlos bemühten sie sich alle um den Krampf der Vergebung.

Doch die Frequenz der Liebe war erheblich gestört.

Der Schock saß tief. Tagelang war Josefa wie betäubt. Was sollte man nur machen? Man musste sich dem Irdischen zuwenden. Die Realität des Daseins meistern. Irgendwie musste es ja weitergehen.

- Haferflocken, 0,79 €
- 3 Birnen, 1,69 €
- 3 Bio-Bananen, 1,29 €
- 1 Hummus, 0,99 €
- Wildblütensamen 8,99 €

Josefa fügte sich seufzend den Notwendigkeiten des Alltags und studierte ihren zerknitterten Einkaufszettel. Sollte sie noch eine Mandelmilch mitnehmen? Im Einkaufswagen vom Discounter war noch Platz! Das Toilettenpapier ging auch zur Neige. Sie war nicht bereit, auch nur einen Cent mehr auszugeben, als sie sich vorgenommen hatte: dreißig Euro für Lebensmittel pro

Woche. Mandelmilch konnte man sogar selber machen. Das Frankfurter Wasser kam aus dem Vogelsberg und hatte eine hervorragende Qualität. Man konnte viel Geld sparen, wenn man nicht mehr kaufte, als man auch wirklich brauchte! Die Spartipps im Internet waren endlos. Wenn sie sich erstmal erfolgreich aus den Miesen geschafft hatte, würde sie nur noch Bio kaufen von Alnatura. Oder von Georg, dem Bauern. Mein Gott, was für ein Wochenende. Ein Alptraum. Schweigend hatte sie mit ihm die Villa verlassen. Was für ein Alptraum. Ob sie sich wohl nächsten Samstag sahen? Nochmal über alles quatschen würden? Georg hatte gefragt, ob Josefa aushelfen könnte auf dem Hof. Erntezeit!

Sie hatte nichts dagegen, ein Wochenende lang Kuhmist zu schaufeln. Frische Luft, klare Gedanken, ein wenig verdienen.

Da lag der Hummus. Da waren die Birnen. Josefa betrachtete ein Sonderangebot von Baumwollsocken und legte sie dann wieder weg. Sie wollte so gerne Sachen kaufen mit einer guten Energie, aber das musste sie noch ein wenig verschieben. Sie schob ihren Einkaufswagen um die Ecke und traute ihren Augen nicht.

Albert! Den gab es ja auch noch.

Sie lebten doch in ganz verschiedenen Stadtteilen, was machte er hier? Besuchte er jemanden? Ihr fiel auf, dass Albert sie niemals zu Hause besucht hatte. Immer musste sie zu ihm kommen. Gerade beugte er sich über die Bio-Champignons. Wollte er mit irgendjemandem Spaghetti kochen und dann in Zwiebelschalen auf dem Küchenboden landen?

Alles an ihm erweckte ihr Misstrauen, seine schmale Gestalt, der gebeugte Rücken, der suchende Blick nach den besten Champignons aller Zeiten; die gab es aber nicht beim Aldi! Da musste er zum Türken gehen oder zum Feinkost Käfer oder zum Wochenmarkt an der Bockenheimer! Josefa spürte Wut aufsteigen. Seit Berlin hatte er sich nicht gemeldet und sie, sie sich natürlich auch nicht, denn das war ja der unausgesprochene Teil ihres Deals.

Welcher Deal überhaupt? Was hatte sie je mit Albert vereinbart? Außer dass er kam und ging, wann er wollte, und ihr nicht erzählte, was er sonst noch trieb? Und gehörte er nicht hauptsächlich zu Lene? Zur schönen, sinnlichen, erdhaften Lene? Was wollte sie, Josefa, denn mit diesem Pflaumenaugust? Champignonaugust?

Da richtete er sich auf und drehte sich um.

Sein Blick richtete sich auf Josefa, als hätte er die ganze Zeit schon gewusst, dass sie da stand. Seine Augen waren voller Kummer.

»Josefa? Bin ich in deinem Revier?«

»Der Aldi ist kein Revier, den gibt es auf der ganzen Welt.«

»Ich hatte dich anrufen wollen.«

»Musst du nicht.«

»Es war nur so … dass die Projekte … und …«

»Mir egal.«

Seine Augen hinter der Nickelbrille wurden kugelrund, seine Brauen hoben sich bis unter die dunklen Haare.

»Wie geht es Lene?«, fragte Josefa. »Gesund und munter?«

Nun begann Albert, mit dem Einkaufswagen hin und her zu ruckeln, als probierte er aus, wie die Rollen sich drehten; sie drehten und wanden sich mit ihm, und die Betrübnis in seinen Augen nahm zu.

»Nun«, sagte er. »Sie hat diese … Idee von sich … in mir … schon seit langer Zeit und … sie hat das Gefühl … als ob die Wände ihrer Idee gerade durchsichtig werden; es ist so ein Hauch der Erschütterung spürbar … Ich muss mich um sie kümmern. Das verstehst du, nicht?«

»Absolut!« Endlich mal ein wahres Wort, Monsieur.

Und während Lenes Ideenhaus in Albert zitterte, spürte Josefa, wie sich ihre eigenen Tentakel von seinen Rippen zu lösen begannen. Ein Näpfchen und noch ein Näpfchen, die Saugkraft ließ nach. Albert sah so unsicher aus.

»Also willst du Lenes Meiner sein?«

»Ich«, stammelte Albert, »ich bin niemandes Meiner.«

»Du bist ein Teilzeit-Meiner. Von Lene.«

Haferflocken, dachte Josefa. Sie sollte jetzt die Haferflocken holen. Und doch schmerzte es ein wenig bei jeder Umdrehung des Einkaufswagens, den sie rückwärtsfuhr. Sie hatte niemals an einen ordentlichen Abschied von Albert gedacht. Sie hatte erwartet, dass er einfach verblassen, sich auflösen würde, wie ein Straßentanzgespenst. Er war niemals auch nur ein Hauch von ihrem Meinen gewesen. Also, was sollte das alles noch? Wenn sie in Zukunft Haferflocken essen wollte, dann war dieser schlecht schmeckende Moment in die Flocken eingewebt. Vielleicht sollte sie alles wieder ausräumen und zum Lidl gehen.

»Es gibt hier ein einzigartiges Angebot«, sagte Albert. »Nur darum bin ich hergekommen. Die haben weiße Trüffel aus Piemont, die kosten hier nur neunundzwanzig Euro, die solltest du mitnehmen! Oder wenigstens hier den Trüffelessig aus Piemont!«

»Nein, danke«, sagte Josefa und warf stattdessen eine Flasche Branntweinessig in den Wagen. Neunundsiebzig Cent. Fertig. Sie spürte, wie Albert ihr hinterhersah, vorbei an den Essigflaschen, den Gurken, den Erbsen und Möhren und den Suppentüten von Le Gusto.

Sie hatte kein Verlangen, zurückzukehren. Keinen Wunsch nach einem fetten Abschied. Jedes Wort war zu viel.

Der Abschied, so wie er war, schmeckte nach Branntweinessig für neunundsiebzig Cent. Josefa mochte gar keinen Branntweinessig. Aber so viel war der Stolz ihr wert, und als sie bezahlt hatte, stellte sie den Essig irgendwo draußen vor ein

Fenster. Vielleicht würde von irgendwo ein Obdachloser vorbeikommen, der gerade jetzt Essig brauchte.

Jedenfalls eher Essig als weiße Trüffel.

Es dufteten die Ranunkeln, die Rosen und Hortensien im schattigen Dunkel, während die Glöckchen im Windspiel leise klingelten. Kristinas überaus flinke Hände raschelten mit Papier, bastelten im Nu eine Manschette und wickelten sie um einen prächtigen Blumenstrauß aus Feuerlilien.

»Und ich gratuliere auch recht herzlich!«

Ein frischgebackener Vater verbeugte sich und gab großzügig fünf Euro Trinkgeld.

»Na?«, fragte Kristina. »Wo warst du denn die letzten Tage?«

»Ach, schlimm«, sagte Josefa. »Die Wundergruppe ist gaga geworden. Es tut mir in der Seele weh. Aber die sind jetzt alle QAnon und so.«

»Ach du meine Güte. Alle?«

»Alle. Außer Georg, der hat sich mit ihnen gefetzt.«

»Schrecklich«, sagte Kristina. »Ich habe eine Nachbarin, die ist auch so drauf. Man kann nicht mehr mit ihr reden. Völlig abgedriftet. Die verehrt Trump wie einen Heiligen.«

»Buhääähä.«

Beide taten, als müssten sie sich über die Theke erbrechen und in die Blumen fallen.

»Eben habe ich Albert gesehen«, sagte Josefa, während Kristina eine neue Kundin bediente. Und obwohl Kristina gar nicht zuhörte, sprach sie einfach weiter.

»Er wollte *weiße Trüffel* kaufen. Edel geht die Welt zugrunde. Und dann seine Olle. ›Sie hat diese Idee von sich … in mir …‹ Bäbäbäbäääh.«

Wenn sie Albert los war, dann brauchte sie auch nicht mehr sein kariertes Geschwätz anzuhören. Blöder Sack.

»Was war mit Albert?«, fragte Kristina.

»Er ist mir beim Aldi begegnet. Ich denke, es ist aus.«

»Einfach so? Schluss machen beim Aldi? Das ist aber billig.«

»Ja, ist ja auch der Aldi. Ich habe ihn stehengelassen, und das hat mir gutgetan.«

Erfreut lauschte Josefa ihren eigenen Worten. Es hatte gutgetan. Tatsächlich. Etwas von ihrer Würde, ihrer Branntweinessigwürde, kam zurück.

»Will er dich denn jetzt gar nicht mehr?«

»Das war nicht das Thema. Seine Lene ist einfach sehr präsent. Da kann ich nicht gegen anstinken, und will ich auch nicht, fuck das Nildelta.«

Kristina zuckte die Schultern, die nächste Kundin kam herein und bestellte einen Blumenstrauß.

Josefa stand in der Gegend herum mit ihrer Einkaufstasche, und dann ging sie hinüber in die schöne orange Zauberhöhle.

»Ich weiß nicht, Thomasius. Nicht böse gemeint, aber ich glaube, auch du gehörst in das Reich vom Hokuspokus. Ich muss Schluss machen mit dem ganzen Hexenkram. Alles Gechannel ist doch eine fragwürdige Sache, man bildet sich was ein, was originell klingt oder hübsch … und in Wahrheit spiegelt es nur wider, was der Channeler glaubt. Geistige Blähungen. Oder so.«

Wehmütig betrachtete sie die Kristalle und Duftlampen und Engelsfiguren. Den Amethyst, den Elefantengott Ganesha und die Kerze im Glas mit dem Heiligen Michael vorne drauf.

Das war alles nur Klimbim. Romantischer Kitsch. Wer im Leben nicht zurechtkam, setzte sich in Wahrsagerbuden, ging auf Eso-Messen und landete im Abstellraum eines Blumenladens mit glitzernden Ladenhütern aus der vergangenen Saison.

»Heute nicht, Thomasius. Erst stellt man Fragen, dann kriegt man schöne Antworten, dann wird man plemplem und landet bei QAnon. Trotzdem schöne Grüße in deinen zauberhaften Himmel, wo immer ihr seid, du, Rhyphos und Jophiel.«

»Kaffee?«, rief Kristina von nebenan. »Ich könnte dir ja noch eine Sitzung geben!«

»Heute nicht, danke«, sagte Josefa traurig. »Wollte nur mal guten Tag sagen.«

Realität! Es gab Dinge zu erledigen! Ab nach Hause, keinen Kaffee mehr, sie musste aufräumen, vielleicht etwas malen und dann ein Bild verkaufen. Fertig.

Josefa verließ Kristinas schönen Blumenladen.

Vorbei am Tchibo und dem Schlüsseldienst ging sie über die buckeligen Pflastersteine; es folgten einige grüne Sträucher und blaue Metallzäune. Sie wirkten farblich so einmütig ineinander, dass Josefa die Figur gar nicht bemerkte, die sich mit beigegrün kariertem Hemd und blauer Hose herausschälte.

Sie streckte Josefa eine grüne Plastikflasche mit bräunlicher Banderole entgegen: Delikato Branntweinessig.

»Albert – ach du meine Güte!«

Albert lächelte wie beim allerersten Mal. Verschämt, zärtlich, hingebungsvoll.

»Wie lange stehst du denn schon da?«

»Naja, ich habe gesehen, wie du in den Blumenladen gegangen bist, und nun bist du wieder draußen. Ohne Blumen.«

»Ja, habe nur … Das ist eine Freundin und von daher … egal.«

»Aha.«

Josefa stand da und wusste nicht weiter.

»Und jetzt?«

»Jetzt hast du Branntweinessig. Mit dem kannst du Salat machen. Oder Gurken einlegen. Oder auch die Toilette putzen, er ist sehr vielseitig und eine sehr lohnenswerte Investition.«

Den Branntweinessig wieder anzunehmen, bedeutete, ihren neuen Stolz vom Aldi wieder aufzugeben.

»Nee.«

»Wie nee?«

»Ich, ähm, ich habe noch ziemlich viel zu tun, ich müsste dann mal …«

»Nun, ich kann mir vorstellen, dass du noch zu tun hast, deine Bilder warten auf dich und die Pinsel und die Farben?«

»Zum Beispiel.«

»Nun, ich könnte dir ein wenig Zeit sparen, indem ich für dich koche. Dann brauchst du keine Kartoffeln zu schälen und keine Zwiebeln zu schneiden, und ja, wenn es dir genehm wäre, könnte ich dir herrliche Trüffelspaghetti kredenzen. Es wäre mir eine Ehre, den Genuss mit dir zu teilen, weißt du?«

Josefa schaute in den Himmel, geradewegs an seinem rechten Ohr vorbei.

Im Grunde war Albert ein weiteres Trugbild in ihrem Leben, das sich allzu schnell in Luft auflöste und das sie aus ihrer Welt wischen musste. Realität!

»Ich kann mich gerade nicht richtig einlassen auf dich … Ich fühle mich nicht in dir. So würdest du das ausdrücken … so oder so ähnlich, oder?«, sagte Josefa.

Alberts Bein zuckte, die Füße begannen kaum merklich einen Straßentanz, dann wurden sie still.

»Also möchtest du nicht mehr zu mir kommen?«

Josefa schwieg.

»Möchtest du, dass ich gehe?«

Josefa hob den Kopf. Jemanden einfach so wegzuschieben, fiel ihr schwer. Immerhin war Albert derjenige gewesen, der sie auf einer Lenkstange durch Frankfurt geradelt und am Mainufer geliebt und nach Berlin mitgenommen hatte.

Die Ernsthaftigkeit in seinem Blick.

»Albert, ich habe heute nicht mit dir gerechnet. Und die ganze Woche nicht. Und die restliche Zeit auch nicht. Du kommst und gehst, wie du willst. Und jetzt soll ich auf der Stelle mit dir gehen, weil du mich zufällig beim Aldi gesehen hast und ich dir wieder in den Sinn gekommen bin? So geht das nicht.«

»Hey«, sagte er zärtlich und legte den Kopf schief. »Du weißt gar nicht, wie lecker meine Trüffelspaghetti sind ...«

Es war schwer, diesem Lächeln zu widerstehen. Einen Augenblick lang überlegte sie, mitzugehen und jeden Trüffel aufzuessen, den er hatte, sich neunundzwanzig Euro auf einmal in die Backen zu stopfen und seinen teuersten Wein hinterherzuschütten.

»Es ist vielleicht besser, wenn ich jetzt gehe«, hörte sie sich sagen.

»Wie?«, fragte er erstaunt. Ein verstörter Prinz. Der Magier, der Ritter der Schwerter.

Er blieb stehen, als sie ihre Einkaufstasche packte, den Branntweinessig in seinen Fahrradkorb legte und einfach ging. Sie würde seinen Wünschen nicht mehr folgen, nicht mehr alles stehen und liegen lassen, wenn er rief, wie das dümmste aller Dienstmädchen. Ende Gelände.

Sie war sehr stolz auf sich und ganz und gar mit sich im Reinen, wie sie da weiterging, Meter um Meter, und sich nicht umdrehte, kein einziges Mal. Man könnte ein Lied singen oder einem Bauarbeiter nachpfeifen, Josefa begann, leichtfüßig zu hopsen.

Es war ja nicht alles schlecht an ihm gewesen. Seinetwegen

hatte sie sich ins Café gesetzt und Giovanni di Lorenzo gelesen, seinetwegen stöberte sie nun stets in der Stadtbücherei die Zeitungen durch, um schöne Seelen in ihre Seele einziehen zu lassen. Durch ihn hatte sie Jacques Brel entdeckt. Keine Begegnung war umsonst! Das nahm sie mit und durfte nun nicht aus Trotz oder Wut auf Albert wieder dümmer werden.

Da hörte sie plötzlich schnelle Schritte hinter sich und ein aufgebrachtes »Josefa!«.

Sie hätte es ja ahnen können. Einen Albert ließ man nicht einfach sitzen. Er war der Sitzenlasser. Josefa hatte gegen eine ungeschriebene Regel verstoßen, indem sie davontrottete, einfach so. Wie Lupin, der elegante Meisterdieb, sprang er anmutig vor ihr auf den Gehweg und bremste sämtliche Leute mit seinem alten Herrenrad.

»Hey!«, sagte er und nahm sie am Arm.

»Ja, was denn?«, rief sie.

Er starrte sie an, griff ihr Handgelenk und heftete sie mit seinen Blicken an die Häuserwand.

»Wir sind nicht fertig miteinander!«

Josefa sah sein Gesicht, es war schmal, vertraut, so aufgeladen mit immer neuen Dingen, von denen sie nur die Hälfte verstand. Heute mit Wut, das war neu, das war durchaus hübsch, es hatte Intensität. Albert bemühte sich um Freundlichkeit in seiner Wut, zwei Botschaften in seinen Augen wie die zwei Kringel um seine Pupillen.

»Ja, aber …«

»Wir sind nicht fertig miteinander!«

Er drückte ihre Hand an die Wand, die andere legte sich um ihre Taille, und er raubte ihr einen Kuss. Sie roch das gestohlene Shampoo aus dem »Adlon Kempinsky«, und ihr Herz klopfte, verdammt. Schon folgte eine Reaktion in ihrem limbischen System, die Nervenendigungen sandten Reize an das Gehirn,

Josefas Nackenhaare stellten sich auf, heiße Wellen überfluteten ihren Körper, kurz und gut, sie befand sich in sofortiger Paarungsbereitschaft.

Der Küsseräuber hatte ihr den Kopf schwindelig gemacht und alle Gedanken daraus vertrieben.

»Wir fahren zu mir«, sagte er, und Josefa konnte nicht anders, als sich auf den Lenker seines Fahrrades zu setzen, um abermals in halsbrecherischer Weise auf allen erdenklich illegalen und verkehrsgefährdenden Wegen durch Frankfurt geradelt zu werden.

Albert Rohrbach, da stand noch immer der Name eines steinalten Mannes auf dem Klingelschild. Noch immer die steilen Treppen mit hundert mal hundert Stufen, die sie knutschend und sich drehend und stolpernd und verweilend und ekstatisch hinaufkletterten. Noch immer die Skier im Flur, die Gitarre, der Arbeitsplatz mit den dicken Kopfhörern, tausend Bücher, die seltsame Glaskaffeemaschine in der Küche. Es war Josefa, als hätte sie jeden Geruch hier schonmal gerochen. Heute sagte die Wohnung lauthals hallo und empfing sie mit weit geöffneten Räumen.

Alberts Zärtlichkeit war wieder da, sein Staunen.

»Möchtest du einen Tee? Einen Wein?«

Alles, was in seiner Wohnung herumlag, war ein Teil seines Lebens, seiner Gedanken und seiner Leidenschaften. Es waren so viele unterschiedliche Dinge, dass sie staunte; er war doch ein so kluger Mensch. In gewissem Sinne war sie beinahe stolz, hier zu sein. Sie lächelte, als er eine Flasche Rotwein brachte und sich mit zwei Gläsern zu ihr setzte.

»Schau«, sagte er. »Da ist doch noch was, zwischen dir und mir.«

»Da ist eine Menge zwischen dir und mir«, sagte Josefa. »Zum Beispiel Lene.«

Albert lächelte schmerzlich.

»Ich habe den Wunsch, die Wahrheit zu leben. Lene ist in mir, aber du ja auch, und beide fühlen sich sehr lebendig an!«

»Und die Federfrau? Die ist auch da?«

»Ach, naja«, sagte Albert und raufte sich die Haare. »Ich habe die Angewohnheit, wenn ich das eine Problem nicht lösen kann und ein weiteres Problem nicht lösen kann, dann packe ich mir ein drittes Problem obendrauf.«

Josefa musste plötzlich lächeln, dann glucksen, über den mit Problemen dreifach bepackten Albert.

»Auch 'ne Kunst.«

Diese nahezu treudoofe Ehrlichkeit löste etwas in ihr. Albert im Dilemma.

»Albert, ich kriege das nicht mehr hin in dieser … Konstellation.«

»Ich kann mir nicht helfen«, sagte Albert. »Ich liebe Frauen einfach, ich liebe sie!«

»Aber wenn du sie so sehr liebst, wieso quälst du sie dann so?«

»Quäle ich dich?«, fragte er erstaunt. »Ich dachte, ich habe dir nur Freude gemacht!«

»Äh. Nein. Wie …?«

Josefa war verwirrt. Ihre Wahrheit kam so seltsam bei ihm an. Ein einziges Déja-vu. Albert stand in der Küche; er schnitt Zwiebeln und ließ einen Kochtopf voll Wasser laufen.

»Hmmm … hm … hmmmmm«, summte er und beschäftigte sich mit seinen überaus wertvollen Trüffeln auf einer Reibe. Eine Fliege war hereingeflogen und setzte sich auf seinen Arm; er wedelte sie liebevoll weg: »Flieg doch weiter!«

Er drehte das Radio an, und eine unbekannte Melodie drang durch die ganze Wohnung.

Josefa bemühte sich, nicht an die Wand zu schauen, auf der sich Federfrau verewigt hatte. Aber die olle Feder war tatsächlich nicht mehr da! Hallo? Hatte er sie weggepustet oder war sie heruntergefallen? War Federfrau längst aussortiert?

Bitte keine nagenden Fragen mehr an diesem seltsamen Abend. Sie hatte sich wieder auf Albert eingelassen, sie war selber schuld, hier zu sein. Ein Vogel setzte sich auf die Fensterbank und schien die Aussicht zu genießen auf die schönen Stuckfenster im grüngestrichenen Haus gegenüber aus der Gründerzeit. Frankfurt war schön. Der Kastanienbaum, den man von oben sah, so schön. Der Kirchturm am Ende der Straße, auch schön. Man könnte durchaus glücklich sein.

Josefa trottete ins Bad, um sich die Hände zu waschen. Das typische Frankfurter Nachkriegsbad, irgendwo von der Wohnung abgezwackt und fensterlos, mit einer Brause und Duschvorhang. Sie hatte es nie gewagt, hier zu duschen, an diesem Ort seiner äußersten Nacktheit, seiner höchsten Intimität. So vieles in seinem Leben war für sie verbotenes Terrain.

Josefa trocknete ihre Hände vor seinem gesprungenen Spiegel über dem Handwaschbecken und entdeckte neben seiner Zahnbürste eine Wimperntusche. Na wunderbar. Die war beim letzten Mal noch nicht da. Sie hatte keine einzige Spaghetti essen können, bevor sie die weitere Hinterlassenschaft einer anderen Frau entdeckte: violette Mascara, aus deren Hülse eingetrocknete Tusche quoll. Oh, Mann. Das war ja wirklich keine Überraschung.

Sie bückte sich, um ein Handtuch aufzuheben, und fand im Regal einen Tampon. Auch gut. Josefa knirschte mit den Zähnen.

Sie trottete in die Küche zurück.

»Konntest du nicht die Wimperntusche und den Tampon wegräumen, solange ich da bin?«

Albert schob eine letzte Spaghetti in den Topf und drehte sich um.

»Wimperntusche?«

»Die im Bad.«

»Ach, die! Ja. Nein, die bleibt da.«

Eine Spur von Strenge, von Unerbittlichkeit, als müsste Josefa zur unumstößlichen Realität erzogen werden, ein Statement. Hinter einem geflochtenen Korb sah Josefa die Feder liegen. Sie war immer noch da, nur von der Wand gesegelt.

»Schau«, sagte Albert. »Du musst doch wissen, was ich für dich empfinde. Was wir alles haben! Das ist vollkommen aufrichtig!«

»Hm.«

Albert rührte in der Trüffelsauce herum und zeigte einen Hauch von Verstimmung. Die Fröhlichkeit, mit der er das Essen vorbereitet hatte, wich nun einer leichten Ungeduld.

»Ja, da«, sagte Albert. »Du kannst ja noch ein wenig lesen, ich muss mich hier auf die Vinaigrette konzentrieren, ein Tröpfchen zu viel und …«

»O. k.«, sagte Josefa und studierte seine Bücherstapel und nahm sich das ein oder andere Buch.

»Übrigens«, sagte Albert, »ich hab am Samstag mal alles aufgeräumt.«

»Wo?«, fragte Josefa. Überall war Gerümpel. Es schien nur mehr an die Wände geschoben und umflutete die südfranzösische Herrenhauskommode, die Fado-Museumslampe aus Lissabon und das Sperrmüllregal. Was ein Mensch im Kopf hat, spiegelt sich in seiner Wohnung. Kostbare Schätze und ein einziges Durcheinander.

Die Oberflächen der Möbel jedoch wirkten seltsam gewienert und staubfrei, als wäre Josefas Oma mit der Möbelpolitur herangegangen.

»Hast du alleine aufgeräumt?«, fragte sie und fand ihre Frage sofort unangebracht.

»Natürlich!« Albert nickte so heftig, dass selbst seine störrischen Haare flogen.

Plötzliches Wissen. Klarheit. Hellsicht. Niemals hätte Albert seine Möbel so gewienert. Der Anti-Lügen-Verfechter Albert hatte gelogen, und man erkannte es am überschwänglichen Genicke seines Kopfes.

»Ich habe einiges gefunden, das wollte ich dir wiedergeben.«

Er verschwand um die Ecke und kehrte zurück mit einer Handvoll Haarnadeln.

»Die gehören doch dir!«

Josefa betrachtete die Haarnadeln. Einige geriffelt, andere glatt, zwei davon hatten Steinchen am Ende, dazu noch ein Kämmchen.

»Ich trage die Haare offen, Albert. Das sind nicht meine Haarnadeln.«

»Ah, o.k. Na gut. Aber hier …«

Er ging zur Kommode und brachte einige Ringe.

»Aber die! Die hast du doch bei mir vergessen!«

Die Ringe waren silbern und manche abgetragen und nachgedunkelt; einer davon hatte eine kleine Gemme, ein anderer einen Jadestein. Die Ringe sollte sie zurücknehmen, die Wimperntusche sollte dableiben, Alberts verquere Logik. Wenn es nur ihre Ringe gewesen wären.

»Das sind nicht meine Ringe«, sagte Josefa.

»Ach!«, lächelte Albert und sagte mit hoher Stimme: »Tss!«

Hätte er nun aufgehört, hätte er in diesem Augenblick den Mund gehalten, wäre es vielleicht noch anders gekommen. Aber stattdessen drehte er sich um, bückte sich und zog einen Slip hervor, den er ihr an zwei Fingerspitzen vor die Nase hielt. Zartes Lindgrün, leicht abgerissene Spitze an der Seite, es malte sich ein ausgeblichenes florales Muster darin.

»Albert«, sagte Josefa lahm. »Das ist nicht mein Slip. Dieser ist vielleicht Größe sechsunddreißig. Ich habe eine satte Vierundvierzig, und Lene hat gut und gerne … wer weiß. Diese Unterhose gehört einem ganz, ganz kleinen Hintern, etwa so …«

Josefa zeigte mit den Händen einen winzig kleinen Po.

»Oh«, sagte Albert leicht betrübt. »Na sowas …«

»Albert«, fragte Josefa, »tust du uns nicht alle miteinander betrügen?«

Albert sah sie an, und dann schüttelte er den Kopf, so heftig, dass ihm fast die Brille von der Nase fiel. Da stand er nun vor ihr, wie ein aus dem Kasten gesprungenes Teufelchen, das lahm auf der Feder hin und her wankte.

»Nein?«, fragte sie.

Sein neuerliches Kopfschütteln war schwächer als das letzte. Sagen konnte er nichts.

»Du versuchst, ein ehrlicher Betrüger zu sein!«

»Nein, ich …« Er zuckte die Schultern.

»Ich möchte gehen.«

Nun nickte er endlich.

Sie nahm ihre Jacke und ihre Einkaufstasche.

Es gab nichts mehr zu sagen.

»Mach's gut.«

»Du auch.«

Leuchtende Kürbisse, Apfelbäume, Birnbäume, Zwetschgenbäume.

Der Geruch nach Kühen, Jauche und frischem Heu wehte über das Land.

Es war schön, wieder hier zu sein.

Josefa hatte die Haare zusammengebunden, sie trug ihre älteste Jeans und dazu ein ausgebeultes Sweatshirt; es war bequem, sehr bequem. Sie stand an einem riesigen Tor und wartete, während Georg seine gewaltige Landmaschine voller Kartoffeln geschickt rückwärts in den Hof hineinfuhr.

Ein Rumäne und der ehemalige Junkie vom Hauptbahnhof

brachten Kisten herbei und stellten sie ans Ende des Fahrzeuges, während Georg aus dem Führerhaus sprang. Ein Förderband setzte sich in Bewegung, und die Kartoffeln rumpelten vom Laster herunter und fuhren an Josefa vorbei, langsam und stetig wie sehr alte Menschen auf einer Prozession.

»Die Kartoffeln müssen in die Kisten und bleiben eine Weile auf dem Hof, damit sie heilen können.«

»Die Kartoffeln müssen heilen?« Josefa starrte Georg verwundert an. Er stand ihr gegenüber am Band, sein Sweatshirt war bedeutend neuer und schöner als das ihre, türkis und mit drei grünen, unleserlichen Buchstaben darauf, darüber eine Latzhose. Seine Arme waren dreimal breiter als die von Albert, sein Gesicht war zehnmal gesünder als die blasse Nase von Albert, in seinen Brustkorb gingen drei Liter mehr Luft hinein.

»Ja, die Kartoffeln sind verwundet.«

»Sie sind verwundet?«

Josefas Herz öffnete sich in tiefem Mitgefühl für jede dieser bräunlichen Knollen, die wie lauter buckelige Erdgesichter an ihr vorüberrumpelten.

»Ja, die Ernte macht auch ihnen zu schaffen, sie sind verletzt, und wenn sie kleine Risse bekommen, können sie faul werden. So …«

Georg las schnell und geschickt vier, fünf Kartoffeln vom Band und legte sie auf ein kleineres Band, das gemächlich neben dem großen Band weiterlief.

»Die grünen Kartoffeln, die faulen Kartoffeln und die angefressenen.«

»Die grünen Kartoffeln, die faulen Kartoffeln und die angefressenen«, wiederholte Josefa und beugte sich über das Band.

»Da wird einem ja ganz schwindelig.«

»Immer mal hinaus aufs Feld gucken.«

Es waren zahllose Kartoffeln, unzählige Kartoffeln, hunderttausende Kartoffeln, die an ihnen vorüber aus der Erde in ihre dunkle hölzerne Behausung sprangen, wo ihre Wunden heilten.

»Hast du … noch was gehört?«, fragte Josefa.

Georg schüttelte den Kopf.

»Nee. War zu schrecklich, das Ganze. Ich gebe die Hoffnung nicht auf, dass vielleicht einer von ihnen kommt, heute Nachmittag. Damit wir vielleicht nochmal reden oder so.«

»Ich verstehe nicht, was da passiert ist. Wie konnten die nur so abdrehen? Bin immer noch geschockt.«

»Ich auch. Und ich weiß nicht, wie neutral dieses Channeln ist. Woher das kommt.« Georg wischte sich die Stirn.

»Ich treffe immer meine Freundin Kristina, und sie hat auch diese Gabe, von ihrer Oma geerbt. Aber was sie durchgibt, klingt völlig anders als das von Danny. Vielleicht ist im Himmel ein ganz schlimmes Durcheinander. Oder die Medien spinnen und erfinden unterschiedliches Zeug.«

Georg vergaß die Kartoffeln, ließ drei faule in die Kisten plumpsen und überlegte.

»Ich habe mal gelesen, dass Gott, die Schöpfung oder das Universum ein einzigartiges, wundervolles Konzert ist. Ein Medium ist aber nur eine Flöte oder ein Glockenspiel oder eine Pauke. Darum klingt bei dem einen das Konzert wie eine Flöte und bei dem anderen wie Waldhorn.«

»Und wenn die Flöte verstimmt ist«, sagte Josefa, »oder kaputt?«

Sie lachten um das Kartoffelband herum und fühlten sich endlich wieder wohl.

»Ob wir jemals wieder das Wunderbuch studieren?«, fragte Josefa.

»Ich habe es ehrlicherweise seitdem nicht angefasst.«

Josefa nickte. Es war schwierig, nach vorne zu nicken, wenn die Kartoffeln unter ihrer Nase nach rechts fuhren. Eine faule, eine grüne, eine angefressene.

»Schluck Kaffee?«, fragte Georg.

»Gerne.«

»Einiges weiß man ja auswendig, zum Beispiel: ›Die Liebe, die mich schuf, ist das, was ich bin.‹«

»Oder: ›Alle Krankheiten entstehen aus einem Zustand der Unversöhnlichkeit.‹«

Georg schüttete ihr Kaffee aus einer Thermoskanne in einen Becher.

»Oder: ›Niemand ist durch Zufall dort, wo er ist …‹«

»Ja …«

Georg hatte das Band auf langsam gedreht, die letzten Kartoffeln kamen angetrudelt.

»Eine faule, eine grüne, noch eine grüne, eine angefressene.«

Der Kaffee war nicht mehr sehr warm, aber an der frischen Luft und bei der Arbeit schmeckte er einfach gut.

»Ist kein Kirschblütenkaffee«, sagte Josefa.

»Nee.«

Georg seufzte.

»Nein. Vielleicht sollte man mal aufhören mit dem ganzen spirituellen Kram. Vielleicht sollen wir uns nicht dauernd um den Himmel bemühen, sondern um die Erde? Das Artensterben ist krass. Komm, ich zeige dir was.«

Georg führte sie in Richtung einiger Apfelbäume und blieb stehen vor einem mit Steinen umgrenzten Gebiet, wo verschiedene Pflanzen wuchsen. Eine Anlage versorgte sie in regelmäßigen Abständen mit Sprühstößen, alle Pflanzen sahen sehr frisch und grün und gesund aus.

»Ich experimentiere hier mit aussterbenden Arten …«

»Waas?« Josefa staunte.

»Ja, ich suche andauernd nach Saatgut. Ich habe im Garten Günsel, Ackerfuchsschwanz, Ringelblume …«

»Die Ringelblume stirbt aus?«

»Die Acker-Ringelblume. Ich bemühe mich auch um die Heiderosen.«

»Die Heiderose stirbt auch aus?«

Josefa stiegen die Tränen in die Augen. Das Heideröslein! Sah ein Knab' ein Röslein stehen, Röslein auf der Heiden … war so jung und morgenschön … Das sollte sterben? Das durfte nicht sein!

»Es heißt eigentlich Seidelbast und braucht eine bestimmte Erde, aber ich habe schon kleine Zöglinge und könnte sie …«

Georg turnte um das Beet herum, beugte sich voller Liebe über die einzelnen Blüten und Zweige und betrachtete sie sorgfältig wie ein Arzt. Josefa schniefte und suchte nach einem Taschentuch. Tränenblind sah sie, wie Georg in der Erde herumwühlte und dieses und jenes Unkraut herauszog.

»Mit den Jersey-Kühen läuft es auch gut«, sagte er. »Ich will ja Weidekühe, die mehr Milch produzieren, ohne dass man sie in die Ställe sperrt und ihnen die Rieseneuter anzüchtet, dass sie nicht mehr laufen können. Das ist doch pervers.«

»Bitte«, heulte Josefa. »Ich möchte mich auch um die Ringelblume kümmern. Ich möchte dir gerne helfen …«

»Ich brauche immer Hilfe«, sagte Georg. »Die Erde braucht Hilfe.«

»Aber ich weiß nicht, ob wir alleine das schaffen«, weinte Josefa. »Die Menschen. Die Menschen sind doch zu doof, um so ein Mammutwerk noch zu schaffen, das Schicksal der Erde noch zu drehen … Verwüstungen überall, Klimakatastrophe, die Flüchtlinge, alles …«

»Ja«, sagte Georg und kletterte zurück auf den Weg.

»Vielleicht brauchen wir doch Hilfe von oben.«

Er kam näher, zog ein frisches Taschentuch aus der Tasche und wischte Josefas Tränen weg.

»Das geht gerade nicht so gut, ich verschmiere deine Tränen mit der Kartoffelerde, also, du siehst jetzt ganz schrecklich aus.«

Josefa lachte und weinte durcheinander.

»Ich wollte aber keinen Hokuspokus mehr machen«, sagte sie. »Ich wollte nicht mehr um Hilfe von oben bitten. Ich wollte ganz nüchtern und deutsch und langweilig meine Tage verbringen und meine Steuererklärung machen.«

»Hm«, sagte Georg. »Also nüchtern ist das neue Ziel.«

»Ja«, seufzte sie. »Einfach nur … rational … Dinge erledigen …«

»Ja. Nur noch glauben, was man sieht.«

»Genau.«

Sie schwiegen einen Moment, dann seufzte Josefa wieder.

»Ach, Georg, es ist schwer, ohne Engel und Zeugs zu leben. Einmal Rocker, immer Rocker, einmal spirituell, immer spirituell.«

»Ja«, sagte Georg. »Was würde Hieronymus zu dem ganzen Schlamassel sagen?«

»Ha!«, rief Josefa. »Ich weiß! Wir können ja so tun, als ob wir die Channeler wären! Dann channeln wir uns selber, was wir wollen!«

»O. k., bin dabei!«

Sofort war ihre gute Laune wieder da. Die beiden stapften gemeinsam über die Felder, überquerten den Hof und marschierten in den Hofladen, der alles zu bieten hatte, was man sich nur wünschen konnte: Apfelsaft, Rote-Bete-Aufstrich, jungen Kohl, Weidemilch, selbstgemachte Marmelade, Holunderblütensirup, Lauch, Spinat, Kartoffeln, selbstgebackenes Brot.

»Wir nehmen uns einen Rüblikuchen mit, du kannst auch ein Brot mit Honig oder Käse haben; da ist Grünkernbratling; iss, was du willst, wer arbeitet, soll auch essen.«

Mit vollen Backen gingen sie hinaus zu der Linde mit der selbstgezimmerten Baumbank und ließen sich dort nieder.

»Das war schon immer mein Lieblingsplatz«, sagte Georg. »Hier ist eine gute Energie, finde ich.«

»Prima«, sagte Josefa. »Ich weiß, was wir jetzt machen; wir müssen ganz still werden und uns wurzeln und mit Licht duschen und dann Hieronymus bitten, ob er durch uns sprechen will. So geht das.«

Sie schlossen die Augen und kauten weiter, bis Georg plötzlich mit ausgebreiteten Armen und dunkler Stimme losdröhnte.

»Öch … bön … Höronümus …«

»Quatschkopf!«, rief Josefa und stupste ihn in die Rippen. »Jetzt mach richtig! Bei Kristina muss man immer Fragen stellen: Ich rufe Hieronymus! Wie können wir die Erde retten? Georg schafft das nicht alleine!«

Georg wurde auf einmal ganz ernst, sah sie an und meinte: »Ich glaube, ich weiß, was er sagen würde.«

Josefa lehnte sich gespannt an den mächtigen Stamm, während über ihnen die herzförmigen Lindenblätter im Wind schaukelten.

»Was sagt er denn?«

Georg legte die Hände auf die Knie, schloss die Augen und machte mehrere Stimmproben.

»Die … ähm, nochmal. Das war zu tief. Die einzige … nee, so klingt Hieronymus nicht.«

Josefa knuffte ihn in die Seite: »Du schaffst das.«

Georg räusperte sich und begann aufs Neue mit seiner eigenen Stimme.

»Die einzige Möglichkeit, eurem Planeten zu helfen, ist, die Schwingung zu erhöhen. Wir helfen euch seit einiger Zeit mit hohen, lichtvollen Frequenzen, um das Bewusstsein eures Planeten anzuheben. Wenn Ihr alles vom Standpunkt der Liebe aus betrachtet, seid ihr eins mit unserem Schöpfer. Dann werden euch all die brillanten Ideen zuteil, die Erfindungen, die Möglichkeiten, Konflikte friedlich zu lösen, die technischen Möglichkeiten, um Meere zu reinigen, die Befruchtung der Wüste! Ja, ihr werdet nichts mehr wollen, außer mit Hingabe eure Erde zu retten. So werden die Adler zurückkehren, die Schmetterlinge und euer Heideröschen.«

Sie schwiegen eine Weile.

»Die Schwingung«, sagte Josefa. »Die Schwingung und die Schwingung.«

»Wir müssen es üben«, sagte Georg.

»Mir ist immer noch schwindelig vom Kartoffelband.«

»Das vergeht«, sagte Georg.

Josefa kehrte zurück zu Huiwan wie von einer Weltreise.

Es kam ihr alles komisch vor. Stand der Schrank letzte Woche nicht ein wenig weiter rechts? Hatte die Lochstellwand nicht viel mehr Löcher gehabt? War die Yuccapalme nicht zuvor ein Benjamini gewesen? Was machte sie hier nur?

Seufzend hielt sie ihren Chip zur Arbeitszeiterfassung ans Gerät und konnte kaum glauben, dass sie wieder hier war. Ihr Schreibtisch war voll. Dae-Seong war zu faul gewesen, seine Reisebelege einzukleben, und hatte ihr sämtliche Quittungen auf den Tisch geworfen. Am Monitor klebte ein Zettel: »Die Putzfrau riecht wieder nach Schweiß!«

Josefa setzte sich und schrieb sich selbst ein Post-it: »Gut drauf bleiben – auch ohne Hokuspokus.«

Nun wollte sie ihre Aufgaben erledigen, und sie hatte ein Gefühl wie früher nach den Ferien, wenn sie voller Andacht ein neues, duftendes Schulbuch aufklappte.

Sie wollte alles akzeptieren und sich über nichts beschweren. Sie sammelte Dae-Seongs Belege und klebte sie sorgfältig mit Tesa in chronologischer Reihenfolge auf recyceltes Papier.

Dann kam Elfi. Sie stellte sich hinter Josefas Schreibtisch an den Drucker, und weil ihre frisch gemachten Fingernägel aus dem Nagelstudio zu lang waren, konnte sie die Tasten nicht berühren und klackerte stattdessen mit dem je viereckig gefeilten Acryl auf »Copy«. Elfi hatte sehr viel zu kopieren: Degussa, Osram, Merck KGaA, Fraport, Bilfinger …

In der Ruhe bleiben, sagte sich Josefa. Ich bleibe in der höheren Schwingung.

Klack klack klack klack klack.

»Warum scannst du das nicht und legst es digital ab? Du verbrauchst so viel Papier!«

»Nein, dann sehe ich das besser; das habe ich schon immer so gemacht, im Computer ist nur ein einziges Dorschenanner.«

Klack, brumm, klack klack, brumm, klack klack klack, brumm.

Josefa zog ihr Headset auf und lauschte während der Arbeit tibetanischen Klangschalen.

Aber das Nagelstudio hatte ganze Arbeit geleistet.

Klack, brumm, klack klack, brumm, das Acryl war unzerstörbar und würde durchhalten, die ganze Nacht. Die Nägel klangen hell wie billigstes Plastik und drangen durch die Kopfhörer und jegliche Sphärenmusik in Josefas Gehirn.

Schließlich platzte ihr der Kragen, sie riss das Headset ab und rief: »Jetzt hör doch mal auf, du dumme Kuh!«

Es war unmöglich, in Bruder Elfi Heiligkeit zu erblicken. Und Josefas eigene Heiligkeit verschwand auf der Stelle.

»Ich glaub, es hackt!«, schrie Elfi. »Was kann ich dafür, dass du hinterm Drucker sitzt! Ich muss das hier fertigmachen, wir fliegen morgen nach Seoul! Geh doch in den Konferenzraum, selber dumme Kuh!«

Elfi war eine ewige Prüfung. Josefa fiel immer durch. Wütend raffte sie ihre Sachen und zog um, nicht in den Konferenzraum, sondern in die Lounge, in der einstmals Min-Joon ohnmächtig auf dem Sofa gelegen hatte. In dem kleinen Raum lief sie ärgerlich von Wand zu Wand. Setzte sich. Klebte einen Parkbeleg auf Papier und stand wieder auf.

Man musste Elfi doch mal sagen, was an ihr alles nicht stimmte: Sie war laut und egoistisch und hatte Plastikfingernägel! Sie war … sie war … unverschämt und dreist und der Überfall in Person! Sie durfte nach Seoul reisen, und sie, Josefa, die alles tat, musste hierbleiben und konnte den Müll wegräumen!

Was machte sie hier nur? Schwarzes hässliches Ledersofa, Stahllampe, gardinenlose Fenster. Seelenlos! Seelenlos! Seelenlos! Die Nüchternheit der Bürohäuser! Josefas Wut auf die Lochstellwände wuchs, die hässlichen Kabelkanäle, die weißen Akustikpaneele, die gottverdammten Neonlampen! Seelenlos, seelenlos, seelenlos! Selbst der Papierkorb war von einer funktionalen Langweiligkeit, dass man ihn hätte aus dem Fenster donnern mögen!

Es musste sich etwas ändern! Heute! Sofort!

Abrupt stand sie auf, verließ die Lounge, knallte die Tür hinter sich zu und ging zu ihrem Schreibtisch, hinter dem Elfi noch immer kopierte und klackerte.

Josefa öffnete die Schreibtischschublade. Dann nahm sie den Lapislazuli heraus und legte ihn auf ihren Tisch. Den Jadestein, den Rosenquarz, Jade und Achat. Das Bildchen der Mutter Maria aus ihrer Kindheit und das Döschen Duftwachs mit Vetiver. Die Karte von E. T. A. Hoffmann: »Wer wagt, durch das Reich der Träume zu gehen, gelangt zur Wahrheit.« Und die von Edgar Allan Poe: »All that we see or seem is but a dream within a dream.« Der schön geschmückte Elefantengott Ganesha. Ein Schutzengelchen.

Ihre Schatzkiste war uferlos, schließlich holte sie noch das Chakra-Armband aus dem Yogastudio und die Erzengel-Michael-Kerze von Kristina aus der Zauberhöhle. Von Maria aus der Wundergruppe ein kleines Büchlein: »Die schönsten Zitate aus ›Ein Kurs in Wundern‹.«

Eine getrocknete Ringelblume aus Georgs Heilgarten.

Josefa packte alles aus und dekorierte ihren Schreibtisch neu. Der Elefantengott passte sehr gut neben den Post-it-Würfel. Der Rosenquarz veränderte die Stimmung auf der Ablage dramatisch. Die E. T. A.-Hoffmann-Karte konnte man sehr gut an den Monitor kleben. Josefa atmete auf. Der Zauber aus ihrer Schublade durchströmte das ganze Büro, und der Lapislazuli brach das Licht der Neonröhren in endlosen Glitzer.

Elfi hörte auf zu drucken.

»Was hast du denn da?« Neugierig kam sie herbei. Sie hatte die »dumme Kuh« längst vergessen, das fiel Josefa auf in diesem Moment. Wie schnell Elfi verzeihen konnte und wie herzlich sie lachte.

»Oh, das ist aber schön! Lauter so heiliger Klimbim. Wusste gar nicht, dass du dich dafür interessierst. Ich habe ja auch einen Buddha im Garten stehen. Aus dem Obi.«

Und Günther kam herbei und sagte: »Ach du meine Güte, wie sieht das denn hier aus? Bist du jetzt ein Hare Krishna oder sowas; gehst du in eine Sekte, oder wie?«

»Ich bin ein spiritueller Mensch«, sagte Josefa würdevoll. »Ich glaube an Dinge zwischen Himmel und Erde.«

»Meine Mutter hat daheim auch alles vollhängen von so Zeug«, sagte Sofie.

»Das hier ist doch immer noch ein Büro!«, sagte Günther. »Ich hänge doch auch nicht alles voll mit der Eintracht!«

Dae-Seong meinte: »Cool.« Dann öffnete er seine Schublade, holte zwei Actionfiguren von Counterstrike heraus und stellte sie auf den Tisch.

»Man kann aber doch nicht so einen Klimbim und so frommen Firlefanz hier verbreiten, hier wird doch geschafft!«, sagte Günther.

»Hierher kommt doch keine Kundschaft«, sagte Elfi. »Ist doch egal. Sieht doch keiner.«

»Ich will ja nicht alles auf dem Tisch behalten«, sagte Josefa.

»Hier.« Sie drückte dem verdutzten Günther eine Kerze in die Hand. »Die kannst du anzünden, damit die Eintracht gewinnt. Und hier.« Sie gab Dae-Seong den Lapislazuli, der am besten zu den Actionfiguren passte.

Den kleinen Schutzengel drückte sie Elfi in die Hand.

»Er soll dich in Korea beschützen, Elfi. Ich wünsche dir wirklich eine schöne Reise ...«

Elfi schmolz. Sie nahm den Engel in beide Händen und drückte ihn an ihren großen Busen. »Wie lieb von dir, Josefa! Da freue ich mich aber! Sowas Schönes! Den nehme ich mit ins Flugzeug und halte ihn fest, ich hab doch so Angst beim Fliegen!«

Josefa sah die Freude in ihren Augen, und sie spürte Elfis großes Herz, und wer ein großes Herz hatte, in dem wohnte auch viel Gutes, und in einem winzigen Aufleuchten ihrer Augen entdeckte Josefa einen Funken Heiligkeit.

»Aber du wirst jetzt nicht irgendwie komisch, oder?«, fragte Günther.

»Ich bin nicht komisch. Ich bin spirituell. Das ist mein Outing. Man kann aus einem Eintracht-Fan keinen Borussen machen.«

»Das stimmt«, meinte Günther.

»Und spirituelle Leute kann man auch nicht irgendwie ... umwurschteln. Wir Spirituellen dürfen uns nicht länger verstecken, wir müssen aufstehen und unsere Stimme erheben und auch mal auf den Tisch hauen! Und genau das mache ich jetzt: Ich, Josefa, bin spirituell, und ich bin stolz darauf!«

»Die tun ja keinem was«, sagte Elfi beruhigend.

»Naja, solange du deine Arbeit ordentlich machst«, meinte Günther.

Und schließlich kam Min-Joon und musterte Josefas neue Auslagen mit etwas Abstand. Nach kurzem Zögern ging er zu seinem Schreibtisch, öffnete ihn, holte eine kleine perlmuttfarbene Lotosblume aus seiner Schublade und stellte sie ihr auf den Tisch.

»Now it's complete.«

Das Bild »Heiderosen-Engel« verkaufte sich für dreihundertsiebzig Euro bei eBay. Das Bild »Der Straßentänzer« ging weg für vierhundertzwanzig. Das dritte Bild taufte sie zunächst »Krissy in Zauberhöhle« und änderte es dann um in die »Erscheinung des Thomasius«. Damit eröffnete Josefa einen Etsy-Shop und verkaufte selbiges für fünfhundertdreißig Euro.

Abzüglich der Versandkosten nach Frankreich, Ungarn und USA.

Beim Malen wiederholte sie häufig den Spruch aus dem Wunderbuch: »Gott ist das Licht, in dem ich sehe.«

»Und male«, fügte sie hinzu.

Danny Krämer ging viral. Sie wurde sehr berühmt, hatte viele Auftritte und bekam zehntausende von Followern.

Die Kommentare zu ihren Videos überschlugen sich.

»Soll man sich einen Schutzraum bauen?«

»Werden Außerirdische uns holen auf dem Pic de Bugarach in Frankreich?«

»Ich wohne in der Nähe von einem 5G-Turm und habe in letzter Zeit komische Träume; werde ich bereits manipuliert??«

Josefa vermisste ihre Wundergruppe schmerzlich. Im Facebookchat tummelten sich lauter neue Leute. Sie sprachen darüber, wie Merkel im Auftrag von George Soros die Millionen von Flüchtlingen in das Land gelassen hatte, um das Nationalbewusstsein zu schwächen und Deutschland zu destabilisieren. Sie posteten unaufhörlich Songs von Xavier Naidoo und empfahlen das Kochbuch von Attila Hildmann.

»Ob die Wundergruppe je wieder normal wird?«, schrieb Josefa an Georg.

Georg schickte das ärmelzuckende Emoji.

»Ich habe schon endlos mit ihnen diskutiert. Sie hören mich ja nicht. Es ist alles passiert innerhalb … von ein paar Wochen! Alle umgedreht. Die Clintons trinken Blut, die Mondlandung ist fake, Bill Gates ist der Teufel.«

»Ja, und die Königin Elisabeth ist ein außerirdisches Reptil; sie sieht ja wirklich aus wie eine Echse … die kurze Nase!«

Lach-Emoji. Äffchen-Emoji mit zugehaltenen Augen.

»Von wegen Frequenz der bedingungslosen Liebe«, schrieb Josefa.

»Tja«, schrieb Georg. »Die sehen nur das Böse, die Frequenz ist jetzt Paranoia. Das Böse ist in allen Dingen.«

»Die merken das noch nicht mal«, antwortete Josefa. »Dabei steht im Wunderbuch: ›Wer sich für die Liebe entscheidet, sieht sie in allen Dingen, die Liebe ist überall.‹«

»Ja. Wann kommst du wieder?«

»Morgen.«

Prachtvolle Herbststräuße und erste Adventskränze mit grünen und roten Kerzen auf Schlitten und Strohballen zierten den schönen Blumenladen in der Alt-Bretzenhainer-Straße.

Die Glöckchen klingelten harfenzart und so vertraut, als Josefa fröhlich den Laden betrat und Kristina hinter der Theke fuhrwerken sah.

»Hey! Wie schön, dass du kommst! Ich mach nur noch rasch ein Gesteck fertig, das holt die nachher ab!«

»Na klar!«

Josefa bewunderte die Bouvardien, die schweren, vollen Blütenköpfe der Elisabeth-Rose, den wunderbaren Blütenball der Schneeballhortensie, die violette Sternenexplosion des Alliums, die rätselhaften Gesichter im Löwenmäulchen und den rosa Tanz des schlanken Ehrenpreises.

»Mein Kopf ist auch schwer«, sagte Josefa zur Elisabeth-Rose. Überall verteilt war das Grün auf Leitern und Gestellen und Regalen die Wand hinauf; es regnete Efeu von Kübeln herunter, man fühlte sich wie in einem frischen, atmenden Wald, einem Dschungel voll grüner Blätter im nahenden Winter.

»Ja«, lächelte Kristina. »Was soll ich sagen? Lange nicht gesehen!«

»Viel zu lange!«, rief Josefa.

»Das darf nie wieder vorkommen!«, lachte Kristina.

»Soll ich uns Kaffee holen? Tee? Käsekuchen?«

»Alles! Mir schmeckt alles!«

Es war Mittwoch und nicht sonderlich viel los. Weil es aber ein so schöner, heller Tag war, setzten sie sich in dicken Jacken auf die Treppe und hielten den Cappuccino in beiden Händen.

»Ähm …«, fing Kristina an. »Also, ich brauche schon wieder einen Handwerker für die Gastherme, könntest du mir vielleicht einen Hunni leihen? Kriegst du nächste Woche wieder.«

»Klar doch.« Josefa war stolz darauf, dass sie großzügig Geld hergeben konnte. »Hier hundertfünfzig, dann musst du nicht so knapsen.«

»Danke!«

Der Käsekuchen war etwas trocken, und sie mussten husten, dafür war der Kaffee ein Gedicht.

»War sicher viel los bei dir?«

»Und wie, ich überlege, bei Huiwan aufzuhören, und ich habe Bilder verkauft.«

»Ja, gratuliere!«

Es war seltsam, bei Kristina zu sitzen, ohne Engel zu rufen, Räucherstäbchen anzuzünden und die Zukunft zu beschwören. Josefa bekannte sich zwar nun zu ihrer Natur mit Hang zu Übersinnlichem. Dennoch machte sie immer noch spirituellen Detox, verzichtete auf Hokuspokus und bemühte sich um Geistesgegenwart im Hier und Jetzt. Worüber konnte sie mit Kristina reden?

»Der ist schön, der Bauernhof. Ich könnte mir vorstellen, da zu arbeiten.«

»Glaub ich, immer viel in der Natur.«

»Wird natürlich schon sehr romantisiert, ist auch viel Dreck, Maschinen, ölige Ketten, Geräte …«

»Ja, spätestens seit ›Bauer sucht Frau‹. Da hat man so ein geschöntes Bild.«

Der letzte Krümel Käsekuchen war aufgegessen. Kein Kunde kam.

Es fiel ihnen partout nichts ein, über das sie sich hätten unterhalten können.

»Der Dachdecker hat seine Sache gut gemacht. Mit der Aushilfe am Samstag bin ich auch zufrieden.«

»Ah, gut.«

»Nächste Woche lasse ich mich mal beim Arzt checken.«

»Sehr löblich.«

Sie schwiegen und streckten die Beine aus. Ein Beamter der Stadt verteilte Knöllchen. Ein Amazon-Bote sprang von einer Haustür zur anderen und wäre beinahe in ein Auto gelaufen.

»Tja …«

»Ich würde ja …«, fing Kristina vorsichtig an, »ich würde gerne anfangen, Telepathie zu üben, man könnte, also, einer konzentriert sich auf einen Gegenstand, und der andere ist im Raum nebenan und muss versuchen, im geistigen Auge zu sehen, was das ist.«

»Oh ja!«, schrie Josefa. »Wie im amerikanischen Militär!«

Sie klatschte begeistert in die Hände, während Kristina im Laden verschwand.

Josefa schaute die Alt-Bretzenhainer rauf und runter, sah Tchibo, den Handyladen, den Pakistani, die Parkplätze und entschied sich schließlich für das Schild vom Schlüsseldienst: einfach ein großer Metallschlüssel auf gelbem Untergrund.

»Bist du so weit?«, rief Josefa.

»Jaa!«

Josefa konzentrierte sich, schloss die Augen und visualisierte den Schlüssel vor ihrem geistigen Auge mit allen Nuancen, den eingestanzten Mulden, dem kleinen Schatten hinter dem Schlüssel, das fette Gelb dahinter, den weißen Rand.

»Also …«, hörte sie Kristina von innen. »Ich sehe … es ist, Moment, erstmal viereckig. Aber in dem Viereck ist irgendwas Längliches, mit einem Kopf. Ist es ein Männlein ohne Arme und Beine? Moment, nein, kein Männlein. Es hat auch ein Loch im Kopf, es könnte … aus Metall sein.«

»Wow«, sagte Josefa. »Das ist stark. Schon ganz nah dran!«

»Keine Ahnung … ist es ein Schlüssel?«

»Boah!«, rief Josefa. Kristina war einfach der Knaller. Das zweite Gesicht, sie hatte es immer gewusst.

»Ich bin sprachlos. Du bist phänomenal. Unfassbar! Nicht zu glauben! Also, o. k., jetzt du, such was aus!«

»O. k.«

Einen Augenblick lang hörte Josefa Kristina rascheln und wühlen. Bestimmt nahm sie den goldenen Buddha in der Schneekugel.

»Ich nehme den Gegenstand in die Hand!«, rief Kristina. »Dann kriegst du es vielleicht besser!«

»Gut!«

Josefa wartete einen Augenblick, dann ging es los. Sie schloss die Augen, reinigte und wurzelte sich, versuchte, die Gedanken zu verscheuchen, und stellte ihr geistiges Auge auf Empfang.

»Moment«, sagte Josefa. »Da kommt was. Ich sehe was! Es ist blau … und glänzt … wie eine blaue Muschel. Irgendwie auf einem Rahmen. Wie blaues Perlmutt. Ich glaube, es hängt an einer Wand. Vielleicht ein muschelverziertes Bild? Oder eine Schmuckkiste … nein, eher an der Wand … Hast du vielleicht einen Spiegel mit einem blauen Muschelrand?«

»Äh, eher nein«, sagte Kristina, »das nicht gerade …«

»Was denn?«

Josefa stand auf und ging in den Laden. Und sie sah Kristina auf ihrem Hocker sitzen, und in ihrer Hand hielt sie – eine alte Haarbürste.

Josefa hatte noch immer ein elftes Gesicht oder höchstens ein neuntes. Vielleicht sollte sie gnädig mit sich sein und sagen: ein siebentes.

»Das liegt nur daran, dass du da auf der Straße gesessen hast«, sagte Kristina. »Da ist man so abgelenkt. Komm, wir gehen in die Höhle und machen irgendwas!«

»Jaa!«, rief Josefa. »Juhu!«

In der Zauberhöhle schienen die Wände zu funkeln und erst ein wenig näher zu kommen und sich dann zu entfernen. Sehr seltsam.

»Die Welt, die du siehst, ist nicht wirklich«, stand im Wunderbuch. »Was du siehst, spiegelt dein Denken wider, und dein Denken spiegelt die Wahl dessen wider, was du sehen willst.« Sie hatte es wirklich intus.

Ach, die schöne Wundergruppe. Man hätte mit Matteo weiterhin den eigenen Geist studieren können und verstehen, ihn wirkungsvoll zu benutzen. Man hätte eines Tages mit vereinten Kräften die Liebesschwingungen in Frankfurt um elf Meter heben können, und damit wären sämtliche Verbrechen und jegliches Elend rund um den Hauptbahnhof beseitigt – ein für alle Mal!

Sehr viel Seltsames war jedenfalls in Josefas Leben geschehen: Ihr Konto war wieder saftig im Plus, sie hatte ihren künstlerischen Durchbruch, sie war Lügenbold Albert losgeworden, und sie hatte sich die Dienstmädchenschürze vom Leib gerissen. Wunder über Wunder!

»Wir könnten ja auch mal aus dem Kaffeesatz lesen!«, rief Josefa.

»Oder pendeln!«

»Oh ja! Und weißt du was? Wir könnten uns ein Buch über Hypnose kaufen!«

»Jaa! Dann könnten wir uns gegenseitig in frühere Leben versetzen!«

Josefa klatschte begeistert in die Hände.

»Wollen wir noch Räucherstäbchen anzünden?«, fragte Kristina.

»Da muss ich immer husten. Lieber die Duftlampe!«

»Welches Öl denn? Ich habe Weihrauch, Teebaum, Orange, Ylang-Ylang, Sandelholz.«

»Ylang-Ylang!«

Das Flämmchen in der Duftlampe ließ das Wasser verdampfen, und feine Wellen von intensivem, exotischem Duft zogen durch die Zauberhöhle in ihre Gemüter.

»Wir machen Kerzen an, die aus dem Yogastudio!«

»Da stehen doch auch noch Erzengelkerzen!«

»Ja, die auch! Michael ist für den Schutz und Gabriel für die Künstler und Raphael für die Heilung!«

Sie gerieten in einen Rausch.

»Ja! Wir machen hier noch einen schönen Kreis aus den Steinen: Rosenquarz, Malachit, Bernstein, Jaspis, Tigerauge, Mondstein … alles da!«

Als die Zauberhöhle duftender und glitzernder nicht mehr werden konnte, suchten sie passende Sitzhaltungen, Hocke, Schneidersitz oder alter Stuhl. Kristina wählte ihre Schamanenstellung, und Josefa hockte sich gegenüber auf ein Meditationskissen. Sie schlossen die Augen, und das Glöckchenwindspiel sandte Feenklang herüber.

»Wir beschwören einen lichtvollen Kreis!«, sagte Kristina.

»Wir rufen alle Engel, sich hinter uns zu stellen und an den Händen zu halten!«

»Es reicht auch, wenn sich ihre Flügelspitzen berühren.«

»Egal!«

Schon glaubten sie, den lichten Kreis himmlischer Wesen um sich zu spüren, und die schnöde Welt da draußen existierte nicht mehr.

»Wir bedanken uns, dass ihr gekommen seid«, sagte Josefa.

»Gibt es Wesen, die unsere Fragen beantworten können?«, fragte Kristina.

»Gerne nochmal der mit dem verknitterten Hut!«, sagte Josefa. »Moment! Moment!«

Sie hielt inne und versank nun selbst in der heilsamen, nachtschwarzen, geistigen Stille.

Auf einmal empfand sie eine sanfte Energie, so zart wie vom Flügelschlag eines Schmetterlings, eine Antwort, leichter als ein Gedanke, ein Gefühl, so silbrig wie ein Spinnenfaden voller Tau.

»Ich spüre was!«, hauchte sie.

»Ich auch!«, flüsterte Kristina. »Wer ist da …?«

»Ich sehe … einen altmodischen Hut!«, rief Josefa.

»Thomasius? Bist du das?«, rief Josefa. Oder war es der Engel Rüdiger?

»Er nickt, ja, das ist er! Thomasius! Mit so einem Gewand … Er verbeugt sich …«

»Er sagt: Euer Schicksal ist mir vertraut«, flüsterte Josefa. »Stimmt das, habe ich das richtig gehört?«

»Ja«, sagte Kristina. »Das hat er gesagt!«

»Er sagt: ›Ich bin berufen, euch mit weisem Rat behilflich zu sein‹.«

»Ja!«

»Ich kann es! Oh, Mann, ich kann es! Und er trägt ein blaues Gewand!«

»Nein, ein grünes.«

»Ah! Aber er verbeugt sich gerade, oder?«

»Ja«, sagte Kristina. »Er sagt: ›Es gibt einen Fortschritt. Die Seele Josefa hat Fortschritte gemacht. Ihr seid gesehen und ermutigt …‹ Ähm … den Rest … kann ich nicht ganz …«

»Thomasius!«, rief Josefa. »Soll ich bei Huiwan kündigen?«

Vor Aufregung konnte sie ihre Vision nicht mehr halten; diese verschwand wie eine Seifenblase. Josefa machte die Augen auf und sah Kristina an, wie sie da hockte in ihrer Schönheit und Versunkenheit, die gefalteten Hände vor der Stirn. Sie hätte drei Jahre alt sein können oder hundert. Josefa war fasziniert.

»Moment«, sagte Kristina, »schick mal Energie rüber … und der Erzengel Michael möge alles Störende und Unwürdige vom Kanal fernhalten.«

Josefa stellte sich vor, wie Kristina in einer weißen Lichtröhre saß, die über ihrem Kopf bis in die Unendlichkeit strahlte, und sie bemühte sich, sie mit aller Energie zu füllen. Sie visualisierte Erzengel Michael mit seiner blau-goldenen Rüstung, Flügeln, Schild und Schwert, der den lichten Kanal beschützte mit seinen Flügeln. Es schien sofort anzukommen.

»Ah«, sagte Kristina. »Es ist schon heller, Michael wirkt immer sofort, danke. So, da kommt Thomasius wieder … Ah, schön, was sagt er denn? Moment … ›Die geschaffenen Umstände zur Veranschaulichung der Bewusstseinsstufe Huiwan‹ … meine Güte, was rede ich denn da?«

»Ich verstehe schon!«, rief Josefa. »Mach weiter!«

»… die geschaffenen Umstände Huiwan … zur Illustrierung der Bewusstseinsstufe Josefas … haben gut gedient. Nun … dienen sie – nicht mehr. Der Seele Josefa … sind neue Wege bereitet.«

»Ach.« Thomasius' wunderlich schöne Sätze.

»Frag weiter!«, sagte Kristina. »Sonst geht die Energie weg!«

»Oh … oh … Ist der Bauernhof ein guter Ort für mich, kann ich da leben?«

»Leben wirst du ohnehin. Das Leben aushäusig ist von Vorteil. Kommt dir zugute. Organe werden belebt, Erdverbundenheit fördert jegliche Gesundung. Kosmische Verbindung wie Erdverbindung in Harmonie … Natürliche Neigung – sei dein Wegweiser. Die Vorbereitung zur Schaffung neuer Umstände … – nicht abgeschlossen. Fehlende Komponente.«

»Oh«, rief Josefa andächtig. »Welche Komponente fehlt denn noch?«

»Es fehlt noch eine Bezeugung.«

»Bezeugung!? Georg?«

»Die Seele Georg dient dem Ganzen.«

Kristina begann sichtlich zu kämpfen.

»Das ist eine hohe Energie, die kann ich nicht mehr lange halten! Schick Energie!«

Josefa kniff die Augen zusammen und schickte ganze Wirbelwinde von Licht und Energie.

»Aaah, jetzt geht es wieder. Ich höre: ›Geschicke der Welt … eine Weile … muss jeder zu Hause bleiben … wegen einem kranken Vogel aus …‹ Wie? Aus Korea? Japan? Der Vogel … ist das ein Huhn? Eine Krähe? Was für ein Blödsinn.«

»Macht nichts«, sagte Josefa. »Kleine Funkstörung oder so.«

»Ah, jetzt habe ich es wieder«, sagte Kristina. »›Die Seele Josefa … benötigt eine Stundenzahl, um die Quelle ihrer … Schöpfung zu …‹ Also, ich glaube, du sollst Zeit zum Malen haben. Dann … ›Licht … dahin gehen, wo das Licht am hellsten, die Luft am reinsten und eine Herzensliebe … wahrhaftig ist.‹«

Herzensliebe!

Josefas Herz begann zu klopfen.

Kristina öffnete die Augen, mischte ihre Lenormandkarten und fing an zu legen.

»Also … was haben wir denn da? Oh, hier liegen die Fische in Kombination mit dem Klee und der Sonne, das sieht gut aus; die Fische stehen für Finanzen, weißt du? Also finanziell, ja, das sieht gut aus. Hier ist ein Anker, der steht für Arbeit, und daneben ein Sarg, da geht was zu Ende. Die Arbeit! Sag ich doch! Das bedeutet auch Transformation. Dann haben wir hier … die Blumen! Die stehen für fröhliches Lachen, Einladungen, Treffen, Kaffeeklatsch sowas … Also Klee und Fische und Sonne: Das sieht insgesamt aus nach großem Lebensglück!«

Das klang doch wunderbar, Josefa räkelte sich auf ihrem Meditationskissen, verschränkte die Arme hinter dem Kopf und betrachtete die schönen bunten Bilder, die alles wussten über ihr Leben.

»Und hier! Der Sensenmann!«

»Was? Der Sensenmann? Ich bin doch noch jung, ich bin gesund, warum soll ich denn schon sterben?«

»Ach du!«, rief Kristina. »Das bedeutet im Lenormand doch nicht den Tod! Da ist der Mann und hält die Sense, das bedeutet ein Bauer! Und daneben ist das Herz. Ein verliebter Bauer! Was willst du mehr?«

»Ach«, seufzte Josefa erleichtert. »Wirklich? Das wäre ja … Das wäre … schon … nicht schlecht!« Sie wurde rot. War das alles aufregend.

Niemals wollte sie ein anderes Leben haben als das ihre!

»Und du?«, fragte Josefa. »Willst du dir denn nicht mal die Karten legen?«

»Habe ich gestern schon.«

»Und?«

»Naja, mit den Blumen geht es vielleicht auch nicht ewig weiter.«

Tja. War ja auch nicht leicht, das frühe Aufstehen, der Großmarkt, die viele Kübelschlepperei und überall billige Rosen in den Supermärkten. Blumen hatten an Kostbarkeit verloren.

»Ja, dann habe ich eine Idee …«, meinte Josefa.

»Welche denn?«

Das Wachs im Teelicht unter der Duftlampe hatte sich verflüssigt, und ein Hauch von Ylang-Ylang schwebte noch in feinen Wolken durch die Luft. Etwas Wachs aus der Gabriel-Kerze war auf eine Tarotkarte getropft, und der Pfefferminztee ging zur Neige.

»Naja, ich dachte, ich könnte dich beim Militär anmelden! Die Amis suchen immer Hellseher, um die Russen auszuspionieren! Also, du könntest natürlich auch für die Russen arbeiten, würde ich aber nicht. Und du kannst auch der Polizei helfen, Rauschgiftringe zu sprengen und den Menschenhandel zu unterbinden und Mörder zu fassen!«

»Na super«, lachte Kristina. »Das wäre ja was! Ich müsste, glaube ich, erstmal was für mein Liebesleben tun. Langsam habe ich das Singleleben satt!«

»Parship! Alle elf Minuten verliebt sich ein Single über Parship!«

»Haha! Na klar!«

Sie begannen, die Kristalle aufzusammeln, und wollten eben die Kerzen ausblasen, als das Glöckchenspiel an der Ladentür erklang und ein Junge die »Frankfurter Rundschau« auf die Theke warf.

»In der Millionenstadt Wuhan der chinesischen Provinz Hubei ist ein unbekannter Virus ausgebrochen.«

Wie uninteressant. Wen interessierte ein Virus aus China! Die einzig wichtige Meldung stand darunter.

»Riederwald: Madame Ruxandra sieht keine Sterne mehr – aus Altersgründen zieht sich die bekannte Wahrsagerin aus dem Jahrmarktsgeschäft zurück.«

»Ein Zeichen!«, schrie Josefa.

»Ja, das ist ein Zeichen!«, schrie Kristina. »Vom Universum!«

Denn wenn es mit Huiwan nichts mehr war, mit dem Bauernhof nicht klappte und der Blumenladen nicht mehr laufen sollte, dann, so waren Josefa und Kristina sich vollkommen einig:

»Wir werden Wahrsagerinnen auf der Dippemess!«